KB043141

월 든

WALDEN

마음의 안식처

월든

발행일 | 2021년 11월 30일

지은이 | 헨리 데이빗 소로우
옮긴이 | 최주언
일러스트 | 이지연
펴낸이 | 장재열
펴낸곳 | 단한권의책
출판등록 | 제251-2012-47호 2012년 9월 14일
주소 | 서울시 은평구 서오릉로 20길 10-6
팩스 | 070-4850-8021
이메일 | jjy5342@naver.com
블로그 | http://blog.naver.com/only1books

ISBN | 979-11-91853-01-8 03840
값 | 15,500원

마음의 안식처

월 든

헨리 데이빗 소로우 지음

최주언 옮김

단한권의책

· 차 례 ·

일러두기

이 책에 실린 각주는 역자가 쓴 것입니다.

내용의 흐름에 방해가 되지 않도록 가급적 각주의 수를 줄이려고 노력했습니다.

1. 경제

이 글을 쓸 무렵, 정확히 이 책의 대부분을 쓸 당시에 나는 숲 속에서 지냈다. 그곳은 매사추세츠주의 콩코드에 있는 월든 호숫가로 반경 1킬로미터 안에는 어떤 마을도 없었다. 나는 직접 지은 집에서 살면서 오로지 내 노동력으로 생계를 꾸렸고, 그곳에서 2년 2개월 동안 홀로 지냈다. 지금은 다시 문명 생활을 하고 있지만.

마을 사람들이 내 삶의 방식에 대해 자세히 캐묻지 않았다면 나는 사사로운 내 생활을 굳이 독자들에게 드러내려 하지 않았을 것이다. 지극히 개인적인 일상사를 파고드는 것은 무례한 일이라고 생각하는 사람도 있다. 하지만 숲에서의 내 상황을 고려했을 때, 그들의 궁금증은 무례하기는커녕 매우 당연하고 타당한 일이었다. 마을 사람들은 내가 뭘 먹고 사는지, 외롭거나 무섭지는 않은지 물어보았다. 수입의 얼마 정도를 자선 사업에 썼는지 궁금해하는 사람도 있었고, 대가족의 일원인 사람은 가엾은 자녀를 몇 명이나 먹여 살리느냐고 묻기도 했다. 그러므로 나에 대해 특별한 관심이 없는 독자들에게 앞의 질문에 대해 이 책에서 답을 하게 되더라도 미리 양해를 구한다.

대부분의 책에서 1인칭을 되도록 생략하지만 이 책에서는 '나'를 계속 쓸까 한다. 자기중심적이라는 면에서 이 책은 다른 책과 매우 다르다. 우리는 말하는 사람이 1인칭이라는 사실을 자주 잊어버린다. 만약 나만큼 나를 잘 아는 사람이 있다면 이렇듯 나에 대한 설명을 장황하게 늘어놓을 필요는 없을 텐데. 안타깝지만 나의 인생 경험이 부족하여 이 책의 주제 역시 내 경험에 한정되어 있다. 그러나 더불어 나는 다른 모든 작가들에게 부탁하고 싶다. 어디선가 주워들은 타인의 삶에 의존하지 말고 자신의 삶에 대해 소박하고 진실한 이야기를, 먼 곳에 사는 친지에게 들려줄 법한 이야기를 해달라고. 성실한 자세로 살아왔다면 그런 삶은 먼 타향에서나 가능했을 테니까. 무엇보다 나는 이 책을 가난한 학생들이 읽어주었으면 한다. 다른 독자들은 자신에게 해당되는 부분만 읽으면 된다. 옷은 몸에 잘 맞아야 좋은 법, 솔기를 잡아 늘이면서 맞지 않는 옷을 억지로 입을 사람은 없으리라.

나는 중국인이나 하와이 섬 주민에 관한 이야기가 아니라 뉴잉글랜드에 사는 여러 사람에 관한 이야기를 하려고 한다. 특히 이 세계 또는 이 마을에서 여러분이 처해 있는 상황이나 처지가 어떤지, 지금처럼 비참한 환경이 불가피한 것인지, 달리 나아질 가망은 없는지에 대해 말하고 싶다. 나는 콩코드 지방을 이리저리 꽤 돌아다녔다. 그런데 상점이나 사무실, 들판, 어디서든 마을 사람들이 놀랍도록 다양하게 고생하는 것 같았다. 듣자 하니 브라만 계급[1]의 승려는 사방에 불을 피워놓고 앉아 태양을 정면으로 쳐다본다고 한다. 타오르는 불길 위에 고개를 숙인 채 매달려 있는가 하면, 고개를 비틀어 어깨너머로 하늘을 쳐다본 나머지 평소의 자세로 돌아올 수 없어 비틀린 목으로 겨우 액체밖에 삼킬 수 없는 지경이 되기도 한다. 그들은 평생 나무 밑동에 묶여 지내거나 광활한 제국의 너비를 애벌레처럼 기어 다니며 가늠하기도 하고, 높은 기둥 위에 외발로 서 있기도 한다. 그러나 이런 의식적인 고행은 내가 매일 본 장면에 비하면 그리 충격적이지 않다. 헤라클레스[2]가 해낸 열두 번의 과업도 내 이웃이 겪는 고난에 비하면 하찮은 것이었다. 헤라클레스의 과업은 열두 번에 그쳤을 뿐만 아니라 끝이 났지만 내 이웃이 괴물을 물리치거나 고난을 단 한 가지라도 끝장내는 것을 본 적이 없기 때문이다. 그들은 뜨거운 불로 히드라의 머리를 지져줄 이올라스 같은 친구도 없건만, 머리 하나를 가까스

◆ ◆ ◆

1) 영어로 Brahmin이라고 씀. 인도 카스트 제도에서 가장 높은 성직자 계급.
2) 그리스 신화에서 제우스와 인간 사이에서 태어난 아들. 헤라클레스는 신이 되기 위해 12가지 기상천외한 임무를 수행해야 했는데, 머리 아홉 개 달린 사자 히드라와 싸울 때 이올라스가 도와주었음.

로 으스러트리면 단번에 두 개가 솟아오른다.

　이 동네 젊은이들은 농장이나 집, 헛간, 가축, 농사기구 등을 상속받는다. 그 유산은 불행하게 없애기보다 물려받기가 더 쉽다. 그들이 드넓은 초원에서 태어나 늑대 젖을 먹고 자랐다면 자신이 일구어야 할 땅을 더욱 선명하게 볼 수 있으니 더 나을 텐데. 누가 그들을 땅의 노예로 만들었는가? 인간은 죽을 때까지 약 9리터의 흙을 먹는다는데 그들은 왜 24만 제곱미터나 되는 땅에서 나오는 흙을 꾸역꾸역 먹어야 하는가? 그들은 왜 태어나자마자 제 무덤을 파기 시작해야 하는가? 그들은 이 모든 것을 한평생 힘겹게 밀고 나아가야 한다. 길이 22미터에 너비 13미터인 헛간, 한 번도 청소한 적 없는 아우게이아스 왕의 외양간[3], 경작하고 풀 벨 토지와 밭까지 40만 제곱미터에 이르는 땅을 질질 끌고 가면서, 짐의 무게에 눌려 뭉개지고 질식당한 채 인생길을 기어가다시피 하는 가련한 사람들, 불멸의 영혼을 지닌 사람들을 나는 얼마나 많이 만났던가! 유산을 물려받지 않아 자기 몫이 없는 자들은 불필요한 짐에서 해방된 것처럼 보이지만 그들도 조그마한 제 몸뚱이 하나를 건사하기 위해 발버둥 쳐야 한다.

　하지만 사람들은 그릇된 생각에 사로잡혀 있다. 인간의 육신은 머지않아 흙에 파묻히고 퇴비로 변한다. 그런데 흔히 필요성이라고 불리는 그럴싸한 운명에 사로잡힌 세상 사람들은 옛 책에서

◆◆◆

3) 헤라클레스가 수행했던 불가능에 가까운 임무 중 하나는, 수천 마리의 소를 기르는 아우게이아스의 외양간을 하루 만에 청소하는 것이었음. 헤라클레스는 강의 물줄기를 끌어와 이 임무를 완수했음.

10

말하듯[4] 좀먹고 녹슬어 상하거나 결국에는 도둑이 들어와 훔쳐 갈 재물을 모으는 데 여념이 없다. 진작 알지 못하더라도 인생의 끝에 다다르면 자연스럽게 깨닫게 되거늘 이보다 어리석은 삶이 어디 있는가. 데우칼리온과 그의 아내 피라[5]는 머리 뒤로 돌을 던져 사람을 창조했다고 전해진다. 이에 관한 옛 시를 월터 롤리 경은 다음과 같이 옮겼다.

그리하여 단단한 심장을 가진 우리 종족은 고통을 견뎌내며,
우리의 육체가 돌의 속성을 지니고 있음을 인정하네.

어쭙잖은 신탁을 맹신하여 머리 뒤로 돌을 던지고는 그 돌이 어디에 떨어지는지도 모르는 이야기는 부디 이쯤에서 그만두기로 하자.

비교적 자유로운 이 나라에서도 많은 사람들은 단순한 무지와 실수로 인해, 쓸데없는 근심과 중노동에 사로잡혀 인생의 값진 열매를 따지 못한다. 중노동에 시달린 투박한 손가락으로 열매를 딸 수 없을 만큼 떨리는 것이다. 실제로 노동하는 사람은 하루하루를 온전히 보낼 겨를도, 타인과 인간다운 관계를 맺을 여유도 없다. 그러는 동안 노동력이 시장에서 가치를 잃고 말 것이기 때문이다. 결국 그는 일하는 기계가 되고 만다. 사람이 성장하기 위해서는

◆ ◆ ◆

4) 성경 마태복음 6장 19절.
5) 데우칼리온과 피라는 성경 속 홍수의 그리스 버전에 나오는 생존자들. 이들이 다시 사람이 사는 세상을 만들기 위해 지시받은 것은 어깨 뒤로 돌멩이를 던지는 것이었음.

스스로 무지하다는 것을 기억해야 하지만, 알고 있는 바를 과시해야 한다면 어떻게 자신의 무지를 기억하겠는가? 섣불리 그를 판단하기 전에 공짜로 먹을 것과 입을 옷을 주며 우리가 가진 강장제로 원기를 보충해줘야 한다. 인간의 가장 고귀한 본질은 과일에 붙은 분가루처럼 섬세하게 다뤄야 보호할 수 있다. 하지만 우리는 스스로와 서로에게 별로 상냥하게 대하지 않는다.

모두가 알다시피 여러분 중 누군가는 가난 때문에 고된 삶을 살고, 때로는 헐떡거리며 숨을 제대로 쉬지 못한다. 분명 누군가는 식사를 하고도 밥값을 내지 못하고, 외투나 신발이 다 해질 때까지 새로 장만할 돈이 없으리라. 이 책을 읽고 있는 이 시간은 빚쟁이로부터 빌리거나 훔친 시간일 것이다.

경험에 의해 날카로워진 내 눈에는 많은 사람들이 얼마나 눈치 보며 비참한 삶을 사는지 뻔히 보인다. 빚이란 예로부터 있는 진흙수렁인데, 놋쇠로 돈을 만들어 썼던 로마인은 이를 '남의 놋쇠'라고 표현했다. 여러분은 꼼짝없이 '남의 놋쇠'에 구속된 채 빚을 갚겠다며 장사라도 해보려고 애쓴다. 살아 있어도 죽은 목숨처럼 항상 빚을 갚겠다고, 내일은 꼭 갚겠다고 약속하지만 끝내 갚지 못한 채 오늘 죽는 신세가 아닌가. 당신은 다른 사람의 비위를 맞춰 고객으로 맞아들이려고 법을 어기는 것 외의 온갖 수단을 다 쓴다. 거짓말하고, 아첨하고, 의견을 표명하고, 스스로를 공손한 자로 둔갑시키면서 엷은 공기층처럼 너그러운 분위기 속에서 자신의 입지를 부풀리며 이웃 사람을 설득한다. 당신의 구두와 모자, 외투와 마차 만드는 일을 내게 맡겨달라고, 또는 식품과 잡화를 조달하게 해달라고. 이처럼 여러분은 몸과 마음을 혹사시키고 병드는 것도 마다하며 오로지 오래된 궤짝이나 석고상 뒤의 양말 짝, 또는 튼튼한 벽돌로 지은 은행에 보관할 무언가를 쌓아두려고 갖은 노력을 다한다. 장소가 어디든, 금액이 크든 작든 중요하지 않다.

우리 미국인이 이질적이고 야비한 흑인노예제도에 빠져들 만큼 천박해질 수 있다는 것은 매우 놀라운 일이다. 지금도 북부와 남부에는 인간을 노예로 두려고 악랄한 눈을 번뜩이는 작자들이 넘쳐난다. 남부의 노예감독 밑에서 일하는 것도 힘들지만 북부의 노예감독은 더욱 악명 높다. 그러나 가장 나쁜 것은 스스로의 노예감독이 되는 일이다.

밤낮으로 장터를 향해 달리는 짐마차꾼을 보라. 그의 내면에 조금이라도 신성함이 꿈틀대는 것이 느껴지는가? 그에게 가장 고귀한 임무라고 해봐야 말에게 먹이와 물을 주는 것이다. 그가 마땅히 받아야 할 짐마차 운송 대금은 그의 운명에 비해 얼마만큼의 가치가 있을까? 그는 결국 '한가락 하는 분'을 상전으로 모시지 않았던가. 그가 어떻게 신성한 불멸의 존재이겠는가? 신성이나 불멸은커녕 그저 자기가 한 일로 얻은 평판의 노예이고, 스스로 얽매인 포로일 뿐이다. 그가 얼마나 하루 종일 웅크리고 다른 사람의 눈치를 보는지, 막연한 불안감에 휩싸여 있는지 보라.

평판이란 우리 자신의 사사로운 평가에 비하면 나약한 폭군에 지나지 않는다. 자기 스스로에게 내리는 평가가 운명을 결정하는, 아니 최소한의 지표가 되는 것이다. 윌버포스[6]는 서인도제도의 노예들을 해방시켰다 하지만 정신세계에서 노예생활을 하는 우리는 어떤 윌버포스가 나타나 해방시켜줄 것인가? 이 땅의 여성들을 생각해보라. 자신의 운명에 대한 생생한 관심을 은연중에라도 드러내선 안 되는 것처럼 최후의 날까지 변기 받침대나 짜고 있지 않는가! 영원에 흠집을 내지 않고도 얼마든지 시간을 죽일 수 있다는 듯이.

대부분의 사람들은 묵묵히 절망적인 삶을 살아가고 있다. 체념이란 절망을 확인하는 것일 따름이다. 절망의 도시를 떠나 절망의 시골로 들어가 밍크나 사향쥐[7]에서 위안을 얻는 삶이라니. 인류의 유희나 오락 속에는 진부하지만 무의식적인 절망이 숨겨져 있다. 놀이는 언제나 노동이 끝난 후에 오기 때문에 진정한 즐거움이 될 수 없다. 절망적인 행동은 애초에 하지 않는 것이 지혜롭다.

교리문답식으로 인생의 주요 목적[8]과 삶에 진정으로 필요한 수단을 생각해볼 때, 사람들이 평범한 생활방식을 일부러 택한 이유는 그것이 가장 마음에 들었기 때문일 것이다. 하지만 그들은 이제 와서 어쩔 도리가 없다고 믿는다. 그러나 민첩하고 건전한 기질을 타고난 사람은 오늘도 눈부시게 떠오르는 태양을 기억한다.

◆◆◆

6) 윌리엄 윌버포스(1759~1833). 노예제도에 반대한 영국의 개혁가.
7) 덫에 걸린 밍크나 사향쥐는 제 다리를 물어뜯어서라도 잘라내어 자유의 몸이 된다고 함.
8) 《뉴잉글랜드 프라이머》에 나온 소교리 문답. "인간의 주된 목적은 무엇인가? 인간의 주된 목적은 신을 영광되게 하고 그를 영원히 누리는 것이다."

편견을 버리려면 지금도 늦지 않았다. 어떤 생각이나 행동이든 아무리 옛것이라도 증거가 없으면 믿을 수 없다. 오늘 모두가 진실이라고 말하거나 묵인하는 것이 내일은 거짓임이 밝혀질 수 있다. 밭에 단비를 내리게 해줄 구름이라고 믿은 것이 한낱 연기처럼 사라지는 의견일 수 있는 것이다. 노인들이 할 수 없다고 말한 것을 지금 여러분이 할 수도 있다. 옛날 사람에게 맞는 행동이 있다면, 요즘 사람에게는 요즘에 맞는 행동이 있다. 옛날 사람들은 불을 계속 지피려면 땔감을 계속 넣어야 한다는 것조차 몰랐을 테지만, 새로운 세대는 냄비 밑에 마른 장작 몇 개만 넣으면 새처럼 빨리 지구를 한 바퀴 돌 수 있다. 나이가 들었다고 젊은이보다 교사 노릇을 잘할 수 있는 것은 아니다. 나이를 먹으면서 잃는 것만큼 얻는 것은 아니기 때문이다. 아무리 현명한 사람이라 해도 살면서 절대적 가치를 지닌 무언가를 배우지는 못했을 것이라고 나는 생각한다. 실제로 노인들은 젊은이에게 해줄 만한 매우 중요한 조언이 없다. 그들의 경험이란 매우 일부에 불과하며, 개인적인 이유로 몹시 비참하게 실패한 삶을 살아왔지만 그 참담한 경험에도 신념이 조금은 남아 있을지 모른다. 그리고 예전의 젊음만 잃은 것일지 모른다. 나는 이 별에서 30년쯤 살았는데, 윗사람들에게 귀중하거나 진실된 조언을 단 한마디도 들어보지 못했다. 그들은 내게 쓸 만한 것은 아무것도 말해주지 않았으며 지금도 마찬가지일 것이다. 삶이란 매우 많이 시도해보지 못한 실험이다. 하지만 그들이 시도해봤다고 해서 내게 도움이 되는 것은 아니다. 내가 귀중하다고 생각하는 경험을 해봤다 해도 나의 멘토들[9]은 분명 아무 말도 해주지 않았을 것이다.

한 농부는 내게 이렇게 말한다. "채소만 먹고는 살 수 없죠. 뼈를 만들 성분이 없거든요." 그리고 그는 자신의 몸에 뼈 성분을 제공하려고 꼬박 하루의 일부를 바친다. 그런 그가 줄곧 중얼거리면서 뒤따라가는 황소는 온갖 장애물을 무릅쓰고 풀만 먹고 만들어낸 뼈로 육중한 쟁기와 주인을 획획 잡아당기며 앞으로 나아간다. 가장 무기력하고 병든 사람에겐 삶의 필수품인 물건이 다른 사람에게는 사치품에 지나지 않을 수 있고, 또 다른 이는 그런 물건이 있는지조차 모른다.

어떤 사람들은 인간의 생애 전체에 걸쳐 선조들이 그 굴곡을 살펴보았고, 모든 것에 관심을 기울여왔을 것이라고 생각할지 모른다. 이블린에 의하면, '현명한 솔로몬은 나무와 나무의 간격까지 법령으로 정해놓았고, 로마 집정관들은 이웃집 땅에 들어가 떨어진 도토리를 몇 번 주웠을 때 무단침입죄가 되지 않는지, 주인의 몫은 얼마인지 정해두었다.'[10] 히포크라테스[11]는 손톱을 자르는 법에 대한 지침을 남기기도 했다. 그러니까 우리의 손가락 끝조차 짧아서도 길어서도 안 되는 것이다. 삶의 다양함과 기쁨을 다 소진시키고 남을 지루함과 권태는 틀림없이 아담 시대만큼 오래되었

◆◆◆

9) '멘토'라는 말은 호메로스의 《오디세이》에서 비롯됨. 이야기에서 오디세우스는 아들 텔레마쿠스를 위해 멘토를 선택해 보호자이자 선생으로 삼았음.
10) 영국 일기작가 존 이블린(1620~1706)의 《실바 또는 숲 나무들의 담론》에서 인용된 구절.
11) 히포크라테스(B.C.460?~370?). '의학의 아버지'라고 알려진 고대 그리스 의사.

을 것이다. 하지만 인간의 능력은 한 번도 제대로 측정된 적이 없다. 아직 해보지 않은 것이 너무나 많기에, 선조들이 이뤄 놓은 업적으로 인간의 능력을 판단하면 안 된다. 그대가 여태껏 어떤 실패를 해보았든 "나의 아들아, 상심치 말라, 네가 완수하지 못하고 남겨둔 일을 누가 강요하겠는가".[12]

우리는 간단한 여러 번의 검사로 인생을 시험해볼 수 있다. 예를 들면 내가 키우는 콩을 여물게 하는 태양은 우리가 사는 지구와 같은 행성을 동시에 여러 개 비추고 있다. 그것만 기억했어도 많은 실수를 막을 수 있었을 텐데. 지금 이 빛은 내가 괭이질을 하면서 쬐었던 것이 아니다. 별들은 얼마나 멋있는 삼각형들의 정점인가! 우주 안에 각양각색의 대저택에 멀리 떨어져 있는 다른 존재들이 동시에 같은 별을 바라보다니! 자연과 인간의 생애는 우리의 기질만큼 다양하다. 삶의 전망이 어떤지 남에게 말해줄 수 있는 사람이 누가 있겠는가? 우리가 서로의 눈을 들여다보는 그 찰나보다 더 큰 기적이 일어날 수 있을까? 우리는 한 시간 안에 이 세상의 모든 시대를 살아볼 수 있고, 아아 한 세대의 온 세상을 살아볼 수 있다. 역사와 시학, 신학! ― 나는 다른 이의 경험에서 이만큼 놀랍고 정보가 풍부한 글을 읽은 적이 없다.

이웃이 '선'이라 부르는 것의 대부분을 나는 마음 깊이 '악'이라 믿으며, 내가 무엇이라도 뉘우친다면 그것은 틀림없이 바른 행동일 것이다. 나는 무슨 악령에 씌었기에 이토록 예의바르게 행동

◆◆◆

12) 이와 비슷한 구절이 H. H. 윌슨이 번역한 힌두교 고전 《비슈누 푸라나》에 등장함.

하는가? '늙은이여, 나름의 명예를 지니고 70년을 살아온 당신, 당신은 알고 있는 것 중 가장 현명한 것을 말해줄지 몰라도, 나는 그 모든 조언으로부터 멀어지라는 목소리를 뿌리치지 못하고 듣고 있소. 한 세대는 좌초한 배와 같은 다른 세대의 계획을 저버리는 법이라오.'

우리는 지금보다 훨씬 더 많은 것을 믿어도 좋을 것이다. 나 자신에 대한 지나친 걱정을 고스란히 쏟아놓는 만큼 관심을 다른 곳에 돌려도 좋다. 자연은 우리의 강점에 그런 것처럼 약점에도 잘 적응되어 있다. 끊임없는 걱정과 불안은 거의 치료 불가능한 병이다. 우리는 우리가 한 일의 중요성을 과장하곤 한다. 하지만 우리가 하지 않은 일이 얼마나 많은가? 또는 우리가 병이라도 들면 어떻게 할 것인가? 우리는 가능하면 신념을 지키며 사는 것을 피하려고 한다. 하루 종일 전전긍긍하다가 밤에는 마지못해 기도를 하고는 불확실성에 스스로를 맡겨버린다. 우리는 너무나 철저하게 현재의 삶을 믿으면서 변화의 가능성을 부인한다. "이것만이 유일한 길이야." 하고 말한다. 하지만 길은 하나의 점에서 반지름을 그릴 수 있는 방법만큼이나 많다. 생각해보면 모든 변화는 기적이고 그 기적은 매 순간 일어난다. 공자는 말했다. "내가 무엇을 아는지 무엇을 모르는지 아는 것, 그것이 참지식이다."[13] 한 인간이 상상 속 사실을 자신이 깨달은 것이라고 생각할 때, 모든 인간은 결국 그 생각을 바탕으로 자신의 삶을 확립 것이라고 나는 생

◆◆◆

13) 공자(B.C.551~B.C.479). 이 글은 《논어》 제2편 17절에서 인용함.

각한다.

　내가 이야기해온 걱정과 불안이 대부분 무엇에 관한 것인지, 그리고 어느 정도 불안해해야 하는지 잠시 생각해보자. 삶의 으뜸가는 필수품이 무엇인지, 그리고 그것을 얻기 위해 어떻게 해야 하는지 알기 위해 물질문명의 한가운데에서 원시적이고 개척자적인 삶을 살아보는 것도 많은 도움이 된다. 또는 상인들이 남긴 옛 서적을 살펴보고, 사람들이 상점에서 가장 많이 구입한 것이 무엇이며, 가장 많이 소비되는 식료품과 잡화는 무엇이었는지 알아봐도 좋을 것이다. 아무리 사회가 발전해도 인간의 기본적인 법칙은 별 영향을 받지 않기 때문이다. 아마 그것은 우리가 조상들의 골격과 다르지 않기 때문이리라.

　인간이 스스로 노력해 얻은 모든 것 중에서 '생활필수품'은 처음부터, 또는 오래도록 썼기에 생활에 너무 중요해 야만스러움이나 가난, 인생관 등 그 무엇 때문이든 그것 없이는 살아갈 수 없다고 생각되는 것들을 말한다. 이런 점에서 많은 생물체에게 생활필수품은 단 하나, '먹을 것'뿐이다. 대초원의 들소에게는 한 뼘 되는 맛좋은 풀과 마실 물이 생활필수품이다. 물론 숲이나 산그늘에서 '쉴 곳'을 구할 수는 있을 것이다. 동물들은 '먹을 것'과 '쉴 곳' 외에 다른 것은 아무것도 필요하지 않다. 우리가 사는 이 기후에 사는 인간에게 생활필수품은 '먹을 것'과 '쉴 곳', '옷', '연료' 등 여러 범주에 분포되어 있다. 이것들을 확보한 후에야 자유와 성공의 전망을 바탕으로 인생의 진정한 문제를 받아들일 준비가 되는 것이다. 인간은 집뿐만 아니라 옷을 만들고 음식을 장만했다. 그리고 불이 따뜻하다는 것을 우연히 발견하고 그것을 계속 사용함으로써, 불가에 앉아 있는 것이 처음에는 사치였으나 지금은 필수가 되었다. 우리는 고양이와 개도 이와 같은 제2의 천성에 젖어드는 것을 본다. 인간은 적당한 '쉴 곳'과 '옷'으로 고유의 체온을 유지한다. 하지만 이것들이나 연료가 지나치게 되면, 외부의 열이 높아져서 그때부터 우리 몸의 진짜 요리가 시작되는 것은 아닐까? 자연주의자인 다윈은 티에라델푸에고 섬에 갔을 때를 이야기하면서, 자신의 일행은 옷도 잘 챙겨 입고 불가에 가까이 앉아 있었지만 추위를 탄 반면, 벌거벗은 원주민들은 불가에서 훨씬 멀리 떨어져 있는데도 "찜통더위를 겪듯 땀으로 범벅이 되어"[14] 매우 놀랐다고 한다. 비슷한 이야기로, 뉴홀란드인들[15]이 거리낌 없이 발가벗고 다니는 동안 유럽인들은 옷을 입고도 추위에 떤다고 한다. 이 미개인의 강인함과 문명인의 지적 수준을 겸비하는 것은 불가능할까? 리비히[16]에 따르면 인간의 몸은 난로와 같고, 음식은 폐 속의 내부 연소를 유지하는 연료와 같다. 우리는 날씨가 추우면 더 먹고 따뜻하면 덜 먹는다. 동물의 열은 느린 연소의 결과로 일어나는데 그 속도가 너무 빨라지면 질병이나 죽음을 초래한다. 또는 연료가 부족하거나 통풍 장치에 결함이 생겨도 불은 꺼진다. 물론 생명의 열을 불과 혼동해서는 안 되지만 비슷한 점이 매우 많다.

◆◆◆

14) 영국의 자연주의자인 찰스 다윈(1809~1882)이 그의 저서 《비글호의 항해》에 1830년대에 했던 여행에 대해 적어놓은 글에서 인용.
15) 호주 원주민.
16) 유스투스 폰 리비히(1809~1873), 독일의 화학자.

그러므로 위의 목록으로 미루어 보아 '동물의 생명'이라는 표현은 '동물의 열'이라는 표현과 거의 같은 의미로 쓰인 듯하다. '먹을 것'은 몸속의 불을 유지해주는 '연료'로 볼 수 있는데 ('연료'의 역할은 '먹을 것'을 만들어내거나 외부에서 추가로 몸의 열을 올리는 것이 전부다.) '쉴 곳'과 '옷'은 그렇게 생성되고 흡수된 열을 유지하는 역할만 하기 때문이다.

그렇다면 우리 몸에 필수불가결한 것은 따뜻함을 유지하는 것, 우리 체내의 생명의 열을 유지하는 것이다. 그렇기에 우리는 온갖 애를 쓰며 '먹을 것'과 '옷', '쉴 곳'을 마련한다. 그뿐만 아니라 잠옷이라고 할 수 있는 침대, 즉 쉴 곳 안의 또 다른 쉴 곳을 마련하기 위해 새의 둥지와 가슴털을 훔치기까지 한다. 마치 두더지가 땅굴 끝에 풀과 나뭇잎을 침대 삼아 잘 자듯!

가난한 사람은 세상이 차갑다는 불평을 입에 달고 다닌다. 여기서 차갑다는 것은 인간의 고통 대부분을 직접적으로 가리키는 육체적 냉기 못지않게 사회적 '냉기'를 가리킨다. 지구상의 어떤 지방에서는 여름이 되면 인간이 엘리시움의 삶을 누릴 수 있다.[17]

'먹을 것'을 요리할 때 외에는 '연료'가 필요하지 않다. 태양이 곧 불이고, 풍성한 과일이 햇빛에 충분히 무르익을 것이다. '먹을 것'은 가짓수도 더욱 많고 얻기도 쉬우며, '옷'과 '쉴 곳'은 전혀, 또는 거의 필요하지 않다. 내 경험에 의하면 현재 이 나라에서 필수품에 버금가는 물건은 칼과 도끼, 삽, 손수레 등 몇 가지 도구와, 학구적 취향을 지닌 사람이라면 램프와 문구류, 책 몇 권인데 이런 것은 얼마 안 되는 돈으로 구할 수 있다. 하지만 현명하지 못한 몇몇 사람은 지구 반대편의 야만적이고 비위생적인 지역으로 건너가 10~20년쯤 무역에 전념하는데, 결국은 죽기 전에 뉴잉글랜드에서 살기 위해, 그러니까 안락하고 따뜻하게 생을 보내기 위해서이다. 호화롭게 사는 부자들은 안락하고 따뜻한 데서 그치지 않고 부자연스러울 정도로 덥게 지낸다. 앞서 넌지시 말했듯이 그들은 당연히 최신식으로 요리되고 있는 셈이다.

사치품과 이른바 생활필수품이라는 것의 대부분은 불필요할 뿐만 아니라 인류의 고결함에 방해가 되는 것이 분명하다. 사치품과 안락함에 있어서 현명한 사람들은 늘 가난한 자보다 더 소박하고 결핍된 생활을 해왔다. 중국과 인도, 페르시아, 고대 그리스의 철학자들은 외관상 누구보다도 가난했지만 내면은 가장 부유했다. 우리가 그들에 대해 아는 것은 많지 않다. 지금 이만큼 아는 것만 해도 대단하다. 그들보다 후대에 살았던 개혁가와 후원자들

◆◆◆

17) 그리스 신화에서 엘리시움은 내세에 축복받은 자들이 누리는 완벽한 행복의 상태를 말함.

에 대해서도 마찬가지다. 인간의 생애를 공정하고 현명하게 관찰하기 위해 자발적인 가난보다 유리한 조건은 없다. 농업에서든 상업, 문학, 예술에서든, 사치스러운 삶의 열매는 사치일 뿐이다. 요즘에는 철학 교수는 있지만 철학자는 없다. 삶다운 삶을 사는 것이 한때는 존경받을 만했다면 지금은 교수가 존경을 받는 것인가. 철학자가 된다는 것은 섬세한 생각을 하거나 학교를 세우기만 하는 것이 아니라, 지혜를 사랑해 지혜를 따라 소박하고 독립적이며, 아량을 베푸는 신뢰의 삶을 사는 것이다. 삶의 문제를 이론에 그치지 않고 실질적으로 해결하는 것이다. 위대한 학자와 사상가들이 이뤄낸 성공은 왕답고 남자다운 것이 아니라 신하와 같은 성공이다. 그들은 선조들이 그랬듯 단지 순응하며 살기 위해 노력하는 사람들이지, 어떤 면에서도 더 고귀한 인류의 선구자라고 할 수 없다. 그렇다면 애초에 인간은 왜 타락하는가? 가문은 무엇 때문에 몰락하는가? 국가를 무기력하게 하여 파멸시키는 사치의 본질은 무엇인가? 우리 삶이 사치스럽지 않다고 확신할 수 있는가? 철학자는 삶의 외형에서도 시대를 앞서는 사람이다. 철학자는 먹고, 쉬고, 입고, 몸을 따뜻하게 하는 방법이 동시대 사람들과 다르다. 사람이 철학자가 되면 다른 사람보다 더 나은 방법으로 생명의 열을 유지해야 하지 않을까?

앞에서 말한 여러 가지 방법으로 몸을 따뜻하게 하고 나면 인간은 그다음에 무엇을 원할까? 따뜻함을 더 바라지는 않을 것이다. 즉, 더 먹음직스럽고 더 많은 음식, 더 크고 화려한 집, 더 많은 세련된 옷, 끊임없이 뜨겁게 타오르는 불을 원하지는 않을 것이다.

생활필수품을 마련한 인간에게는 같은 것을 넘치게 추구하는 것 말고 다른 할 일이 있는 것이다. 진작 시작된 변변찮은 노동에서 손을 떼고 이제라도 인생의 모험을 떠나는 것이다. 씨앗의 어린뿌리가 아래로 뻗어나가는 것을 보니 토양이 씨앗에 알맞은 모양이다. 이제는 당당하게 줄기가 위로 뻗어나갈 것이다. 인간은 그토록 단단하게 땅에 뿌리를 내려놓고, 머리 위 하늘로는 왜 그에 맞게 오르지 않는 것일까? 귀한 식물은 땅과 떨어진 공중에서 빛을 받아 마침내 열매를 맺기에 가치를 인정받고, 이와 달리 흔한 식용식물은 두해살이이기는 하지만 뿌리가 다 자랄 때까지만 재배하다가 뿌리를 쓸 요량으로 위를 잘라내기에 이것이 언제 꽃을 피우는지 잘 모른다.

　나는 천성이 강하고 용맹한 사람들에게 규칙을 정해주려는 것이 아니다. 그들은 천국에서나 지옥에서나 자신이 할 일을 알아서 하고, 가장 부유한 자들보다 더 웅장하게 쌓고 후하게 쓰면서 자신이 사는 모습을 몰라 스스로 가난해질 일이 없는 사람들이다. 그러나 이런 사람들이 정말 존재할지는 모른다. 정확히 현재 상황에서 자극을 받고 용기를 내며, 연인이 가질 법한 애정과 열정으로 현재를 아끼는 사람(어느 정도는 내가 이 무리에 속한다고 생각한다.)에게 하는 말도 아니다. 사람은 스스로가 일을 잘 구하는지 아닌지를 알기 마련인데, 상황이 어떻든 일을 잘 구하는 사람에게 하는 말도 아니다. 단지 불만이 많고, 충분히 개선할 수 있는데도 자신의 운명이, 또는 자기가 사는 시절이 혹독하다고 게으름을 피우며 불평만 하는 사람들에게 하는 말이다. 그들 중에는 의무를 다하고 있기 때문이라고 말하는 사람도 있지만, 누구보다도 심하게 불평을 늘어놓아 어떤 위로도 통하지 않는 사람에게도 말하고 싶다. 내가 또 말하고 싶은 대상은 겉보기에는 부유하지만 사실 가장 끔찍하게 빈곤한 계층으로, 부스러기 같은 재산을 열심히 모았지만 그것을 쓰거나 없애는 방법을 몰라 스스로에게 금과 은으로 만든 족쇄를 채운 사람들이다.

내가 과거에 원했던 생활에 대해 이야기한다면, 실제 내 삶의 전력을 어느 정도 알고 있는 독자들은 놀랄 것이다. 물론 전혀 아는 것이 없는 독자들도 놀랍기는 마찬가지일 것이다. 내가 소중히 여겨온 계획을 살짝만 이야기해보겠다.

날씨가 어떻든 낮이든 밤이든, 나는 가장 적당한 때를 소중히 여겨 막대기에 새기기를 열망해왔다. 과거와 미래라는 두 영원이 만나는 지점, 즉 현재의 순간에 서 있기를, 그 선 위를 발끝으로 걷기를 고대했다. 나의 말에 애매한 부분이 있다면 양해를 구하는데, 내가 하는 일은 다른 많은 사람들이 하는 일보다 비밀이 많지만 그 비밀은 자의로 지켜지는 게 아니라 내가 하는 일의 속성과 떼려야 뗄 수 없기 때문이다. 나는 내가 알고 있는 모든 것을 기꺼이 말할 것이고, 대문에 '출입금지'라는 팻말을 걸지 않을 것이다.

나는 오래전에 사냥개 한 마리와 붉은 말 한 마리, 멧비둘기 한 마리를 잃어버렸는데 여전히 그들의 자취를 찾고 있다. 많은 여행자들에게 세 동물들이 갔을 법한 길과, 무어라 불러야 반응하는지를 말해주고 있다. 사냥개 소리, 말발굽 소리를 들었거나 심지어 구름 뒤로 사라지는 비둘기를 보았다는 사람도 한두 명 만나보았는데, 그들은 마치 자신이 잃어버린 것처럼 그것들을 간절히 되찾기를 바라는 듯 보였다.

일출과 새벽뿐만 아니라, 가능하다면 자연 자체를 기다리는 기분이란! 나는 여름이고 겨울이고 얼마나 많은 아침에, 이웃 사람이 일을 시작하느라 소리를 내기 전에 내 일과를 시작했던가! 새벽녘에 보스턴으로 향하는 농부, 일하러 가는 나무꾼 등 동네 사람들 대부분이 이 모험을 마치고 돌아가는 나와 마주쳤다. 태양이 떠오르는 데 내가 물질적으로 전혀 도움이 되지 못한 것은 사실이지만 분명 그 순간에 존재하는 것만 해도 매우 중요한 일이었다.

그토록 많은 가을, 아, 그리고 겨울날을 마을 밖으로 나가 바람 속에 무슨 소식이 있는지 듣고, 또 그것을 속보로 전하려 했으니! 나는 거의 모든 자본을 이 일에 쏟았고, 또한 바람을 마주하며 달리느라 숨이 멎을 뻔했다. 그 소식은 정당에 따라 다르겠지만 어느 한 정당에 관련되었다면 정보력이 뛰어난 〈가제트〉지에 실렸을 것이다. 또 어떤 때는 새로운 소식이 생기면 전보를 치려고 절벽 또는 나무 위 망루에서 지켜보았고, 저녁 무렵 언덕 위에서 하늘이 낮아지기를 기다리면서 사실 많은 것을 잡지는 못했지만 뭐라도 잡기를 바랐으며, 있더라도 '만나(모세를 따라 이집트를 탈출해 광야를 헤매는 이스라엘 백성들에게 기적처럼 내려진 음식-옮긴이)'처럼 햇빛을 받으며 녹아내리곤 했다.

나는 자그마한 신문사에서 오랫동안 기자로 있었는데[18] 편집장은 내 기사를 싣는 법이 좀처럼 없었다. 작가라면 흔히 그렇듯 나는 죽도록 일만 한 셈이었다. 하지만 이 경우에는 내 수고 자체가 보상이 되었다.

　오랜 세월 나는 자칭 눈보라와 폭풍우의 관찰자로 지냈는데 나는 그 일을 성실하게 했다. 큰길은 아니지만 숲속 오솔길과 온갖 지름길의 측량사로서 길이 막히지 않게 해두었고, 산골짜기에 다리를 놓아 사시사철 지나다닐 수 있게 했는데 그 일이 쓸모 있었다는 것은 그곳에 난 많은 발자국들이 증명했다.

　나는 울타리를 넘어 다녀서 성실한 마을 목동들을 골치 아프게 한 야생동물을 돌보고, 발길이 닿지 않는 농장 구석구석을 살폈다. 그러나 요나 또는 솔로몬이 오늘 어느 밭에서 일하고 있는지 아닌지를 매번 알지는 못했다. 그건 내가 상관할 일이 아니었다. 나는 붉은 월귤나무, 작은 벚꽃나무와 팽나무, 적송과 검은재나무, 백포도와 황제비꽃 등 건기에 시들기 쉬운 식물에 물을 주어왔다.

　줄여 말하자면, 자랑은 아니지만 나는 성실하게 내 일에 마음을 쓰면서 오래도록 일해왔다. 결국 마을 사람들은 나를 마을 임원으로 앉힌다거나 내 일을 약간의 보수를 받는 한직으로 인정할 생각이 없다는 점이 분명해졌다. 맹세코 꼬박 적어온 내 장부는 감사를 받은 적도 없이, 훨씬 적은 돈이 들어오고 나갔다. 하지만

◆◆◆

18) 당시에는 출간되지 않은 자신의 《저널》을 일컫는 것일 가능성이 큼.

나는 크게 신경 쓰지 않는다.

얼마 전, 한 인디언 행상이 이웃에 사는 유명한 변호사 집에 바구니를 팔러 갔다. 인디언은 "바구니 사시겠어요?" 하고 물었지만 "아니, 필요 없소." 하는 대답만 들었다. 그는 대문을 나서며 "뭐! 우리는 굶어 죽으란 말이오?" 하고 외쳤다. 부지런한 백인 이웃이 매우 부유하게 사는 것을 보고 (그 변호사는 변론을 짰을 뿐인데 어떤 마법 때문인지 부와 지위가 뒤따랐다.) 인디언은 혼자 생각했다. '나도 장사를 해야지. 바구니를 짜야겠어. 이게 내가 할 수 있는 일이니까.'라고. 그는 바구니를 만들면 그것으로 자기 몫은 끝나고 바구니를 사는 것은 백인의 몫이라고 생각했다. 바구니 구매가 가치 있는 일이 되게끔 하거나, 적어도 가치 있다고 생각하게 만들거나, 구매할 가치가 있는 다른 물건을 만들어야 한다는 생각은 하지 못했다. 나도 짜임이 섬세한 바구니를 짠 적이 있는데 누군가 그것을 살 가치가 있게끔 만들지는 못했다. 하지만 나는 바구니를 짜는 일이 내게 가치 있다는 생각에 조금도 변함이 없었고, 어떻게 하면 내 바구니를 사는 것이 다른 사람에게 가치 있을까 연구하기보다 어떻게 하면 바구니를 팔지 않아도 될까를 연구했다. 사람들이 성공이라고 추앙하는 삶은 그저 한 종류에 지나지 않는다. 왜 우리는 다른 삶을 깎아내리면서까지 한 종류의 삶을 과장해야 하는가?

내 동료들이 내게 법원의 한 자리를 내주거나 부목사직 또는 다른 먹고살 일을 줄 것 같지는 않았고 나는 거처를 옮겨야 했기에 내가 더욱 잘 아는 곳, 바로 숲으로 오롯이 눈길을 돌렸다. 나는 적당한 자본을 마련할 때까지 기다리지 않고 수중에 있는 적은 자본으로 당장 사업에 뛰어들어야겠다고 결심했다. 내가 월든 호숫가에 가는 목적은 돈을 적게 들여서 또는 많이 들여서 살기 위해서가 아니라, 장애물이 가장 적은 환경에서 개인적인 일을 하기 위해서였다. 약간의 상식과 사업적 재능이 부족해서 그 일을 하지 못할 수도 있다니, 슬프기보다는 어리석어 보였다.

나는 항상 일을 명확하게 처리하려고 노력했다. 그것은 누구에게나 필수불가결하기 때문이다. 당신이 중국 왕조와 거래한다면 살렘 항구 해안가에 작은 사무소를 차리는 것으로 준비를 마친 셈이다. 당신은 나라에서 생산되는 품목 즉, 얼음이라든가 소나무 목재, 상당량의 화강암 등 토종 특산품을 선박에 실어 수출할 것이다. 당신은 사업을 성공시키기 위해 모든 세부사항을 직접 감독해야 할 것이다. 동시에 도선사와 선장, 선박 주인, 보험업자 노릇을 하고, 물건을 사고팔고 장부를 기록하며, 받은 편지를 전부 읽고 답장을 일일이 쓰며, 밤낮으로 상품이 하역되는 것을 감독하고, 저지 해안에 값진 화물이 종종 풀리기도 하므로 거의 동시에 해안가 이곳저곳을 뛰어다니고[19] — 스스로 무전기가 되어 수평선을 살펴보며 연안으로 드나드는 모든 선박과 통신하면서, 거리가 멀고 가격이 비싼 시장에 물품을 꾸준히 출하하고, 시장 상황과 모든 곳의 전쟁과 평화 전망에 대한 정보를 알아두고 무역과 문명의 경향을 예상하며(이때 모든 탐험의 결과를 이용해, 새로운 항로와

◆ ◆ ◆

19) 뉴저지 해안은 난파사고가 잦았음.

발전된 항해 기술을 활용한다.), 정든 항구에 입항해야 할 배가 계산 오류로 암초에 좌초되는 일이 많으니 (라 페루즈의 운명은 아무도 모르지 않는가[20].) 해도를 살펴보고, 암초와 새로운 등대, 부표의 위치를 확인하며, 로그표를 거듭 수정하고, 한노[21]부터 페니키아인을 거쳐 오늘날에 이르기까지 위대한 발견자와 항해사, 위대한 모험가와 상인들의 삶을 공부하며 전 세계의 지식을 끊임없이 익히고, 결국에는 이따금 물품을 점검하여 현황을 파악해야 한다. 손익, 이자, 용기중량산정법[22]을 비롯한 온갖 측정 등 보편적인 지식을 요하는 문제를 해결하기 위해 능력을 총동원해야 하는 노동이다.

나는 월든 호숫가를 사업하기에 좋은 곳이라고 생각했다. 철도가 있고 얼음 채취 사업이 있기 때문만은 아니다. 여기에는 이점이 있는데 그것은 말하지 않는 것이 좋을 듯하다. 게다가 월든 호수는 좋은 주둔지이자 집을 짓기 좋은 기반을 가지고 있다. 네바강의 습지처럼 메워야 할 필요도 없다. 물론 말뚝을 직접 박아 집을 지어야 하지만 그건 어디서나 마찬가지다. 만조에 서풍이 불고 네바강의 얼음까지 가세하면 페테르부르크를 지구상에서 소멸시킬 수도 있다고 한다.[23]

이 사업은 평균적인 자본도 없이 시작했으니, 비슷한 모든 사

◆ ◆ ◆

20) 장 프랑수아 드 갤롭 라 페루즈(1741~1788), 조난당한 프랑스 탐험가.
21) 카르타고의 제독, 탐험가(B.C. 500년경)
22) 화물의 무게와 가치를 결정하는 데 쓰인 선적 용어.
23) 전에 '레닌그라드'로 불렸던 러시아 공화국의 도시였던 페테르부르크는 네바강 근처에 건설됨.

업을 시작하는 데 필수불가결한 수단을 어디서 구할 것인지 짐작하기가 쉽지 않을 것이다. 그럼 실제 문제를 곧장 다루어보자면 옷에 대해 우리는 진정한 쓸모보다는 고결함을 사랑하고 그 고결함을 구할 생각으로 다른 사람들이 나를 어떻게 보는지에 관심을 쏟는다. 할 일이 있는 사람에게 옷은 첫째, 체온을 유지하기 위함이고 둘째, 현재 사회에서는 알몸을 가리기 위함이라는 점을 떠올려보자. 그러면 옷장에 옷을 더 채워 넣지 않고도 해낼 수 있는, 필요불가결하고 중요한 일이 얼마나 많은지 알게 될 것이다. 왕과 왕비는 재단사가 만들어 바친 옷이라도 단 한 번밖에 입지 않으니, 꼭 맞는 옷을 입었을 때의 편안함을 알 리가 없다. 왕과 왕비는 깨끗한 옷을 걸어두는 빨래걸이보다 나을 것이 없다. 옷은 입은 사람의 성격에 영향을 받아 하루가 다르게 우리 자신에게 동화되고, 결국 옷이 우리 몸이라도 되는 양 쉽게 포기하지 못하고 의학적 처치를 하거나 의식을 치르기 전에는 벗어던지지 못한다. 내 기준으로는 옷을 기워 입었다고 해서 그 사람을 더 천하게 여기지 않는다. 하지만 보통 사람은 유행하는 옷이나 적어도 꿰매지 않은 깨끗한 옷을 입으려는 열망이 건전한 양심을 지니려는 마음보다 강한 것이 분명하다. 그러나 해진 곳을 수선하지 않더라도 낭비벽이라는 최악의 습성은 무심코 드러나기 마련이다. 나는 이따금 지인들에게 이런 시험을 해본다. 무릎 위로 기운 곳한 군데 또는 터진 곳 두어 군데가 있는 옷을 입을 수 있는가? 그러면 사람들은 앞날이 캄캄해지기라도 하는 듯 행동한다. 그들은 해진 판탈롱 바지를 입느니 부러진 다리로 마을까지 절뚝거리며 걸어가는 것이 한결 편할 것이다. 신사의 두 다리에 사고가 나면 다리를 고칠 수 있다. 하지만 판탈롱 다리에 비슷한 사고가 나면 어쩔 도리가 없다. 신사는 진정으로 공경받을 만한 것이 무엇인지보다 실제로 사람들이 존경하는 것이 무엇인지를 염두에 둔다. 세상에 우리가 아는 사람은 몇 명 안 되지만 외투와 반바지는 아주 많다. 마지막 남은 옷을 허수아비에게 입히고 그 옆에 당신은 실오라기도 걸치지 않은 채 늘어져 있을 때, 허수아비에게 먼저 인사를 건네지 않는 사람이 어디 있을까? 요전번에 옥수수 밭에 모자와 외투가 걸쳐진 말뚝 옆을 지나치다가 그 밭의 주인이 누구인지 알아보았다. 그는 마지막으로 보았을 때보다 약간 더 풍상에 거칠어져 있을 뿐이었다. 그때 내가 전해 듣기로 어느 개는 낯선 사람이 옷을 입고 주인의 땅에 들어오면 어김없이 짖지만 옷을 벗은 도둑을 보면 가만히 있다고 한다. 사람이 옷을 벗을 경우 상대적인 지위를 어느 정도 유지할 수 있을까 하는 점은 흥미로운 문제이다. 그런 경우에 여러분은 문명화된 인간 중에 가장 존경받는 계급에 속하는 사람을 확실히 가려낼 수 있는가? 동서양으로 전 세계를 돌아다니며 모험을 한 파이퍼 부인은, 북러시아 쯤에 도착해 고향에 가까워지자 권위자들을 만나러 갈 때면 여행복이 아닌 다른 옷을 입을 필요성을 느꼈는데 "이제 문명화된 나라, 사람들이 옷으로 판단되는 곳에 있기" 때문이라고 말했다.[24] 민주적인 우리 뉴잉글랜드 마을에서조차 우연히 모은 재산을 옷

◆◆◆

24) 아이다 파이퍼(1797~1858). 독일인 여행가이자 《한 여성의 세계여행(1852)》의 저자.

과 장신구로 드러내기만 하면 거의 만인의 존경을 한 몸에 받을 수 있다. 그러나 워낙 많기는 하지만 그런 존경심을 불러일으키는 사람은 여태껏 이교도였기에 그들에게는 선교사를 파견해야 한다. 게다가 옷을 만드는 바느질이란 작업은 끝이 없다고 해도 좋은 일이다. 적어도 여자의 드레스는 완성되는 날이 없을 것이다.

남자는 마침내 할 일을 찾아도 새로 옷 한 벌을 마련할 필요가 없다. 다락방에서 먼지가 쌓인 오래된 옷이면 충분하기 때문이다. 영웅에게 한 번이라도 시종이 있었다면, 오래된 신발은 시종이 받들어온 것보다 더 오랫동안 영웅을 받들었을 터인데, 맨발은 신발보다 오래되었으니 그것으로 충분하다. 파티나 국회의사당에 드나드는 사람은 외투 속에서 자꾸 바뀌는 인격에 맞춰 갈아입을 옷이 필요하므로 그들만큼은 새로운 외투가 필요하다. 하지만 재킷과 바지, 모자와 신발이 신을 숭배하기에 알맞은 복장이라면 나는 그것으로 충분하다. 그렇지 않은가? 실제로 다 해져서 원초적 요소로 분해되어, 가난한 아이에게 주어봤자 그 아이가 훨씬 더 가난하게, 아니 적은 것으로도 잘살고 있으니 더 부유하다고 할 수 있을 아이에게 줄 것이기 때문에 선행이라고 할 수 없을 만큼 낡은 옷을 누가 본 적이 있단 말인가? 내 말은, 옷을 입을 새로운 사람을 필요로 하는 게 아닌, 새로운 옷을 필요로 하는 일은 전부 조심해야 한다는 뜻이다. 새로운 사람이 없다면 어떻게 새로운 옷이 그에 맞춰 만들어질 수 있겠는가? 새로운 일을 앞두고 있다면 헌 옷을 입고 해보라. 사람은 무언가를 할 수단이 아닌, 무언가 할 일 또는 될 대상을 원하는 법이다. 우리가 어느 방향으로 아주 꾸준히 행동하고 일을 추진하고 항해해온 끝에, 오래된 옷을 입고도 새로운 사람이 된 듯 느껴지고 이 옷을 계속 가지고 있자니 오래된 병에 새로운 포도주를 보관하는 것처럼[25] 느껴지기 전까지는, 옷이 아무리 해지고 더러워졌어도 새로운 옷을 구입해서는 안 된다. 가금류와 마찬가지로 우리에게 탈피의 계절은 인생의 위기여야 한다. 아비새는 탈피기를 보내기 위해 한적한 호수로 날아간다. 뱀이 허물을 벗어던지고 애벌레가 벌레일 때 입던 껍데기를 벗는 것 또한 내면의 근면과 확장에서 비롯된다. 옷은 바깥의 꺼풀이자 결국 바스러질 굴레에 불과하기 때문이다. 아니면 다른 나라 국기를 달고 항해하다가 발각되어 인류 전체의 의견뿐만 아니라 우리 자신의 의견에 의해 쫓겨나고 말 것이다.

우리는 바깥으로 불어나는 외생식물처럼 옷을 입고 또 입는다. 우리가 겉에 입는 얇고 화려한 옷은 삶과 함께하지 않는 표피 또는 가짜 피부로, 여기저기에서 벗어도 치명적인 상처를 입지 않는다. 더 두꺼운 옷은 하염없이 해지기에 세포의 외피 또는 피질이다. 하지만 내의는 우리의 체관부, 즉 진정한 껍질로서 몸을 다치지 않고는 벗길 수 없다. 어떤 계절에는 온 인류가 내의에 해당하는 무언가를 입는다고 나는 믿는다. 바람직한 것은 간결하게 입어서 어둠 속에서도 자기 몸을 더듬어 찾을 수 있어야 하고, 적이 마을을 약탈하더라도 늙은 철학자처럼 아무런 걱정 없이 빈손으로 문을 나설 수 있을 만큼 간소하고 준비된 채 살아야 한다. 대개 두꺼운

◆◆◆

25) 마태복음 9장 17절.

옷 한 벌이 얇은 옷 세 벌보다 좋으며 더 저렴하게 사 입을 수 있다. 오래 입을 두꺼운 외투 한 벌은 5달러, 두꺼운 바지는 2달러, 소가죽 부츠 한 켤레는 1달러 반, 여름 모자는 25센트, 겨울 모자는 62센트 반에 사거나 재료값만 들여 집에서 만들면 더욱 좋다. 이런 마당에 자기가 벌어서 마련한 옷을 입고서도 현명한 사람들에게 경의를 받지 못할 만큼 가엾은 사람이 어디 있을까.

내가 특별한 형태의 옷을 만들어달라고 부탁하면 재단사는 "사람들이 이제는 그렇게 안 만들어요."라며 마치 운명의 세 여신처럼 인격체가 아닌 권위자를 인용하듯 '사람들'는 전혀 강조하지 않고 진지하게 말한다. 그러면 나는 내가 원하는 옷을 주문하기 어렵겠다고 생각하는데, 내 말이 진심일 리 없고 내가 그토록 경박할 리가 없다고 재단사가 믿기 때문이다. 신탁 같은 이 문장을 들을 때 나는 잠시 생각에 잠긴 채, 내가 문장의 의미를 이해하기를 바라며, 그리고 한 마디 한 마디 힘주어 곱씹으면서 '사람들'이 '나'와 얼마만큼 관련이 있는지, 사람들이 내게 이렇게 긴밀한 영향을 미치는 일에 어떤 권위가 있는지 깨닫기를 바란다. 그리고 마침내 재단사에게 마찬가지로 불가사의하게 '사람들'이라는 말을 강조하지 않고 대답하고 싶다. "맞아요, 사람들이 최근까지는 그렇게 만들지 않았지만 지금은 그렇게 한다지요." 재단사가 내 성격을 고려하지 않고 외투를 걸칠 빨래집게마냥 어깨 너비만 가늠한다면 치수를 재는 게 무슨 소용이란 말인가? 우리는 미의 세 여신도 파르카이 여신[26]도 아닌 패션의 여신을 숭배하는 것이다. 이 여신은 온 권위를 쏟아 실을 뽑고 천을 짜며 재단한다. 파리의 두

목 원숭이(1800년대 런던에서 예술, 문학 모임의 중심이었던 알프레드 기욤 가브리엘을 지칭함-옮긴이)가 여행용 모자를 쓰면 미국 원숭이들이 너도나도 따라한다. 이따금 나는 사람들의 도움을 받아 간단하고 정직한 무언가를 이 세상에서 해낼 가능성이 없다고 단념한다. 그들을 먼저 강력한 압축기에 넣어 머릿속의 낡은 사상을 짜내버려, 그 결과 당분간 그것들이 다시는 두 다리로 일어설 수 없게 해야 한다. 그다음에도 아무도 모르는 동안 누군가의 머릿속에 생겨난 알에서 결국 구더기가 나올 것이고, 이것은 불에 태워도 죽일 수 없으니 헛수고만 한 셈이다. 그러나 우리는 이집트의 보리가 미라에 의해 전해내려 왔다는 점을 잊지 않을 것이다.

전체적으로 볼 때, 이 나라에서든 어느 나라에서든 의상이 예술의 경지에 이르렀다는 주장은 옳지 않다고 생각한다. 요즘 사람들은 손에 닿는 대로 옷을 입는다. 조난당한 선원처럼 해변에서 찾은 것을 걸치고는, 공간이든 시간이든 약간의 거리를 두고 서로의 겉치레를 비웃는다. 모든 세대가 옛 패션을 비웃으면서 새로운 유행을 성실하게 따른다. 우리는 헨리 8세나 엘리자베스 여왕 시대의 의상이 식인섬 왕과 여왕의 의상이라도 되는 듯 바라보며 즐거워한다. 옷을 모조리 벗어버린 인간은 불쌍하거나 우스꽝스럽다. 사람의 몸에서 밖을 응시하는 진지한 눈과 그 몸 안에서 흘러가는 진실한 생명만이 웃음을 참고 어떤 사람의 의상이든 숭배한

◆◆◆

26) 그리스로마 신화에서 미의 세 여신은 광휘, 기쁨, 개화의 여신들. 파르카이는 로마 신화에 나오는 운명의 여신.

다. 어릿광대 할리퀸[27]이 복통을 앓느라 괴로워하면 꽉 끼는 옷도 그 분위기를 받쳐줄 것이다. 병사가 포탄에 맞아 쓰러지면 그의 넝마는 왕이 입는 자줏빛 의상보다 그에게 잘 어울린다.

새로운 유행에 대한 유치하고 미개한 세상 남녀들의 취향은 오늘날 이 세대가 요구하는 특정한 형상을 찾아내기 위해 그토록 많이 고개를 흔들어대고 눈을 가늘게 뜨며 만화경을 들여다보게 한다. 의상 제조업자들은 이 취향이 단지 변덕에 불과하다는 것을 알고 있다. 특정한 색깔의 실 몇 가닥만 다를 뿐인 두 가지 패턴 중 하나는 쉽게 팔리고 나머지 하나는 진열대에 남지만, 한 계절만 지나고 나면 진열대에 남아 있던 실이 날개 돋친 듯 팔리는 일이 종종 있다. 이에 비하면 문신은 사람들이 생각하는 것만큼 사악한 습관이 아니다. 피부 깊숙이 남아 바꿀 수 없다는 이유만으로 문신을 야만스럽다고 할 수 없다.

우리의 공장 제도가 인간이 옷을 얻는 최상의 방식이라고 할 수 없다. 공장 근로자의 형편은 매일같이 영국의 공장 근로자들을 닮아가고 있다. 내가 듣고 관찰한 바에 의하면 공장의 주요 목적은 인류를 정직하게 잘 입히기 위해서가 아니라, 의문의 여지없이 기업을 배불리기 위해서이니 이는 놀라운 일도 아니다. 장기적으로 인간은 목적한 것을 이루고 만다. 그러므로 당장은 실패하더라도 더 높은 목표를 겨냥하는 것이 좋다.

집에 대해 말하자면 이제는 집이 생활필수품이라는 점을 부인

◆◆◆

27) 이탈리아 희극에서 형형색색의 옷을 입고 나오는 등장인물.

하지 않겠다. 하지만 이곳보다 더 추운 지방에서도 오랫동안 집 없이 잘 지냈던 예가 있다. 영국의 저술가 새뮤얼 랭은 말했다. "가죽옷을 입고 가죽 포대를 머리와 어깨까지 걸친 라플란드 사람들은 눈 위에서 몇 날 며칠이고 잠을 잘 수 있다. 털옷을 입은 사람도 얼어 죽을 수 있을 만큼 추운데도 말이다." 새뮤얼 랭은 라플란드 사람들이 그렇게 잠드는 것을 직접 보았다. 그는 한마디 덧붙였다. "그들이 다른 사람보다 강인한 게 아니다."[28]

하지만 가정의 안락함이라는 말은 원래 가족보다는 집에서 느끼는 만족감을 의미했을 것이니, 다시 말하자면 집을 갖는 만족감을 알지 못한 기간은 그리 길지 않았을 것이다. 물론 집이 주로 겨울이나 장마철과 관련이 있고, 한 해의 나머지 3분의 2의 기간에는 파라솔밖에 필요하지 않은 기후에서 안락함이란 매우 부분적이고 일시적이었으리라. 우리가 사는 기후에서 집이란 여름밤의 덮개만으로 거의 충분했다. 인디언이 남긴 기록을 보면 천막집은 하루 동안의 행군을 상징했고, 나무껍질에 새기거나 칠해 놓은 원형 천막집 대열은 그들이 아주 많이 야영했음을 의미했다. 인간은 팔다리가 그리 크고 튼튼하지 않게 만들어졌기에 자기가 사는 세계를 좁혀 자신에게 꼭 맞도록 벽을 둘러야 했다. 처음에 인간은 알몸으로 밖에서 살았다. 평온하고 따사로운 날 낮에는 이렇게 지내도 충분히 쾌적했지만, 땡볕은 물론 장마철이나 겨울철에 서둘러 집이라는 쉴 곳으로 몸을 보호하지 않았으면 인류는 씨가 말

◆◆◆

28) 《노르웨이에서의 거주 일지(1837)》에서 인용.

랐을 것이다. 신화에 따르면 아담과 이브는 옷을 입기 전에 나뭇잎을 걸쳤다. 인간은 집이라는 따뜻함 또는 안락함을 구했던 것인데 육신의 따뜻함을 먼저 바라고, 그 다음으로 사랑의 따뜻함을 구했다.

인류 초창기에 진취적인 한 인간이 바위에 움푹 팬 곳을 쉴 곳 삼아 기어들어갔을 때를 상상해보자. 아이들은 어느 정도 인류사를 하나하나 다시 시작하는 것처럼 보이는데 습하든 춥든 밖에서 놀기를 좋아한다. 아이들은 말 타기 놀이뿐만 아니라 집에 대한 본능을 가지고 소꿉놀이를 한다. 어렸을 적 완만한 비탈의 바위 또는 동굴로 통하는 길을 바라보며 느꼈던 재미를 기억하지 못하는 사람이 있을까? 태초의 우리 조상이 이런 것을 보며 느낀 자연스러운 갈망이 여전히 우리 안에 숨 쉬고 있는 것이다. 우리는 동굴에서 야자나무잎 지붕으로, 그다음에는 나무껍질과 나뭇가지 지붕으로, 그리고 아마포를 엮어 만든 지붕으로, 풀과 볏짚 지붕으로, 널빤지와 판자지붕으로, 돌과 기와지붕으로 발전시켜왔다. 결국 우리는 탁 트인 곳에서 산다는 게 어떤지 모르고 생각보다 더 많은 의미에서 가정적이 된다. 난롯가에서 들판까지는 거리가 멀다. 우리가 천체 사이에 아무런 장애물도 두지 않고 더 많은 밤낮을 보내려고 한다면, 시인이 그렇게 많은 것을 지붕 아래에서 읊지 않고 성인이 그렇게 오래도록 지붕 밑에서 은거하지 않는다면, 더욱 좋지 않을까? 새는 동굴 속에서 노래하지 않고, 비둘기는 새장 안에서 자신의 순수함을 지키지 않는다.

하지만 거주할 집을 설계할 때는 다 짓고 보니 그 집이 노역장이나 갈피를 잡을 수 없는 미궁, 박물관, 빈민 구호소, 감옥, 호화로운 분묘가 되어버리는 일이 없도록 뉴잉글랜드 사람 특유의 기민함을 발휘해야 한다. 우선 집은 아무리 보잘것없다 해도 반드시 필요하다는 점을 생각하라. 나는 이 마을에 사는 페놉스콧 원주민들이 종아리까지 쌓인 눈 속에서 얇은 천막을 치고 지내는 것을 본 적이 있다. 눈이 더 높이 쌓이면 바람을 막아줄 테니 원주민들이 좋아할 것이라는 생각이 들었다. 예전에 나는 어떻게 하면 진정 하고 싶은 일을 추구할 자유를 누리면서 정직하게 생계를 꾸릴까 하는 궁금증에 마음이 몹시 심란했던 적이 있다. (지금은 다소 무감각해진 편이다.) 그때 나는 철로 옆에 커다란 상자가 있는 것을 보았는데 노동자들이 밤이면 도구를 넣어두는, 길이가 2미터에 너비가 1미터인 상자였다. 그 상자를 보자 형편이 아주 어려운 사람이면 누구나 1달러에 그 상자를 사서 최소한 공기가 통하도록 송곳으로 구멍을 몇 군데 뚫고, 비가 올 때나 밤이 되면 그 속에 들어가 뚜껑을 걸어 닫고 영혼의 자유를 누리면 좋겠다는 생각이 들었다. 그것은 최악의 방법도, 어느 모로 보나 비루한 대안으로도 보이지 않았다. 내키는 대로 밤을 지새울 수 있고, 땅주인이나 집주인에게 집세를 내라고 독촉받는 일 없이 밖에 나다닐 수도 있다. 이런 상자 속에서 살아도 얼어 죽지 않을 텐데 더 크고 화려한 상자를 빌려 살면서 임대료를 내느라 죽을 고생을 하는 사람이 많다. 지금 이 말은 농담이 아니다. 경제는 가볍게 얘기해도 되는 주제이지만 그렇게 간단하게 처리될 문제는 아니다. 주로 야외 생활을 하던 거칠고 강인한 인류는 대부분 손쉽게 구할 수 있는

'자연'이라는 재료로 안락한 집을 만들어왔다. 매사추세츠 식민지 원주민들을 감독했던 구킨은 1674년에 쓴 글에서 이렇게 말했다.

"인디언들의 집 중에서 가장 좋은 것은 커다란 나무껍질이 촘촘하고 따뜻하게 덮여 있다. 그 나무껍질은 수액이 차오르는 계절에 나무에서 벗겨내어 그 껍질이 초록색이 되면 무거운 목재로 눌러 만든 것이었다. … 조금 더 못한 집에는 왕골로 만든 돗자리가 깔려 있는데, 그럭저럭 촘촘하고 따뜻하지만 나무껍질로 만든 집만큼 좋지는 않다. … 길이가 20~30미터에 너비가 10미터 되는 집도 본 적이 있다. … 그들의 원형천막에서 종종 자본 적이 있는데 최고로 좋은 영국식 집과 비교해도 손색없이 따뜻하다."[29]

구킨은 원형천막에는 솜씨 좋게 수를 놓은 돗자리가 죽 둘러져 있으며 다양한 도구가 구비되어 있다고 덧붙였다. 인디언들은 지붕에 난 구멍 위로 발을 매달아 줄로 조정하며 통풍을 조절할

◆◆◆
29) 다니엘 구킨 《뉴잉글랜드 원주민 역사 모음집》에서 인용.

정도로 집짓는 기술이 발전했었다. 우선 그런 천막집은 기껏해야 하루 이틀 만에 지을 수 있고 몇 시간 만에 뜯어놓을 수 있었다. 또한 집집마다 그런 집 한 채나, 그런 집에 방 한 칸을 소유했다.

미개척 지역에서는 투박하고 수수한 요구를 충족시킬 최고의 쉴 곳을 집집마다 소유하고 있다. 그러나 하늘을 나는 새들에게는 둥지가, 여우에게는 굴이, 미개인에게는 원형천막이 있건만 문명화된 현대 사회에서는 자기 집을 소유하지 못한 가정이 절반 이상이라고 해도 과장이 아니다. 문명이 특히 널리 전파된 대도시에서는 집을 소유한 사람의 수가 전체 인구의 극히 일부분에 불과하다. 여름겨울로 필수불가결한 것이 되어버린 주택이라는 이름의 겉옷에 집이 없는 나머지 사람들이 연간 지불하는 돈이면 인디언의 원형천막 마을을 통째 사들일 수 있지만, 이곳에서는 살아 있는 한 가난 속에서 허덕이는 데 보탬이 될 뿐이다. 나는 지금 자가 소유에 비해 임대가 지닌 단점을 강조하려는 것이 아니다. 그러나 미개인은 비용이 아주 적게 들기에 자기 집을 소유할 수 있는 반면 문명인이 집을 세 들어 사는 이유는 대개 소유할 여력이 없기 때문이라는 점은 분명하다. 세월이 지나도 나아지는 것은 없다. 하지만 누군가는 가난한 문명인이라도 집세를 내기만 하면 미개인의 집에 비해 궁궐이나 다름없는 집을 가질 수 있다고 반박할지 모른다. 이 나라의 시세로 연간 25~100달러의 임대료면 드넓은 방과 깨끗한 벽지, 럼퍼드식 벽난로[30], 석고 세공을 한 뒷벽, 베니스풍의 가리개, 구리 펌프, 용수철 자물쇠, 널찍한 지하실 등 편의시설을 즐길 수 있다고 말이다. 하지만 어떻게 이런 것을 누린다는 문명인 중에는 '가난한' 사람이 널린 반면, 이런 것을 가지지 않은 미개인은 나름대로 풍요롭단 말인가? 만약 문명이 인간 생활의 진정한 발전이라고 주장하려면 (나는 맞는 말이라고 생각한다. 물론 이 혜택을 활용하는 건 현명한 사람들뿐이지만) 문명으로 비용을 더 들이지 않고도 더 좋은 주택을 마련했다는 점을 증명해야 한다. 여기서 어떤 것의 값이란 그것을 얻기 위해 당장 또는 장기적으로 교환해야 할 '생명의 양'을 말한다. 이 마을의 평균적인 집은 아마 800달러쯤 될 것이고, 이 금액을 모으려면 가족을 부양하지 않아도 인생에서 10~15년이 걸린다. 이보다 더 많이 버는 사람도, 적게 버는 사람도 있겠지만 노동 가치를 하루에 1달러로 측정한 결과이다. 그러니까 인생의 절반 이상을 보내고 나야 자기만의 원형천막을 얻을 수 있는 것이다. 그 대신 세를 산다 해도 상황은 썩 나아지지 않는다. 미개인이 이런 조건 하에 자신의 원형천막을 궁궐과 맞바꾼다면 현명한 것일까?

집이라는 필요 이상의 자산을 미래에 대비한 적금으로 보유하고 있을 때의 이점은, 개인에 관한 한 장례 비용을 지출하는 정도일 것이다. 하지만 자신의 장례식을 치르는 사람은 없을 것이다. 그럼에도 집은 문명인과 미개인의 매우 다른 점을 가리키고 있다. 그리고 분명 이 비용에는 개인의 삶을 크게 흡수하는 문명인의 생활을 제도로 만들어, 인류의 관례를 보존하고 온전히 하고자 하

◆ ◆ ◆

30) 럼퍼드 백작 벤자민 톰슨(1753~1814)이 설계한 난로는 연기가 방으로 나오지 않고 굴뚝으로 올라감.

는, 우리의 이익을 위한 의도가 들어 있을 것이다. 하지만 나는 지금 이런 이익을 얻는 데에 어떤 희생을 치러야 했는지 밝혀내는 동시에, 더 이상 어떤 불이익도 당하지 않고 이익을 얻으며 살아갈 수 있다는 점을 보여주고 싶다. 가난한 자가 언제든 그대들과 함께한다는 말, 아버지가 신 포도를 먹었으니 자녀의 이가 시리다는 말은 도대체 무엇을 의미하는가.

"주 여호와가 이르되, 나의 삶을 두고 맹세하노니 너희들은 이스라엘에서 더 이상 이 속담을 쓸 일이 없을 것이다."

"보라, 모든 영혼은 나의 것이다. 아버지의 영혼이 그러하듯, 아들의 영혼 또한 나의 것이다. 죄를 짓는 영혼은 죽을지어다."[31]

나의 이웃인 콩코드 농부들은 다른 계층만큼 잘산다. 그들은 보통 20년이나 30년, 또는 40년 동안 노동한 끝에 농장을 빚과 함께 물려받거나 빌린 돈으로 사들여 실소유주가 되지만 (그 노동의 3분의 1을 집값으로 여기는 게 적당하다.) 대부분은 아직도 비용을 다 지불하지 못했으리라. 이따금 채무액이 농장 가치보다 크고, 따라서 농장 자체가 하나의 커다란 채무가 된다. 그런데도 사람들은 자신이 농장은 잘 안다면서 물려받는다. 내가 감정사들에게 물어보았을 때 저당 잡히지 않고 농장을 소유한 마을 주민 이름을

◆ ◆ ◆

31) 마태복음 26장 11절, 에스겔서 18장 2~4절.

단번에 열맷 명도 대지 못하는 것을 보고 놀랐다. 이 농지들의 내력을 알려면 저당 잡힌 은행에 문의하길. 실제로 노동으로 농장의 채무를 갚은 사람은 온 마을 주민이 알 수 있을 만큼 드물다. 콩코드에 그런 사람이 세 명이나 있을지 모르겠다. 상인 100명 중에 97명꼴로 실패한다는 이야기는 농부에게도 그대로 적용된다. 하지만 상인들 중 누군가 적절히 꺼낸 말에 따르면 실패의 상당 부분은 진짜 금전적으로 실패한 것이 아니라, 계약을 이행하기가 어렵다는 이유로 지키지 않은 것일 뿐이다. 한마디로 도덕적 인격이 무너진 것이다. 하지만 이 문제를 한없이 더 추악하게 만드는 것은, 100명 중 성공한 세 명조차 영혼을 구제하지 못해 정직하게 실패한 자들보다 더 나쁜 의미에서 실패했다는 점이다. 파산과 지불 거절은 우리 문명이 딛고 도약하며 재주를 넘는 발판이지만 미개인들은 기근이라는 탄성 없는 널빤지 위에 서 있다. 하지만 농기계의 모든 연결 부위가 부드럽게 움직인다는 듯 미들섹스종 소 품평회는 매년 갈채를 받으며 열린다.[32]

농부는 생계 문제를 문제 자체보다 훨씬 복잡한 공식으로 해결하려고 애쓴다. 가죽 구두끈을 사기 위해 소 떼를 투기하듯 사들인다. 안락과 자립을 손에 넣기 위해 실 태엽이 달린 덫을 능수능란한 솜씨로 설치하고는, 돌아서다가 도리어 자기 다리가 걸리고 만다. 농부가 가난한 이유는 바로 이 때문이다. 그리고 비슷한

◆◆◆

32) '정상적으로 작동하는 상태'를 비유함.

46

이유로 우리는 호화로움에 둘러싸여 있지만 수많은 원시적인 안락함에 있어서는 모두 가난하다. 채프먼이 읊은 대로,

인간의 거짓된 사회 -
이 땅의 위대함을 위해
천상의 모든 안락함이 공중에 흩어지네.[33]

집을 얻은 농부는 더 부유한 게 아니라 오히려 그 집 때문에 더 가난해지고, 농부가 집을 가진 게 아니라 집이 농부를 가진 것이다. 내가 알기로는 미네르바가 만든 집을 두고 모모스[34]가 "집이 이동식이 아니어서 나쁜 이웃을 피할 수 없다."며 이의를 제기했다는데 이것은 매우 타당한 이야기다. 그리고 우리의 집은 너무 거추장스러워서 그 안에 거주한다기보다 갇혀 있는 수준이기에 더욱 타당하다. 피해야 할 나쁜 이웃은 우리 자신의 천박한 자아인 것이다. 교외에 있는 집을 팔고 마을로 이사 오기를 거의 한 세대가 지나도록 바라왔지만 이를 이루지 못한 가족이 내가 이 마을에 아는 것만 해도 한두 집은 되는데, 그들은 오직 죽어서나 자유로워질 것이다.

물론 대부분의 사람은 문명의 발전이 오롯이 담긴 현대식 집을 결국 소유하거나 빌리게 된다. 문명으로 인해 주택의 수준은 향상

◆◆◆

33) 영국의 극작가인 조지 채프먼(1559?~1634)의 《카이사르와 폼페이의 비극》에서 인용.
34) 그리스 신화에서 쾌락의 신.

되었지만 그 안에 거주하는 인간은 그만큼 향상되지 못했다. 문명은 궁궐을 만들었지만, 귀족과 왕을 만들기란 그리 쉽지 않았다. 문명인이 추구하는 것이 미개인이 추구하는 것보다 값지지 않다면, 고작 총체적인 필수품과 안락함을 얻겠다고 인생의 대부분을 바쳐야 한다면, 무엇 때문에 미개인보다 더 나은 거주지를 가져야 하는가?

그런데 소수의 가난한 자들은 어떻게 지내고 있을까? 몇몇 사람들이 미개인보다 나은 외적인 환경에서 지내는 반면, 또 그와 똑같은 비율의 다른 사람들은 미개인보다 품위 없는 삶을 산다. 한 계층의 호사는 다른 계층의 극빈으로 상쇄된다. 한편에 궁궐이 있으면, 다른 편에는 빈민 구호소와 '말없이 가난한 자'[35]가 있다. 이집트 왕의 무덤인 피라미드를 지은 수만 명의 사람들은 마늘로 목숨을 연명했고, 죽고 나서는 고상하게 묻히지도 못했을 것이다. 궁궐의 천장 돌림띠를 마무리한 석공은 밤이 되면 아마 인디언의 원형천막보다 나을 게 없는 오두막으로 돌아가리라. 문명의 일반적인 증거가 존재하는 나라에서 국민의 대부분이 미개인보다 생활수준이 높을 것이라고 추측하는 것은 실수이다. 나는 지금 저급한 부자가 아니라, 가난해서 생활수준이 낮은 자를 말하는 것이다. 문명 발전에서 최고의 발전을 상징하는 철도와 맞닿아 있는 판자촌만 봐도 알 수 있다. 가끔 산책을 하다 보면 돼지우리에 사는 사람들이 보이는데 이 우리는 빛을 들이고자 겨울에도 문이

◆ ◆ ◆

35) 자신의 가난을 사적인 문제로 두려는 빈민들.

열려 있고, 집 앞에 있으리라고 상상할 법한 장작더미도 눈에 보이지 않으며, 그 안의 사람들은 젊은이든 늙은이든 추위와 가난에 움츠러드는 습관이 배어 있고, 온 사지와 지능 발달이 거의 멈춘 상태이다. 이 세대를 구분 짓는 업적을 완수하는 데 노동력을 제공한 만큼 그 계층을 살펴보는 것은 마땅한 일이다. 세계의 크나큰 공장인 영국에서 일하는 각종 노동자들의 상태 또한 마찬가지이다. 아니면 지도에 하얗게 또는 개화된 곳으로 표시되어 있는 아일랜드를 예로 들어보자. 북아메리카 원주민 또는 남태평양 원주민 등 문명인과의 접촉으로 타락하기 전인 미개종족과 아일랜드인의 신체 조건을 비교해보라. 나는 미개종족의 통치자가 문명의 평균적인 통치자만큼 현명하리라는 것을 조금도 의심하지 않는다. 그들의 상태를 보면 문명이 얼마나 비참하게 이루어지는지 알 수 있다. 미국의 주요 수출품을 생산하면서 자기 자신도 남부의 주요 산물인 미국 남부의 노동자들은 이제 말할 필요도 없을 것이다. 하지만 나는 '보통'의 처지에 있는 사람들로 이야기를 한정하겠다.

사람들은 대부분 집이 무엇인지 생각해본 적도 없는 듯하고, 그저 이웃이 가지고 있으니 자기도 가져야 한다고 생각하기에 평생을 매우 헛되이 가난하게 지낸다. 이것은 재단사가 재단해준 외투를 입어야 한다는 듯한, 또는 야자나무잎 모자나 우드척 가죽으로 만든 모자는 벗어던지면서, 왕관을 구입할 돈이 없다고 생활고를 탓하는 것과 무엇이 다른가? 지금보다 훨씬 더 편리하고 호화로운 집을 고안해낼 수 있지만, 하나같이 지불할 형편이 안 된다고 불평한다. 우리는 왜 더 적은 것으로 만족할 생각은 하지 않고, 그저 호화로운 것을 더 많이 얻겠다고 애쓰는가? 존경할 만한 시민이 필요 이상의 덧신 장화[36], 우산, 오지 않을 손님을 위한 텅 빈 손님방을 죽기 전에 마련해야 한다고 젊은이에게 진중하게 가르쳐야 하는 것일까? 어째서 우리의 가구는 아랍인이나 원주민의 가구처럼 소박하면 안 되는가? 하느님의 사자이고, 인간에게 신의 선물을 전해주는 자라고 우리가 신격화한 인류의 은인을 생각해보더라도, 그들을 따르는 수행단이나 세련된 가구가 가득 실린 수레는 내 마음속 어디에서도 떠오르지 않는다. 내가 백번 양보해서 우리가 도덕적으로, 지적으로 아랍인보다 우수한 만큼만 그들보다 더 다양한 가구를 가져도 된다고 인정한다면 어떻게 할 것인가? 오늘날 우리의 집은 가구가 꽉 들어차 어수선하여 현명한 주부라면 그 대부분을 쓰레기 구덩이로 쓸어버리고 아침 일을 마칠 것이다. 아침 일이라! 오로라가 얼굴을 붉히고 멤논[37]의 음악이 흐를 때쯤, 이 세상에서 인간이 할 아침 일은 무엇이어야 하는가? 한때 내 책상에는 석회석 조각이 세 개 있었는데, 내 마음속 가구의 먼지를 털어내지 못하는데 석회석 조각의 먼지를 매일 털어야 한다는 사실을 알고 놀라서 창밖으로 던져버렸다. 이러니 어찌 내가 가구가 딸린 집에서 살 수 있겠는가? 인간이 땅을 파헤치지 않는 한 풀에는 먼지가 앉지 않으니, 차라리 들에 나가 앉아 있는 편이

◆ ◆ ◆

36) 방수용 덧신.
37) 오로라는 로마 신화에서 새벽의 여신이고, 멤논은 그 아들. 멤논을 모시던 사람들이 세운 멤논의 동상은 아침 햇살이 비추면 기분 좋은 소리를 냈음.

낫다.

　많은 사람들이 부지런히 따르는 유행을 만든 사람은 사치와 방탕을 일삼는 자들이다. 가장 좋다는 여관에 여장을 푸는 여행객은 곧 이 사실을 알게 된다. 여관 주인이 여행객을 사르다나팔로스[38]라고 극진히 모시고, 여행객이 하는 수 없이 그들의 손에 자신을 내맡기기라도 하면 혼까지 송두리째 빼앗기고 만다. 내 생각에 우리는 열차 객차에 안전함과 편리함보다는 사치에 더 많은 공을 들인다. 객차 칸의 긴 의자와 오토만, 햇빛 가리개 등은 하렘의 여인들과 여자처럼 구는 중국 본토박이를 위해 만든 것을 서부로 들여온 것으로, 조나단[39]은 그 이름만 들어도 수치스러워했을 물건들이다. 안전하지도, 편리하지도 않고 현대식 응접실보다 나을 것이 없어 보인다. 나는 벨벳 쿠션에 앉느니 호박을 혼자서 다 차지하고 앉겠다. 유람열차의 세련된 객차를 타고 내내 말라리아(이탈리아어로 '나쁜 공기'라는 뜻-옮긴이)를 들이마시며 천상으로 가느니, 소달구지에 올라타 신선한 공기를 마시며 땅 위를 달리겠다.

　원시시대에 인간이 누린 알몸 상태의 단순한 생활에는 인간을 자연 속에서 살게 하는 이점이 있다. 먹을 것과 잠으로 기운을 되찾으면 인간은 다시 여행 계획을 세웠다. 말하자면 이 세상에 천막 하나 치고 살면서, 골짜기를 요리조리 빠져나가거나 들판을 가로지르거나 산마루에 올랐다. 그러나 아! 슬프게도 인간은 자신이

◆◆◆

38) B.C. 9세기 부패한 아시리아 왕.
39) 19세기 어느 미국인에게나 쓰인 일반적인 이름.

만든 도구의 도구가 되었다. 배고프면 홀로 열매를 따 먹었던 인간이 이제는 농부가 되었고, 나무 밑을 쉴 곳 삼아 몸을 가렸던 인간이 이제는 집을 소유한다. 우리는 이제 하룻밤 야영을 하지 않고, 땅에 정착하고는 하늘을 잊었다. 우리는 기독교 정신을 그저 진보된 토지 개간 방법으로 받아들였다. 우리는 현세를 위해 가족 저택을 마련하고, 내세를 위해 가족 무덤을 마련했다. 최고의 예술작품은 이런 환경에서 벗어나고자 하는 인간의 사투를 표현한 것이지만, 우리의 예술은 이 미천한 상태를 편안히 여기고 저기 고결한 상태를 잊게 할 뿐이다. 이 마을에는 고급 예술작품을 둘 만한 자리가 사실상 없는데, 예술작품 한 점이 겨우 온다 해도 우리의 집과 거리에는 그 작품을 전시할 적당한 자리가 없다. 그림을 걸 못도, 영웅이나 성자의 흉상을 놓을 선반도 없다. 우리의 집이 어떻게 지어졌고 돈을 냈고 안 냈고, 집안 경제가 어떻게 관리되고 유지되는지 생각할 때면, 손님이 벽난로 선반 위의 겉만 번지르르한 물건에 감탄하고 있을 때 그 아래로 바닥이 무너져 지하실을 거쳐, 땅속의 단단하고 정직한 흙바닥에 그 손님이 떨어지지 않는 것이 의아할 따름이다. 흔히 세련되고 부유한 삶이라고 하는 것은 덥석 달려들어 잡은 것임을 눈치 채지 않을 수 없고, 나는 그 삶을 장식하는 고급 예술품을 감상하기보다 덥석 도약하는 것에 온통 관심이 쏠려 있다. 오로지 인간의 근육만으로 이뤄낸 가장 위대한 도약에 대한 기록은 한 아랍인이 평지에서 7미터까지 뛰어올랐다는 것이 떠올랐기 때문이다. 인위적인 도움 없이도 인간은 분명 그 거리를 넘어 다시 땅으로 도약할 수 있다. 굉장히 부적절한 것의 소유주에게 내가 묻고 싶은 첫 번째 질문은 이것이다. 당신을 받쳐주는 사람은 누구인가? 당신은 실패한 97명에 속하는가, 아니면 성공한 세 명에 속하는가? 이 질문에 대답을 해보라. 그러면 아마 나는 당신의 싸구려 보석을 보고 장신구로 가치가 있는지 보겠다. 수레를 말 앞에 매는 것은 아름답지도, 유용하지도 않다. 집을 아름다운 물건으로 장식하기에 앞서 벽부터 치워야 하고 우리의 인생을 치워야 하며, 아름다운 가사와 아름다운 생활을 밑바탕에 깔아야 한다. 그런데, 아름다움에 대한 취향은 집도 살림도 없는 야외에서 가장 잘 발견된다.

존슨은 《기적의 섭리》라는 책에서 자신과 동시대를 살았던 이 마을 최초의 정착자들에 대해 말한다.

"그들은 어느 언덕 비탈 아래 땅속을 파고들어가 쉴 곳으로 삼고, 흙덩이를 파서 나무 위에 덮고 땅의 가장 높은 쪽에서 연기가 모락모락 나는 불을 지핀다. 그들은 신의 축복으로 땅이 빵을 낳아 그들을 먹이기 전까지는 집을 마련하지 않았으며, 첫 해의 수확이 아주 적었기에 오래도록 이어지는 한 계절 동안 할 수 없이 빵을 매우 얇게 썰어야 했다."[40]

뉴네덜란드 지방의 장관은 그곳에서 정착하려는 사람들의 정

◆ ◆ ◆

40) 에드워드 존슨(1598~1672)의 《뉴잉글랜드에서 시온의 구세주가 행한 기적의 섭리(1654)》.

보를 기록하기 위해 1650년 네덜란드어로 쓴 글에서 더욱 자세히 서술한다.

"뉴네덜란드, 특히 뉴잉글랜드 사람들은 처음에는 그들이 바라는 대로 농가를 지을 수단이 없어 지하실 모양으로 깊이가 1.8~2.1미터가 되도록 적당하다고 생각되는 길이와 너비의 정사각형 구덩이를 파고, 안쪽 흙을 나무로 빙 둘러 덮고, 흙이 새나오지 않도록 나무껍질 등으로 나무에 덧댄다. 이 지하실에 널빤지를 바닥에 깔고 위쪽에는 천장이 될 징두리 판자를 대서 둥근 재목으로 지붕을 올린다. 이것을 나무껍질이나 잔디로 덮으면 그 집에서 온 가족이 2, 3, 4년은 습기 걱정 없이 따뜻하게 살 수 있고, 살면서 지하실을 가족 수에 맞게 칸으로 나누기도 한다. 식민지 초기에 뉴잉글랜드의 부유한 지도층 인사들이 이런 식으로 집을 짓기 시작한 이유는 두 가지다. 첫째, 집짓기에 시간을 낭비하지 않고 다가오는 계절에 음식이 부족하지 않도록 하기 위해서이다. 둘째, 그들이 조국에서 데려온 불쌍한 노동자들에게 위화감을 주지 않기 위해서이다. 그 지방에서 3~4년 동안 농업에 체계가 잡히면 그들은 몇 천 달러를 들여 손수 보기 좋게 집을 지었다."[41]

우리 조상들이 밟았던 이 길에는 적어도 신중함이 엿보인다. 더욱 절박한 욕구를 먼저 충족시키는 것이 원칙이었던 듯하다. 하지

◆◆◆

41) E.B. 오캘러한의 《뉴욕주의 역사 기록물(1851)》에서 인용함.

만 요즘 더욱 절박한 욕구는 충족되고 있는가? 나는 호화로운 집을 한 채 얻어 볼까 생각하다가도 단념하고 만다. 말하자면 이 나라가 아직 '인간' 문화에 적응하지 않았기 때문이고, 우리는 선조들이 밀빵을 잘랐던 것보다 훨씬 더 얇게 우리 영혼의 빵을 자르라고 여전히 강요받고 있기 때문이다. 아무리 투박한 시대라 할지라도 건축적인 장식을 모조리 무시할 필요는 없을 것이다. 다만 아름다움으로 집을 도배할 것이 아니라, 갑각류의 공동주택처럼 삶과 맞닿는 곳을 아름답게 장식해야 한다. 하지만 아, 슬프게도 한두 집에 들어가 보니 그 집이 무엇으로 꾸며졌는지 알 수 있었다.

오늘날 우리는 그리 퇴화되지 않았으니 지금이라도 동굴이나 원형천막에서 살고 가죽옷을 입을 수 있다. 그러나 비싼 대가를 치르더라도 인류의 발명과 산업이 제공하는 이점을 받아들이는 편이 분명 나을 것이다. 이런 지역에서는 꼭 맞는 동굴이나 통나무, 나무껍질, 잘 이겨진 진흙이나 편평한 돌이 아무리 널려 있다 해도 판자와 널빤지, 석회와 벽돌이 더 저렴하고 구하기도 쉽다. 나는 이론적으로나, 실제적으로 이 주제에 대해 잘 알고 있기 때문에 자신 있게 말하는 것이다. 약간의 기지만 더 갖춘다면 모두가 이 재료를 활용해 지금 가장 부유한 사람보다 더 부유해지고 우리의 문명을 축복으로 만들 수 있다. 문명인은 경험이 많고 더 현명한 미개인이다. 이 얘기는 이쯤하고 내가 했던 실험이 어떤 것이었는지 이야기해보겠다.

1845년 3월 말쯤, 나는 도끼를 빌려 월든 호수 근처, 내가 집

을 지으려고 생각해두었던 곳에서 가장 가까운 숲으로 내려가, 아직 어리지만 키가 크고 곧게 뻗은 스트로브잣나무를 재목으로 삼고자 베어 넘기기 시작했다. 아무것도 빌리지 않고 어떤 일을 시작하기란 어려운 법인데, 그렇기에 오히려 이웃이 내 일에 관심을 가질 수 있게끔 하는 것은 너그러운 처사라고 할 수 있으리라. 도끼의 주인은 도끼를 손에서 놓으며 눈에 넣어도 아프지 않을 도끼라고 말했다. 나는 도끼를 빌렸을 때보다 도끼날을 더욱 잘 들게 해서 돌려주었다. 내가 일하던 곳은 쾌적한 언덕비탈로, 비탈을 뒤덮은 소나무숲 사이로 호수가 내다보였고, 숲에 있는 작은 빈터에는 소나무와 히코리나무가 울창하게 자라고 있었다. 호수에 언 얼음은 군데군데 구멍이 났을 뿐 아직 녹지 않았고, 온통 거무스름한 것이 물에 젖어 있었다. 내가 일하는 며칠 동안 그곳에는 눈보라가 조금 불어 닥쳤다. 하지만 집으로 돌아가는 길에 철도로 나오면 누런 모래더미가 안개 속에서 빛나며 멀리 뻗어 있고, 철도는 봄 햇살에 빛나고, 우리와 함께 또 한 해를 시작하려고 벌써 날아온 종달새와 딱새 등 여러 새들이 노래를 지저귀었다. 쾌청한 봄날, 인간의 불만은 겨울과 매한가지로 녹아들고 있었고, 겨우내 둔했던 생기가 다시 기지개를 켜기 시작했다. 하루는 도끼 자루가 빠져 쐐기로 삼을 초록색 히코리나무 가지를 잘라 돌로 박아 넣고는 나무를 불리려고 통째로 호수 구멍에 담그는데, 줄무늬 뱀이 호수 안으로 들어가더니 내가 서 있는 동안, 그러니까 15분이 넘도록 호수 바닥에 있었는데 보기에 아무런 불편을 느끼는 것 같지 않았다. 아마 동면에서 완전히 깨어 나오지 못한 모양이었다. 인간도 이와 비슷한 이유로 현재의 비천하고 원시적인 상태에서 벗어나지 못하는 것이 아닌가 하는 생각이 들었다. 만일 인간이 자신을 일깨우는 솟아나는 봄을 느낀다면 반드시 더 숭고한 천상의 생으로 거듭날 것이다. 전에 서리 내린 아침에 길을 걷다가 뱀들이 군데군데 여전히 얼어붙어 뻣뻣한 몸을 녹이려고 해가 나기를 기다리는 모습을 본 적이 있다. 4월 첫째 날에는 비가 내려 얼음이 녹았다. 안개가 심하게 낀 그날 이른 아침에, 떠돌이 거위가 길을 잃은 듯 또는 안개의 정령인 듯 꽥꽥거리며 호수 위를 더듬어 지나가는 소리가 들렸다.

며칠 동안 나는 작은 도끼 한 자루만 가지고 나무를 자르고 샛기둥과 서까래를 다듬었다. 남에게 전할 만한 생각이나 학자 같은 생각은 뒷전에 두고 혼자 노래를 불렀다.

사람들은 많이 안다고 말하지만
허나, 이런! 그것은 날개가 돋쳐 날아가 버렸다네-
예술과 과학,
그리고 무수한 발명품들이.
우리가 아는 것은
바람이 불어오는 것뿐.

나는 주요 재목을 사방 여섯 치의 각목으로 다듬었다. 기둥은 대부분 양면을, 서까래와 마루에 깔 널빤지는 한 면만 다듬고 다른 쪽은 껍질을 남겨두어, 톱질한 목재만큼 곧되 그보다 더 튼튼하게 했다. 이 무렵에는 다른 연장을 빌려왔으므로 자른 조각 하나하나를 조심스럽게 밑동에 장부 구멍을 파거나 장부를 만들었다. 숲에서 보낸 나날은 그리 길지 않았지만 보통 빵과 버터를 싸가지고 왔다. 점심때가 되면 베어둔 소나무 가지 사이에 앉아 빵을 쌌던 신문을 읽었다. 손이 송진으로 범벅이 되어 있어서 빵에 그 향이 배어들었다. 작업을 마치기 전에 나는 소나무와 원수라기보다는 친구가 되어 있었다. 몇 그루를 베어 넘기기는 했지만 소나무를 더욱 잘 알게 된 덕분이었다. 가끔은 정처 없이 숲을 돌아다니는 사람이 내 도끼 소리에 이끌려 왔고, 우리는 내가 만든 나무 조각을 두고 즐겁게 담소를 나눴다.

작업을 서두르지 않고 공을 들였기에 4월 중순쯤이 되어서야 집의 골조가 완성되어 세우기만 하면 되었다. 나는 판자를 구할 생각으로 피츠버그 철도회사에서 일하는 아일랜드인 제임스 콜린스의 판잣집을 사놓았었다. 제임스 콜린스의 판잣집은 보기 드물게 상태가 좋아 보였다. 집을 구경하러 들렀을 때 그는 집에 없었다. 나는 밖에서 집 주변을 서성거렸다. 창문이 워낙 깊고 높아서 처음에는 집 안에서 나를 보지 못했다. 집은 뾰족한 오두막 지붕에 조그만 했고, 주변에 온통 퇴비더미처럼 흙이 1미터는 쌓여 있고 그 외에는 딱히 눈에 띄는 것이 없었다. 지붕은 햇볕에 말라 많이 휘어지기는 했지만 가장 멀쩡했다. 문지방은 없고 암탉들이 시시때때로 드나드는 통로가 문 아래쪽에 나 있었다. 안주인이 나와서 내게 집 안을 구경하겠냐고 물었다. 내가 다가가자 닭들이 우르르 몰려 들어갔다. 집 안은 어두컴컴했고, 흙바닥이 매우 눅눅

하여 오한이 들 만했으며, 떼어내면 부스러질 것 같은 판자만 드문 드문 있을 뿐이었다. 부인은 등불을 밝히며 내게 지붕 내부와 벽을 보여주었고, 판자 바닥이 침대 밑까지 이어지는 것도 보여주면서 지하실은 60센티미터 깊이의 먼지구덩이나 다름없으니 들어가지 말라고 조언했다. 부인의 말을 옮기자면 집은 "지붕과 벽의 판자와 창문은 쓸 만"했다. 창문은 원래 정사각형 두 개만 덩그러니 있었으며 최근에는 고양이만 지나다녔다. 집에 있는 것이라고는 난로 하나와 침대 하나, 앉을 곳 한 군데, 이 집에서 태어난 젖먹이 아기, 실크 양산, 금테 거울, 참나무에 못 박아 고정해둔 특허받은 최신형 커피 분쇄기가 전부였다. 제임스가 그 사이에 돌아왔기 때문에 거래는 금세 마무리되었다. 나는 오늘밤 4달러 25센트를 지불하면 되었다. 그는 그사이에 집을 다른 사람에게 팔지 않고 내일 아침 다섯 시까지 비워주면 되고, 나는 아침 여섯 시에 소유권을 넘겨받기로 했다. 그는 일찍 와서 토지 임대료와 연료세에 대한 분명하지 않지만 부당한 청구권을 주장하는 사람이 있어서 선수 치는 게 좋을 것이라고 말했다. 그는 이것이 유일한 말썽거리라고 장담했다. 이튿날 아침 여섯 시에 나는 길에서 그와 그 가족을 만났다. 커다란 보따리 하나에 그들이 가진 물건 전부(침대, 커피 분쇄기, 거울, 암탉들)가 들어 있었다. 고양이는 부인이 숲에 놓아주어 들고양이가 되었다. 나중에 알게 된 사실이지만 고양이는 우드척을 잡으려고 놓은 덫에 걸려 결국 죽는 신세가 되었다.

나는 그날 아침 이 집을 허물어 못을 빼내고 작은 수레에 몇 번이나 실어 호숫가로 날랐다. 판자는 햇볕에 말려 원래 모양으로 뒤틀리게 하려고 풀 위에 펼쳐두었다. 숲길을 따라가는 동안 일찍 일어난 개똥지빠귀 한 마리가 노래를 들려주었다. 패트릭이라는 꼬마가 나에게 알려준 도무지 믿을 수 없는 정보에 의하면, 아일랜드인 이웃 실리가 수레가 오고가는 틈을 타서 아직 곧고 쓸 만한 못과 꺾쇠, 대못을 주머니에 넣었다는 것이다. 실리는 내가 돌아오자 시치미를 떼고 집이 헐린 자리를 그저 바라보고 있었는데, 할 일도 없고 해서 우두커니 서 있다고 했다. 패트릭의 말대로 부품이 모자라기는 했다. 패트릭은 구경꾼을 대표해서, 보잘것없는 사건을 트로이의 신을 옮기는 사건과 맞먹게 부풀리러 온 것이다.

나는 이전에 우드척이 땅굴을 팠던 남쪽으로 경사진 언덕 기슭에 지하실을 만들었다. 옻나무와 검은딸기나무 뿌리, 즉 식물의 뿌리를 헤치면서 더 깊숙이, 아무리 추운 겨울이 닥쳐도 감자가 얼지 않을 모래가 나올 때까지 팠다. 깊이 2미터에 사방 1.8미터 크기의 지하실을 만든 것이다. 저장실의 측면은 돌을 쌓지 않고 경사진 그대로 남겨두었지만 그 위로 햇볕이 드는 일이 없기에 모래는 아직 허물어지지 않았다. 두 시간 남짓한 작업이었다. 거의 어느 위도에서나 사람이 땅을 파고 들어가면 일정한 온도를 유지할 수 있다. 나또한 땅을 파면서 각별한 즐거움을 느꼈다. 옛날과 마찬가지로 도시의 가장 호화로운 집에서도 뿌리를 저장하는 지하실을 찾아볼 수 있고, 집이 사라지고 오랜 후에도 후세 사람들은 이 지하 저장실의 흔적을 본다. 집은 땅굴 입구에 놓인 일종의 횃불에 불과하다.

마침내 나는 5월 초순에 몇몇 지인의 도움을 받아 집의 골조를 세웠다. 지인들의 도움이 필요해서라기보다는 이웃관계를 다질

아주 좋은 기회로 활용하기 위해서였다. 상량꾼들의 자질을 살펴볼 때 그들이 와준 것은 내게 매우 영광이었다. 그들은 언젠가는 더 고결한 구조물을 세워 올리게 되리라 믿는다. 나는 7월 4일에 그 집에 들어가 살기 시작했다. 그것은 비가 조금도 새지 않도록 판자의 가장자리를 얇게 깎고 겹치는 조심스러운 과정을 거쳐 집에 판자를 대고 지붕을 올린 직후였다. 하지만 판자를 대기 전에 나는 수레로 두 짐은 될 돌멩이들을 팔에 안고 호수에서 언덕 위로 가져다가 한쪽 모퉁이에 굴뚝 토대를 쌓아 올렸다. 불을 피워 몸을 녹여야 하는 추위가 오기 전인 가을에 괭이질을 하고 나서 굴뚝을 쌓았다. 굴뚝을 완성하기 전에는 아침 일찍 집 밖으로 나와 땅 위에서 밥을 지었다. 나는 여전히 어떤 면에서는 이것이 보통의 방식보다 더 편하고 마음에 든다. 빵이 구워지기 전에 폭풍우가 불면, 불 위로 판자 몇 개를 고정시키고 그 아래에 앉아 빵을 지켜보면서 기분 좋은 시간을 보냈다. 그 무렵 나는 손이 바쁠 때는 거의 독서를 하지 않았다. 그러나 그릇 겸 식탁보로 땅에 깔려 있는 신문지 조각으로도 충분히 읽을거리가 되었는데 사실 《일리아드》와 마찬가지 구실을 했다.

나보다 훨씬 더 섬세하게 집을 지으면 좋을 듯하다. 예를 들면 문과 창문, 지하실, 다락방이 인간성의 어디에 바탕을 둔 것인지 생각해본다든가, 일시적인 필요 외에 건물이 있어야 하는 더 나은 이유를 찾기 전까지는 건물을 올리지 않는 것이다. 인간이 자신의 집을 짓는 것에는 새가 자기만의 둥지를 짓는 것과 마찬가지로 타당성이 있다. 인간이 자신이 거주할 곳을 손수 짓고 소박하고 정직하게 자신과 가족을 벌어 먹인다면, 새들이 아주 열심히 노래하듯 우리의 시적 재능이 온누리에 발달할지 누가 알겠는가? 그러나 불행하게도 우리는 다른 새들이 지은 둥지에 알을 낳고, 음정이 맞지 않는 울음소리로 요란스럽게 울어대 나그네들에게 조금도 힘이 되지 않는 찌르레기와 뻐꾸기처럼 살고 있다. 우리는 집짓기의 기쁨을 목수에게 넘겨야 하는가? 대부분의 사람들의 경험에 비추어볼 때 건축이 차지하는 비중은 어느 정도일까? 나는 그렇게 산책을 했어도 집짓기처럼 간단하고 당연한 직업에 종사하는 사람을 만나본 적이 없다. 우리는 공동체에 소속되어 있다. 사람의 아홉 번째 부분은 재단사만이 아니다('아홉 재단사가 한 인간을 만든다'는 속담을 일컬음-옮긴이). 목사, 상인, 농부도 매한가지다. 분업은 어디에서 끝나야 하는가? 그리고 분업이 최종적으로 이바지하는 목표는 무엇인가? 분명 다른 사람이 나를 위해줄 수도 있지만, 그렇다고 내가 스스로 생각하는 것을 중단하면서 다른 사람이 나를 위해주길 바라는 것은 바람직한 일이 아니다.

그렇다, 이 나라에는 소위 건축가들이 있고, 건축 장식물에 진실을, 필요를, 고로 아름다움의 중심을 담아야 한다는 개념을 마치 계시로 받아들인 듯 그 생각에 사로잡힌 건축가가 있다는 이야기를 들은 적이 있다. 그의 관점에서는 모든 것이 아주 좋아 보이겠지만 사실은 일반적인 아마추어의 관점보다 조금 더 나을 뿐이다. 감성적인 건축 개혁가인 그는 건물의 골조가 아닌 천장 돌림띠에서 시작했다. 사실 모든 알사탕에 아몬드 또는 캐러웨이 씨앗이 들어 있는데(하지만 나는 아몬드가 사탕에 들어 있지 않을 때 가장 온전하다고 생각한다.), 그 개혁가의 방식은 그저 진실의 핵을 장식 안에 집어넣으려는 것이다. 그 안에서 지내는 거주자가 장식 문제를 저절로 해결하도록 놔두고 본인은 안팎에서 참되게 지어나가는 방식은 아닌 것이다. 세상 어느 합리적인 사람이 장식물을 바깥의 거죽에 있는 것에 불과하다고 생각하겠는가? 뉴욕의 브로드웨이 주민들이 트리니티 교회를 건축업자에게 하청을 주어 지은 것처럼 거북이가 점박이 등껍질을 지녔고, 조개가 자개 빛깔을 띠게 된 것이 하청에 의한 것인가? 거북이가 등껍질의 맵시와는 아무런 관련이 없듯 사람도 자신의 집 양식과 전혀 관련이 없다. 병사가 소속 군기에 자신의 미덕을 나타내는 색깔을 한가하게 칠하지는 않을 것이다. 그렇게 하면 적이 눈치를 채고 시련이 닥쳐오는 사이 병사는 하얗게 질릴 것이다.

이 사람은 천장 돌림띠 쪽으로 몸을 기울이고는 사실 자기보다 더 잘 알고 있는 무례한 주민들에게 반쪽밖에 안 되는 진리를 소심하게 속삭이고 있는 것 같았다. 건축학적 아름다움은 내가 알기로는 필요성과, 유일한 건축가인 거주자의 특성에서 비롯하여 즉, 외관에 대한 생각은 배제한 채 무의식적인 참됨과 고귀함에서 비롯하여, 내부에서 외부로 점차 커져가는 것이다. 그리고 이와 비슷한 생활의 무의식적인 아름다움 다음에는 반드시 부가적인 아름다움이 따라올 것이다.

화가들은 알겠지만 이 나라에서 가장 흥미로운 주거지는 대개 가난한 자들이 사는 가장 꾸밈없고 겸손한 통나무집과 오두막집이다. 이 광경을 한 폭의 그림으로 만드는 것은 그 집을 등껍질 삼는 거주자의 삶이지 어떤 외견상의 특이함이 아니다. 교외에 있는 상자 모양의 집들도 흥미롭기는 마찬가지인데 거주자의 삶이 마찬가지로 소박하고 흔쾌한데 그런 양식에 부담스러운 여파가 거의 없기 때문이다.

흔히 건축 장식은 말 그대로 공허해서 얻어 입은 옷처럼 9월의 강풍에 벗겨지지만 실제로는 아무런 해를 입지 않는다. 지하실에 올리브도, 와인도 저장해놓지 않은 사람은 '건축'이란 것이 없어도 잘 지낼 수 있다. 문학에서 문체의 장식에 이만큼 야단법석을 부린다면, 성경 건축가들이 교회 건축가처럼 천장 돌림띠에 많은 시간을 쏟는다면 어떨까? 순수문학과 순수미술, 그리고 그 분야 교수들이 그렇게 생겨난 것이다. 사람들은 몇 개의 막대기를 자기 위나 아래로 어떻게 기울어지게 할 것인지, 상자에 어떤 색을 바를 것인지 매우 신경을 쓴다. 그 사람이 어떤 진실한 의미에서든 막대기를 직접 기울이고 색을 칠한다면 어느 정도의 의미는 있을 것이다. 그러나 집주인의 영혼이 빠져나온 이상 그것은 자신의 관을 짜는 일, 즉 무덤을 건축하는 일이라고 할 수 있고, '목수'는 '관 짜는 사람'의 또 다른 이름에 지나지 않는다.

어떤 사람이 삶에 절망하거나 무관심해져서 말한다. 당신의 발치에 있는 흙 한 줌을 쥐고 그 색으로 당신의 집을 칠하라고. 그는 자신의 마지막 좁은 집을 생각하고 있는 것일까? 차라리 동전을 던져도 좋으리라. 그는 얼마나 한가한가! 우리가 왜 한 줌의 흙을 쥐어야 하는가? 당신의 집을 당신 얼굴빛으로 칠하는 편이 낫겠다. 얼굴빛을 창백하거나 붉게 해보라. 오두막집의 건축 양식을 개선하려 하다니! 누가 내 장식물을 준비해놓으면 내가 그것을 걸쳐보겠다.

겨울이 오기 전에 나는 굴뚝을 완성했다. 벽면은 원래도 비가 새지 않았지만 통나무에서 처음 저며낸 얇은 조각으로 만들어서 들쭉날쭉하고 수액이 많아 일단 대패로 모서리를 곧게 다듬은 후 널을 덧댔다. 이렇게 해서 나는 지붕널이 촘촘하고 회반죽을 바른 집을 한 채 갖게 되었다. 집의 크기는 너비 3미터에 길이 4.5미터, 기둥 2.4미터로, 다락방과 옷장, 양쪽에 커다란 창문 하나씩, 비밀 통로 두 개, 한쪽 끝에는 문이, 그 반대편에는 벽돌로 된 벽난로가 있었다. 내 집의 재료값은 통상적으로 지불했지만 작업은 전부 나 혼자 했기 때문에 비용으로 치지 않고, 정확한 비용을 정산하면 다음과 같다. 집값을 정확히 말할 수 있는 사람은 매우 드문데다 한 명이라도 있는지 의문이지만, 그 집을 구성하는 다양한 재료값을 세목별로 말할 수 있는 사람은 더욱 찾아보기 힘들기에 나라도 그 명세서를 적어보려 한다.

판자 : 8달러 03 1/2센트 (대부분 판잣집의 판자임)

지붕과 벽면에 쓰인 헌 널빤지 : 4달러

윗가지 : 1달러 25센트

유리 달린 중고 창문 2개 : 2달러 43센트

오래된 벽돌 1,000개 : 4달러

석회 2통 : 2달러 40센트(품질이 좋은 석회였음)

솜 : 31센트(필요한 것보다 많은 양이었음)

벽난로 철제 틀 : 15센트

못 : 3달러 9센트

경첩과 나사 : 14센트

걸쇠 : 10센트

분필 : 1센트

운송 : 1달러 40센트(상당 부분은 내가 등에 짊어지고 옮겼음)

합계 : 28달러 12 1/2센트

이것들이 내가 무단 점거자의 권리로 얻은 목재와 돌, 모래를 뺀 재료의 전부이다. 통나무집 바로 옆에 작은 나무헛간도 지었는데 집을 짓고 남은 것이 주재료였다.

나는 콩코드 주요 거리에 있는 어느 집보다도 웅장하고 화려한 집을 한 채 지을 생각이다. 지금의 내 집만큼 나를 즐겁게 해주면서 값이 덜 나가는 집이 있다면 말이다.

쉴 곳을 바라는 학생이라면 지금 매년 지불하는 임대료보다 비싸지 않은 비용으로 평생 지낼 곳을 얻을 수 있다는 사실을 알

앗다. 내 자랑이 도를 넘어선 것처럼 보인다면, 나는 나 자신을 위해서가 아니라 인류를 위해 으스대는 것이라고 변명하고 싶다. 내가 결점과 모순을 지니고 있다 해도 내 말이 진실하다는 것에는 조금도 변함이 없다. 큰소리치는 기질과 위선(즉, 왕겨를 내 밀에서 분리하기가 힘들지만 이에 대해서는 나 역시 안타깝다.)에도 나는 이 점에서 자유로이 숨 쉬고 기지개를 켜고 싶다. 이는 도덕적으로나 육체적으로 좋으리라. 그리고 나는 모욕을 당하더라도 결단코 악마의 변호인이 되지는 않을 것이다. 진실을 위한 찬사를 열렬히 남길 것이다.

하버드 대학에서는 내 방보다 약간 더 클 뿐인 방이 임대료만 1년에 30달러이다. 학교 당국이 한 지붕 아래에 서른두 개의 방을 다닥다닥 짓고 이익을 보는 동안 각 방에 사는 학생은 시끄러운 이웃이 몰려 있는 불편함을, 게다가 어쩌면 4층에 배정되는 불편함까지 감내해야 한다. 이런 면에서 우리가 좀 더 현명했더라면 정말이지 이미 많은 교육을 받았기 때문에 교육을 줄여도 될 뿐만 아니라, 교육에 드는 금전적인 지출이 상당 부분 없어질 것이라는 생각을 하지 않을 수 없다.

하버드 대학이나 다른 대학에서 학생들이 필요로 하는 편의시설은 학생 본인이나 다른 사람에게, 학교 당국과 학생이 서로 적당히 관리할 경우보다 10배에 가까운 희생을 시킨다. 돈이 가장 많이 요구되는 사항이 학생이 가장 원하는 것이라고 할 수는 없다. 예를 들자면 수업료는 정기어음에서 중요한 항목이지만 학생이 동시대에 가장 교양 있는 사람들과 어울림으로써 받을 수 있는 훨씬 더 가치 있는 교육에는 아무런 비용도 들지 않는다. 대학을 설립하는 방식은 보통 달러며 센트로 기부금을 모아서, 지극히 신중하게 따라야 할 분업의 원리를 맹목적으로 극단에 이를 때까지 추종한다. 대학을 투기의 대상으로 만들 건축업자들은 실제로 기초공사를 하는 아일랜드인이나 다른 직공을 고용하고, 그 사이 예비 학생들은 그곳에 들어오기 위한 준비를 한다. 연달아 몇 세대가 이 모든 실수에 돈을 지불해야 하다니. 차라리 학생이나 대학에서 혜택을 누리고 싶은 사람들이 직접 기초공사를 하는 편이 나을 것이다. 인간에게 필수불가결한 육체노동을 체계적으로 회피하면서 여가를 얻고 은둔을 보장받는 학생은 비열하고 무익한 여가 외에는 얻을 것이 없다. 그리하여 이 여가를 풍요롭게 만들어줄 유일한 경험을 스스로 박탈하는 것이다. 누군가는 "그렇지만 학생들이 머리가 아닌 손으로 공부하러 가야 한다는 말은 아니겠지요?" 하고 말할 것이다. 내 말은 정확히는 그런 뜻이 아니지만 그 누군가는 상당히 그것과 비슷하다고 생각할 만한 의미를 담고 있다. 내 말은 학생들이 이 비싼 놀이 때문에 공동체에게 지원을 받으면서 인생을 장난삼거나 그저 공부만 할 것이 아니라, 처음부터 끝까지 진심 어린 마음으로 살아보라는 뜻이다.

젊은이들이 사는 법을 배우는 데 있어 인생 실험을 해보는 것보다 더 나은 방법이 어디 있을까? 나는 이 실험이 수학만큼이나 젊은이들의 마음을 단련시키리라 생각한다. 예를 들어 남자아이에게 예술과 과학에 대한 것을 가르치고 싶다면, 나는 아이를 흔해빠진 방식으로 어떤 교수에게 보내지는 않을 것이다. 그곳에서는 무엇이든 가르치고 연습시키지만 삶의 예술은 가르쳐주지 않는다. 망원경이나 현미경으로 세상을 바라보는 법은 배우지만 진짜 눈으로 보는 법은 배우지 않고, 화학을 공부하지만 빵이 만들어지는 방법은 배우지 않으며, 기계학을 공부하지만 어떻게 기계를 얻는지는 배우지 않으며, 해왕성의 새로운 위성을 발견할 줄은 알면서 자기 눈에 들어간 티끌은 알아채지 못하거나 자신이 어떤 부랑아를 위성처럼 졸졸 따르는지는 알지 못한다. 식초 한 방울에 들어 있는 괴물을 골똘히 생각하느라 결국 자기 주변에 온통 몰려든 괴물들에게 잡아먹힌다.

다음 두 학생 중에서 한 달 후에 더 발전하는 쪽은 누구겠는가? 관련 서적을 읽은 후에 광석을 직접 캐서 쇠붙이를 녹여 자기만의 잭나이프를 만든 학생과, 그동안 대학에서 금속공학 강의를 듣고 아버지에게서 로저스 표 주머니칼을 받은 학생. 둘 중에 누가 더 손가락을 베일 가능성이 클까?

…놀랍게도 나는 내가 항해를 공부했다는 사실을 대학을 떠나자마자 알게 되었다! 차라리 항구 밖으로 한 번만 항해해봤더라면 항해에 대해 더 잘 알았을 것을! 대학에서는 철학과 일맥상통하는 삶의 경제학을 진지하게 가르치지 않는데도 가엾은 학생들은 그곳에서 정치경제학을 배우고 공부한다. 그 결과, 학생들이 애덤 스미스와 리카도, 세이[42]를 읽는 동안 아버지를 돌이킬 수 없는

◆◆◆

42) 애덤 스미스(1723~1790), 데이비드 리카도(1772~1823), 장 바티스트 세이(1767~1832)는 이름난 유럽의 경제학자들이었음.

빚구덩이에 몰아넣는다.

대학과 마찬가지로 수백 가지 '현대적 개선'도 다르지 않다. 사람들이 거기에 환상을 가지고 있는 것이다. 늘 긍정적인 발전만 있는 것은 아니다. 악마는 '현대적 개선'에 투자한 초기 지분과 줄줄이 쏟아부은 투자금에 대해 마지막까지 줄곧 복리를 받아낸다. 인간이 만들어낸 발명품은 진지한 것들로부터 우리의 관심을 돌려놓는 예쁜 장난감이 되기 마련이다. 진보하지 않은 목적을 위한 진보한 수단에 지나지 않는다. 그 목적이란 이미 너무 쉽게 도달할 수 있는 목적으로, 보스턴에서 뉴욕까지 이어진 철도와 같다. 우리는 메인주에서 텍사스주까지 마그네틱 전신을 세우기 위해 매우 서두르고 있다. 하지만 메인주와 텍사스주는 서로 중요하게 소통할 것이 없다. 한 남성이 유명한 청각장애 여성을 소개받기를 열렬히 원했지만 막상 소개받아서 여성의 보청기 한쪽이 자기 손에 쥐어지자 아무런 할 말이 없을 때의 곤혹스러움에 빠지고 만 것이다. 마치 전신주가 분별 있는 대화를 하기 위한 것이 아니라 빠르게 말하기 위한 것이라는 식이다.

우리는 대서양 밑에 해저터널을 놓아 구세계의 소식을 신세계에 몇 주 더 앞당겨 가져오기를 몹시 갈망하고 있다. 하지만 팔랑거리는 미국인의 큰 귀에 들어오는 첫 번째 소식은 아마 애들레이드 공주[43]가 백일해에 걸렸다는 소식일 것이다. 어찌 됐든 1분에

◆◆◆

43) 프랑스의 왕 루이 필리프의 여동생 애들레이드 공주를 일컬음. 소로우가 이 이름을 쓴 이유는 아무런 이유 없이 신문에 실리는 사람을 떠올리게 하기 위해서임.

1킬로미터 이상 달리는 말을 타고 다닌다고 해서 그 사람이 중요한 메시지를 전하는 것은 아니다. 그는 복음 전도자도 아니고, 메뚜기와 들꿀을 먹으며 오는 예언자도 아니다. '날아다니는 차일더스'가 옥수수 한 알이라도 방앗간에 나른 적이 있는지 의문이다.

어떤 사람은 내게 "자네가 왜 돈을 모으지 않는지 궁금하군. 자네는 여행을 사랑하잖나. 오늘이라도 차를 가지고 피츠버그에 가서 전원지대를 둘러볼 수 있을 텐데." 하고 말한다. 나는 그보다는 영리한 사람이다. 내가 알기로 가장 빠른 여행자는 걸어다니는 사람이다. 나는 그 친구에게 말한다. 누가 먼저 도착하는지 시험해보자고. 거리는 50킬로미터. 찻삯은 90센트. 거의 하루치 품삯이다. 이 도로의 노동자 임금이 하루에 60센트였던 때가 기억난다. 나는 당장 걸어서 출발하면 밤이 되기 전에 도착한다. 나는 매주 그 속도로 여행을 한다. 당신은 그 사이에 찻삯을 벌어서 내일이나 오늘 저녁쯤 그곳에 도착할 것이다. 때마침 빈 일자리를 운좋게 구한다면 말이다. 당신은 피츠버그에 가는 대신 하루의 대부분을 이곳에서 일할 것이다. 철도가 전 세계에 놓인다 해도 내가 당신을 앞지를 게 분명하다. 내가 지방을 둘러보고 그런 경험을 쌓으려 한다면 당신과도 알고 지내는 일이 없게 될 것이다.

그런 것이 바로 어떤 인간도 능가할 수 없는 만물의 법칙이고, 철도에 관해서도 똑같은 이야기를 할 수 있다. 전 세계 방방곡곡에 철도를 놓아 온 인류가 사용하게 하는 것은 지구의 온 표면에 길을 놓은 것과 같다. 인간이 이렇게 공동출자하여 가래질하는 활동을 지속한다면, 마침내 모두가 눈 깜짝할 사이에 어딘가로 기차를 타고 갈 수 있으리라 막연하게 생각하겠지만 쓸데없는 일이다. 하지만 연기가 휘날리고 증기가 응축되는 동안 사람들이 기차역으로 우르르 몰려들며 안내원이 "승차!" 하고 외칠 때, 몇 명은 기차에 올라탔지만 나머지는 기차에 치였다는 생각을 하고는 '가슴 아픈 사고'라고 부를 것이다. 그것은 실제로도 가슴 아픈 사고일 것이다. 찻삯을 벌어둔 사람은, 그러니까 그때까지 살아남은 사람들은 마침내 기차를 탈 수 있겠지만, 그때쯤이면 몸이 탄력을 잃고 여행할 마음도 사라졌을 것이다. 인생에서 가장 가치가 적은 시기에 미심쩍은 자유를 누리겠다고 인생 최고의 시기를 돈 버느라 보내는 행태를 보고 있자면, 나중에 영국으로 돌아와 시인의 삶을 살기 위해 일단 큰돈을 벌러 인도로 간 영국인이 생각난다. 그는 당장 다락방으로 올라갔어야 한다. "뭐라고?" 100만 명이나 되는 아일랜드인이 이 땅의 모든 판잣집에서 풀쩍 튀어나온다. "우리가 지은 이 철도가 좋은 게 아니라고?" 나는 대답한다. "좋지요, 비교적 좋은 것이란 말입니다. 여러분은 이보다 더한 짓도 할 수 있었을 겁니다. 하지만 여러분은 내 형제니까, 여러분이 이 흙을 파기보다는 더 나은 일에 시간을 보냈으면 좋았을 거라고 생각할 뿐이지요."

집을 다 짓기 전에, 나는 예상 밖 지출에 대비해 정직하고 기분 좋게 10, 12달러쯤 벌어두자는 생각으로 오두막 근처의 3,000평쯤 되는, 모래가 많은 성긴 땅에 콩, 감자, 옥수수, 무를 심었다. 전체 부지는 13,000평으로 대부분 소나무와 히코리나무가 자라고 있고, 한 계절 전에 대략 1,200평당 8달러 8센트에 사들인 터였다(부지를 사들인 것은 소로우의 스승 랄프 왈도 에머슨이었음-옮긴이). 한 농부가 이 땅을 "찍찍거리는 다람쥐를 기르는 것 말고는 아무짝에도 쓸모없는" 땅이라고 말했다. 나는 이 땅의 소유자가 아니라 그저 무단 점거하고 쭈그려 앉은 사람일 뿐이기에 어떤 거름도 주지 않았다. 마찬가지로 그렇게 많이 경작할 생각이 없었기에 땅 전체를 괭이질하지 않았다. 쟁기질하면서 캐낸 몇 줄기의 나무 그루터기는 오래도록 땔감으로 썼다. 캐내고 보니 그 자리에 사람 손이 타지 않은 옥토가 남았는데 여름을 지나는 동안 그곳에 콩이 유난히 잘 자라서 쉽게 알아볼 수 있었다. 집 뒤편의, 죽어서 팔 수 없는 나무와 연못에서 가져온 유목으로 나머지 연료를 보충했다. 쟁기질을 하기 위해 짐승 한 조와 사람 한 명을 고용해야 했다. 물론 쟁기는 내가 들었다. 첫 계절에 농사와 씨앗, 작업 등에 들어간 지출은 14달러 72 1/2센트였다. 옥수수 씨앗은 어디서 받아왔다. 차고 넘치게 심지 않는 이상 이 일에는 절대 이렇다 할 만한 비용이 들지 않는다. 나는 콩 열두 부셸(곡물이나 과일의 중량 단위. 1부셸은 3리터에 해당함-옮긴이), 감자 열여덟 부셸, 그 외에도 약간의 완두콩과 사탕옥수수를 얻었다. 옥수수와 순무는 때가 너무 늦어 결실을 맺지 못했다. 농장의 손익을 계산해보았다.

수입 : 23달러 44

지출 : 14달러 72 1/2

남은 수입 : 8달러 71 1/2센트

그 당시 내가 먹거나 수중에 챙긴 농작물이 계산에 포함되지 않았는데, 이것은 4달러 50센트였으리라 짐작된다. 기르지도 않은 풀 조금으로 수지를 계산하는 것보다 훨씬 더 많은 양을 챙긴 것이다. 모든 것을 감안했을 때, 그러니까 인간 영혼과 바로 오늘의 중요성을 고려했을 때, 내 실험은 기간이 짧았음에도 아니, 오히려 부분적으로는 실험의 일시적인 성격 덕분에 나는 그해에 콩코드의 어떤 농부보다도 성공적이었다고 생각한다.

　　다음 해 농사는 더욱 잘 지었는데, 필요한 400평쯤의 땅을 전부 삽으로 파냈기 때문이다. 농사에 대한 수많은 유명한 책들, 그중에서도 특히 아서 영[44]에 경외심을 느낀 것은 전혀 아니고 다만 2년간의 경험에서 배운 것이 있다면, 소박하게 살고 자신이 기른 곡물만 먹되 필요한 만큼만 가꾸고 충분치 않은 양의 호사스럽고 비싼 물건을 곡물과 맞바꾸지 않는다면 오로지 몇 떼기의 땅만 경작해도 좋다는 점이다. 땅을 쟁기질하는 데에도 소를 쓰기보다 삽으로 파내면 돈이 덜 들고, 이미 경작한 땅에 거름을 주기보다 이따금 새로운 땅을 택하면 돈이 적게 든다. 말하자면 여름에 아무 때고 왼손으로만 일을 해도 필요한 농장일을 전부 마칠 수 있고, 그렇게 했더라면 인간은 지금 소와 말, 돼지에 매여 있지 않을 것이다. 나는 현재 경제나 사회제도의 성공이나 실패에 관심이 없는 사람으로서 공정하게 논하고 있는 것이다. 나는 콩코드의 다른 농부들보다 잘살고 있고, 말이나 농장에 매여 있지 않아서 비뚤어진

◆◆◆

44) 영국의 농업작가.

직관이라도 매 순간 따를 수 있었기에 그들보다 더 독립적이었다. 내 집이 불에 타버리거나 작황이 좋지 못했더라도 나는 그 전과 다름없이 잘살았을 것이다.

나는 인간이 가축을 지킨다기보다는 가축이 인간을 지키고 있으며, 가축이 인간보다 훨씬 더 자유롭다고 생각한다. 사람과 소는 서로 일을 품앗이한다. 하지만 우리가 필요한 일만 생각한다면, 소가 크게 우위에 있는데 훨씬 더 큰 농장을 가지고 있기 때문이다. 인간은 품앗이의 일부로 소를 위해 6주 동안 건초 작업을 하는데 이것은 애들 장난이 아니다. 모든 면에서 소박하게 사는 국가, 즉 철학자의 나라에서는 동물의 노동을 이용하는 큰 실수는 범하지 않을 것이 분명하다. 그렇다, 철학자의 나라는 전에도 없었고 곧 생길 것 같지도 않으며, 있는 게 바람직한지도 잘 모르겠다. 하지만 나는 말이나 황소를 길들여 내 일을 거들도록 일을 시키지 않으리라. 내가 한낱 마부나 목동 신세가 될지 모른다는 생각이 들지 모르니 말이다. 그리고 설사 그렇게 함으로써 사회가 이득을 보는 것처럼 보인다 해도 한 인간의 이득이 다른 누군가의 손해가 아니고, 마구간지기 아이도 주인만큼 만족을 얻을 이유가 있다고 확신할 수 있는가? 물론 몇몇 관공서는 이런 도움이 없었다면 완공되지 못했을 것이고 인간은 준공의 영광을 소나 말과 나누지 못했을 것이다. 하지만 그렇다고 해서 인간이 스스로에게 더 가치 있는 일을 이루어내지 못했을까? 인간이 불필요하거나 예술적인 일뿐만 아니라 사치스럽고 한가로운 일을 가축의 힘을 빌어 하기 시작하면 수소와 품앗이 일을 하는 것은, 다른 말로 하자면 몇몇 사람은 가장 힘센 자들의 노예가 되는 것이다. 그리하여 인간은 인간 내면의 짐승을 위해 일할 뿐만 아니라 이것의 상징으로, 인간 외부에 있는 짐승을 위해서 일하는 것이다. 우리는 수많은 벽돌집 또는 석조 주택을 가지고 있지만 여전히 농부가 잘사는지 못사는지는 헛간의 크기로 측정된다. 우리 마을은 인근 지역에서 축사와 마구간이 큰 규모를 자랑한다고 알려져 있고, 공공청사도 뒤지지 않는다. 하지만 이 마을에 자유로운 숭배나 연설을 위한 강당은 거의 없다. 여러 민족이 자신을 후대에 기념하게 하려고 건축물을 이용하면 안 되겠지만, 그렇다고 추상적 사고력을 이용하지 못할 이유는 무엇이란 말인가? 동양의 그 많은 유적지보다 《바가바드 기타》[45] 한 권이 훨씬 더 감탄스러운 것을! 탑과 신전은 군주들의 사치품이다. 마음가짐이 소박하고 독립적인 사람은 어느 군주의 분부대로 일하지 않는다. 천재는 어느 황제의 신하도 아니고, 극히 소량을 제외하고는 은이나 금, 대리석을 건축 소재로 삼지 않는다. 도대체 무슨 목적을 위해 그토록 많은 돌을 망치질한단 말인가? 내가 아르카디아[46]에 갔을 때는 돌을 망치질하는 광경을 본 적이 없다. 여러 민족이 망치질한 돌을 많이 남김으로써 스스로를 영구히 기념하려는 정신 나간 열정에 사로잡혀 있다. 품행을 갈고닦는 데 그만큼의 수고를 들인다면 어떨까? 달처럼 드높은 기념비 하나보다 한 조각의 양식이 기념할 가치가 더욱 크다. 돌들은

◆◆◆

45) 힌두교 성서.
46) 고대 그리스의 이상적이고 목가적인 지역.

있어야 할 자리에 있는 것이 보기에 좋다. 테베의 웅장함은 상스러운 장관일 뿐이다. 인생의 참다운 목적에서 멀어져버린 대문 100개 달린 테베보다 정직한 사람의 밭에 닿아 있는 돌담이 더욱 의미 있다. 야만스럽고 이교도적인 종교와 문명은 화려한 신전을 짓지만, 여러분이 기독교라 부르는 것은 그렇지 않다. 한 민족이 망치질하는 돌의 대부분은 오로지 무덤으로 향한다. 민족 스스로를 생매장하는 것이다. 피라미드에 대해 말하자면, 어떤 열정만 넘치는 얼간이를, 나일강에 수장시켜 그 시체를 개에게 줬더라면 더욱 현명하고 용맹했을 얼간이를 위한 무덤을 짓느라 수많은 사람들이 평생을 허비하도록 강요되었다는 사실 말고는 놀라운 것이 없다. 무덤 일꾼들과 무덤에 묻힌 자를 위해 변명을 할 수 있겠지만 지금은 그럴 시간이 없다. 예술과 종교에 품었던 건축가들의 사랑은 지은 건물이 이집트 신전이든 미합중국 은행이든 전 세계 어디서나 매한가지다. 결과물이 들인 비용만 못한 것이다. 그 주된 원인은 마늘과 빵, 버터에 대한 사랑이 한몫한 허영심이다. 촉망받는 젊은 건축가인 발콤 씨가 비트루비우스를 뒤이어 딱딱한 연필과 자로 허영심을 설계하고, 돌 자르는 '돕슨앤선스'에 일자리가 풀린다. 30세기의 세월이 이것을 깔보기 시작할 때 인류는 이것을 올려다보기 시작한다. 높은 탑과 기념비에 대해 이야기해보자. 이 도시의 한 미친 작자가 중국으로 통하는 땅굴을 파는 작업을 시작했는데, 그의 말대로라면 그는 중국 도자기와 주전자가 달그락거리는 소리가 들리는 곳까지 갔다고 한다. 하지만 나는 그가 만든 구멍을 발 벗고 나서서 찬양할 생각이 없다. 많은 이들이 서양과 동양의 기념비에 관심이 많다. 누가 지었는지 알아내겠다는 것이다. 내가 궁금한 것은 그 시절에 누가 짓지 않았는지, 즉 누가 그런 하찮은 일에 동참하지 않았는지 하는 것이다. 아무튼 나는 통계 작업을 계속 진행하려 한다.

그동안 나는 마을에서 측량과 목공일, 다양한 날품일 등 일일이 꼽지 못할 만큼 많은 일을 한 대가로 13달러 34센트를 벌었다. 내가 그곳에서 지낸 기간은 2년이 넘지만 7월 4일부터 이 계산이 이루어진 3월 1일까지 8개월 동안 음식으로 지출한 비용은 다음과 같다. 직접 기른 감자와 작은 풋옥수수, 콩은 계산에 넣지 않고, 마지막 날짜를 기준으로 수중에 가지고 있던 것의 값도 치지 않았다.

밥 : 1달러 73 1/2센트
당밀 : 1달러 73센트(설탕류 중에 가장 저렴함.)

호밀 가루 : 1달러 4 3/4센트
옥수수 가루 : 90 3/4센트(호밀보다 값이 쌈.)
돼지고기 : 22센트
밀가루 : 88센트(돈이나 수공이 옥수수 가루보다 값이 더 듦.)

설탕 : 80센트
라드(돼지기름) : 65센트
사과 : 25센트

말린 사과 : 22센트

고구마 : 10센트

호박 한 통 : 6센트

수박 한 통 : 2센트

소금 : 3센트

(밀가루부터 소금까지는 전부 실패한 실험임.)

그렇다, 나는 통틀어 8달러 74센트어치를 먹었다. 하지만 대부분의 독자들이 나와 마찬가지로 죄가 많다는 점과 독자들의 행동을 활자로 찍었을 때 더 나아 보일 게 없다는 점을 알기에 망정이지, 그렇지 않으면 내 죄를 이렇게 염치없이 공개하지 못할 것이다. 다음 해에는 저녁으로 물고기를 많이 잡아먹었고, 한번은 내 콩밭을 헤집어 쑥대밭으로 만든 우드척을 죽여 (타타르 사람이 봤더라면 우드척의 환생에 영향을 줬다고 말했을 것이다.) 시험 삼아 그것을 먹어보았다. 사향 맛이 나기는 해도 순간적으로 꽤 맛있었지만 계속 먹는 것은 좋지 않으리라 생각했다. 이것은 마을 정육점 주인에게 손질을 맡기는 것이 어때 보일까 하는 것과는 상관이 없었다.

같은 기간 동안 내 옷과 부수적인 지출 항목으로 추론할 수 있는 것이 거의 없기는 하지만 그 지출의 총액은 8달러 40 3/4센트였다.

기름 등 가정용품 : 2달러

그리하여 대부분 집 밖에서 이루어진 것으로 아직 청구서를 받지 못한 세탁비와 수선비를 제외하고, 이곳에서 꼭 필요한 돈의 총 지출은 이렇다.

집 : 28달러 12 1/2센트
1년 동안의 영농비 : 14달러 72 1/2센트
8개월 동안의 식량 : 8달러 74센트
8개월 동안의 옷 등 : 8달러 40 3/4센트
8개월 동안의 기름 등 : 2달러
──────────────────
총 : 61달러 99 3/4센트

지금 나는 독자들 중에 스스로 생계를 꾸려야 하는 사람들에게 말하는 것이다. 이 지출을 감당하기 위해 나는 농작물을 팔았다.

농작물을 팔아 번 돈 : 23달러 44센트
날품으로 번 돈 : 13달러 34센트
──────────────────
총 : 36달러 78센트

지출 총액에서 이 금액을 빼면 25달러 21 3/4센트가 남는데, 이것은 내가 실험을 시작할 때 수중에 있던 금액과 거의 비슷한 액수였고 앞으로 마땅히 발생할 지출이었다. 그러나 나는 지출로 인해 여가와 독립, 건강을 확보했고, 그 밖에도 내가 머물 마음이 있는 한 안락함을 제공해줄 집이 있었다.

아무리 일시적이고 아무 도움이 되지 않는 것처럼 보인다 해도 이 통계는 나름 완성된 것이기에 어떤 가치를 지니고 있다. 내게 주어진 것은 빠짐없이 계산에 넣었다. 위의 계산에 따르면 나는 식비로 일주일에 27센트를 지출했다. 거의 2년 동안 내 식사는 효모가 들지 않은 호밀과 옥수수 가루, 감자, 쌀, 소금에 절인 돼지고기 아주 조금, 당밀, 소금, 식수였다. 인도 철학을 그처럼 좋아하는 내가 쌀을 주식으로 삼은 것은 매우 당연한 일이었다. 상습적으로 트집을 잡는 사람들의 비난에 반박하기 위해 얘기할 것이 있다. 이전에도 그랬듯 나는 가끔씩 밖에서 외식을 했고, 그런 기회가 또 생기겠지만 외식은 내 집안 상태에 해가 되는 경우가 많았다. 하지만 앞서 말한 바와 같이 외식은 지속적인 요소로써, 비교 재무표에는 아무런 영향을 끼치지 않는다.

나는 이런 지역에서도 놀라울 정도로 수고를 하지 않고도 한 사람이 필요한 식량을 얻을 수 있다는 점을 2년간의 경험에서 배웠다. 사람은 동물처럼 단순한 식단으로도 건강과 체력을 유지할 수 있다. 나는 옥수수 밭에서 뜯어 삶고 소금을 친 쇠비름(Portulaca oleracea) 한 접시만으로도 만족스러운, 여러 면에서 흡족한 식사를 했다. 이 식물의 이름에서 향기로움이 느껴지기에 라틴어 이름을 적어둔다. 분별 있는 사람이라면 평화로운 보통 날 오후에, 옥수수를 넉넉히 삶아 소금을 뿌려먹는 것 말고 무엇을 더 바라겠는가? 내가 조금씩 조리법을 다르게 한 이유도 건강이 아닌 식욕에 순종했기 때문이다. 하지만 사람들은 필수품이 부족해서가 아니라 사치품이 부족해서 자주 굶을 지경에 이른다. 내가 아는 어떤 부인은 아들이 물만 마셨기 때문에 생명을 잃었다고 생각한다.

여러분은 내가 영양학보다는 경제학적 관점에서 이 주제를 다루고 있다는 사실을 알 것이다. 든든히 채워져 있는 식품 저장실을 가지지 않고서야 나와 같은 절제력을 시험해볼 엄두를 내지 못할 것이다.

내가 처음 만든 빵은 옥수수 가루와 소금만 넣어서, 바깥의 지붕널이나 집을 지으면서 톱질하여 잘라둔 나무토막 끝에 올려 구운 진짜 옥수수 빵이었다. 하지만 빵에 연기가 스며들어서 자꾸만 소나무향이 났다. 나는 밀가루 빵도 만들어보았다. 하지만 가장 만들기 쉽고 맛 좋은 호밀과 옥수수 가루의 배합을 마침내 알아냈다. 추운 날, 알을 부화시키는 이집트인처럼 조심스럽게 지켜보고 뒤집으면서 작은 빵 덩어리를 구워내는 것은 여간 즐거운 일이 아니었다. 빵은 내가 익힌 곡물 열매나 다름없었고, 내 오감에는 여느 고귀한 열매 같은 향이 나기에 천에 싸두어 최대한 오래 그 향을 간직하려 했다. 나는 유서 깊고 필수불가결한 제빵 기술을 공부하는 과정에서 내가 접할 수 있는 권위 있는 자료들을 참고하면서, 효모가 들어가지 않은 빵을 처음으로 만들었던, 거친 견과류와 고기만 맛본 인간이 부드럽고 정제된 이 식단을 처음 접했을 원시 시절로 되돌아가보았다. 반죽에 우연히 누룩이 생긴 경험을 거쳐 그 후 다양한 발효 과정을 연구한 끝에, 생명의 양식인 '달고 맛있고 완전한 빵'에 이르게 된다. 어떤 사람은 효모를 빵의 영혼, 빵의 세포를 가득 채우는 'spiritus(숨결)'라고 생각하는데 이것은 베스타 여신(부엌의 여신)의 불처럼 신성하게 보존되어 내려왔다. 소중히 병에 담겨 메이플라워호를 타고 건너왔을 효모는 미국을 위해 애썼고, 그 영향력은 여전히 곡물에 실려 부풀어 올라 이 나라 곳곳에 널리 퍼지고 있으리라 짐작해본다. 나는 이 효모를 꼬박꼬박 마을에서 사 오곤 했는데, 마침내 어느 날 아침에는 규칙을 잊고 효모를 태우고 말았다. 그 사고로 나는 효모가 반드시 필요한 것이 아님을 알게 되었다. 이런 사실을 발견한 것은 종합적인 것이 아니라 분석적인 과정에 의한 것이었다. 그 후로 나는 서슴지 않고 효모를 뺐다. 많은 가정주부들이 효모 없이는 안심하고 먹을 수 있는 온전한 빵을 만들 수 없다며 나를 열심히 설득했고, 어르신들은 나의 생명력이 빨리 쇠약해질 것이라고 말했다. 하지만 나는 효모가 필수 재료가 아니라고 생각하며, 효모 없이 1년이 지난 지금도 여전히 살아서 땅을 거닐고 있다. 나는 효모를 한 병 가득 주머니에 담아 가져오다보면 이따금 톡톡 터지면서 내용물이 쏟아져 쩔쩔 매던 하찮은 짓에서 탈출하게 되어 기쁘다. 효모를 빼는 편이 보다 간편하고 모양도 좋다. 인간은 어떤 기후나 환경에도 잘 적응할 수 있는 동물이다. 나는 빵에 탄산소다나 다른 산 또는 알칼리를 넣지 않았다. 내가 기원전 2세기에 로마의 정치가 카토가 남긴 레시피에 따라 빵을 만든 것처럼 보일 수 있겠다. 그가 권하는 방식을 옮겨 보자면 "치댄 빵을 만들라. 손과 반죽 그릇을 씻으라. 가루를 그릇에 넣고, 조금씩 물을 넣어가며 완전히 치대라. 잘 치댔으면 틀에 넣고 덮개를 덮어 구워라." 즉, 솥에 넣고 구우라는 것이다. 효모에 대해서는 한마디의 말도 없다. 나는 이 생명의 양식을 항상 맛본 것은 아니다. 한번은 주머니 사정이 여의치 않아 한 달 넘도록 구경도 하지 못했다.

뉴잉글랜드 사람이라면 누구나 빵의 재료쯤은 호밀과 옥수수의 고장인 이곳에서 쉽게 길러 먹을 수 있으니 가격이 들쭉날쭉하고 머나먼 시장에 의존하지 말아야 할 것이다. 하지만 우리는 소박하고 독립적인 삶과 거리가 먼 탓에 콩코드에서는 신선한 가루를 상점에서 찾아보기 힘들고 굵은 옥수수 가루나 통옥수수를 찾는 사람은 거의 없다. 대부분의 농부들은 직접 기른 농작물을 소와 돼지에게 먹이고, 건강에 좋다고 할 수 없는 밀가루를 더 비싼 돈을 주고 상점에서 사 먹는다. 나는 호밀은 아주 척박한 땅에

서도 자라고 옥수수도 최상의 땅을 필요로 하지는 않으니 두 작물을 한두 부셸 직접 길러서 맷돌에 넣고 갈면 쌀과 돼지고기 없이도 잘 먹고 살 수 있다는 것을 알았다. 진한 단맛이 필요할 때는 호박이나 사탕무로 아주 훌륭한 당밀을 만들 수 있고, 단풍나무 가지 몇 개를 손질하면 당을 더욱 손쉽게 얻을 수 있다. 이 나무들이 자라는 동안 앞에서 말한 것 외에도 다양한 대용품이 있다. 왜냐하면 우리 조상들이 노래했듯이,

"입술을 달콤히 적실 술을 만들어보세.

호박, 당근, 호두나무 조각이면 된다네."[47]

마지막으로, 식료품 중에서 가장 조악한 소금에 대해 말하자
면, 소금을 얻는다는 구실로 바닷가에 가기에 딱 좋을 것이다. 그
러나 소금을 전혀 먹지 않고 지낼 경우에는 물을 적게 마시면 된
다. 나는 인디언들이 굳이 소금을 구하려고 애썼다는 말을 들어본
적이 없다.

이처럼 나는 음식에 한해서는 모든 거래와 물물교환을 피할
수 있었고, 집은 이미 있으니 옷과 땔감만 구하면 되었다. 지금 내
가 입고 있는 바지는 어느 농가에서 짠 것이다. 인간에게 여전히
그만한 능력이 있다는 것에 감사드린다. 농부에서 직공으로 몰락
한 것이 인간에서 농부로 몰락했던 것만큼 기억에 남을 만한 중대
한 일이라고 생각하기 때문이다. 그리고 새로운 나라에서 땔감은
골칫거리다. 집터로 말하자면, 내가 거주하는 것이 허용되지 않았
다면 내가 경작한 땅이 팔린 그 가격에, 즉 8달러 8센트에 1에이
커(약 1,200평)를 사들였을 것이다. 하지만 말이 나왔으니 하는 얘
기인데 내가 그 땅에 거주하는 것으로 땅의 가치가 올랐다고 본
다.

남의 말이라면 뭐든 믿지 않는 사람들이 이따금 내게 채식만
하고 살 수 있냐고 물어온다. 나는 단번에 문제의 핵심을 찌르기

◆◆◆

47) 존 워너 바버의 《역사 모음집(1839)》에서 인용함.

위해 (핵심은 신념이다.) 대못을 먹고 살 수도 있다고 대답을 준비해 놓는다. 이 말을 알아듣지 못하는 사람은 내가 진짜로 하려는 말이 무엇인지 알지 못할 것이다. 나는 누군가가 이런 종류의 실험을 한다는 얘기가 들려오면 기쁘다. 한 젊은이가 2주 동안 딱딱한 옥수수 이삭을 생으로, 절구가 있는데도 이로 씹어서 먹어봤다고 한다. 다람쥐 족속은 똑같이 해본 결과 성공했다고 한다. 인류는 이런 실험에 흥미를 느끼고 있다. 단 이가 빠져서 이런 실험을 할 수 없는 할머니나 자신의 몫으로 받은 1/3을 방앗간에 가지고 있는 할머니들은 경계하겠지만.

가구에 대해 말하자면 일부는 내가 만든 것이고, 나머지도 장부에 기록한 것 외에는 추가로 아무런 비용이 들지 않은 것들이다. 내 가구는 침대, 탁자, 책상, 의자 세 개, 지름이 7센티미터인 거울, 집게와 장작 받침대 한 개, 주전자, 냄비, 프라이팬, 국자, 대야, 나이프와 포크 두 벌, 접시 세 개, 컵 한 개, 숟가락 한 개, 기름 단지, 당밀 단지, 옻칠한 램프 한 개이다. 호박을 의자로 써야 할 만큼 가난한 사람은 없다. 그것은 무기력한 짓이다. 마을 다락방에는 가져오기만 하면 되는, 내가 가장 좋아하는 의자들이 쌓여 있다. 가구란! 휴, 내가 가구 창고의 도움 없이도 앉고 설 수 있다는 게 얼마나 다행인지. 하늘이 빛을 비추고 사람들이 바라보는 가운데 자기 가구가, 정말이지 보잘 것 없는 빈 상자 몇 개가 수레에 실려 오지로 향하는 광경을 부끄러워하지 않을 사람이 철학자 말고 누가 있겠는가? 저건 스폴딩 씨네 가구로구먼. 그런 짐짝을 아무리 들여다봐도 그게 소위 부자라는 사람의 것인지 가난한 사람의 것인지 구별할 수가 없다. 주인은 늘 가난에 찌든 사람 같다. 사실 그런 가구는 더 많이 가질수록 더 가난한 법이다. 그런 이삿짐 하나는 판잣집 열 채에 들어 있던 것처럼 보인다. 판잣집 한 채가 가난을 상징한다면 이 짐짝은 열 배 더 가난한 것이다. 우리가 이사를 하는 이유는 무엇인가? 가구를, 우리의 허물[48]을 없애기 위해서가 아닌가? 그리하여 이 세상의 것은 불태워버리고 새로이 세간을 꾸린 저 세상으로 향하기 위해서가 아닌가? 마치 이 모든 덫이나 다름없는 짐보따리를 허리춤에 주렁주렁 매달고 낚싯줄이 드리워진 험난한 지역을 질질 끌고 지나가야 하는 것과 다름없다. 덫에 꼬리를 남겨두고 달아난 여우는 운 좋은 놈이었다. 사향쥐라면 세 번이면 세 번 모두 다리를 갉아 끊고 자유를 찾을 것이다. 인간이 융통성을 잃은 것도 놀라운 일은 아니다. 인간은 얼마나 자주 궁지에 빠지는가! "이보시오. 외람된 말이지만 궁지에 빠진다는 건 무슨 말이오?" 여러분이 예리한 관찰력의 소유자라면 사람을 만날 때마다 그가 소유한 모든 것과, 소유하지 않은 척 하는 그 많은 것들이, 심지어 부엌살림과 차곡차곡 쌓아 절대 태우지 않을 잡동사니 하나까지 그의 뒤로 보일 것이다. 그는 짐에 묶인 채 어떻게든 앞으로 나아가려고 애쓰고 있을 것이다. 몸은 옹이구멍이나 통로를 빠져나왔지만 썰매에 한 짐 실은 가구가 걸려서 지나오지 못할 때 나는 그가 궁지에 빠졌다고 생각한다. 어떤

◆◆◆

48) 쓸모없어 버려진 물건들.

말쑥하고 빈틈없는 사람이 겉보기에 홀가분하고 자유로워 보이는데 자신의 '가구'가 보험에 들었는지 아닌지 말하고 있으면 연민이 들지 않을 수 없다. "하지만 가구를 어찌할 수 있나요?"

이 아름다운 나비는 거미줄에 걸려든 것이다. 한동안 무엇도 가지지 않은 것처럼 보이는 사람조차, 더 자세히 캐물어보면 누군가의 헛간에 무언가를 저장해뒀다는 것을 알 수 있다.

나는 오늘날 영국이 오랜 살림살이로 쌓인 짐을 한가득 지고 여행하는 노신사라고 생각한다. 살림살이를 차마 태워버릴 용기가 없는 것이다. 큰 가방, 작은 가방, 판지 상자와 보따리 등. 적어도 앞의 세 가지만이라도 버려라. 자기 짐을 메고 걷기란 건강한 사람이 있는 힘을 다해도 힘에 부칠 것이다. 아픈 사람은 침대를 내려놓고 달리라고 분명히 충고하고 싶다. 가진 것을 전부 실은 보따리를 이고, 목 뒤에 거대한 혹을 단 듯 휘청대는 이민자를 볼 때면 가엾은 생각이 든다. 그게 그가 가진 전부여서가 아니라 그 모든 것을 가지고 다녀야 한다는 것이 딱해서이다. 내가 덫을 끌고 다녀야 한다면 내 급소를 물지 않을 가벼운 덫이 되도록 조심할 것이다. 하지만 덫에 발을 넣지 않는 것이 가장 현명한 일이리라.

어쨌든 나는 커튼에 들인 비용이 없다는 말을 꼭 하고 싶다. 내 집 창문을 들여다볼 이라고는 해와 달뿐인데 나는 기꺼이 해와 달이 들여다보게 한다. 달빛은 우유를 상하게 하지도, 고기를 썩게 하지도 않으며, 해는 가구를 상하게 하거나 카펫이 바래게 하지 않는다. 이따금 햇빛이 너무 따뜻해진다 해도 집 안에 물건 하나를 보태는 것보다 자연이 제공하는 커튼 뒤로 피하는 편이 훨씬 낫다. 어느 부인이 내게 발판을 주겠다고 했지만, 나는 집 안에 남는 공간이 없을 뿐더러 집 안이든 밖이든 발판을 털 시간도 남지 않았기에, 문 앞 잔디에 발을 비벼 닦는 게 더 좋아서 거절했다. 악은 애초에 피하는 것이 좋다.

얼마 전에 어느 교회 집사의 가재도구를 경매하는 곳에 간 적이 있다. 그는 생전에 살림깨나 장만한 사람이었다.

"인간이 저지른 죄악은 그의 사후에도 살아남는다."[49]

여느 사람처럼, 경매에 나온 것 대부분은 그의 아버지 대부터 쌓아온 잡동사니였다. 그중에는 말라붙은 촌충도 있었다. 이 물건들은 다락방과 여러 먼지 구덕에서 반세기가 지난 뒤에도 불태워지지 않았다. 모닥불에 불태워버림으로써 정화시키는 파괴는 없고 그 대신 경매가, 아니 늘리기가 있었다. 마을 주민들은 득달같이 경매장에 모여들고 물건을 사들여 각자의 다락방과 먼지 구덕으로 조심스레 옮겼고, 물건들은 가만히 자리를 지키다 그들이 재산을 양도할 때가 되면 다시 이 모든 과정이 반복될 것이다. 사람은 죽어서 먼지를 날린다.

일부 미개인의 풍습에는 따라하면 이익이 될 만한 것이 있다. 적어도 매년 허물을 벗는 시늉이라도 하기 때문이다. 실체가 있든 없든, 이 풍습에는 소유에 대한 개념이 있다. 식물학자 바트램에

◆ ◆ ◆

49) 셰익스피어의 《줄리어스 시저》에서 앤서니가 한 말.

의하면 머클래스족 인디언의 풍습이었다고 하는 '버스크' 또는 '첫 결실의 향연' 같은 것을 우리도 기념하면 좋지 않을까? 그는 이렇게 말했다.

"마을이 버스크를 기념할 때면 사람들은 먼저 새 옷과 새 냄비, 팬, 다른 가정용품과 가구를 마련하고 나서 해진 옷과 다른 너절한 것들을 한데 모으고, 집이며 광장, 마을 전체의 더러운 것을 쓸고 닦아내어, 남은 곡물과 다른 오래된 식량과 함께 한 무더기로 모아 불태워버린다. 약을 먹고 사흘 동안 단식하고 나면 마을의 모든 불을 끈다. 단식 기간에는 식욕을 비롯한 일체의 욕망을 억제한다. 대대적인 사면을 선언하여 모든 죄인이 자기 마을로 돌아갈 수 있다.

나흘째 아침이 되면, 제사장이 마른 장작을 비벼 새로운 불을 피워놓는다. 마을의 모든 사람들은 이 불에서 새롭고 순결한 불을 가지고 간다."[50]

그런 다음 그들은 사흘 동안 새로운 옥수수와 과일을 마음껏 먹고 즐기며 춤추고 노래한다.

"그리고 그다음 나흘 동안은 비슷한 방식으로 스스로를 정화해 준비를 마친 이웃 마을의 친구들을 불러 함께 즐긴다."

◆ ◆ ◆

50) 윌리엄 바트램. 미국의 식물학자이자 《북부 및 남부 캐롤라이나 여행(1791)》의 저자.

멕시코인들 또한 52년이 끝날 때마다, 세상이 끝날 때가 되었다는 믿음으로 비슷한 정화제를 지낸다.

나는 성례, 즉 사전이 정의한 바에 따르면 '내부의 영적 우아함이 외부로 표출되어 눈에 보이는 신호' 중에서 이보다 더 진정한 것이 있다는 말은 들어본 적이 없다. 그들이 계시를 받았다는 기록은 성경에 없지만 하늘로부터 그리 하라는 깨달음을 직접 전달받은 게 아닌가 하는 생각이 든다.

나는 5년 이상을 내 손으로 노동해 생계를 유지해왔다. 그 결과 1년에 6주일만 일해도 필요한 생활비를 전부 벌 수 있다는 사실을 알게 되었다. 여름의 대부분과 겨울 내내 나는 무엇에도 발목 잡히지 않고 자유롭게 연구할 수 있었다. 한때 나는 전적으로 학교 경영에 힘쓴 적도 있지만 지출이 수입과 맞아 떨어지거나 오히려 지출이 수입을 초과했다. 교육자다운 사고와 신념을 갖는 것도 그렇거니와 그에 맞게 옷을 갖춰 입고 훈련시킬 의무가 있었고 그것에 시간을 다 빼앗겼기 때문이다. 나는 같은 인간을 위해서가 아니라 그저 생계를 위해 가르친 것이기에 실패라고 하지 않을 수 없었다. 나는 사업도 해봤다. 하지만 궤도에 오르려면 10년은 걸릴 것이고 또 그때쯤이면 내가 악마를 향하게 되리라는 것을 알게 되었다. 그때쯤엔 '돈벌이'라는 것을 잘하게 될까 두려운 것도 사실이었다. 생계를 위해 무엇을 할지 이리저리 생각하고 있을 때 (친구들이 원하는 대로 순응했던 슬픈 경험이 생생히 떠올라 독창성이 혹사

당하던 때) 나는 허클베리 열매를 따서 파는 일을 진지하게 생각해보았다. 단연코 내가 할 수 있는 일인 데다 훌륭한 기술이 더 필요하지도 않으니 자본이 거의 들지 않고, 평소 생활에서 크게 벗어나지 않는 일이니 이익이 적어도 충분할 거야, 하고 바보처럼 생각했다. 주위에서 한 치의 망설임도 없이 사업이나 직업에 뛰어들다보니, 나는 이 직업을 그들의 직업과 비슷하게 생각했다. 여름 내내 언덕을 쏘다니며 눈에 들어오는 베리를 줍고, 그리고 나서 별 생각 없이 처분하면 되겠지 생각했다. 말하자면 아드메토스의 양 떼를 돌보는 것과 비슷한 일이었다.[51]

나는 약초를 캐거나 상록수를 수레에 실어서 숲을 그리워하는 마을 사람들이나 도시 사람들에게 가져가 파는 꿈도 꾸었다. 하지만 그 이후로 장삿속은 모든 것을 망친다는 것을 알게 되었다. 하느님의 말씀을 거래한다 해도, 장삿속에 따르는 저주가 온전히 손을 뻗칠 것이다.

내가 무엇보다도 소중하게 여기는 것은 얽매이지 않는 자유였다. 경제적으로 풍요롭지 않더라도 성공한 삶을 살 수 있었기에 나는 호화로운 카펫이나 다른 고급 가구, 우아한 요리, 또는 고대 그리스풍이나 고딕풍의 집을 얻는 데 시간을 보내고 싶지 않았다. 이런 것들을 얻어도 생활에 지장이 없고 손에 넣은 것을 어떻게 사용할지 아는 사람이 있다면, 나는 그가 스스로 추구하는 것을

◆ ◆ ◆

51) 그리스 신화에서 시의 신 아폴론은 아드메토스의 소 떼를 돌볼 것을 요구받음. 소로우는 예술을 모르는 사회에서 활동하는 예술가의 어려움을 시사하기 위해 이 신화적 비유를 여러 번 글에 활용했음.

좋으라고 하고 싶다. 일하는 것 자체를 좋아해서, 또는 노동을 통해 더 나쁜 길에 빠지지 않으므로 '열심히' 일하는 사람들이 있다. 그런 사람들에게 나는 현재로서는 해줄 말이 없다. 지금보다 더 많은 여가시간이 주어졌을 때 어떻게 해야 할지 모르는 사람에게는 두 배 더 열심히 일하라고, 빚을 다 갚고 자유증서를 얻을 때까지 일하라고 말하고 싶다. 나는 날품팔이가 가장 자유로운 직업이라는 것을 알았다. 특히 1년에 30, 40일만 일해도 살아갈 수 있기 때문이다. 해가 저물면 노동자의 하루 일과는 끝나고, 그 후의 시간에는 노동에 얽매이지 않고 자신이 선택한 일을 마음대로 할 수 있다. 하지만 그를 고용하는 고용주는 달마다 투기매매를 하느라 한 해의 끝에서도 끝까지 숨 돌릴 틈이 없다.

요컨대, 나는 신념과 경험에 의해 다음과 같이 확신한다. 단순한 민족이 늘 하는 일이 인위적인 민족에게는 오락거리인 것으로 보아, 우리가 소박하고 현명하게 산다면 이 땅에서 생계를 유지하는 것은 고난이 아니라 심심풀이에 불과하다는 점이다. 애초에 땀을 잘 흘리는 사람이 아니고서야 굳이 이마에 구슬땀을 흘려가며 생계를 유지할 필요는 없다.

땅을 어느 정도 물려받은 한 청년이 '여력만 있다면' 나처럼 살아야겠다고 내게 말했다. 나는 어떤 이유로든 누구에게도 내 생활 방식을 강요하지 않을 것이다. 그가 내 방식을 제대로 배우기도 전에 내가 또 다른 생활 방식을 찾을 수 있을 뿐만 아니라, 이 세상에 되도록 다양한 사람이 있기를 바라기 때문이다. 다만 그들이 아버지나 어머니, 이웃이 아닌 자기만의 방식을 매우 조심스럽게 찾아내고 그 길을 가길 바랄 뿐이다. 젊은이는 건물을 짓거나 식물을 심거나 선원이 되어도 좋으나 다만 하고 싶은 것을 할 때 방해받지 않으면 된다. 선원들이나 도망친 노예가 북극성을 눈에 익힐 때 우리는 오로지 수학적 관점에서만 방향 감각을 유지할 수 있다. 그 점은 일생 동안 길을 가리켜주기에 충분한 지표가 된다. 우리가 일정한 기간 안에 항구에 도착하지 않을지는 몰라도, 진정한 길에서 벗어나지는 않을 것이다.

이 경우에도 한 사람에게 해당하는 진실이 1,000명에게 더욱 맞는다고 할 수 있다. 큰 집이라 해도 덮을 지붕 하나, 아래에 깔리는 지하실 하나, 여러 구획을 나눌 벽 하나만 있으면 되므로 작은 집보다 크기에 비례하여 비싸지는 않다. 하지만 나는 홀로 지내는 것이 좋다. 더욱이, 다른 이에게 공동주택이 지닌 이점을 설득하느니 홀로 독채를 짓는 편이 비용이 덜 들 것이다. 남을 설득하는 데 성공했다 해도 공동의 벽은 비용을 훨씬 덜 들이기 위해 틀림없이 얇을 것이고, 알고보니 옆집은 나쁜 사람일 수 있으며, 그쪽 벽을 수리하지 않은 채 내버려둘 수 있다. 흔히 있을 수 있는 유일한 협력은 극히 부분적이고 얄팍한 것이다. 진정한 협력이 얼마나 드문가 하면, 인간에게는 들리지 않는 화음처럼 아예 없는 것이나 마찬가지다. 신념이 있는 인간은 어디서나 똑같은 신념을 가지고 협력할 것이고, 신념이 없는 인간은 어떤 무리에 끼든 대부분의 세상 사람들과 마찬가지로 대충 살아갈 것이다. 협력이란 가장 높은 의미에서든 낮은 의미에서든 우리네 삶을 한데 모으는 것이다. 최근에 나는 어떤 두 젊은이가 함께 세계 일주를 하기로 했다는 이야기를 들었다. 한 명은 돈 없이 길을 떠나 돛대 앞에서든 쟁기 뒤에서든 여행길에 경비를 벌어야 하고, 또 한 명은 환어음을 지니고 다니며 세상을 여행하기로 했다는 것이다. 한 명은 전혀 힘을 쓰지 않을 테니, 두 젊은이가 함께 힘써 협력하거나 오래 친구로 남는 일은 없으리라고 쉽게 짐작했다. 둘은 모험 중에 흥미롭게 넘길 수 있을 첫 고비에서 헤어지고 말 것이다. 무엇보다도 내가 이야기했듯이, 홀로 길을 가려는 사람은 당장 떠날 수 있다. 하지만 다른 이와 함께 여행하는 사람은 그 사람이 준비될 때까지 기다려야 하기에 출발하기까지 오래 걸릴 수 있다.

하지만 이 모든 게 너무 이기적이지 않냐고 마을 사람들 몇 명이 말하는 것을 들은 적이 있다. 고백하건대 그때까지 나는 자선 사업에 신경 쓴 적이 거의 없었다. 나는 의무감 때문에 몇 가지 희생을 치러왔는데, 그중에는 베푸는 기쁨도 있다. 내게 마을의 가난한 가족을 도우라고 온갖 수단을 써서 설득하는 사람들이 있다. 내가 할 일이 없다면 그런 소일거리에 손을 대볼 것이다. 속담에도 있듯 한가한 사람에게는 악마가 일거리를 찾아주니 말이다. 그러나 나 자신을 편안히 먹여 살리듯 모든 점에서 가난한 자들을 편안히 먹여 살려 그들의 천국에 은혜를 입혀볼까 생각하고 심지어 과감히 그들에게 제안도 해보았지만, 그들은 하나같이 조금도 망설이지 않고 그냥 가난하게 지내는 것이 낫다고 했다. 마을 사람들이 하고많은 방법으로 다른 사람을 위해 헌신하는 동안, 적어도 한 명쯤은 덜 인도적인 다른 일을 추구해도 좋을 것이다. 다른 어떤 일에도 마찬가지지만 자선에도 소질이 있어야 한다. '선행'으로 말하자면, 이 사업은 자리가 꽉 차 있어서 빈자리가 없다. 더욱이 나도 자선을 꽤 많이 해보았는데 이상해 보일지 모르지만 그일이 내 체질에 맞지 않는다. 물론 사회가 내게 요구하는 선을 행해야 한다는, 우주를 파멸로부터 구해야 한다는 소명의식을 구태여 저버리면 안 될 것이다. 그리고 지금 이 소명의식을 지키기 위해 필요한 전부는 비슷한 방법으로, 하지만 무한히 굳건하게 다른 분야를 지키는 것이리라. 나는 다른 사람이 자신의 소질을 발휘하는 것을 가로막고 싶지 않다. 내가 거절한 이 일을 온 마음과 영혼과 생을 다해 수행하는 사람에게 "굴하지 마세요. 세상 사람이 이 일을 나쁜 일이라고 할지라도 열심히 해보세요."라고 말이다.

나는 내 경우가 특별나다고 생각하지 않는다. 여러분 대부분이 비슷한 변명을 할 것이 틀림없다. 나는 어떤 일을 할 때 (이웃이 이 일을 선행이라고 부르지 않아도 상관하지 않는데) 내가 그 일에 알맞은 사람이라고 서슴지 않고 말한다. 하지만 그게 뭔지는, 나를 쓰는 사람이 알아내야 하는 것이다. 흔히 말하는 '이롭다'는 말의 뜻을 살펴보았을 때 내가 무엇에 이로울지는, 내 주요 관심사가 아니고 대체로 전혀 의도하지 않은 것이다. 사람들은 사실 이런 말을 한다. "지금 그 자리에서 있는 그대로 시작해, 더 많은 가치를 지닐 목적은 삼가되 일부러 친절하게 선을 행하시오." 내가 설교를 하게 되면 차라리 이렇게 말하겠다. "먼저 선한 사람이 되시오." 태양이 저녁이 되면 달이나 광도 6등급의 별만큼만 밝아지고 장난꾸러기 요정 로빈 굿펠로처럼 오두막 창문마다 기웃거리면서 미치광이들을 깨우고, 고기를 상하게 하며, 고작 어둠이나 눈에 가시게 하는 빛을 가졌다면 당장 멈춰야 할 것이다. 태양은 따뜻한 열기와 혜택을 서서히 증가시켜 어떤 인간도 정면으로 쳐다볼 수 없게 하고, 그 와중에도 정해진 궤도로 세상을 돌며 덕을 베풀고, 아니면 더욱 정확한 과학에 의해 발견되었듯 세상이 그 주위를 돌면서 덕을 입는 그런 존재가 아닌가. 은혜를 베풀어 자신이 신의 아들이라는 것을 증명하고 싶었던 파에톤(그리스 신화에 나오는 태양신 헬리오스와 클리메네의 아들-옮긴이)은 태양의 마차를 딱 하루 몰 수 있게 되었으나 궤도를 벗어나는 바람에 하늘나라의 가장 낮은 거리가 불타고, 대지의 표면이 그을렸으며, 모든 샘물이 바짝 마르고 거대한 사하라 사막이 생겨났다. 결국 제우스 신이 번개로 그를 땅에 내리꽂았다. 태양은 그의 죽음을 슬퍼한 나머지 1년 동안 빛나지 않았다.

변질된 선량함에서 풍기는 악취처럼 고약한 냄새도 없다. 인간의 것이든 신의 것이든 썩은 고기인 것이다. 만약 어떤 사람이 내게 선을 행하려는 의식적인 목적을 가지고 우리 집에 온다는 것을 알게 되면, 나는 전력을 다해 도망칠 것이다. 시뭄이라고 하는 아

프리카 사막의 메마르고 타들어가는 돌풍, 내 입과 코와 귀와 눈을 모래로 채워 질식시키고 말 그 바람을 피하듯 말이다. 그가 내게 선을 행할까, '선'한 바이러스가 내 피에 섞여들까 두렵기 때문이다. 그래, 그럴 바에는 차라리 자연스럽게 악을 겪고 말겠다. 내가 굶주리고 있으면 먹을 것을 주고, 내가 추위에 떨고 있으면 따뜻하게 해주고, 내가 도랑에 빠지면 꺼내준다고 해서 그 사람이 착한 사람은 아니다. 인명 구조견도 이와 똑같이 할 수 있다. 자선은 가장 넓은 의미에서의 인류애는 아니다. 하워드[52] 씨는 나름 과할 정도로 친절하고 훌륭한 사람이 틀림없고 그에 대한 보답을 받고 있다. 하지만 비교해서 이야기하자면, 100명의 하워드 씨가 있다고 한들 도움받을 가치가 충분한 우리를 최적의 시기에 도와주지 않는다면 그런 자선행위가 우리에게 무슨 소용이란 말인가? 어떤 자선 모임에서도 나와 같은 사람에게 조금이라도 선을 베풀자고 진심으로 제안했다는 말은 들어본 적이 없다.

예수회 사람들이 인디언들을 화형시킬 때, 인디언들이 자신을 고문하던 사람에게 새로운 고문 방법을 제안하여 그들을 기절초풍하게 했다고 한다. 육체적 고통에 초연했던 인디언들은 선교사들이 건넸을 어떤 위로에도 초연했으리라. 네가 대접받고 싶은 대로 행동하라는 계율은 그들이 듣기에 설득력이 떨어졌을 것이다. 그들로 말하자면 어떤 대접을 받는지는 관심이 없고 새로운 방법으로 원수를 사랑하고 원수의 모든 행동을 기꺼이 용서하려던 사

◆◆◆

52) 존 하워드(1726?~1790), 영국 감옥 개혁가이자 자선가.

람들이었기 때문이다.

가난한 사람에게 도움을 주려거든 그게 설사 그들을 멀리 두고 오는 일이라 해도 그들이 가장 필요로 하는 도움을 줘야 한다. 돈을 주려거든 돈으로 무엇을 해줄 것이며, 그저 돈만 버려두고 와서는 안 된다. 우리는 이따금 별난 실수를 한다. 가난한 자는 더럽고 옷이 해지고 천할지언정 춥고 배고프지 않은 경우가 많다. 이는 그 사람이 불운해서 그런 것이 아니라 부분적으로는 그의 취향이다. 우리가 돈을 주면 그는 그 돈으로 더 많은 누더기 옷을 살 것이다. 아일랜드 노동자보다 더 단정하고 세련된 옷을 입은 나는 호수의 얼음을 자르는 서투른 그들을 보며 가엾이 여기곤 했다. 정작 그들보다 추위에 더 떨고 있으면서 말이다. 그러나 지독히 추운 어느 날, 아일랜드인 한 명이 물에 빠져 몸을 녹이려고 우리 집에 왔는데, 지저분하고 해지기는 했지만 그가 바지 세 벌과 내의 두 벌을 벗은 후에야 살갗을 드러내는 것을 보았다. 그렇다, 그는 내가 내민 '겉'옷을 거절할 여유가 있을 만큼 '안'에 옷을 아주 많이 껴입었던 것이다. 물에 빠지는 것이야말로 그에게 필요한 사건이었다. 이제 나는 나 스스로가 가엾어지기 시작했고, 그 사람에게 싸구려 옷가게를 통째로 주느니 나에게 플란넬 셔츠 한 장을 선사하는 것이 더 큰 자선이라는 점을 깨달았다. 한 사람이 악의 뿌리를 내려칠 때 그 곁가지를 마구 잘라내는 사람은 1,000명이 있다고 할 수 있다. 가난한 사람들에게 시간과 돈을 가장 많이 들이는 사람이야말로 그가 줄여보려 그토록 애쓰는 불행을 오히려 가장 많이 만들어내는 결과를 초래할 수 있다. 독실한 노예업자가 열 번째 노예가 팔릴 때마다 그 수익을 바쳐 나머지 아홉 명에게 일요일 단 하루의 자유를 벌어주는 것과 같다. 어떤 사람은 가난한 사람을 부엌에 고용하여 친절을 베풀지만 스스로 부엌에서 일하는 것이 더욱 친절한 처사가 아닐까? 당신은 수입의 10분의 1을 자선단체에 기부했다고 으스대지만 수입의 10분의 9를 내고 기부를 그만두는 편이 나을 것이다. 사회는 재산의 10분의 1만 회수하고 있다. 이것은 어쩌다 그 재산을 소유한 자의 관대함 때문일까, 아니면 정의를 책임지는 공직자들의 태만 때문일까?

자선은 인류가 톡톡하게 평가해주는 거의 유일한 덕목이다. 아니지, 자선은 지나치게 과대평가되었고 이를 과대평가한 것은 다름 아닌 우리의 이기심이다. 어느 화창한 날, 콩코드에서 가난하지만 튼튼한 자가 내게 한 동네 사람을 칭찬했는데 그 이유는 그가 가난한 자에게, 그러니까 자신에게 친절했기 때문이란다. 친절한 아저씨와 아주머니들은 인류의 진정한 아버지와 어머니보다 더 존경받고 있다. 한번은 지성이 뛰어나고 배운 사람인, 영국의 존경받는 강연가가 셰익스피어, 베이컨, 크롬웰, 밀턴, 뉴턴 등 자신이 존경하는 과학, 문학, 정치계 인물들을 열거한 후에 기독교적 영웅에 대해 말하기 시작했다. 마치 직업상 필수적인 절차라도 되는 듯 기독교적 영웅들을 나머지 전부보다 훨씬 높이, 최고 중의 최고라고 칭송했다. 그가 칭송했던 인물들은 펜, 하워드, 프라이 부인[53]이었다. 이 부분에서 다들 그 강연가의 거짓과 허세를 느낄 수 있으리라. 마지막에 열거된 사람들은 영국 최고의 사람들이 아니다. 그저 그 강연가에게 최고의 자선가일 뿐이다.

나는 박애정신이 마땅히 받아야 할 칭송을 깎아내리려는 것이 아니다. 생애와 업적으로 보아 인류에게 축복을 가져온 모든 사람을 위해 정의를 요구하는 것이다. 내가 중요하게 여기는 것은 정직과 자애가 아니다. 이는 식물로 말하자면 줄기와 이파리와 같다. 초록이 시든 식물은 기껏해야 아픈 사람을 위해 허브차로 만들 때 쓰이고 돌팔이 의사에게나 가장 많이 애용된다. 나는 사람의 꽃과 열매를 원한다. 그 사람의 향이 내게 풍겨오기를, 그의 성숙함이 우리의 교류에 향을 더해주기를 바란다. 그의 선함이 편향되거나 일시적인 행동이어서는 안 된다. 그것은 꾸준히 흘러넘쳐야 하고, 그 사람이 깨닫지 못하며 어떤 비용도 들지 않는 것이어야 한다. 자선은 수많은 죄를 숨기고 있다. 자선가는 자신이 버려졌던 슬픔의 기억으로 인류를 촘촘히 둘러싸고는, 이를 '동정'이라고 부른다. 우리는 절망이 아닌 용기를, 질병이 아닌 건강과 편안함을 전해야 하고, 질병이 전염되지 않도록 신경 써야 한다. 어느 남부의 평원에서 통곡 소리가 들려오는가? 우리가 빛을 보낼 이교도는 어느 지역에 사는가? 우리가 구원해야 할 그 무절제하고 잔인한 사람은 누구인가? 몸이 아파서 자신의 기능을 수행하지 못하거나 위장에 병이라도 생기면(동정심이 자리하는 바로 그곳에 아픔을 느끼기까지 하면) 그 사람은 당장 세상을 개혁할 준비를 한다. 하나의 소우주인 그가 발견을 해냈으니, 그것이 진정한 발견이고 그

◆◆◆

53) 윌리엄 펜(1644~1718), 퀘이커교도이자 펜실베니아의 건설자. 엘리자베스 프라이
    (1780~1845), 퀘이커교도이자 영국 감옥 개혁가.

가 바로 해결할 사람인 것이다. 그 발견은 세상이 풋사과를 먹어 왔다는 것이다. 사실 그의 눈에는 세상 그 자체가 커다란 풋사과 이고, 익기도 전에 자식 세대가 야금야금 갉아먹을 수 있다는, 생각만 해도 끔찍한 위험성이 있다. 극단적인 그의 자선사업은 그 길로 에스키모인과 파타고니아인[54]을 찾아 나서고, 인구가 많은 인도와 중국 마을을 품에 안는다. 그리하여 몇 년 동안 자선활동을 하며 타인을 위한답시고 자신을 부렸던 힘으로 틀림없이 자신의 소화불량을 고치게 되고, 지구는 익어가는 과실처럼 한쪽이든 양 쪽이든 뺨이 희미하게 붉은 색을 띠게 된다. 인생은 날 것의 상태를 버리고 다시 한 번 달콤하고 온전해진다. 나는 내가 저지른 것보다 더 극악무도한 죄악은 꿈꿔보지 못했다. 나보다 더 나쁜 인간은 알았던 적도, 앞으로 만날 일도 없으리라.

개혁가를 슬프게 하는 것은 고통받는 동료에 대한 동정심이 아니라, 자신이 신의 가장 신성한 자녀임에도 겪는 개인적인 고통이라고 생각한다. 이를 바로잡아서 그에게 봄이 오게, 그의 의자 위로 여명이 밝아오게 하면, 그는 사과 한마디 없이 관대한 친구들을 저버릴 것이다. 내가 담배의 해로움을 설파하지 않는 이유는 담배를 피워본 일이 없기 때문이다. 그 해로움을 설파하는 것은 담배를 피우던 개혁가들이 해야 하는 일이다. 하지만 내가 여태껏 맛본 것 중에서도 해로움을 설파할 수 있는 것이 충분하기는 하다. 여러분이 혹시라도 속아서 자선활동을 하게 된다면, 오른손이

◆ ◆ ◆

54) 남아메리카의 남쪽 끝 지역에 사는 거주민.

한 일을 왼손이 모르게 하라. 알 가치가 없기 때문이다. 물에 빠져 죽어가는 자들은 구하되 당신의 신발 끈이나 묶으라. 시간을 내어 자유노동을 시작하라.

우리의 관습은 성직자들과 소통함으로써 변질되어 왔다. 찬송 가집은 신에 대한 저주와 신에 대한 인내의 가락으로 채워져 있다. 어떤 이는 예언자와 구세주조차 인간의 희망을 확인해주기보다 두려움을 달래주는 것이라고 말한다. 삶이라는 선물에 느끼는 소박하고 참을 수 없는 만족감, 신을 기리는 기억에 남을 만한 칭찬 한마디가 어디에도 기록된 것이 없다. 건강과 성공은 아무리 저 멀리 침잠하는 듯 보여도 내게 이롭고, 질병과 실패는 나와 이들이 서로 아무리 동정심을 느낀다 해도 나를 슬프게 하고 내게 악을 행한다. 우리가 진정 인디언적인 요법과 식물 요법, 최면술 등 자연의 수단으로 인류를 구제하려 한다면, 우선 우리부터 자연처럼 소박하고 건강해져서, 이마에 드리운 구름을 몰아내고 모공에 약간의 생기를 띠어야 한다. 가난한 자들의 감독관으로 남을 것이 아니라, 세상에 가치 있는 사람이 되도록 노력해야 한다.

페르시아 시라즈 출신의 시인 사디[55]가 쓴 《굴리스탄》, 즉 《화원》에서 다음과 같은 대목을 읽었다.

"그들이 현자에게 물었다. '가장 높으신 신'께서 그늘을 많이 드리우고 고결하게 만든 수많은 유명한 나무 가운데 자유롭다고 부르

◆◆◆

55) 본명 무샤리프 웃딘 무슬리흐 웃딘(1209(?)~1291). 페르시아의 유명한 시인.

는 나무는 열매를 맺지 않는 사이프러스뿐입니다. 어떤 신비로운 영문입니까? 현자가 대답했다. 나무는 저마다 적합한 결실이 있고, 정해진 계절이 있어 그동안에는 나무가 생기 넘치고 꽃이 만발하지만 그 계절이 아닌 때에는 마르고 시드는도다. 사이프러스는 둘 중 어디에도 속하지 않아 늘 푸른 것이니라. 그리고 이런 특성을 지닌 자가 바로 아자드, 또는 종교적으로 독립한 사람이니라. 그대들 마음을 덧없는 것에 두지 말라. 칼리프 종족이 멸망하고 나서도 디슈로, 즉 티그리스 강은 여전히 바그다드를 흐르느니라. 그대들 손에 많은 것이 있다면 대추야자나무처럼 아낌없이 주라. 그러나 줄 것이 없다면 사이프러스처럼 자유인이 되어라.”

가난한 자의 허세

가난하고 가엾은 자여, 그대는 너무 뻔뻔하도다,
그대의 초라한 오두막, 그대의 목욕통이
값싼 햇빛 속에서 또는 그늘진 샘터에서
채소며 뿌리와 함께 게으르고 현학적인 덕목을 기른다고 해서
천상에 한 자리 차지하려 들다니.
그대의 뻣뻣한 손이,
아름다운 덕이 흐드러지며 꽃 피우는 사람에게서
인간다운 열정을 뜯어내어
천성을 더럽히고 감각을 마비시켜
고르곤마냥, 활발한 인간을 돌로 변하게 하는구나.
그대가 꼭 필요하다는 금주도,
즐거움도 슬픔도 모르는
부자연스러운 어리석음의
지루한 교제는 원치 않는다.
평범함에 단단히 자리잡은 이 비천한 종족은
그대의 굽실거리는 마음이 되네. 그러나 우리가 숭배하는 것은
과도함을 용인하는 미덕—

용감하고 너그러운 행동, 제왕다운 장엄함,

전지전능한 분별력, 끝을 모르는 아량,

예로부터 남은 이름 하나 없이

그저 헤라클레스, 아킬레스, 테세우스를

흉내만 내는 영웅의 미덕을 추켜세우는구나.

역겨운 그대의 암자로 돌아가

깨우쳐진 곳을 새로 찾거든

그 영웅들이 어떠했는지 알아보라.

_ 토마스 커루[56]

◆◆◆

56) 영국 시인 토마스 커루(1595?~1645?)의 《코일룸 브리타니쿰》 중. 제목은 소로우가
　직접 지었음.

2. 내가 산 곳, 내가 산 이유

　인생의 어느 계절에 이르면 우리는 모든 장소를 집터로 생각해 보기 마련이다. 그리하여 나는 내가 사는 곳에서 10킬로미터 안에 있는 모든 땅을 면면이 살펴왔다. 모든 농장을 사봐야 하기에 상상 속에서 농장들을 잇달아 사들이고 가격을 알아보았다. 농부의 사유지에 걸어 들어가 야생사과를 맛보고, 농부와 농장 일에 대해 환담을 나누고, 내 머릿속에서는 그가 얼마를 부르든 그 값에 저당을 잡혀 농장을 샀다. 더 높은 가격을 매기기도 하고, 농장 증서를 제외한 모든 것을 받아들이기도 했는데, 그것은 내가 대화를 몹시 사랑하기 때문에 증서를 대신해 농부의 말을 신

용하기로 했기 때문이다. 그렇게 농장을 경작하면서 어느 정도 일구고 충분히 즐기고 나면 농장을 농부에게 맡기고 물러났다. 이런 경험 때문에 친구들이 나를 일종의 토지 중개인이라고 생각했다. 어디에 앉든 나는 그곳에서 살았고, 나를 중심으로 풍경이 펼쳐졌다. 집이 '세데스', 즉 '앉은 자리'가 아니면 무엇이란 말인가? 그 앉은 자리가 시골이라면 더욱 좋을 것이다. 나는 쉽게 개발될 가능성이 없어 보이는 집터를 많이 찾았다. 어떤 사람은 그런 곳이 마을에서 너무 멀다고 생각할지 모르지만 내가 보기에는 마을이 그곳으로부터 너무 멀리 떨어져 있었다. 나는 "뭐, 이곳에서 살아볼 수도 있겠군." 하고 말했다. 그러고는 그곳에서 한 시간 동안 여름과 겨울을 지내보았다. 그곳에서 세월을 흘려보내고, 겨울에 맞서 싸우고, 봄을 맞아들이는 모습이 눈에 선했다. 훗날 이곳에 사는 사람들은 집을 어디에 짓든 그곳을 집터로 생각한 사람이 있었다는 것을 믿어도 좋을 것이다. 땅을 과수원과 조림지, 목초지로 나누고, 문 앞에 어떤 떡갈나무나 소나무를 남겨둘지, 고목나무를 어디에 둬야 가장 잘 보일지 결정하는 데 오후 한나절이면 충분했다. 그러고는 전부 내려놓았으니, 아니 묵혀두었으니, 그대로 내버려둘 수 있는 것이 많을수록 사람은 부유하다고 할 수 있기 때문이다.

상상 속에서 나는 몇 군데 농장 매입을 거절하기까지 했다. 그런데 매입을 거절하는 것이야말로 내가 원하는 전부였다. 실제로는 농장을 소유하지 않았기에 농장을 소유했을 때 느낄 따끔한 맛 한번 본 적이 없었다. 내가 실제로 땅을 소유할 뻔했던 것은 할

로웰을 사들인 때였다. 그곳에 심을 씨앗을 분류하고 씨앗을 실어 나를 수레를 만들기 위해 재료를 모으던 참이었다. 하지만 땅주인이 증서를 주기 전에 그의 아내가 (어느 남자에게나 이런 아내가 있기 마련이다.) 마음을 바꿔 땅을 팔지 않기를 바랐고, 주인은 해약금으로 내게 10달러를 제안했다. 자, 진실을 말하자면 나는 전 재산이 10센트뿐이었다. 내가 10센트를 가진 사람인지, 아니면 농장을, 아니면 10달러를 가진 사람인지, 그것도 아니면 둘 다인지를 분간하는 것은 내 셈법으로는 역부족이었다. 그러나 나는 농장을 충분히 소유했기에 농부에게 10달러와 농장을 그냥 놔두라고 했다. 관용을 베풀자면 내가 치른 값만 받고 그에게 농장을 되판 셈이고, 그가 풍족하지 않은 사람이기에 10달러를 선물하면서도 나는 10센트와 씨앗, 손수레 재료를 남긴 셈이다. 그리하여 나는 청빈에 아무런 손상을 입히지 않고 부자가 되어 본 셈이다. 게다가 나는 농장의 경치를 그대로 소유하기로 했고, 그리하여 매년 농장의 경치를 손수레 없이도 실어왔다.

'나는 내가 바라보는 모든 곳의 군주요,
그곳에서 내 권리는 논쟁할 바가 없다.' [1]

무뚝뚝한 농부가 그저 야생사과 몇 알을 따는 동안 시인은 농장에서 가장 귀중한 것을 즐기고 물러나는 경우를 나는 자주 보

◆ ◆ ◆

1) 윌리엄 카우퍼(1731~1800)의 시에서 인용함.

았다. 아니, 농장 주인은 시인이 농장의 가장 찬란한 투명 울타리인 운율 안에 농장을 몰아넣고는 우유를 짜고 지방을 걷어내 크림을 전부 가져가고, 주인에게는 찌꺼기 우유만 남겨놓았는데도 몇 해가 지나도 그것을 알지 못하는 것이다.

내가 보기에 할로웰 농장의 진짜 매력은 완전히 외진 곳이라는 점이다. 그곳은 마을에서 3킬로미터, 큰길과 넓은 밭을 사이에 두고 1킬로미터 남짓 떨어져 있다. 그리고 주인 말로는 봄이 되면 가까운 강에 안개가 피어올라 서리로부터 농장을 지켜준다고 하는데 나와는 전혀 상관없는 일이었다. 색이 칙칙하니 폐허 직전인 집과 헛간, 다 허물어져 가는 울타리가 전 주인과 나 사이에 상당한 간격을 두게 했다. 텅 비고 이끼 낀 사과나무는 토끼가 갉아먹은 흔적이 있어 내가 어떤 이웃을 두게 될지 말해주었다. 하지만 무엇보다도 처음 강을 따라 올라갔을 때, 빽빽한 꽃단풍 숲 뒤로 집이 가려져 보이지 않고 그 사이로 개 짖는 소리만 들렸던 기억이 난다. 나는 땅 주인이 돌을 내다놓고, 속이 빈 사과나무를 잘라내고, 풀밭에 총총 자라기 시작하는 자작나무 묘목을 파내기 전에, 다시 말하면 조금이라도 개간을 하기 전에 그 농장을 사려고 서둘렀다. 좋은 점을 누리고자 농장을 짊어질 준비가 되어 있었다. 아틀라스[2]처럼 세상을 어깨에 메고 (나는 그가 보상으로 무엇을 받았는지 들은 바가 없다.) 내가 온갖 일을 해낼 준비가 되어 있던 동기나 구실은 돈을 지불하고 방해받지 않고 소유해보고 싶은 것뿐이

◆◆◆

2) 그리스 신화에서 아틀라스는 머리와 두 손으로 천체를 떠받쳐야 했음.

었다. 농장을 사서 내버려둘 여유만 있다면 원하는 곡물을 가장 풍성하게 수확할 수 있으리라는 사실을 죽 알고 있었던 것이다. 결국 말한 대로 농장을 사는 일은 없었다.

그렇다면 대규모 농장에 대해 내가 말할 수 있는 전부는 (나는 채소밭은 늘 가꿔왔다.) 씨앗을 준비하는 것뿐이었다. 많은 이들이 씨앗은 오래 묵을수록 좋아진다고 생각한다. 시간이 지나면서 좋은 씨앗과 나쁜 씨앗이 가려지는 것은 확실하다. 따라서 마침내 씨앗을 심었을 때 실망할 일이 좀처럼 없다. 하지만 여러분에게 딱 한마디만 하자면, 가능한 한 오래 자유롭고 얽매이지 말고 살라는 것이다. 얽매인다면 그곳이 농장이든 교도소든 별 다를 것이 없다.

고대 로마의 카토[3]는 《전원생활론》에서 다음과 같이 말하고 있다. (이 책은 내게 영농 잡지 같은 역할을 하고 있는데 내가 읽은 유일한 번역본은 엉망으로 번역되었다.)

"농장을 살 생각이거든, 욕심을 부려 바로 살 게 아니라 마음에 깊이 담아야 한다. 수고를 아끼지 말고 농장을 바라봐야지 한 번 둘러보고 충분하다고 생각지 말라. 좋은 농장이라면 자주 가볼수록 더욱 마음에 들 것이다."

나는 괜한 욕심에 농장을 바로 사지 않고, 살아 있는 한 둘러보

◆ ◆ ◆
3) 마르쿠스 포르키우스 카토(B.C. 234~149). '대(大) 카토'라고도 함.

고 또 보고, 그곳에 묻혀서 마침내 궁극의 기쁨을 맛볼 생각이다.

여기에서 이야기하려는 것은 내가 도전했던 이러한 종류의 두 번째 실험으로 더욱 자세하게 묘사해보려고 한다. 나는 편의를 위해 2년간의 실험을 1년으로 압축할 것이다. 앞에서 말했듯이 나는 절망에 대한 시를 쓰려는 것이 아니라, 아침에 횃대에 올라선 수탉처럼 이웃을 깨우기만 바라며 활기차게 으스대려는 것이다.[4]

내가 처음에 숲에 거처를 마련했을 때, 즉 낮뿐만 아니라 밤에도 숲에서 지내기 시작했을 때, 우연히 그때가 1845년 7월 4일 독립기념일이었는데, 집에 회벽도 굴뚝도 없는 데다 비바람에 변색되고 거칠어진 판자로 된 벽에는 큰 틈이 여러 개 나 있었다. 그래서 밤에는 춥고 비를 막아줄 뿐 아직 겨울에 대비한 마감은 되지 않은 상태였다. 꼿꼿하게 베어낸 흰 못과 갓 대패질한 문과 창틀이 특히 아침나절에 깔끔하고 바람이 잘 통할 것 같아 보이게 했는데, 그때는 나무가 이슬을 가득 머금고 있는 때인지라 정오가 되면 달콤한 수액이 흘러나오지 않을까 하는 상상을 했다. 내 상상 속에서 집은 이렇게 새벽 같은 특성을 하루 종일 지니고 있으며 지난해에 다녀왔던 산 속의 집 한 채를 기억나게 했다. 그 집은 바람이 잘 통하고 회반죽 칠이 되지 않은 오두막이었다. 신이 여행을 하다 들르면 기쁘게 해주기에 안성맞춤이었고 여신이 웃자

◆ ◆ ◆

4) 소로우는 이 구절을 초판본 속표지에 사용함.

락을 끌고 서성일 법한 곳이었다. 내 거처를 지나간 바람은 드문드 문 끊어지는 지상의 선율을, 아니 그보다는 천상에 속하는 부분 을 싣고 산등성이를 스쳐지나갔다. 아침 바람은 끝없이 불고, 창 조의 시는 중단되지 않았다. 하지만 그것을 듣는 귀는 찾아보기 힘들다. 속세의 바깥은 어디든 올림포스[5]이다.

보트 한 대를 제외하고 내가 이전에 소유했던 유일한 집인 천 막은 여름에 여행 갈 때 종종 사용했고 지금도 말아서 다락방에 보관해놓았다. 하지만 보트는 이 손 저 손 옮겨 다니다가 시간의 강을 따라 흘러가버렸다. 이제 더욱 실질적인 쉴 곳이 생겼으니 세 상에 정착하는 쪽으로 한 걸음 더 나아간 셈이다. 아주 가볍게 차 려입은 이 집의 뼈대는 내 주위를 둘러싼 하나의 결정체였고, 집 을 지어준 사람인 나에게 반응했다. 이 집은 어딘가 밑그림 같은 구석이 있었다. 집 안 공기가 늘 상쾌해서 굳이 바람을 쐬러 밖으 로 나갈 필요가 없었다. 비가 아무리 많이 내리는 날에도, 내가 앉 아 있는 곳은 문 안쪽보다는 문 뒤쪽이었다. 인도의 옛 시 〈하리반 사〉[6]에는 '새가 없는 집은 향신료 없는 고기와 같다.'는 구절이 있 다. 내 집은 그런 집과는 거리가 멀었던 것이 어느새 내가 새와 이 웃이 되어 있었기 때문이다. 새를 가둔 것이 아니라 내가 새들 가 까이에 스스로 갇혔다. 나는 정원과 과수원에 자주 드나드는 새 들뿐만 아니라 더 야생적이어서 사람에게 세레나데를 부르는 일

◆◆◆
5) 그리스 신화에서 신들의 집.
6) 5세기에 쓰인 힌두 서사시.

이 결코, 또는 거의 없는, 전율을 일으키는 숲속의 명금인 티티새와 개똥지빠귀, 붉은풍금조, 바위종다리, 쏙독새 등 여러 많은 새들과 가까운 사이가 되었다.

나는 콩코드 마을과 링컨 사이의 드넓은 숲 한가운데, 마을에서 남쪽으로 2킬로미터 남짓 떨어져 있고 그곳보다 지대가 조금 더 높은 작은 호숫가에 자리를 잡았다. 이곳은 근처에서 유일하게 이름이 알려진 콩코드 전쟁터[7]로부터 남쪽으로 3킬로미터 남짓 떨어져 있었다. 하지만 내가 숲속 너무 낮은 지대에 있었기에 가장 먼 지평선이라고 해봐야 1킬로미터가 채 떨어지지 않았고 다른 곳처럼 나무가 우거진 반대편 호숫가였다. 처음 일주일 동안 호수를 내다볼 때면 어김없이 호수 바닥이 여느 호수보다 훨씬 높아서 산등성이에 자리한 호수 같다는 느낌을 받았다. 해가 떠오를 무렵 호수가 밤새 입은 안개 옷을 집어던지면 부드러운 잔물결 또는 풍경이 비치는 매끄러운 수면이 여기저기서 조금씩 모습을 드러냈다. 그동안 안개가 사방의 숲속으로 유령처럼 살금살금 빠져나가는 모습이 마치 야간 비밀회의가 끝날 때 같았다. 이슬은 산등성이에서는 흔히 그렇듯 여느 곳보다 더 늦게까지 나무에 걸려 있는 듯 보였다.

이 작은 호수는 8월에 잔잔한 비바람이 부는 사이사이에 가장 소중한 이웃이 된다. 그때 공기와 물이 죽은 듯이 고요하지만 하늘에 구름이 짙게 드리워 있고, 오후의 한때에도 저녁의 고요

◆◆◆

7) 1775년 4월 19일, 미국독립혁명의 시발점이 된 전투 지역.

함을 고스란히 지니고 있으며 개똥지빠귀의 돌림 노랫소리가 호수 이편에서 저편으로 들려온다. 이런 호수는 그런 때에 가장 잔잔하다. 그리고 호수 위로 얇게 깔린 맑은 공기층이 구름에 가려지면 빛과 잔상이 가득한 호수는 그 자체로 너무나 소중한 지상의 하늘이 된다. 얼마 전 나무를 베어낸 근처 언덕 꼭대기에서 보면 호수를 가로질러 남쪽 호숫가를 이루는 언덕 사이로 기분 좋은 풍경이 펼쳐진다. 마주 보는 산등성이가 서로를 향해 경사져 있으며 우거진 골짜기로 냇물이 흐르고 있을 것 같은데 사실 냇물은 없었다. 그쪽으로 바라보면 푸른 봉우리 너머로 저 멀리 지평선에 더 높은 봉우리가 푸른빛을 띠고 있다. 발끝으로 서서 보면 훨씬 더 짙고 더 먼 북서부 산맥의 꼭대기, 하늘에서 주조한 그 진청색 동전들이 언뜻 보이고 마을도 일부분 보인다. 하지만 이곳에서 다른 방향으로는 숲에 둘러싸여 그 너머로 아무것도 보이지 않는다. 사는 곳 근처에 대지를 둥둥 띄우고 활기를 띠게 할 물이 있으면 좋다. 아무리 작은 우물이라도 유용한 구석이 하나 있다면 그 안을 들여다보면 땅이 대륙이 아니라 섬이라는 사실을 알게 된다는 점이다. 이것은 우물이 버터를 차갑게 보관해주는 것만큼 중요한 기능이다. 이 꼭대기에서 호수를 가로질러 물이 범람할 때 서드베리 초원을 바라보면 물결이 소용돌이치는 계곡 속에서 신기루인 듯 마치 대야에 든 동전처럼 붕 떠 있는데, 호수 너머의 모든 땅은 이 작은 수면 때문에 고립되어 둥둥 떠다니는 것처럼 보인다. 그러고 있노라면 내가 사는 이곳이 한 조각 마른 땅일 뿐이라는 사실을 새삼 느낀다.

내 집 문에서 바라보는 풍경은 훨씬 더 좁지만 나는 조금도 답답하거나 갇혀 있다는 기분이 들지 않았다. 내 상상 속 초원은 충분히 드넓었다. 호수 맞은편 기슭에는 키 작은 떡갈나무가 우거진 고원이 있는데 서부 대초원과 타타르인이 사는 초원 지대로 뻗어나가 방랑하는 인간 가족에게 충분한 공간을 제공한다. "이 세상에 행복한 인간은 드넓은 지평선을 자유로이 즐기는 사람뿐이다." 하고 자신의 가축들에게 더 크고 새로운 목초지가 필요했던 다모다라[8]가 말했다.

장소와 시간이 모두 바뀌어 나는 우주에서, 역사에서 가장 매혹적인 장소와 시대에 더욱 가까이 접근해 살게 되었다. 내가 산 곳은 천문학자들이 밤에 관찰하는 세계처럼 사람들로부터 아득히 멀리 떨어졌다. 우리는 '카시오페이아의 의자' 별자리 너머에, 우주에서 더욱 멀고 더 천상에 가까운 구석, 소음과 혼란을 떠난 희귀하고 즐거운 장소가 있을 것이라고 상상하곤 한다. 나는 내 집이 아주 외졌지만 항상 새롭고 더럽혀지지 않은 장소에 자리했다는 사실을 알아냈다. 플레이아데스 성단이나 히아데스 성단, 알데바란이나 견우성[9] 가까이에 사는 것이 가치가 있다면 나는 정말로 그곳에 있을 것이고, 그렇지 않더라도 내가 두고 온 삶으로부터 그만큼 멀리 떨어진 곳에 정착하고 점점 작아져 가장 가까이 사는 이웃에게 가느다란 빛줄기처럼 반짝이며 달 없는 밤에만 이

◆◆◆

8) 크리슈나의 또 다른 힌두 이름. 이 구절은 〈하리반사〉에 나온 것.
9) 별자리.

118

옷의 눈에 띄며 살 것이다. 내가 자리 잡고 앉은 곳은 온 우주에서
도 그런 곳이다.

> "한 목동이 있었네
> 그는 높은 생각을 가졌네.
> 양 떼가 그 위에서 시간마다 그에게 먹을 것을 주던
> 저 산만큼 높은 생각을." [10]

양 떼가 늘 목동의 생각보다 더 높은 풀밭에서 헤맨다면 목동
의 삶은 어떠할까?

아침은 늘 대자연이 내 삶을 자기만큼 소박하고 순결하게 함
께 꾸려나가자는 기운 넘치는 초대장과 같았다. 나는 옛 그리스인
들만큼 진실하게 새벽의 여신을 숭배해왔다. 나는 일찍 일어나 호
수에 몸을 담갔다. 이것은 종교적인 의식이었고 내가 한 일 중 가
장 잘한 것이었다. 중국 탕왕의 욕조에는 "날마다 너 자신을 완전
히 새롭게 하라. 새롭게 하고, 또 새롭게 하고, 영원히 새롭게 하
라."[11]라고 쓰여 있는데, 나는 그 말에 전적으로 동감한다. 아침은
영웅시대를 다시 불러온다. 꼭두새벽에 문과 창문을 열고 앉아 있
노라면 모기가 들릴 듯 말 듯 잉잉거리며 내 방을 날아다닌다. 그
소리는 명성을 연주한 여느 나팔 소리만큼이나 감명 깊게 느껴진

◆◆◆

10) 〈뮤즈 정원(1610)〉에서 곡이 붙여진 작자 미상의 시.
11) 공자가 한 말.

119

다. 이것은 호메로스를 기리는 진혼곡이다. 저만의 분노와 방랑을 노래하는 공중의《일리아드》와《오디세이》그 자체다. 이 소리에는 범우주적인 무언가가 있다. 세상의 변치 않는 활기와 생식력을 무기한 알리는 광고판이다. 아침은 하루 중 가장 기억할 가치가 있는 때로 잠에서 깨어나는 시간이다. 이 무렵에 우리는 가장 잠이 적다. 밤낮으로 내내 잠들어 있던 우리의 한 부분이 적어도 한 시간 동안은 깨어 있다. 우리의 '본능'이 아니라 기계적인 하인의 손짓에 깨어나는 하루는, 새로 얻은 힘과 열망이 내부에서 우러나오고 그와 함께 천상의 음악이 전하는 파동과 공기를 채우는 향기에 의해 깨어나는, 그리하여 어둠이 열매를 맺고 빛에 못지않게 소중한 것임을 입증하는 그런 기상이 아닌 공장 종소리에 깨어나는 하루는, 그런 것을 하루라고 부를 수나 있다면, 그런 하루에서는 기대할 것이 별로 없다. 자신이 여태껏 모독한 시간보다 더 이르고 더 신성한 새벽 시간이 날마다 있다는 것을 믿지 않는 인간은 삶을 체념한 것이고, 점점 어두워지는 내리막길을 걷는 사람이다. 매일 감각적인 생활을 잠시 멈추면 그의 영혼 또는 그의 장기는 다시 활기를 찾고, 그의 '본능'은 자신이 얼마나 고귀한 삶을 꾸릴 수 있는지 다시 한 번 도전해본다. 기억할 만한 모든 사건이 아침나절 아침 공기 속에서 발생한다고 나는 생각한다. 베다[12] 경전에는 이런 말이 있다. "모든 지성이 아침과 더불어 깨어난다." 시학과 예술, 인간이 행한 가장 깨끗하고 기억에 남을 행동은 바로 아

◆◆◆

12) 힌두교 성전.

침에 시작된다. 모든 시인과 영웅은 멤논처럼 새벽의 여신 오로라의 자식이며, 해가 돋을 때 음악을 연주한다. 태양과 보조를 맞추어 탄력 있고 활기찬 생각을 지닌 사람에게 하루는 언제나 아침이다. 시계가 몇 시를 가리키든 다른 사람의 태도와 일이 어떻든 중요하지 않다. 아침은 내가 깨어 있고 내 속에 새벽이 있는 때이다. 도덕적 개혁은 잠을 떨쳐버리려는 노력이다. 사람들이 졸고 있는 게 아니라면 어째서 그렇게 하루를 형편없이 보내는 것인가? 그들은 그렇게 계산에 형편없는 사람들이 아니다. 졸음에 취하지 않았다면 무언가를 해냈을 것이다. 육체 노동을 할 만큼 충분히 깨어 있는 사람은 수백만 명이다. 하지만 효과적인 지적 발현을 할 만큼 충분히 깨어 있는 사람은 100만 명 중 한 명 뿐이고, 시적인 또는 신성한 삶을 살 만큼 깨어 있는 사람은 1억 명 중 한 명이다. 깨어 있다는 것은 살아 있다는 것이다. 나는 그렇게 깨어 있는 사람을 아직 한 번도 만나보지 못했다. 그러니 그 얼굴을 어떻게 내가 들여다볼 수 있었겠는가?

우리는 기계적 도움이 아닌, 우리를 깊은 잠 속에 저버리지 않는 새벽의 무한한 기대에 의해 다시 깨어나 계속 깨어 있는 법을 배워야 한다. 인간에게는 당연히 의문의 여지도 없이 의식적인 노력으로 삶을 고양할 수 있는 능력이 있다는 것보다 더욱 기운 솟는 사실은 없다. 그림을 그리고, 조각상을 파는 등 몇몇 물체를 아름답게 만드는 능력은 대단한 것이다. 하지만 우리의 시선이 전달되는 분위기 자체와 매개체를 조각하고 그리는 것이야말로 훨씬 멋있는 일이며, 우리는 그런 능력을 가지고 있다. 하루의 본질에 영향을 미치는 것, 그것이 가장 드높은 예술이다. 모든 인간은 가장 고양된 중요한 시간에 대해 사색할 가치가 있는, 자세히 들여다보아도 그런 삶을 꾸릴 과업을 맡는다. 우리가 시시한 정보를 얻는 대로 거절하거나 다 써버린다면, 앞서 말한 과업을 어떻게 해나갈 수 있는지를 신탁이 똑똑히 알려줄 것이다.

내가 숲에 간 이유는 의도한 대로 살고 싶어서였다. 삶의 정수가 되는 사실만 마주하고 싶었고, 삶이 가르쳐야 했던 것을 혹시 내가 깨닫지 못했는지, 죽을 때가 되어서야 살아온 삶이 아니었다는 것을 혹시 깨달을 수 있을지 알고 싶었기 때문이다. 나는 삶이 아닌 것은 살고 싶지 않았다. 산다는 것은 너무 소중하기에. 꼭 필요하지 않은 이상 체념을 연습하고 싶지도 않았다. 나는 깊게 살면서 삶의 골수를 빼먹고 싶었고, 삶이 아닌 건 전부 때려 엎을 정도로 강인하게 스파르타 식으로 살고 싶었다. 낫으로 한 번 넓게 베어내어 바싹 잘라내고 삶을 구석으로 몰아넣어 가장 낮은 곳까지 끌어내리고, 삶이 비천한 것으로 드러나면 적나라하게 그 전부를 이해하고 온 세상에 알리고 싶었다. 삶이 숭고하다면 다음번 유람 때 참다운 설명을 할 수 있도록 삶을 몸소 체험하고 싶었던 것이다. 내가 보기에 대부분의 사람들은 삶이 악마의 것인지 신의 것인지 이상하게도 확신을 갖지 못한다. '신을 찬양하고 영원히 만끽'[13]하는 것이 삶에서 추구해야 할 주요 목적이라는 다소 성급한 결론을 내린다.

◆ ◆ ◆

13) 〈뉴잉글랜드 프라이머〉의 소교리 문답에서 발췌.

우화를 보면 인간은 오래전에 개미에서 인간으로 바뀌었다고 하지만[14], 우리는 여전히 개미처럼 비천하게 살고 있다. 우리는 피그미족처럼 학들과 싸운다. 착오에 착오가 겹쳐진 것이고, 누더기 위에 누더기가 겹쳐진 것이다. 우리들 최고의 미덕은 쓸모없고 피할 수 없게 불행할 때만 그 모습을 드러낸다. 우리의 인생은 사소한 것들에 낭비된다. 정직한 사람은 셈할 때 열 손가락을 넘기는 일이 좀처럼 없고, 극단적인 경우에는 발가락 열 개를 더하고 나머지는 뭉뚱그리면 된다. 간소하고, 간소하고, 간소하게 살라! 여러분이 하는 일을 백 가지, 천 가지가 아닌 두 가지, 세 가지로 줄여라. 백만이 아닌 다섯까지만 세고, 가계부는 엄지손톱을 넘지 않게 하라. 문명생활이라고 하는 이 험난한 바다 한가운데서는 구름이며 폭풍, 유사(流砂) 등 수만 가지 일이 일어나기 때문에, 인간은 좌초하여 바닥으로 가라앉아서 절대 입항하지 못할 정도가 아닌 다음에는 추측항법으로 계속 살아가야 하고, 항구에 들어간다면 그는 정말이지 셈에 능한 사람이다. 간소화하고 간소화하라. 하루에 세 끼를 먹는 대신 필요하다면 한 끼만 먹고, 백 가지 요리를 다섯 가지로 줄여라. 다른 것들도 이에 비례하여 줄여라. 우리의 삶은 독일연방[15]과 같아서 자잘한 구역으로 이루어지고 국경선이 끝도 없이 들쭉날쭉대는 바람에 자국민조차 국경선을 구별할

◆ ◆ ◆

14) 그리스 신화에서 제우스가 줄어든 인구수를 회복하기 위해 개미를 인간으로 변신시켰다고 함.
15) 독일은 오토 폰 비스마르크 재상 치하에 통합되기 전, 여러 '주'가 합쳐진 연방으로 경계선이 끊임없이 변했음.

수 없다. 내적 개량이라고는 하지만 알고 보면 온통 외적이고 피상적인 개선을 하고 있는 국가는 그 자체로 그 땅에 자리잡은 수백만 가구만큼이나 비대해진 조직체가 되어 있다. 이 조직체는 가구가 어지럽게 널려 있고 자기가 쳐놓은 덫에 걸려 넘어지는 데다, 가치 있는 목적과 셈이 부족해 무모하고 사치스러운 지출로 파산 상태에 이르러 있다. 이들에게 유일한 해결책은 엄격하게 절약하고 스파르타인들 이상으로 단호하게 생활을 간소화하며 목표의식을 함양시키는 것이다. 우리는 너무 서두르고 있다. 사람들은 스스로 그렇게 하든 하지 않든 국가는 교역을 하고, 얼음을 수출하며, 전신으로 통신을 하고, 시속 50킬로미터로 달려야 한다는 믿음에 조금도 변함이 없다. 하지만 우리가 원숭이처럼 살아야 하는지 사람답게 살아야 하는지에 대해서는 잘 알지 못한다. "우리가 침목[16]을 잘라와 철도를 놓고 밤낮으로 작업에 매달리는 대신 우리의 삶을 개선하겠다고 주물럭거리고 있으면 철도는 누가 짓습니까? 철도가 지어지지 않으면 때가 왔을 때 우리가 어떻게 천국에 도착할 수 있겠습니까?" 하지만 집에서 우리가 할 일이나 신경 쓴다면 철도를 바랄 사람이 있을까? 우리는 철도 위를 달리는 것이 아니다. 철도가 우리를 타고 달리는 것이다. 철도 밑에 깔린 침목이 어떤 것인지 생각해본 적이 있는가? 침목 하나하나는 아일랜드인이든, 북잉글랜드인이든 사람이다. 이 사람들 위로 레일이 깔리고, 그 위로 모래가 덮여 기차가 그 위를 미끄러지듯 달리는 것이

◆◆◆

16) 영어로 침목은 'sleeper'인데 이 단어에는 '잠자는 사람'이라는 뜻도 있음.

다. 장담하건대 이 침목들은 튼튼하다. 몇 년마다 새로운 땅에 철도가 놓이고 그 위를 기차가 달린다. 누군가는 철도 위를 달리는 기쁨을 누릴 때 누군가는 기차에 깔리는 불운을 겪는 것이다. 기차가 졸면서 걸어가는 사람 하나를 치어, 즉 잘못 놓인 남아가는 침목 하나를 치어, 그를 잠에서 깨워놓으면 그게 예외적인 일이라는 듯 갑자기 멈춰 서서 야단법석을 떤다. 침목을 눕혀 원래대로 고정시켜놓는 데 10킬로미터마다 상당수의 사람들이 동원된다는 이야기를 듣고는 기쁜 마음이 들었다. 이는 잠든 사람들이 언젠가는 다시 깨어나리라는 징후이기 때문이다.

우리는 왜 이렇게 쫓기듯 인생을 낭비하며 살아야 하는가? 우리는 배도 고프기 전에 굶어죽을 각오를 한다. 사람들은 제때의 바늘 한 땀이 아홉 땀을 던다고 말하면서, 내일의 아홉 땀을 덜기 위해 오늘 천 땀의 바느질을 한다. 일에 있어서 우리는 이렇다 할 중요한 일 하나 하지 않고 있다. 우리는 무도병[17]에 걸려서 고개를 가만 두지 못한다. 내가 만약 불이 났다며 교회 종을 몇 번만

◆◆◆
17) 발작적인 움직임이 특징인 신경쇠약.

치면 오늘 아침만 해도 바쁘다며 변명하던 남자들, 아이들, 여자들까지 약속을 저버린 채 콩코드 주변의 농장에서 박차고 일어나 종소리를 듣고 달려올 것이다. 그것은 불을 끄기 위해서가 아니라 진실을 말하자면 그 무언가는 분명 타버릴 것이고, 자기가 불 지른 것은 아니니까 불구경을 하기 위해서라고, 그게 아니더라도 불을 끄는 것을 구경하고 불 끄는 것도 재미있는 일이기에 조금이라도 거들기 위해서라고 할 수 있다. 그렇다, 설령 불난 게 교회라고 할지라도 말이다. 점심을 먹고 나서 낮잠을 30분도 채 안 자고 깨어나면 고개를 들고 "뭐 별일 있어?" 하고 묻는다. 나머지 인류가 자기 보초를 서기라도 했다는 듯 말이다. 어떤 사람은 아무런 목적도 없이 30분마다 깨워달라고 하고 잠을 자는데, 애쓴 보람이 있도록 자기가 잠든 동안 꾼 꿈 이야기를 들려준다. 하룻밤 자고 일어나면 신문은 아침만큼이나 필수불가결하다. "지구상 어디서든 사람에게 일어난 새로운 일이라면 뭐든 말해줘." 하면서 그는 커피를 마시고 빵을 먹으면서 신문을 읽는다. 그는 오늘 아침 워치토강[18]에서 한 남자가 두 눈을 뽑혔다는 소식을 신문에서 읽는다. 정작 자기야말로 깊이를 알 수 없는 어두컴컴한 거대한 동굴에 살고 있으며 자신의 눈은 퇴화해서 흔적만 남았다는 사실은 꿈에도 모른 채 말이다.

나는 우체국이 없어도 잘 지낼 수 있다. 우체국을 통해 연락하는 것 중에서 중요한 소식은 거의 없다고 생각한다. 결정적으로

◆ ◆ ◆

18) 지금은 '워시타강'이라고 씀. 알칸서스에서 루이지애나까지 흐름.

말하자면, 몇 년 전에도 적어둔 적이 있듯 나는 살면서 우표 값을 하는 편지를 한두 통밖에 받아본 적이 없다. '페니 우편제'란 1페니를 건네며 상대방에게 무슨 생각을 하는지 농담으로 물어보던 것이 이제는 진지하게 1페니를 내는 제도가 된 것이 아닌가? 나는 신문에서 기억에 남을 만한 어떠한 소식도 읽어본 적이 없다. 강도, 살해, 사고사, 화재사고, 난파사고, 증기선 폭발사고, 서부 철도에서 소 한 마리가 치인 사고, 한 광견이 사살당한 사고, 메뚜기 떼가 겨울에 나타난 사건 등 무엇이든 한 번만 읽으면 다음에는 읽을 필요가 없다. 한 번이면 충분하다. 원칙만 알면 되지 무엇하러 무수히 많은 응용 사례를 바란단 말인가? 소위 새로운 소식이란 철학자에게는 전부 수다거리일 뿐이며, 이를 편집하고 읽는 사람은 다과를 즐기는 늙은 부인네들이다. 하지만 적지 않은 사람들이 이 수다거리를 탐한다. 며칠 전에 막 도착한 해외 소식을 알기 위해 신문사 사무실 한 곳에 사람이 몰리는 바람에, 사무실의 커다란 사각형 판유리 몇 장이 압력을 못 견디고 깨졌다고 한다. 정말이지 기지 있는 사람이라면 12개월, 아니 12년 전에도 충분히 정확하게 써놓을 수 있을 만한 소식에 그런 일이 벌어진 것이다. 예를 들면, 스페인에서 '돈 카를로스'와 '인판타', '돈 페드로' 같은 이름과 '세비야', '그라나다' 같은 지명을 (내가 신문을 본 이후로 이름이 조금 바뀌었을 수도 있다.) 그때그때 적당히 집어넣어 기사를 만들되 특별한 얘깃거리가 없을 때는 투우에 관한 이야기를 실으면 그것이 그대로 스페인의 실상이 될 것이고, 신문에 나온 똑같은 제목의 간결하고 명료한 기사 못지않게 스페인의 정확한 상태와 몰락에 대해 전달해줄 것이다. 영국의 경우, 그 나라에서 가장 최근에 있었던 가장 중요한 기사거리는 1649년의 청교도 혁명이었다. 한 해 평균 영국에서 생산되는 작물 수확량을 알고 있다면, 금전적 부분에 대해 추측하는 게 아닌 이상 다시는 그 주제에 관심을 갖지 않아도 된다. 신문을 잘 보지 않는 사람이 보기에 해외에서 새로운 일은 도통 일어나지 않는다고 해도 과언이 아니고, 프랑스 혁명도 예외는 아니다.

새로운 소식이 다 무어란 말인가! 한 번도 낡지 않은 것이 무엇인지 아는 편이 훨씬 더 중요한 것을! 위나라의 대부인 거백옥이 공자에게 사람을 보내 그의 근황을 물었다. 공자는 사자를 곁에 앉히고 이렇게 질문했다. "선생께서는 뭐하고 계시는가?" 사자는 공손하게 대답했다. "저의 주인은 허물을 줄이고자 하시지만 진척이 없으십니다." 사자가 간 다음에 공자는 말했다. "훌륭한 사자로

◆ ◆ ◆

19) 공자, 《논어》 14편.

구나! 과연 훌륭한 사자야!"[19]

목사는 한 주의 끝에 쉬는 날을 보내는 (일요일은 잘못 보낸 한 주에 알맞은 마무리이지, 새로운 한 주를 상쾌하게 시작하는 날은 아니다.) 졸린 농부의 귀를 지루하게 괴롭힐 것이 아니라, 우레 같은 목소리로 외쳐야 한다. "잠깐! 그만! 겉으로는 왜 그리 빨라 보이면서 지독히 느린 것입니까?"

속임수와 기만이 가장 견고한 진실로 존중받고 있으며 진실은 가공의 것으로 여겨진다. 진실만을 꾸준히 관찰하고 속아 넘어가지 않는다면, 우리가 알고 있는 것과 비교했을 때 인생은 한 편의 동화와 《아라비안 나이트》일 것이다. 만약 우리가 필연적인 것과 필연적일 권리가 있는 것만 존중한다면 거리에 음악과 시가 흘러넘칠 것이다. 서두르지 않고 현명할 때 우리는 위대하고 훌륭한 것만 절대적인 가치를 지니고 영원히 존재한다는 사실을, 사소한 두려움과 기쁨은 참된 현실의 그림자에 지나지 않는다는 사실을 깨닫는다. 이 숭고한 진리는 항상 우리에게 용기를 준다. 눈을 감거나 잠들어 보이는 것에 속겠다고 승낙하는 사람은 일과와 습관으로 이루어진 일상을 확립하는데, 이러한 일상은 순전히 환상에 불과한 토대 위에 지어진 것이다. 삶을 가치 있게 살지 못하면서 경험, 즉 실패와 더불어 더욱 현명해졌다고 생각하는 어른보다 놀면서 인생을 배우는 아이들이 삶의 진정한 법칙과 관계를 더 명확하게 잘 구분해낸다. 어느 힌두교 책에서 읽은 이야기이다.

"왕자가 있었는데 아주 어릴 때 고향에서 쫓겨나 산사람 손에 길러졌다. 그 상태로 자라 어른이 된 왕자는 스스로를 같이 사는 야만족의 한 명이라고 생각해왔다. 아버지인 왕의 대신이 왕자를 발견하여 그가 누구인지 알려주어 그의 신분에 대한 오해가 벗겨졌고, 그는 자신이 왕자라는 것을 알게 되었다."

힌두교 철학자는 이야기를 계속한다.

"그렇게 영혼은 자신이 자리 잡은 환경 때문에 제 본질을 착각하고, 어느 신성한 선생이 진실을 밝힌 후에야 자기가 브라마라는 것을 알게 된다."[20]

우리 뉴잉글랜드 주민이 현재 비천한 생활을 하고 있는 이유는 사물의 표면을 꿰뚫는 시력을 지니지 못했기 때문이라고 나는 생각한다. 우리는 겉으로 보이는 것이 실제라고 생각한다. 만약 어떤 사람이 이 마을을 걸어가면서 오직 실제만 본다면 '밀담'[21]은 어디로 가리라고 생각하는가? 그가 본 대로 우리에게 설명한다면 우리는 그가 말하는 장소를 알아볼 수 없을 것이다. 공회당과 재판소, 교도소, 상점, 주택을 진실한 시선으로 보고 실제로 어떠한지 말해보면 말하는 도중에 모든 것이 산산조각날 것이다. 사람들은 우주의 외곽 어딘가에, 가장 멀리 있는 별 너머에, 아담 이전과 최

◆◆◆

20) 힌두 사상에서 영적인 존재의 정수.
21) 콩코드 중심가로 사람들이 사교생활을 하고 사업을 하던 곳.

130

후의 인간 다음에 진리가 있다고 생각한다. 영원 속에는 진실 되고 고귀한 것이 분명 있다. 하지만 바로 지금 여기가, 시간과 장소가 사건의 전부이다. 신은 현재 지고의 위치에 있으며, 세월이 아무리 지나도 다시는 지금처럼 신성하지 않을 것이다. 그리고 우리는 주위의 실제에 영원히 스며들어 스스로를 흠뻑 적셔야만 숭고하고 고결한 것을 모두 이해할 수 있다. 우주는 우리의 개념에 순종하며 거듭 응한다. 우리의 여행 속도가 빠르든 느리든 우리의 길은 우리를 위해 여전히 마련되어 있다. 그렇다면 새로운 구상을 하면서 인생을 보내자. 그렇게 훌륭하고 고결한 의도를 가졌던 시인이나 예술가가 아직은 없지만, 후대의 누군가는 적어도 이를 이룰 수 있으리라.

하루를 대자연처럼 의도적으로 보내보자. 철도 위로 떨어지는 모기의 날개며 호두껍질 같은 온갖 것 때문에 길에서 내팽개쳐지지 말자. 아침 일찍 동요하지 말고 잔잔하게 일어나자. 손님이 오든, 종이 울리든, 아이가 울든 단호하게 하루를 보내도록 하자. 왜 우리가 마지못해 시류에 떠내려가야 하는가? 정오의 여울에 자리 잡은, 점심이라는 이름의 그 끔찍한 급류와 소용돌이에 압도당해 상심하지 말자. 이 위험을 헤쳐 나가면 나머지는 내리막길이니 여러분은 안전하다. 긴장을 풀지 말고 아침의 원기를 품고 율리시스처럼 돛대에 묶인 채[22] 다른 방향을 향해 항해하라. 기적이 울리

◆◆◆

22) 율리시스(오디세우스의 로마식 이름)는 사이렌이 부르는 노래의 치명적인 유혹을 떨쳐내기 위해 자기 몸을 배 돛대에 묶었음.

거든 고통에 목이 쉴 때까지 울도록 내버려두자. 종이 울린다고 해서 꼭 달려야 하는가? 우리는 그 종소리가 어떤 음악과 비슷한지 생각할 수 있을 것이다. 이제 침착하게 자리를 잡고 작업을 시작해보자. 그리하여 의견과 편견, 전통, 망상, 겉모습으로 된 눈과 진흙이 뒤범벅된 진창, 지구를 뒤덮은 그 범람지를 뚫고, 파리와 런던, 뉴욕과 보스턴, 콩코드까지, 교회와 국가, 가난이며 철학, 종교를 뚫고 발을 아래로 뚫고나가 우리가 진실이라는 이름의 단단한 밑바닥과 바위까지 발을 디디고 "바로 이거야, 틀림없어."라고 말하자. 그렇게 해빙과 성에와 불길 밑에 토대를 잡고 벽을 짓거나 국가를 세우거나, 안전하게 가로등을 세우거나 나일로미터[23]가 아닌 리얼로미터 같은 측정기를 설치해, 엉터리와 겉모습의 수위가 때에 따라 얼마나 깊게 차올랐는지를 후세 사람들이 알 수 있도록 하자. 진실을 마주하고 똑바로 서 있으면 태양이 언월도처럼 양면으로 반짝반짝 빛나며 그 달콤한 칼날이 심장과 골수로 나누는 게 느껴져, 당신은 생애를 행복하게 마칠 수 있을 것이다. 삶이든, 죽음이든 우리는 진실만을 열망한다. 우리가 정말로 죽어가고 있다면 목에서 나는 가래 끓는 소리를 듣고 극도의 추위를 느껴보자. 살아 있다면 할 일을 열심히 하면 된다.

시간이란 내가 낚시하러 가는 개울일 뿐이다. 나는 개울물을 마신다. 마시는 사이 모래 바닥이 보이고 개울이 얼마나 얕은지를

◆ ◆ ◆

23) 고대 이집트에서 나일강 수위를 측정하는 데 쓰던 장치. 나일로미터는 나일강을 재는 수위계라는 뜻이 있지만, 여기에서는 소로우가 실제를 재는 측량기인 '리얼로미터'와 대비해 '아무것도 안 잰다'라는 뜻으로 말장난 삼아 쓴 것임.

가늠한다. 얕은 개울물은 흘러가지만 영원은 남는다. 나는 더 깊이 마신다. 조약별이 바닥에 총총히 박힌 하늘에서 낚시한다. 나는 1도 세지 못한다. 알파벳 첫 글자도 알지 못한다. 태어났을 때만큼도 현명하지 못하다는 게 항상 한스럽다. 지성은 큰 식칼이다. 만물의 비밀을 파고들 길을 알아보고 그 길을 쪼개어나간다. 나는 필요 이상으로 내 두 손을 바삐 놀리고 싶지 않다. 내 머리는 두 손이자 두 발이다. 내 최고의 능력이 여기에 집중되어 있음을 느낀다. 몇몇 생물체가 주둥이와 앞발을 이용하듯이 내 머리는 굴을 파기 위한 장기이며, 머리로 내 길을 캐내고 파내어 이 언덕을 뚫고 나아갈 수 있다고 본능이 말해준다. 가장 풍부한 금맥이 여기 어딘가에 있다고 나는 생각한다. 나는 수맥 찾는 막대기와 가느다랗게 피어오르는 수증기 옆에서 가늠해본다. 그리고 이제부터 나는 굴을 파내기 시작할 것이다.

3. 독서

　직업을 조금 더 신중하게 선택한다면 본질적으로 누구나 연구
가나 관찰자가 될 것이다. 누구나 자신의 본성과 운명에 흥미를
갖기는 매한가지이기 때문이다. 우리는 자손을 위해 재산을 모으
고, 가문과 국가를 세우고 명성을 얻는다 해도 죽기 마련이다. 하
지만 진실을 다루면 우리는 불멸할 것이고, 변화나 재난을 두려워
할 필요가 없다. 신의 동상을 덮었던 베일을 들춰낸 사람은 이집트
인이나 힌두 철학자였을 것이다. 그 떨리는 옷자락은 여전히 들춰
져 있고, 나는 귀퉁이를 들춰본 사람이 그랬던 것처럼 눈에 선하
게 영광의 장면을 바라본다. 당시에 그토록 대담했던 사람은 바로

그 철학자 안의 나였으며, 지금 그 광경을 다시 보는 사람은 내 안의 옛 철학자이기 때문이다. 그 옷자락에는 먼지 한 톨 앉지 않았고, 신의 동상이 들춰진 이후 시간은 1초도 흐르지 않았다. 우리가 지고의 시간으로 승화시키는, 또는 승화시킬 수 있는 시간은 과거도 현재도 미래도 아니다.

내 거처는 사색뿐만 아니라 진지한 독서를 하기에 어느 대학보다도 더 나았다. 나는 평범한 도서관이 멀어서 갈 수 없었지만 그 어느 때보다도 세상 곳곳에 널린 책의 영향권 안에 들어가 있었다. 그 책들은 지금 아마포로 만든 종이에 인쇄되고 있지만 처음에는 나무껍질에 쓰였을 뿐이다. 시인 미르 가마르 웃딘 마스트[1]는 이렇게 말한다. "나는 책을 읽으면서 가만히 앉아 영적인 세계를 뛰어다니는 행운을 누렸다. 나는 난해한 학설이 농축된 술을 마셨을 때 단 한 잔의 포도주에 취하는 기쁨을 누렸다." 자주 읽지는 않았지만 나는 여름 내내 호메로스의 《일리아드》를 탁자에 올려두었다. 처음에는 집을 갈무리함과 동시에 괭이질을 하며 콩을 심는 등 끊임없이 육체노동을 하느라 더 이상 공부하는 것이 불가능했다. 하지만 훗날 그러한 독서를 할 것이라고 생각하며 스스로 버텨냈다. 작업을 하는 틈틈이 얇은 여행서를 한두 권 읽다가 그 일에 나 자신이 부끄러워졌기에 '내'가 사는 곳이 어디인지 자문해 보았다.

학생들이 호메로스나 아이스킬로스의 작품을 그리스어로 읽

◆◆◆

1) 18세기 힌두 시인.

는다는 것은 어떻게든 그 책의 영웅을 흉내 내는 일이고 아침 시간을 그 책에 바친다는 뜻이므로, 유흥이나 방탕에 빠질 위험이 없을 것이다. 영웅에 대한 책은 모국어로 인쇄되었더라도 언제나 타락한 시대에는 사어처럼 이해되지 않을 것이다. 그리하여 우리는 지혜와 용기, 관용을 총동원해 상식이 허락하는 것보다 더 큰 의미를 부여해가며, 단어와 문장 하나하나의 의미를 열심히 찾지 않으면 안 된다. 오늘날 값싼 책이 제아무리 번역되어 넘쳐나도 우리를 고대의 영웅을 그린 작가에게 더욱 가까이 데려다주지는 않는다. 여느 때와 다름없이 고대의 책은 고립된 듯 보이고, 그것이 인쇄된 활자는 희귀하고 신기해 보인다. 길거리의 사소함에서 생겨난 것이라도 고대 언어를 몇 마디 배워두면 영구히 암시를 해주고 자극을 줄 것이기에, 청춘의 나날과 값진 시간을 들일 가치가 있다. 농부가 어디서 들은 라틴어 몇 마디라도 기억하고 되새긴다면 헛된 배움이 아니다. 사람들은 고전 공부가 언젠가는 더욱 현대적이고 실용적인 공부에 도달하는 길을 터줄 것처럼 말할 때가 있다. 하지만 모험심이 있는 학생은 고전이 어떤 언어로 쓰였든, 얼마나 오래 되었든 간에 늘 고전을 공부할 것이다. 고전이 인간의 생각을 기록한 것 중 가장 고귀한 것이 아니고 무엇이겠는가? 고전은 부패하지 않는 유일한 신탁이며, 고전에는 델포이와 도도나[2]에서도 주지 않는 가장 현대적인 물음에 대한 답이 들어 있다. 대자연도 오래되었으니 공부하지 않을 참인가. 잘 읽는 것, 즉 진

◆◆◆

2) 고대 그리스의 유명한 신탁.

정한 정신으로 참다운 책을 읽는 것은 고귀한 활동이며, 오늘날의 풍조가 존중하는 그 어떤 활동보다도 더욱 힘든 것이다. 읽기를 위해서는 운동선수가 거치는 혹독한 훈련과, 목표를 위해 거의 목숨을 통째로 바치겠다는 마음가짐이 꾸준히 필요하다. 책은 쓰였을 때와 마찬가지로 읽을 때도 신중하고 조심스러워야 한다. 책이 쓰인 언어를 말할 줄 아는 것만으로는 충분치 않은데, 말하는 언어와 쓰는 언어, 듣는 언어와 읽는 언어 사이에는 커다란 간극이 있기 때문이다. 전자는 보통 덧없는 것으로 소리와 말, 말씨일 뿐, 거의 동물의 것이어서 우리는 이를 동물처럼 어미에게서 무의식적으로 배운다. 후자는 그것을 익히고 다듬은 것이다. 전자가 어머니의 말이라면, 후자는 아버지의 말로서 조심스럽게 고르고 고른 표현이고 매우 심오해 귀로 듣기에는 너무 깊은 의미를 지니고 있으며, 이를 말할 줄 알려면 다시 태어나야 할 것이다. 중세시대에 그 나라에서 태어나 그리스어와 라틴어를 말할 줄 알았다 해도, 그 언어로 쓰인 천재의 작품을 읽는 것은 그 나라에서 태어났다고 되는 게 아니었다. 이 작품들은 그들이 아는 그리스어나 라틴어로 쓰인 게 아니라, 고르고 고른 문학의 언어로 쓰였기 때문이다. 그들은 그리스와 로마의 더욱 고귀한 언어를 배우지 않았기에, 그런 언어로 쓰인 자료를 휴지조각처럼 생각했다. 대신 당대의 값싼 문학을 더욱 좋아했다. 하지만 여러 유럽 국가에서 싹트기 시작한 문학의 목적에 충분한, 대충 만들었지만 명확한 문어를 갖게 되면서 비로소 학문이 되살아났고, 학자들은 그렇게 멀리서도 고대의 보물을 알아보게 되었다. 로마와 그리스 대중들이 들을 수 없던 것을, 몇몇 학자는 오랜 세월이 지나서 읽게 되었고 몇몇 학자는 지금도 그것을 읽고 있다.

때때로 터져나오는 웅변가의 웅변이 아무리 훌륭할지라도 별이 수놓인 창공이 구름 뒤에 있듯 글자로 기록된 가장 고귀한 말들은 순식간에 사라지고 마는 말보다 훨씬 더 고귀하다. 별이 떠 있으면 별을 읽을 수 있는 사람들은 별을 읽을 것이다. 천문학자는 끊임없이 별을 관찰하고 별에 대해 말한다. 별은 우리의 일상적인 대화나 수증기가 되는 숨결처럼 증발하고 마는 것이 아니다. 광장에서는 웅변이라고 불리는 것이 서재에서 보면 흔한 미사여구일 때가 많다. 웅변가는 떼로 몰려든 사람들, 즉 자기 말을 들을 수 있는 사람들 앞에서 한순간의 자극에 굴복하여 말을 내뱉는다. 그러나 작가는 더욱 차분한 삶을 살기에 그에게 자극이 될 사건과 군중을 만나면 오히려 주의가 흐트러진다. 작가는 인류의 지성과 심장이 되는 사람들, 시대를 통틀어 자기 말을 이해할 수 있는 모든 사람들을 향해 말한다.

알렉산더 대왕이 원정에 나설 때 《일리아드》를 보물함에 넣어 가지고 다닌 것도 놀랄 일은 아니다[3]. 글은 유물 중에서도 가장 귀한 것이다. 다른 어떤 예술작품보다 더 우리와 친밀한 동시에 보편적이다. 그것은 삶의 본질에 가장 가까운 예술작품이다. 글은 모든 언어로 번역되어 읽혀질 뿐만 아니라 모든 인간의 입술에서 실제로 숨결이 되어 나온다. 캔버스나 대리석에만 표현되는 게

◆◆◆

3) 플루타르크가 저술한 마케도니아 알렉산더 대왕(B.C. 356~323)의 전기에서 언급됨.

138

아니라, 생명의 입김으로 조각될 수 있는 것이다. 고대인의 사상적 상징이 현대인의 말이 된다. 2천 년 동안의 여름은 그리스 문학을 대리석 삼아 그 기념비에 한층 성숙한 가을의 황금빛 기운을 전하는데, 고유의 평온한 천상의 공기를 온 땅에 실어날라 시간의 부식으로부터 스스로를 지키기 위함이다. 책은 이 세상의 귀중한 자산이자 여러 세대와 국가에게 꼭 맞는 유산이다. 어느 오두막이고 간에 그 집 책장에는 가장 오래된 최고의 책이 당연하게 놓여 있다. 그런 책은 스스로 어떤 대의를 내세우지 않는다. 그러나 독자를 깨우치고 지탱해주는 책이라면 양식을 가진 독자는 그 책을 거부하지 않을 것이다. 책의 작가는 어떤 사회에서나 거부할 수 없이 당연히 사회의 핵심층을 이루며, 왕이나 황제보다 더 인류에 영향력을 발휘한다. 아마도 툭 하면 경멸하기 좋아할 문맹 상인은 사업가 기질과 부지런함을 발휘해 탐나는 여유로움과 독립을 얻어 부와 유행의 사회에 일원이 된다. 그러나 그다음에는 더욱 높은 지성과 천재의 사회로 눈길을 돌리기 마련이지만 어쩔 수 없고, 자신의 교양이 불완전하며 가진 모든 부가 헛되고 공허하다는 것을 느낀다. 그런 후에는 뛰어난 양식을 발휘하여 자기 자식만은 교양을 확실히 갖출 수 있게 하기 위해 온갖 노력을 기울이는데 이렇게 함으로써 그는 한 가문을 세우는 것이다.

고대의 고전을 원어 그대로 읽는 법을 익히지 않은 사람은 틀림없이 인류 역사에 대한 지식이 매우 불충분할 것이다. 우리 문명 그 자체를 하나의 필사본으로 여기지 않는 한, 놀랍게도 현대 언어로 쓰인 고전 필사본은 없기 때문이다. 호메로스의 작품은 영어로 인쇄된 적이 없고 아이스킬로스, 심지어 비르길리우스의 작품도 마찬가지다. 이 작품들은 거의 아침만큼 정제되었고 그만큼 견고하며 아름답다. 후세 작가들의 재능에 대해 뭐든 말해보자면, 그들은 고대 글의 정교한 아름다움과 세련됨, 일생일대의 투지 넘치는 문학적 노고에 필적한 적이 한 번이라도 있었을까 싶다. 그들은 자신을 알지도 못하는 고전 작가들을 잊어버리자고 얘기할 뿐이다. 우리가 고전이라고 일컫는 유물과, 고전보다 훨씬 오래되고 고전보다 뛰어나지만 덜 알려진 여러 나라의 경전이 더 쌓였을 때, 바티칸 도서관 같은 곳에 《베다》와 《아베스터》[4], 성경, 호메로스와 단테, 셰익스피어의 작품들이 가득 채워져 다가올 모든 세기가 잇달아 자신의 트로피를 세계의 광장에 쌓아놓을 때에야 비로소 풍요로운 세대가 될 것이다. 그러한 더미 옆에서 우리는 마침내 하늘에 닿을 희망을 가질 수 있다.

인류는 아직 위대한 시인의 작품을 읽은 적이 없다. 위대한 시인만이 그것을 읽을 수 있기 때문이다. 일반 대중은 위대한 시인의 작품을 천문학이 아니라 기껏해야 점성술로 별을 읽듯 읽었을 것이다. 대부분의 사람들은 장부를 적고 거래에서 속지 않기 위해 계산하는 법을 익히듯 하찮은 목적을 위해 읽기를 배워왔다. 하지만 고결한 지적 활동으로서의 읽기에 대해서 그들은 아는 바가 거의, 또는 전혀 없다. 고차원적인 읽기란, 우리를 화려함으로 어르고 달래어 더 고귀한 능력이 그 와중에 잠들도록 내버려두는 것이

◆ ◆ ◆

4) 조로아스터교 성서.

아니라, 읽어보려고 발돋움하고 서듯 하는 독서, 또렷하게 깨어 있는 시간을 바치는 독서이다.

글자를 익힌 후에는 문학에서 최고인 글을 읽어야지, 평생 동안 초등학교 4, 5학년 학생처럼 교실 맨 앞줄에 앉아 '에이 비 씨'와, 단음절로 된 단어나 되뇌고 있어서는 안 된다. 대부분의 사람은 좋은 책 한 권, 즉 성경을 읽거나 성경 낭독을 듣는 것으로 만족하고, 그 한 권의 교훈에 자신의 죄를 깨달아 남은 평생을 쉬운 읽기에 능력을 허투루 쓰며 무위도식한다. 우리 마을 순회 도서관에는 《리틀 리딩》[5]이라는 책이 여러 권 있는데, 나는 처음에 그것이 아마 내가 가본 적 없는 마을 이름인 줄 알았다. 고기며 야채로 배를 잔뜩 채운 다음에도 이런 잡동사니 책을 소화해내는 가마우지와 타조 같은 사람들이 있다. 그들은 무엇이든 버려지는 꼴을 못 보는 것이다. 다른 사람들이 이러한 여물을 제공하는 기계라면, 이들은 여물을 읽는 기계이다. 이들은 제블론과 세프로니아가 등장하여 둘이 한 번도 사랑한 적 없는 듯 사랑했으나 둘의 진정한 사랑은 순탄치 않았네, 어쨌든 사랑은 흘러가다 넘어졌고 다시 일어나 계속 되었다네, 하는 이야기를 9천 번째 읽는다. 가엾고 불행한 어떤 이가 첨탑에 올랐으나, 그는 종탑까지 올라가지 않는 편이 나았을 것이다. 행복한 소설가는 쓸데없이 그 사람을 거기에 세워놓고는 온 세상 사람들에게 모여 들으라며 종

◆◆◆

5) 'Little Reading'으로 '작은 읽을거리'라는 뜻이지만 Reading은 지명으로 쓰일 때도 간혹 있음.

을 울리고는 "아 이런! 그가 어떻게 다시 내려왔을까!" 하고 외친다. 나로서는, 사람들이 별자리 사이에 영웅을 넣었듯 전 세계 소설의 야심찬 주인공을 한데 모아 인간 풍향계로 만들어, 괜히 내려와 정직한 인간들을 장난질로 괴롭히지 말고 그 자리에서 빙빙 돌다가 녹슬게 하면 어떨까 싶다. 다음에 소설가가 종을 울릴 때 나는 예배당이 불타버린다 해도 꼼짝하지 않을 것이다. "《티틀 톨 탄》의 유명작가가 집필하는 중세시대 로맨스《팁 토 합의 모험》, 매월 연재됩니다, 서두르세요, 한꺼번에 몰려오지는 마시구요." 사람들이 이 모든 것을 원시적이고 긴장된 호기심을 가지고, 아직 피곤한 기색이 없는 위장의 모래주머니를 가지고 눈을 휘둥그레 뜨며 잘도 소화시킨다. 마치 네 살배기 꼬마가 맨 앞줄에 앉아 금박 표지를 한 2센트짜리 신데렐라를 열심히 읽어나가듯 말이다. 교훈을 뽑아내거나 끼워 넣는 어떠한 기술도 늘지 않고, 발음이며 강약, 강조도 전혀 발전한 것이 없다. 그 결과 사람들은 시력이 둔해지고, 혈액순환이 정체되며, 모든 지적 능력이 퇴보해진다. 거의 어느 집 부엌에서나 이런 종류의 생강빵을 순밀빵이나 옥수수빵보다 더욱 공들여 매일 구워내고, 생강빵은 팔려나가는 시장이 더욱 확실하다.

독서를 잘하는 사람들조차 최고의 책을 읽지 않는다. 우리 콩코드 문화는 어디로 치닫고 있는가? 극소수의 예외를 제외하면 이 마을에는 최고의 또는 매우 훌륭한 영문학 작품을 읽어보려는 사람이 없다. 다들 영어를 읽고 쓸 줄은 알면서 말이다. 이 마을이든 어디든 대학 교육을 받고 이른바 진보적인 교육을 받았다는 사

람들조차 실제로는 영문학 고전에 대해 알지 못한다. 인류가 기록으로 남긴 지혜, 즉 고전과 성경은 그 존재를 아는 사람이라면 누구나 접근할 수 있는 책이지만 이를 잘 알아가려는 노력은 어디서나 실낱같이 미약하다. 내가 아는 한 중년의 나무꾼은 프랑스 신문을 읽는다. 그의 말에 따르면 새로운 소식은 궁금할 게 없으므로 뉴스를 보기 위해서가 아니라, 자신이 캐나다 태생이라 '프랑스어를 잊지 않기 위해서'라고 한다. 그에게 이 세상에서 할 수 있는 최고의 것이 무어라고 생각하느냐고 물었더니, 그는 이것 말고도 영어 실력을 다듬고 늘리는 것이라고 대답했다. 대학 교육을 받은 사람들도 마찬가지여서 대개 그러기를 열망하여 그 목적을 위해 영어 신문을 집어 든다. 영어로 쓰인 최고의 책을 막 읽고 난 사람은 그 책을 주제로 대화를 나눌 수 있는 사람을 몇 명이나 찾을 수 있을까? 문맹조차 귀에 익숙할 정도로 찬사를 들어온 그리스나 라틴 고전을 원서로 읽었다고 해보자. 그는 같이 대화를 나눌 사람을 찾지 못해 침묵을 지킬 것이다. 정말이지 우리 대학에도 언어의 어려움엔 통달했을지언정 그리스 시인이 남긴 시의 난해함과 기지를 극복하고, 힘든 책을 읽으려는 투지가 넘치는 독자에게 이를 전해줘야겠다는 자상함을 지닌 교수는 찾아보기 힘들다. 그리고 인류의 성서라고 할 수 있는 성스러운 경전에 관해서는 이 마을의 어느 누가 내게 제목이나 말할 수 있을까? 유대민족 외에 경전을 가지고 있는 민족이 있다는 사실을 아는 사람은 드물다. 어떤 사람이든 은화를 줍기 위해서는 가던 길도 기꺼이 멈출 것이다. 그런데 여기에 천금 같은 말들이 있다. 고대의 현인들이 남긴

이 말은 그 후 모든 세대의 현명한 사람들이 그 가치를 장담했다. 하지만 우리는 기껏해야 《쉬운 읽기》 입문서나 교과서 정도를 읽고, 학교를 떠나면 《리틀 리딩》 또는 어린이나 초보자 들을 위한 이야기책을 읽을 뿐이다. 우리의 독서나 대화, 사고 수준은 매우 낮아 난쟁이와 피그미족 같은 수준을 크게 벗어나지 못한다.

　나는 이 콩코드 땅이 배출한 인물보다 더 현명한 사람들, 이곳에서는 이름이 잘 알려지지 않은 사람들과 어울리기를 갈망한다. 내가 플라톤의 이름을 들어놓고도 그의 책을 읽지 않아도 되는 것일까? 플라톤이 우리 마을 사람이지만 한 번도 그를 본 적이 없다는 듯, 옆집 사람도 나도 그의 말을 들어본 적이 없고 그의 말에 담긴 지혜에 귀 기울인 적 없다는 듯 말이다. 하지만 실제로는 어떤가? 불멸의 지혜를 담고 있는 플라톤의 《대화편》이 바로 옆 책장에 꽂혀 있지만 나는 아직도 읽은 적이 없다. 우리는 버릇없고 천박한 생활을 하는 문맹이다. 내가 말하려고 하는 것은 책을 전혀 읽지 않은 사람의 무식함과, 아이들을 위한 글만 읽을 줄 아는 사람 사이에 큰 차이가 없다는 점이다. 우리는 고대의 위인만큼 훌륭해져야 하지만, 우선 그들이 얼마만큼 훌륭했는지 조금이나마 알아야 한다. 우리는 소인종[6]이기에 지적 비상에 있어 일간신문의 칼럼보다 더 높이 날아오르지 못한다.

　모든 책이 독자들만큼 우둔한 것은 아니다. 우리의 상태를 정확히 역설하는, 우리가 정말로 듣고 이해할 수만 있다면 아침이나

◆◆◆

6) 작고 약한.

봄보다 우리 삶에 유익하고 사물의 새로운 측면을 바라보는 글이 있을 것이다. 얼마나 많은 사람이 책을 읽음으로써 인생의 새 시대를 열었는가. 어쩌면 우리의 기적을 설명해주고 새로운 기적을 드러낼 책이 우리를 위해 존재할지 모른다. 지금은 말로 형용할 수 없는 것이 어딘가에 말로 표현되어 있을지 모르는 일이다. 우리를 혼란에 빠트리고 당혹스럽게 하는 그 질문들은 현인들에게도 차례대로 제기되었다. 한 명도 예외는 없었다. 현인들은 저마다 능력에 맞게, 나름의 말과 삶으로 이 물음에 대답했다. 그뿐 아니라 우리가 지혜를 배우면 너그러움도 동시에 배우게 될 것이다. 콩코드 교외의 한 농장에서 고독하게 일하는 농부는 그것이 진실이 아니라고 생각할지 모른다. 그는 종교적 경험으로 새로이 거듭나 신앙에 따라 엄숙한 침묵과 배타적인 고독의 생활을 해야 한다고 믿는다. 하지만 수천 년 전에 조로아스터가 똑같은 길을 여행하고 똑같은 경험을 했다. 현명했던 그는 이것이 보편적이라는 사실을 알았기에 그에 따라 이웃을 대했고, 심지어 사람들 사이에 예배식을 창시하고 확립했다. 고독한 농부가 겸손한 마음으로 조로아스터를 가까이 하고, 모든 위대한 사람의 너그러운 감화의 힘을 받아 예수 그리스도를 가까이 하도록 하며, '우리 교회' 하는 식의 배타성을 버리는 게 어떨까?

우리는 19세기에 속했다며, 어느 나라보다도 빠르게 발전하고 있다며 으스댄다. 하지만 이 마을이 고유의 교양을 위해 힘쓰는 일이 얼마나 없는지 생각해보라. 나는 마을 사람들에게 아첨하고 싶지도, 그들이 내게 아첨하는 말을 듣고 싶지도 않다. 그래봤자 누구도 발전하지 않을 것이기 때문이다. 우리는 소에게 그러듯 우리 스스로를 재촉하며 막대기로 찔러야 한다, 도발해야 하는 것이다. 유아를 위한 학교로는 비교적 제대로 된 공립학교가 있다. 하지만 겨울이 되면 반쯤 기아 상태에 놓인 리세움[7]과 주 정부의 권장으로 최근에 미약하게 시작된 도서관을 제외하고는 성인을 위한 학교는 어떠한 것도 없다. 우리는 정신의 자양분보다 육체의 자양분과 질병에 더 많은 공을 들인다. 청소년들이 어른이 되기 시작할 무렵 교육이 중단되지 않도록 사립학교를 세워야 할 때가 왔다. 마을 하나하나가 대학이 되고, 나이 많은 주민들이 대학 선임 연구원이 되어 (그만큼 잘 살고 있다면) 여유를 가지고 남은 평생 개방적인 공부를 해야 할 때이다. 세상이 영영 파리 대학 하나, 옥스퍼드 대학 하나에 매여 있어야 하는가? 학생들이 콩코드 하늘 밑에서 개방적인 교육을 받을 수는 없는 것인가? 우리에게 강의해줄 아벨라르[8] 같은 뛰어난 학자를 고용할 수는 없는 것인가? 안타깝다! 소 떼에게 사료를 주고 가게를 지키느라 우리는 너무 오래 학교에서 멀어졌고 공부를 등한시했다. 이 나라에서는 어떤 면에 있어서 각 마을이 유럽 귀족의 역할을 대신 맡아야 한다. 마을이 순수미술의 후원자가 되어야 한다. 돈은 충분히 있지 않은가. 마을에는 아량과 세련됨이 부족할 뿐이다. 농부와 상인들이 가치 있게 여기는 일에 돈을 쓰자고 하면 충분히 써도 좋지만, 더욱 지적인

◆◆◆

7) 공공 강의를 후원하는 단체.
8) 피에르 아벨라르(1079~1142), 가르침으로 유명했던 프랑스 철학자이자 신학자.

사람이 훨씬 가치 있다고 여기는 일에 돈을 쓰자고 제안하면 꿈 같은 얘기라고 여긴다. 이 도시는 큰 돈 덕인지 정치 덕인지 청사를 짓는 데는 1만 7천 달러를 썼지만, 그 껍데기를 채울 진정한 알맹이, 즉 살아 있는 현인에게는 100년이 지나도 그만한 돈을 들이지 않을 것이다. 이 도시에서 마련해 쓰는 예산 중에는 매년 겨울마다 리세움에 지원하는 125달러가 가장 값지다. 19세기에 살고 있으면서 19세기가 주는 이점을 누리지 못하는 이유가 무엇인가? 우리의 삶은 왜 어느 면에서든 한낱 지방에 국한되어야 하는가? 신문을 읽는다면 가십거리나 싣는 보스턴 신문은 제쳐버리고 당장 세계에서 가장 훌륭한 신문을 집어드는 것이 어떨까? '가족이 다 같이 읽기 좋은' 신문의 쓸데없는 읽을거리를 빨아먹거나 뉴잉글랜드의 〈올리브 브랜치스〉[9] 신문을 훑어볼 게 아니다. 대신 모든 학회의 보고서를 받아보고 그 기록에 뭐라도 있는지 살펴보자. 우리가 읽을거리를 왜 '하퍼 출판사'나 '레딩 서점'에서 고르게 놔둬야 하는가? 세련된 취미를 가진 귀족이라면 독창성, 학문, 기지, 책, 그림, 조각, 음악, 과학실험 도구 등 자신의 교양에 보탬이 되는 것은 무엇이든 곁에 두듯, 우리 마을도 그렇게 해야 한다. 우리의 선조인 순례자들이 황량한 암석 위에서 추운 겨울을 한 번 그렇게 났다고 해서 우리마저 교사 한 명, 교구 목사 한 명, 교회지기 한 명, 교구 도서관 하나, 의원 세 명에 그칠 필요는 없는 것이다. 집단적으로 행동하는 것은 우리의 여러 제도의 정신에 부합되는

◆ ◆ ◆

9) 종파에서 후원하던 신문으로 중요한 소식이나 생각보다 기분전환거리를 실었음.

것이다. 나는 뉴잉글랜드가 귀족들보다 더욱 번영하고 있으므로 뉴잉글랜드의 재력이 그들보다 더욱 훌륭하리라 믿는다. 뉴잉글랜드는 한낱 지방으로 남을 필요가 전혀 없다. 이 세상의 모든 현명한 자들을 고용해 이 지역에 불러다가 내내 숙박시키며 가르치게 할 수 있다. 그것이 바로 내가 원하는 성인을 위한 사립학교이다. 귀족 대신 보통 사람들의 고귀한 마을을 만들자. 필요하다면 강에 놓인 다리 하나를 철거하고 약간 돌아가는 일이 있더라도, 우리를 둘러싼 더 어두운 무지의 심연 위로 적어도 구름다리 하나를 놓도록 하자.

4. 소리

    하지만 가장 엄선된 고전이라 해도 책에 매여 글만 읽고 있으면 정말 중요하고 권위 있는 언어를 잊어버릴 위험이 있다. 글 자체도 하나의 방언에 지나지 않는 편협한 것이고, 모든 사물과 사건을 비유 없이 전하는 언어인 것이다. 이 언어는 세상에 알려진 것은 많지만 인쇄된 것은 극히 적다. 덧문 사이로 흘러들어오는 빛줄기는 덧문이 통째로 없어지는 순간 기억에서 사라질 것이다. 어떤 방법이나 원칙도 끊임없이 정신을 똑바로 차리는 것을 대신할 수 없다. 볼 만한 가치가 있는 것을 늘 바라보자는 원칙에 비했을 때, (제아무리 잘 선택된 것이라도) 역사나 철학, 시학, 훌륭한 교

제나 가장 모범적인 생활습관도 그리 대단한 것은 아니다. 여러분은 한낱 독자나 학생에 머물겠는가, 아니면 볼 줄 아는 사람이 되겠는가? 운명을 읽고, 앞에 놓인 것을 보고, 미래를 향해 꾸준히 나아가라.

첫 해 여름에는 책을 읽지 못했다. 괭이질을 하여 콩을 심었다. 아니지, 그보다는 더 나은 일을 할 때가 많았다. 활짝 꽃핀 현재의 순간을, 머리로 하는 일이든 손으로 하는 일이든 일을 하느라 희생할 수 없는 때가 있다. 나는 내 삶에 넓은 여백이 있기를 원한다. 여름날 아침에는 매일 하던 목욕을 마치고 소나무와 히코리나무, 옻나무 숲 한가운데에 동이 틀 때부터 정오까지 햇빛이 비치는 문간에 앉아, 새가 노래를 부르거나 소리 없이 집 안을 휠휠 날아다니는데 무엇에도 방해받지 않고 홀로 고요하게 몽상에 잠겨 있는다. 그러다가 해가 서쪽 창가로 기울거나, 어느 여행자가 마차를 끌고 먼 도로를 지나가는 소리가 나면 그제서야 시간이 흘렀음을 새삼 깨닫는다. 그럴 때면 나는 한밤중의 옥수수처럼 쑥쑥 자랐고, 그런 시간은 손으로 하는 어떤 일보다 훨씬 더 소중한 시간이었다. 그 시간은 내 삶에서 없어진 것이 아니라, 원래 허용된 시간보다 훨씬 불어난 것이었다. 나는 동양인들이 일을 포기하고 사색에 잠긴다는 게 무슨 뜻인지 깨달았다. 나는 대개 시간이 어떻게 가는지 신경 쓰지 않았다. 하루는 내가 한 일을 덜어주려는 듯이 흘러갔다. 아침이었다가 어느새 저녁이 되었지만 기억에 남을 만한 일을 한 것이 없었다. 나는 새처럼 노래 부르는 게 아니라 끝없는 행운에 말없이 미소 지었다. 참새가 문 앞

히코리나무에 앉아 지저귀고 있으면, 나는 나대로 빙긋 웃거나 내 둥지 밖으로 새어나가는 소리를 참새가 들을까 싶어 입에서 지저귀는 소리가 나오는 것을 꾹 참았다. 나의 하루하루는 이교도 신의 이름을 붙인 어느 요일도 아니고, 시간 시간으로 잘게 쪼개져 시계 흘러가는 소리에 안절부절못하는 나날도 아니었다. 나는 퓨리족 인디언처럼 살았기 때문이다. "이 사람들은 어제, 오늘, 내일을 표현하는 단어가 통틀어 딱 하나뿐이었다. 손가락으로 등 뒤를 가리키면 어제, 앞을 가리키면 내일, 머리 위를 가리키면 지나가는 날을 뜻하는 식으로 뜻을 구별했다"[1]고 전해진다. 내 생활은 같은 동네 사람들에게 순전히 게으르게 보였을 것이다. 하지만 새와 꽃을 기준으로 나를 시험해봤다면 나는 모자람이 없었을 것이다. 정말이지 사람은 자기 안에서 자신의 때를 찾아야 한다. 자연은 하루를 매우 평온하게 보내며 인간의 게으름을 좀처럼 꾸짖지 않을 것이다.

재밌거리를 찾아 집 밖으로 나가 사람들과 어울리고 극장을 찾아야 하는 사람들에 비해 나는 내 생활 방식에서 큰 이점을 누렸다. 내 생활 자체가 재밌거리가 되었고 끝없이 새로운 것의 연속이었기 때문이다. 내 삶은 무수한 장면이 끝없이 펼쳐지는 한 편의 드라마였다. 우리는 항상 최근에 배운 최선의 방법으로 생계를 유지하고 생활을 조절하면 권태로 인해 괴로울 일이 없다. 타고난 본성을 바짝 따라가면 시간 시간마다 새로운 전망이 보일 것이다.

◆ ◆ ◆

1) 아이다 파이퍼의 《한 여성의 세계여행(1852)》에서 인용. 퓨리족은 브라질 원주민.

집안일은 기분 좋은 취미였다. 바닥이 더러워지면 일찍 일어나 침대와 침대보를 한 꾸러미로 싸서 가구 전부를 집 밖의 풀밭 위에 내다놓고, 마룻바닥에 물을 끼얹은 후 호수에서 퍼온 하얀 모래를 뿌려 대걸레로 반질반질 깨끗해질 때까지 문질렀다. 그렇게 마을 사람들이 아침식사를 끝낼 시간이 되면 나는 아침 햇볕에 뽀송뽀송 마른 집 안으로 들어갈 수 있었고, 그 와중에도 거의 방해받지 않고 명상을 할 수 있었다. 살림이라고 해봐야 집시의 봇짐처럼 작은 꾸러미가 전부인 물건들이 바깥 잔디 위에 나와 있고, 책이며 펜, 잉크를 치우지 않은 삼각 탁자가 소나무와 히코리나무 사이에 놓여 있는 광경을 보면 기분이 좋아졌다. 물건들도 밖으로 나와 있어서 기분이 좋은 듯했고, 다시 들어가고 싶지 않은 듯 보였다. 이따금 그 위에 차양을 쳐놓고 앉고 싶은 마음이 들었다. 물건들 위로 해가 비치고 자유로이 바람 부는 소리를 듣는 것도 기분 좋은 일이었다. 너무나 익숙한 물건들을 집 안이 아닌 집 밖에서 보니 훨씬 흥미로웠다. 새 한 마리가 바로 옆 나뭇가지에 앉아 있고, 탁자 주위에는 솔방울과 밤송이 껍질, 딸기 잎사귀들이 흩어져 있었다. 그 형태가 탁자며 의자, 침대를 등 내 가구에 그대로 옮겨온 듯한 모양새였다. 한때 자연 속에 놓여 있었다는 이유로.

언덕 중턱의 우리 집은 리기다소나무와 히코리나무로 된 어린 숲 가운데에 있으면서 더 커다란 숲 변두리에 맞붙어 있었고, 좁은 오솔길을 따라 언덕을 내려가면 30미터 떨어진 곳에서 호수가 이어졌다. 집 앞 뜰에는 딸기와 검은딸기, 풀솜나무, 물레나물, 미역취, 졸참나무, 샌드벚나무, 블루베리, 낙화생이 자랐다. 5월 말이 가까워 오면 샌드벚나무의 섬세한 꽃이 짧은 줄기 주위로 방사선 모양의 화환처럼 하나씩 피어 오솔길 양옆을 장식했다. 그러다가 가을이 되면 제법 크고 보기 좋게 자란 열매의 무게를 못 이긴 줄기가 사방의 빛줄기 같은 화환을 쓴 채 휘어졌다. 열매가 맛이 좋은 일은 드물었지만, 나는 자연에 찬사를 보내는 마음으로 그것을 맛보았다. 옻나무는 내가 세워둔 둑을 밀치고 올라와 첫 해에만 예닐곱 뼘이 자라며 집 주변에 무성했다. 넓은 깃털 모양인 옻나무의 열대 잎은 이상하기는 하지만 보고 있으면 기분이 좋았다. 늦은 봄에 죽은 것만 같았던 마른 가지에서 느닷없이 커다란 싹이 나와, 마술을 부린 것처럼 쑥쑥 자라 지름이 3센티미터쯤 되는 우아한 초록빛을 띤 연한 가지가 되었다. 가끔 창가에 앉아 있으면 싹들이 어찌나 경솔하게 쑥쑥 자라 연약한 가지마디에 부담을 주는지, 갓 나온 연한 가지가 공기 한 점 일렁이지 않았지만 제 무게에 부러져 부채처럼 땅에 툭 떨어지는 소리가 들린다. 꽃이 피었을 때는 야생벌을 많이도 모았던 열매 무리가, 8월이 되면 아주 매끄럽고 밝은 주홍빛을 띠기 시작하다가, 이번에도 역시 부드러운 가지가 무게를 못 견디고 부러져 아래로 꺾인다.

이 여름 오후에 창가에 앉아 있노라니 매가 나의 개간지 주변에서 빙빙 돌며 날고 있다. 산비둘기가 두세 마리씩 시야를 가로질러 날거나 우리 집 뒤편의 스트로브잣나무 가지에 부산스럽게 앉아 있다가 날아가면서 공중에 냅다 소리를 지른다. 물수리는 매끄러운 호수에 잔물결을 일으키더니 물고기를 채어 날아오른다. 밍크가 문 앞 습지에서 슬그머니 나오더니 호숫가에서 개구리를 낚아챈다. 이리저리 휠휠 날아다니는 쌀먹이새의 무게에 사초가 휘어져 있다. 보스턴에서 시골로 여행자들을 실어 나르는 기차 바퀴가 덜커덩거리는 소리가 사그라들었다가 들쬠의 날갯짓처럼 되살아나기를 반복하며 30분 전부터 들려온다. 들려오는 말에 의하면 한 소년이 동쪽 지역의 농부에게 보내졌다가 얼마 후 향수를 견디지 못하고 뒤축이 다 닳도록 도망쳐서 다시 집에 왔다고 하는데, 나는 그 아이처럼 세상에서 벗어나 살지는 않았다. 그 아이는 그렇게까지 지루하고 외딴 곳은 본 적이 없다고 했단다. 사람들은 전부 떠나버리고 없었다. 아니, 휘파람 소리조차 들리지 않다니! 지금도 메사추세츠주에 그런 곳이 있는지 의문이다.

> "정말로 순식간에 지나가는 철도의 화살에
> 우리 마을이 표적이 되었다네.
> 평화로운 평야 위로 달래는 기차 소리가 난다 ─콩코드."[2]

내 집에서 500미터쯤 남쪽으로 피츠버그 철도가 호수 옆을 지나간다. 나는 보통 그 옆 둑길을 따라 마을에 가는데, 말하자면 이 연결고리를 통해 사회와 이어져 있는 셈이다. 화물기차를 타고 노선의 양끝을 오가는 사람들은 오랜 친구에게 하듯 내게 인사하는데, 내 곁을 워낙 자주 지나쳐서 그런 것도 있겠지만 꼭 나를 직원으로 생각하는 것만 같다. 정말로 그렇기도 하다. 나도 지구 궤도

◆ ◆ ◆

2) 소로우의 가까운 친구인 엘러리 채닝의 《나무꾼 외 시집》에 실린 '월든 샘' 중에서.

어딘가에서는 기꺼이 선로 수리공이 될 생각이다.

여름이고 겨울이고 기관차의 기적 소리가 숲을 뚫고 들려오는데, 그 소리는 매가 한 농부의 뜰 위로 날아가며 내지르는 울음소리 같다. 부산스러운 도시 상인 한 무리 또는 모험심 많은 시골 상인들이 반대편으로부터 마을로 들어오고 있다는 걸 알 수 있다. 철도의 한쪽으로 들어오는 그들은 선로에서 물러나라고 반대쪽에 경고하며 소리를 지르는데, 그 소리가 이따금 두 마을 안쪽까지 들리기도 한다. "자, 시골이여, 여기 먹을거리가 있소. 식량 배급이 왔소, 시골 사람들이여!" 그런 건 됐다고 대답할 만큼 독립적으로 농장을 꾸려가는 사람은 없다. "여기 그 값을 치르겠소!" 하고 시골 사람의 기차가 기적을 울린다. 파성퇴(과거 성문이나 성벽을 두들겨 부수는 데 쓰던 나무기둥같이 생긴 무기-옮긴이) 같은 목재가 시속 30킬로미터로 도시의 성벽을 향한다. 성벽 안에 사는 지치고 무거운 짐 진 자들이 전부 앉을 수 있을 만큼 의자가 넉넉해진다. 거창하고 느릿느릿하게 예의를 갖추어 시골 의자 하나를 도시에 건넨다. 허클베리로 뒤덮였던 언덕이 발가벗겨지고, 크랜베리 풀밭이 갈퀴질을 당해 모두 휩쓸려 도시로 보내진다. 목화솜이 도시로 올라오면 그것을 짠 직물이 내려가고 명주실이 올라오면 모직물이 내려간다. 그런데 어찌된 일인지 책이 올라오고 책을 쓴 저자가 내려간다.

기관차가 차량을 달고 행성처럼 달리기 시작할 때면(아니, 궤도가 되돌아오는 길처럼 생기지 않은 데다 그 속도와 방향으로 달리면 태양계로 돌아올 수 있을지 알 수 없으니 행성이라기보다는 차라리 혜성이라고 해두자.), 그 증기 구름이 금은 고리 모양으로 깃발처럼 차량 뒤에서 너울거릴 때면, (내가 본 수많은 보송 구름처럼 하늘 높은 곳에서 자신의 구름떼를 빛을 향해 펼쳐 보이는 모양새가, 마치 여행하는 반신반인, 구름의 신이 머지않아 해질녘 하늘을 보고 자기 기차의 상징 색으로 착각할 만한 때가 있다.) 철마가 콧방귀 뀌는 소리가 천둥처럼 언덕에 메아리치고, 발을 굴러 대지를 흔들며, 콧구멍에서 불길과 연기를 내뿜는 (어떤 날개 달린 말과 불 뿜는 용을 새로운 신화에 들일지 나는 모르겠다.) 소리가 들려올 때가 있다. 그럴 때면 이제 지구는 그 위에 살아갈 자격을 갖춘 인류를 얻은 것처럼 보인다. 모든 것이 보이는 그대로이고, 인간이 고상한 목적을 위해 자연의 힘을 자신의 하인으로 삼은 것이라면 얼마나 좋을까? 기관차 위로 뿜어 나오는 구름이 영웅적 행위로 인해 흘리는 땀이며 농가 밭 위로 떠다니는 구름만큼 자비로운 것이라면, 인간이 일을 보러 갈 때 악천후와 자연이 기뻐하며 몸소 동행해 호위해줄 것이다.

아침 기차가 지나가는 것을 볼 때 내 심정은 해돋이를 볼 때와 같다. 기차도 해돋이만큼 시간을 잘 지킨다. 기차가 보스턴으로 향하는 동안 내뿜는 연기구름은 줄줄이 뒤로 이어지며 하늘 높이 올라가 잠시 해를 가리고 멀리 있는 내 들판에 그림자를 드리운다. 연기구름은 가히 천국행 열차답게 대지를 껴안는 기차 따위는 그 옆에 있으면 창끝에 지나지 않는다. 철마의 마부는 이 겨울 아침에도 산맥 사이로 비치는 별빛을 보며 일찍 일어나 말에게 사료를 주고 마구를 채운다. 불도 마찬가지로 일찍 깨어나 생명의 열을 불어넣어 철마를 출발시킨다. 이 일이 이렇게 아침 일찍부터 하는 것만큼 순진무구한 일이라면 얼마나 좋을까? 눈이 많이 쌓인 날이면 철마에게 눈 신을 신기고 거대한 쟁기로 산간에서 해안 지방까지 고랑을 판다. 고랑 사이로 기차가 지나가면서 분주한 사람들과 떠다니는 상품들을 씨앗 삼아, 씨 뿌리는 기계처럼 시골에 뿌리고 다닌다. 온종일 화마는 전국 곳곳을 누비고 날아다니며 주인이 쉴 때만 잠깐 멈출 뿐이다. 한밤중에 머나먼 숲속의 계곡에서 쌓인 눈과 얼음에 갇혀 그것과 대결하는 말이 반항의 콧김을 내뿜는 소리에 나는 잠에서 깨곤 한다. 그리고 새벽별이 뜨고 나서야 마구간에 도착한 말은 쉬지도, 잠을 자지도 못하고 다시 여행길에 오른다. 아니면 저녁 무렵 말이 마구간에서 넘치는 기운을 뿜어내는 소리가 들리는데, 아마 철마답게 몇 시간의 철잠을 자기 위해 신경을 안정시키고 간과 뇌를 식히고 있는 것이리라. 그 일이 오래 질질 끌면서 지칠 줄 모르는 것만큼 투지 넘치고 당당한 일이라면 얼마나 좋겠는가!

시골 읍 변두리에 사람의 발길이 드문, 낮이 되면 사냥꾼이 딱 한 번 뚫고 지나갈 뿐인 외진 숲을, 컴컴한 밤을 밝게 비추는 객실이 제가 누구를 싣고 가는지도 모른 채 쏜살같이 지나간다. 마을이나 도시에서 수많은 사람들이 모인 눈부신 역사에 잠시 멈췄다가, 어느새 음산한 늪지대에서 부엉이와 여우를 놀라게 한다. 기차의 출발과 도착은 이제 마을의 하루에 기준점이 된다. 기차가 오가는 시간이 매우 규칙적이고 정확하며 경적 소리는 아주 멀리서도 들리기 때문에, 농부들이 기차가 오가는 때로 시계를 맞추고, 그리하여 일사불란한 하나의 체계가 온 나라를 관리한다. 인간은 철도가 만들어지고 나서 시간을 엄수하게 되지 않았는가? 역마차 역보다 철도역에서 더 빨리 말하고 생각하는 것은 아닐까? 기차역의 분위기에는 짜릿한 무언가가 있다. 나는 기차역이 이룩한 기적에 크게 놀랐다. 그렇게 빠른 이동수단으로 보스턴에 갈 일은 결코 없을 것이라고 장담할 수 있던 이웃 사람들이 종이 울리면 역에 모습을 드러낸 것이다. 이제는 일을 '철도식으로' 처리하는 것이 유행이 되었다. 어떤 강력한 것이 자기 선로에서 나가라고 그토록 자주 진지하게 경고할 때는 그것을 귀담아들을 필요가 있다. 기차는 폭동 단속령을 적용하려고 멈추는 법도, 폭도의 머리 위로 총을 발사하는 법도 없다. 우리가 운명을, 결코 엇나가는 법 없는 아트로포스 여신[3]을 멈춰세운 것이다. (이 이름을 기관차 이름으로 지어도 좋으리라.) 사람들은 몇 시 몇 분에 화살이 정확하게 나침반의 특정 지점을 향해 발사될 것이라고 들어 알고 있다. 하지만 기차는 사람의 일을 방해하는 법이 없고, 아이들은 철길을 따라 학교에 간다. 우리는 모두 윌리엄 텔[4]의 아들이 되도록 교육받고 있다. 공중에는 보이지 않는 화살이 가득하다. 당신의 길을 제외한 모든 길이 운명의 길이다. 그러니 당신의 길을 계속 가라.

상업이 내 마음에 드는 것은 그 진취성과 용기 때문이다. 상업은 두 손을 맞잡고 주피터 신에게 기도드리지 않는다. 상인들은 매일 어느 정도의 용기와 만족감을 가지고 자기 일을 보러 돌아

◆◆◆

3) 그리스 신화에서 운명의 세 여신 중 사람이 죽을 때를 결정하는 여신.
4) 전설에서 윌리엄 텔은 아들의 머리 위에 놓인 사과를 화살로 맞혔음.

다니고, 스스로가 생각하는 것보다 더 많은 일을 하며 더 잘 쓰인다. 나는 부에나비스타[5]의 격전장에서 반시간 동안 서 있는 군인들의 영웅적 행위보다는, 겨울을 나기 위해 제설차에서 지내는 사람들의 꾸준하고 활기찬 용기에 더 큰 감동을 받는다. 그들은 나폴레옹이 아주 희귀하다고 생각했던 '새벽 세 시의 용기'를 지녔을 뿐만 아니라, 그 용기는 일찍 잠자리에 들지도 않고, 눈보라가 멈추거나 철마의 근육이 얼어붙었을 때에야 잠자리에 든다. 폭설이 아직 맹위를 떨치며 사람들의 피를 얼어붙게 하는 오늘 아침에도, 그들의 얼어붙은 입김이 만들어낸 안개층 사이로 먹먹하게 들려오는 기관차 소리를 듣는다. 그 소리는 뉴잉글랜드 북동부 눈보라의 거부 행위에도 큰 지연 없이 기차가 들어오고 있다고 알린다. 눈과 서리로 뒤덮여 제설 작업을 하는 사람들이 고개를 내미는 모습이 보이고, 그 아래로 삽차가 우주의 바깥을 차지하는 시에라네바다 산맥의 바윗덩어리처럼 들쥐의 보금자리와 들국화를 부수는 것이 아니라 눈덩이를 파헤치는 것이다.

상업은 예상과는 다르게 자신감 넘치고 평온하며, 기민하고, 모험심 많고, 지칠 줄 모른다. 그런가 하면 그 방법은 다른 환상적인 일이나 정서적인 실험보다 훨씬 자연스러워서 독보적인 성공을 거둔다. 화물열차가 덜커덕거리며 내 옆을 지나갈 때면 나는 기분이 상쾌해지고 마음이 뿌듯해진다. 열차에 실린 물품들이 보스턴의 롱 부두에서 버몬트주 샘플레인호[6]로 가는 내내 흩뿌리

◆ ◆ ◆

5) 1847년 멕시코 전쟁 당시 전투지.

는 냄새를 맡을 때면 이국땅과, 산호초, 인도양, 이국적인 기후, 새삼 드넓은 이 세상이 생각난다. 내년 여름에 수많은 뉴잉글랜드인의 금발 머리를 가려줄 야자나무잎과 마닐라삼 코코야자 껍질, 낡은 밧줄, 마대자루, 고철, 녹슨 못을 보고 있노라면 세계 시민이 된 듯한 기분이 든다. 차량에 한가득 실린 찢어진 돛은 종이나 책으로 변하기 전인 지금이 더욱 읽기 쉽고 흥미롭다. 폭풍을 헤치고 나아가느라 군데군데 찢긴 돛만큼이나 생생하게 폭풍우를 그려낼 사람이 어디 있겠는가? 돛은 교정볼 필요가 없는 교정쇄인 것이다. 여기 메인주 숲속에 바다로 흘러가지 않은 목재가 지나간다. 이 목재는 바다로 흘러나갔거나 쪼개진 나무들 때문에 1,000달러 당 값이 4달러쯤 올랐다. 소나무, 가문비나무, 삼나무는 얼마 전까지만 해도 모두 하나같이 곰과 사슴, 순록의 머리 위에서 바람에 흔들리고 있었지만, 이제는 1, 2, 3, 4등급으로 등급이 매겨져 있다. 다음엔 최상급 품질인 소석회가 되려면 멀리 산간지대로 진출해야 하는 토마스톤[7] 석회가 있다. 여기에 온갖 색깔과 품질이 한데 묶인 누더기 천 가마니가 있다. 상태가 최악으로 떨어진 면과 린넨이자 더 이상 밀워키에 있지 않기에 아무도 치켜세워주지 않는 무늬를 지닌 옷들의 종착역이 누더기가 아닌가. 영국, 프랑스, 미국 날염, 깅엄, 모슬린 등 유행과 빈부를 막론하고 모든 지역에서 모아온 이 화려한 물건들은 단색 또는 기껏해야 두어 가지

◆ ◆ ◆

6) 보스턴에서 뉴욕과 버몬트의 경계선까지.
7) 메인주 남부에 있는 마을.

색종이가 되어, 그 위에는 상류고 하류고 할 것 없이 사실에 입각한 진짜 인생 이야기가 쓰일 것이다! 문 닫힌 열차에서 소금에 절인 생선 냄새, 그 강력한 뉴잉글랜드의 상업적인 향이 새어 나오면 그랜드 뱅크스[8]의 어장이 생각난다. 어떤 일이 있어도 상하지 않도록 완전히 보존, 처리되어 성자마저 인내심을 잃고 얼굴을 붉히게 한 마당에, 그 절인 생선을 보지 못한 자가 어디 있겠는가? 그 생선으로 길거리를 쓸고, 닦고, 불쏘시개를 쪼갤 수 있으며, 트럭 운전사가 그 생선 뒤로 제 몸뚱이와 화물을 숨겨 비바람과 햇빛을 피할 수도 있다. 어느 콩코드 상인이 한때 그랬듯, 상인이라면 개업을 할 때 절인 생선을 간판 삼아 문 옆에 걸어두고는 가장 오랜 단골손님이 이게 동물인지, 야채인지, 광물인지 확실히 구별하지 못하게 될 때까지 쭉 놔둘 수 있겠지만, 여전히 생선은 눈송이처럼 깨끗할 것이며 냄비에 넣고 끓이면 토요일 저녁식사로 손색없는 훌륭한 생선요리[9]가 되어 나올 것이다. 다음으로는 스페인

◆◆◆

8) 뉴펀들랜드 남동부에서 떨어진 곳의 어장.
9) 말린 생선, 즉 말장난임.

인이 꼬리를 들고 숨어 있는데, 황소가 스페인 본토의 대평원을 제 멋대로 달릴 때 그 모양 그대로 높이 쳐들려 있는 흰 꼬리다. 이 꼬 리는 모든 타고난 악행이 얼마나 바로잡기가 힘든지를 보여준다. 여기서 솔직히 말하는데, 사람의 참다운 성품을 알고 나면 더 좋 게든 안 좋게든 바꿀 수 있다는 희망이 없으리라고 생각한다. 동 양인들이 말했듯 "똥개 꼬리를 따뜻하게 하여 누르고 노끈으로 묶어 12년 동안 공들여 보관해도, 꼬리는 원래 형태로 돌아갈 것 이다."[10] 꼬리들이 보여주는 이 완고함을 효과적으로 고치는 유일 한 방법은 흔히 그렇듯 꼬리를 아교로 만드는 것인데, 그렇게 하면 꼬리가 가만히 붙어 있을 것이다. 여기 당밀과 브랜디가 담긴 큰 통이 버몬트주 커팅스빌에 사는 존 스미스 씨에게 배달되기 위해 가고 있다. 그린 산맥의 어느 상인인 그는 자신의 개간지 근처에 사는 농부들을 상대로 물건을 수입해 팔고 있다. 마지막으로 해안 에 들어온 물품이 가격에 얼마나 영향을 미칠지 생각하면서 갑판 에 올라서는 오늘 아침이 되기 전에만 스무 번이나 말했듯 지금 이 순간에도 고객들에게, 다음 열차로 최상급 물품이 실려올 것 이라고 말한다. 커팅스빌 신문에도 이 광고가 실려 있다.

  이런 물건들이 올라가는 동안 다른 물건들이 내려온다. 쌩 하 는 소리가 보내는 경고에 책을 읽다가 고개를 들어보니, 머나먼 북 부 숲에서 베어진 키 큰 소나무가 그린 산맥과 코네티컷을 지나 우리 마을을 10분도 채 되지 않아 쏜살같이 지나간다. 그 속도가

◆◆◆

10) 찰스 윌킨스의 《산스크리트 우화 및 속담》 번역본에서 인용.

얼마나 빠른지 한쪽 눈만 봤을 뿐 다른 눈은 채 보지도 못한다.

"어느 커다란 군함의
돛이 되리니." 11)

자, 들어보라! 여기 수천 개의 산에서 자란 가축을 실은 공중의 양 우리, 마구간, 소 울타리에 막대기를 든 소몰이꾼, 양 떼 한복판의 양치기 소년까지, 목초지만 빼고 모두 실려 그 속에서 9월 강풍에 휘날리는 이파리처럼 사정없이 휘몰아치는 기차가 지나간다! 열차 안 공기는 소와 양의 울음소리, 황소의 드센 움직임으로 가득해 마치 목가적인 골짜기가 통째로 지나가는 듯하다. 방울 달린 우두머리 늙은 양이 맨 앞에서 방울을 흔들면, 정말로 산은 숫양처럼, 작은 언덕은 새끼 양처럼 뛰는 것이다. 열차 한 칸에 소몰이꾼들이 가득 차 있는데, 그들은 이제 직업을 잃어 자신이 몰던 소들과 같은 처지에 있는데도 쓸모없는 막대기를 직무의 증표처럼 여전히 붙들고 있다. 하지만 개는, 개는 어디에 있는가? 개들은 이리저리 마구 달린다. 내쫓긴 것이나 다름없다. 쫓을 냄새를 잃었다. 그 개들이 피터버러 언덕12) 뒤편에서 짖는, 혹은 그린 산맥의 서쪽 경사면에서 헐떡대는 소리가 들리는 듯하다. 그 개들은 사냥감의 죽음을 지켜보지 못할 것이다. 직업도 잃었다. 사냥개들은 신

◆◆◆

11) 존 밀턴의 《실낙원》에서 인용.
12) 뉴햄프셔주 남서부의 언덕.

의와 총명함이 밑바닥으로 떨어졌다. 개들은 명예롭지 못하게 자기 집으로 슬그머니 돌아가거나, 야생을 뛰어다니다가 늑대며 여우들과 패거리가 된다. 그렇게 여러분의 목가적인 삶은 휩쓸려 멀리 가버린다. 하지만 종이 울리면 나는 열차가 지나갈 수 있도록 선로에서 비켜야 한다.

내게 철도는 무엇일까?
철도가 끝나는 곳을
나는 보러 가지 않는다.
철도는 움푹 팬 곳을 메우고
제비를 위해 둑을 쌓는다.
모래를 불어 날리고
검은딸기를 자라게 한다.

하지만 나는 철길을 숲속 마찻길처럼 건넌다. 그 연기와 증기와 쉭쉭 대는 소리에 공연히 내 눈과 귀를 버리지 않을 것이다.

이제 기차가 지나가고 그와 함께 부산스러운 세계가 몽땅 사라져 호수의 물고기들이 기차가 덜커덩거리는 소리를 더 이상 듣지 않게 되니, 나는 어느 때보다도 혼자라는 기분이 든다. 남은 기나긴 오후 내내 명상을 방해하는 것은 아마도 먼 길을 따라 희미하게 달가닥거리는 마차 소리뿐이리라.

일요일에 이따금 바람이 순할 때면 링컨이나 액튼, 베드퍼드[13],

콩코드 마을의 종소리가 들려온다. 희미하고 달콤한 종소리는 자연의 멜로디로 숲속에 들어올 자격이 있는 것 같다. 이 종소리는 숲속 위로 먼 거리를 지나오며 윙윙 울리는 소리가 가미되어, 훑고 온 지평선의 솔잎이 하프 줄이었는가 싶다. 까마득한 거리에서 들려오는 모든 소리는 우주의 가야금이 진동하는 듯 하나같이 똑같은 소리를 내고, 그동안 그 사이사이의 공기가 먼 등성이에 푸른 빛을 전해 눈으로 보기에 즐겁다. 이런 경우 내게 들리는 선율은 허공이 팽팽하게 당긴 가락, 솔잎을 포함한 숲의 모든 잎사귀가 이야기를 나눈 선율이다. 자연의 원소들에게 붙들려 조율된 다음 골짜기마다 메아리친 선율인 것이다. 메아리는 어느 정도는 본래의 소리이며, 그 안에 마법과 매력이 있다. 메아리는 종소리 중에서 되울릴 가치가 있는 것을 반복해 울리는 소리일 뿐만 아니라 숲의 목소리이기도 하다. 숲의 요정이 노래하는 바로 그 시시한 가사와 음인 것이다.

저녁 무렵에는 숲 너머 지평선에서 어렴풋이 소가 음매 하는 소리가 음악처럼 달콤하게 들려왔다. 처음에는 이 소리를 언덕과 산골짜기를 누비다가 나에게 가끔 세레나데를 들려주던 어느 음유시인의 목소리로 착각했다. 하지만 곧 그 소리가 쉽사리 들을 수 있는 소의 음악이라는 것을 깨닫고 실망했지만 불쾌한 것은 아니었다. 그 젊은이들의 노래가 소의 음악과 흡사했다고 말하는 것은 비꼬려는 것이 아니라 노래에 대한 나의 감상을 표현하려는 것

◆◆◆

13) 콩코드를 둘러싼 마을들.

으로, 두 가지 소리는 결국 대자연이 빚어내는 하나의 조음이었다.

여름 어느 때에는 저녁 기차가 지나간 뒤 일곱 시 반만 되면, 쏙독새들이 우리 집 문 옆의 그루터기나 집의 마룻대에 앉아 반시간 동안이나 저녁기도를 올리며 울어댔다. 쏙독새들은 거의 시계처럼 정확하게 매일 저녁마다, 말하자면 해가 지는 시간에서 5분이 채 되지 않아 노래를 부르기 시작했다. 나는 도무지 쏙독새들의 습성을 파악할 수가 없었다. 어떤 때는 네댓 마리가 저마다 숲속 다른 곳에서 동시에 노래하는데, 실수로 한 마리가 한 소절 뒤처지기도 했고, 그래도 어찌나 가까이서 우는지 한 음마다 뒤처져 쿠룩쿠룩 우는 소리를 구별할 수 있었다. 그뿐만 아니라 비율에 어긋나지 않을 만큼 좀 더 크게 들리는, 거미줄에 걸린 파리처럼 윙윙대는 독특한 소리가 들리기도 했다. 어떤 때는 한 마리가 줄에 묶인 듯 1미터쯤 떨어진 곳에서 내 주위를 맴돌곤 했는데, 아마 내가 제 알에 가까이 갔을 때인 듯했다. 쏙독새들은 밤새 일정한 간격을 두고 노래했고, 동이 틀 무렵에는 더없이 자주 울어댔다.

다른 새들이 잠잠할 때면 부엉이가 노래를 한 곡조 뽑는데, 마치 태곳적부터 우는 것처럼 구슬피 소리를 내며 한탄하는 여인 같다. 그들의 음울한 울음소리는 정말 벤 존슨풍이다. 교활한 한밤중의 마귀할멈들! 이 소리는 시인의 정직하고 퉁명스러운 부엉부엉이 아닌, 장난기 없이 아주 엄숙한 무덤가의 노래이며, 지옥의 숲에서 천상의 사랑을 나눴던 고통과 기쁨을 기억하는 연인들이 자살하며 서로를 위로하는 소리이다. 하지만 나는 이 흐느낌과 애달픈 대답이 숲 가장자리를 타고 떨리는 소리를 들을 때면 기분이 좋다. 이따금 노래하는 새와 음악을 떠올리게 하는 소리이다. 음악 중에서도 눈물을 자아내는 어두운 면, 기꺼이 노래가 되고 싶어 하는 후회와 한숨 같은 소리이다. 부엉이는 미천한 영혼이자 울적한 예감으로, 그 영혼을 지닌 추락한 몸뚱이는 한때 인간의 형상을 하고 밤에 걸어다니며 어둠의 만행을 저지르다가, 이제는 어둠의 현장에서 흐느끼는 탄가 또는 비가로 속죄하고 있는 것이다. 부엉이를 보면 우리의 공동 거주지인 자연이 지닌 다양성과 능력을 새롭게 깨닫게 된다. "아아, 차라리 태어나지 않았더라며언!" 호수 이쪽에서 한 마리가 한숨을 쉬고는 절망에 몸 둘 바를 모르며 빙빙 돌다가 회색 참나무에 새롭게 자리를 잡는다. 그러면 "차라리 태어나지 않았더라며언!" 하고 저 멀리서 다른 한 마리가 진지하게 응답하고, 저 멀리 링컨 숲에서 "…않았더라며언!" 하는 소리가 희미하게 들려온다.

나는 부엉이의 세레나데도 들어보았다. 가까이서 듣고 있노라면 자연에서 가장 우울한 울음소리처럼 느껴지곤 한다. 마치 부엉이가 인간의 죽어가는 신음 소리, 희망을 뒤에 남겨두고 오며 인간의 흐느낌으로 동물처럼 울부짖는, 결국 죽기 마련인 자의 가엾고 연약한 소리, 어두운 골짜기에 들어서자마자 특유의 꼴꼴대는 가락으로 더욱 끔찍해지는 그 소리를 흉내 내다 보면, '끌'이라는 소리가 먼저 나오는, 모든 건강하고 용감한 생각이 고행을 거치며 끈끈하게 곰팡이 슨 단계에 이른 심정을 표현하는 소리를 연판을 찍듯 노래로 영구히 새기는 듯하다. 그 소리를 들으면 시체를 뜯어먹는 백치들과 정신 나간 절규가 떠오른다. 하지만 이제 한 마리가 먼 숲에서 대답을 하고 그 소리는 먼 거리를 지나오면서 정말로 음악 같아졌다. 우엉 우엉 우우엉. 그리고 정말이지 대부분 그 소리는 낮이나 밤이나, 여름이나 겨울이나, 오로지 즐거운 연상만을 불러일으켰다.

나는 부엉이가 있다는 게 참으로 좋다. 부엉이들이 인간을 위해 바보처럼, 미치광이처럼 부엉부엉 울게 하라. 그 소리는 인간의 눈에 띄지 않아 개발되지 않은 드넓은 자연을 암시하며, 한낮에도 어두컴컴한 습지와 황혼의 분위기에 감탄이 나올 만큼 잘 어울린다. 부엉이들은 누구나 지니고 있지만 답을 구하지 못한 생각과 을씨년스러운 황혼을 대표한다. 검은 가문비나무가 이끼 낀 채 서 있고, 작은 매들이 그 위를 맴돌고, 상록수 사이로 박새가 울고 있고, 들꿩과 토끼가 그 밑을 숨어 다닌다. 그런 야생의 늪 바깥을 하루 종일 해가 비춘다. 하지만 더욱 음울하고 그에 딱 맞는 하루가 밝아오면 서로 다른 생명체들이 깨어나 이곳에서의 자연의 의미를 표현한다.

밤늦게 마차가 다리 위를 덜커덕거리며 지나가는 소리(여느 밤에 들리는 것보다 더 멀리서 들려온다.), 개가 짖어대는 소리, 이따금 멀리 헛간에서 슬픔에 빠진 소의 울음소리가 다시 한 번 들려온다. 그동안 호수는 온통 황소개구리의 울음소리로 가득하다. 고대의 술고래와 술주정뱅이들의 억센 영혼이 아직도 부끄러운 줄모르고 저들만의 스틱스강[14]에서 (호수에 수초는 거의 없고 개구리

◆◆◆

14) 그리스 신화에서 산 자의 세계와 죽은 자의 세계를 나누는 경계선.

만 있기 때문인데, 월든 숲 요정들이 비교하는 것을 용서해주길 바란다.) 한 소절 불러보려는 것이다. 이들은 옛 시절 유쾌했던 식탁 예절을 기꺼이 지키려 하지만, 한껏 거칠어지고 엄숙하니 진중해진 목소리는 명랑한 웃음을 비웃고 있고, 와인은 풍미를 잃어 배만 튀어나오게 하는 독주가 되어버렸고, 과거의 기억에 빠트릴 달콤한 취기는 오를 생각이 없이 그저 물만 잔뜩 머금고 배만 불룩해질 뿐이다. 시의원에 가장 어울리는 개구리는 침을 질질 흘리는 친구들에게 냅킨이 되어주는 어리연꽃에 턱을 얹은 채, 이 북부 물가에서 한때는 경멸했던 물을 벌컥벌컥 한껏 들이마시고는 잔을 돌리며 개굴, 개굴, 개굴! 고함을 친다. 그러면 곧장 호수 건너 먼 산길에서 똑같은 암호가 되풀이되어 우는 소리가 들리는데, 서열이며 허리둘레가 그다음인 개구리가 정해진 선까지 꿀꺽꿀꺽 들이키는 것이다. 그리고 이 의식이 호숫가를 한 바퀴 돌고나면 잔치의 주인은 만족스러워 하며 외친다, 개굴개굴! 그리고 차례대로 저마다 똑같은 소리를 되풀이하다보면 가장 배가 덜 나오고, 울음소리가 가장 많이 새며, 가장 배가 축 늘어진 꼴찌에 이르러 의식을 마치게 되는데, 이 과정에서 실수가 있어서는 안 된다. 그렇게 술잔을 돌리고 또 돌리다가 햇살이 아침 안개를 퍼트릴 때쯤이면, 가장 늙은 개구리만 뻗지 않고 남아서 가끔씩 개굴개굴 우렁차게 울다가 멈춰 다른 개구리들의 대답을 기다린다.

나는 개간지에서 수탉이 꼬끼오 우는 소리를 들어본 적이 있는지 잘 기억나지 않는다. 하지만 어린 수탉은 단지 울음소리를 들으려고 길러도 그만한 가치가 있다고 생각한다. 한때는 야생 꿩이었던 이 수탉의 울음소리는 다른 새들보다 단연 뛰어나다. 길들이지 않고 다시 자연에 풀어줄 수 있다면 곧 끼룩 끼룩거리는 기러기 소리와 부엉이의 울음소리보다 듣기 좋으며, 우리 숲속에서 가장 인기 좋은 소리가 될 것이다. 그리고 수탉이 울음을 멈출 때면 그 틈을 메우고 암탉이 꼬꼬댁 우는 소리를 떠올려보라! 인간이 이 새를 길들이기로 한 것은 놀라운 일이 아니다. 달걀과 다리살을 생각해보면 더욱 그렇다. 이런 새들이 지천으로 있는 숲, 즉 그들의 고향이었던 숲에서 어린 야생 수탉이 나무에서 청명하고 날카롭게 꼬끼오 우는 소리가 1킬로미터는 넘게 울려 퍼져 다른 새들의 작은 울음소리를 삼켜버리는 장면을 생각해보라! 온 나라에 경보를 울릴 수도 있을 것이다. 일찍 일어나고, 날이 갈수록 일찍, 더 일찍 일어나, 결국에는 이루 말할 수 없이 건강하고 부유해지고 현명해지는 것을 마다할 사람이 있는가? 모든 나라의 시인은 토박이 새들과 함께 이 외국 새의 노래를 찬양한다. 어떤 기후든 용감한 수탉 씨에게는 잘 어울린다. 수탉 씨는 원주민보다 더 토박이답다. 언제나 건강하고, 폐가 튼튼하며, 활기가 시드는 법이 없다. 대서양과 태평양의 선원들조차 수탉 소리를 듣고 잠에서 깬다. 하지만 나는 수탉 씨의 째진 울음소리를 듣고 잠에서 깬 적은 없다. 나는 개나 고양이, 소, 돼지는 물론 암탉도 기르지 않기에, 여러분이 보면 으레 집 안에서 들려오는 소리가 별로 없다고 생각할 것이다. 우유 휘젓는 소리, 물레 소리, 솥이 끓는 소리, 주전자가 쉭쉭 대는 소리, 아이들이 우는 소리가 들리지 않아 편안하지 않을 수 있다. 옛 관념을 지닌 사람이라면 미쳐버리거나 그러기 전에 권태감을 이기지 못하고 죽었을 것이다. 벽에 쥐 한 마리도 없는데 쥐가 쫄쫄 굶어 죽었기, 아니 그보다는 아예 쥐가 산 적이 없기 때문이다. 지붕 위나 마루 밑에 다람쥐가, 마룻대에 쏙독새가, 창문 밑에서 소리 지르는 큰 어치가, 집 밑에 토끼나 우드척이, 집 뒤편에 부엉이나 올빼미가, 호수에 기러기 떼와 웃고 있는 아비새가, 밤에 우는 여우가 있을 뿐이다. 그 순한 대량 재배종인 종달새나 찌르레기 한 마리도 나의 개간지에 찾아온 적이 없다. 뜰에는 꼬끼오 우는 어린 수탉도 꼬꼬댁 우는 암탉도 없다. 뜰도 없다! 다만 울타리를 치지 않은 대자연이 문턱까지 닿아 있을 뿐이다. 창문 밖에 바로 어린 나무들이 자라고, 야생 옻나무와 검은딸기 덩굴이 지하실까지 뚫고 들어온다. 집 아래로 뿌리를 꽤 깊이 내린 굳건한 리기다소나무가 공간이 부족해 지붕널에 가지를 비비고 삐걱댄다. 강풍이 불면 석탄 양동이나 가리개가 날아가는 대신, 집 뒤의 소나무가 살짝 부러지거나 뿌리째 뽑혀 땔감으로 쓸 수 있다. 폭설에 앞뜰 대문으로 가는 길이 없어지는 게 아니라 아예 대문도, 앞뜰도, 문명 세계로 향하는 길도 없다!

5. 고독

　기분 좋은 저녁이다. 온몸이 하나의 감각기관이 되어 온 구멍을 통해 기쁨을 들이마신다. 나는 자연의 일부가 되어 그 속을 오가며 낯선 자유를 누린다. 구름이 잔뜩 끼고 바람이 잦은 만큼 날이 쌀쌀하지만 셔츠 차림으로 바위가 많은 호숫가를 거닐 때면, 딱히 끌리는 것은 없어도 모든 요소가 이상하리만치 나와 잘 맞는다. 밤이 되어 황소개구리는 나팔을 불어 인도하고, 물 위를 건너오며 잔물결을 일으키는 바람결에 쏙독새의 울음소리가 실려온다. 바람에 나부끼는 오리나무며 포플러나무 잎사귀에 동화되다 보면 숨이 막힐 것만 같다. 하지만 호수와 같이 나의 평온함에는

잔물결이 일 뿐 흐트러지지 않는다. 저녁 바람에 인 작은 물결은 거울 같은 수면처럼 폭풍우와는 거리가 멀다. 이제 사방에 어둠이 깔렸지만 숲속에서 바람은 여전히 휘몰아치고, 물결은 여전히 거세게 부딪쳐오며, 몇몇 생명체가 노랫소리로 다른 생물들의 마음을 달랜다. 휴식은 결코 완벽하지 않다. 야성에 가까운 동물은 휴식을 취하지 않고 먹이를 찾아나선다. 여우, 스컹크, 토끼는 이제 두려운 줄 모르고 들판이며 숲을 돌아다닌다. 이들은 자연의 파수꾼이고, 생동하는 생명체의 나날을 이어주는 연결고리이다.

내가 집으로 돌아오면 손님이 다녀왔다가 남겨둔 쪽지가 눈에 띈다. 그러니까 꽃 한 다발이나 상록수 가지로 만든 화환, 노란 호두나무 잎이나 나뭇조각에 연필로 새긴 이름일 수 있다. 어쩌다가 숲에 와서 숲의 작은 조각을 손에 넣어 가지고 놀다가, 고의로든 실수로든 두고 가는 것이다. 누군가는 벗긴 버드나무 가지 껍질을 엮어서 반지를 만들어 내 탁자에 두고 갔다. 내가 없을 때 손님이 다녀가도 나는 굽은 가지나 풀, 신발자국을 보고 누군지 알아맞힐 수 있었다. 꽃이 떨어져 있거나 풀 한 움큼이 뽑혀 아득히 멀리, 1킬로미터 밖에 있는 철도에 내던져진 것처럼 사소한 흔적이나 아직 남아 있는 담배 냄새로 다녀간 손님의 성별이나 나이, 성격을 보통은 알 수 있었다. 심지어 나는 담배 냄새만 맡고도 300미터 떨어진 도로에 나그네가 지나간다는 것을 종종 알아챘다.

우리 주위에는 충분한 공간이 있다. 지평선은 그리 가까이에 있지 않다. 울창한 숲도, 호수도 우리 문 앞에 있는 것이 아니다. 어느 정도의 공간은 인간이 개척해 울타리를 치고 개간해 인간에게 친숙해지고, 인간으로 인해 닳아가고 있다. 그런데 무슨 까닭으로 나는 이 광활한 땅덩어리를, 사람들이 버려두고 발길을 끊은 수십만 평의 숲을 나를 위해 차지하고 있는가? 가장 가까운 이웃이라고 해봐야 1.5킬로미터는 떨어져 있고, 언덕 꼭대기에 올라가지 않고는 어느 곳에서도 반경 1킬로미터 내에 다른 집을 찾아볼 수 없다. 나는 숲으로 경계선이 지어진 지평선을 오롯이 홀로 누린다. 한편으로는 철도가 호수에 닿는 광경을, 다른 한편으로는 숲지대 도로와 접하는 울타리를 볼 수 있다. 하지만 대부분 이곳은 대초원에 사는 것처럼 고독하다. 이곳은 뉴잉글랜드인 것만큼 아시아와 아프리카이기도 하다. 말하자면, 나는 나만의 해와 달과 별을 가졌고, 작은 세상을 오롯이 홀로 누린다. 밤에는 내 집을 지나가거나 문을 두드리는 나그네 한 명 없다. 내가 최초이자 마지막 인간인 듯하다. 봄이 되면 얘기가 조금 달라지는데, 이따금씩 마을에서 몇 명이 대구를 낚으러 왔다. 이들은 자신과 천성이 닮은 월든 호수에서 훨씬 많이 낚시한 게 분명하고, 갈고리에 어둠을 미끼로 끼웠다. 하지만 곧 양동이도 가볍게 물러가며 '세상을 어둠과 내게'[1] 맡겼고 이웃사람 중 어느 누구도 밤의 어두운 핵심을 모독하지 않았다. 나는 대부분의 사람들이 여전히 어둠을 조금 두려워한다는 생각이 든다. 마녀들은 모두 교수형에 처해 죽었고, 기독교와 양초가 보급되었는데도 말이다.

하지만 나는 누군가가 아무리 가엾은 인간혐오자이고 우울

◆ ◆ ◆

1) 토마스 그레이의 《어느 전원의 교회 뜰에서 쓴 애가》 중에서 인용.

한 인간이라도, 자연물은 가장 달콤하고 부드러운, 가장 큰 용기를 주며 언제까지나 함께 있어 준다는 것을 이따금 경험했다. 자연 가운데에서 지각 있게 사는 사람에게는 사무치도록 암울한 울적함이란 있을 수 없다. 건강하고 순수한 사람의 귀에는 그런 폭풍도 아이올로스의 음악[2]일 뿐이다. 그 무엇도 소박하고 용감한 인간에게 천박한 슬픔을 강요할 수는 없다. 계절과 우정을 즐기는 동안에는 그 무엇도 내 삶을 짐처럼 느끼게 할 수 없다. 내가 기르는 콩에 물을 주고 오늘 나를 집 밖으로 못 나가게 하는 보슬비는 음울하고 울적한 게 아니라, 내게도 좋은 것이다. 비 때문에 괭이질을 할 수 없지만 비는 내 괭이질보다 훨씬 더 큰 가치가 있다. 씨앗이 땅속에서 썩고 저지대에서 감자가 망가질 정도로 비가 오래 내린다 해도 그것은 고지대의 풀에게 이롭고, 풀에게 이로운 것은 내게도 이로울 것이다. 가끔씩 나를 다른 사람과 비교해보면 나는 다른 사람보다 신들에게 더욱 많은 은총을 받는 듯한데, 그것은 내가 마땅히 받아야 한다고 생각하는 정도를 넘어선다. 다른 인간 친구들은 가지고 있지 않은 보증서나 보증금이라도 신에게 맡겨두어 특별히 인도받고 보호받는 듯하다. 내가 나를 추켜세우는 것이 아니라, 그런 일이 가능하다면 신들이 나를 추켜세우는 것 같다. 나는 외로움을 느끼거나 고독감에 우울해진 적이 없다. 딱 한 번, 숲에 들어오고 몇 주 지난 후에 너무나 평화롭고 건강한 삶에

◆◆◆

2) 그리스 신화에서 아이올로스는 바람의 신. 아이올로스의 하프는 현악기로 바람이 현을 건드려 진동을 울릴 때 소리를 냄.

이웃사람이 꼭 있어야 하는 것은 아닌지 한 시간 동안 의심해본 적은 있다. 홀로 있는 것이 불편했던 것이다. 하지만 그와 동시에 내 기분이 약간 제정신이 아니라는 것을 깨닫고 곧 그 기분에서 벗어나리라는 것을 알았다. 한창 이런 생각에 빠져 있는데 보슬비가 내렸고, 문득 대자연 속에, 빗방울 소리 안에, 내 집 주변의 온갖 소리와 풍경 속에 너무나 달콤하고 자애로운 친구가 있다는 것을 알았다. 순식간에 말로 다할 수 없는 친근함이 공기처럼 나를 지탱해주면서 이웃이 있음으로써 얻을 수 있다고 생각한 이점이 하찮게 느껴졌다. 그 이후로는 단 한 번도 그런 생각을 해본 적이 없다. 작은 솔잎 하나하나가 친밀감으로 팽창하고 부풀어 올라 나와 친구가 되어 주었다. 나는 흔히 황량하고 음산하다고 말하기 마련인 광경을 볼 때조차 나와 친척 같은 무언가가 존재한다는 것을, 그리고 나와 가장 가까운 혈연이나 내게 가장 인간다운 존재는 반드시 사람이나, 마을 사람이 아니라는 것을 분명히 알게 되었다. 이제 다시는 어떤 곳도 내게 낯선 곳이 아니라는 생각이 들었다.

"애도는 슬퍼하는 사람들의 목숨을 때 이르게 빼앗아가나니,
산 자들의 땅에 그들의 날 얼마 남지 않았네.
아름다운 토스카의 딸이여!"[3]

◆ ◆ ◆

3) 패트릭 맥그리거의 《오시안의 진짜 유물(1841)》에 실린 '크로마' 중에서 인용.

내가 가장 즐거운 시간을 보낸 것은, 봄이나 가을에 오래도록 폭풍우가 불어닥쳐서 오전은 물론 오후에도 집 안에 틀어박혀 끊임없이 휘몰아치고 퍼붓는 비로 마음을 달랬을 때이다. 이른 땅거미에 이어 기나긴 저녁이 찾아오면 많은 생각이 여유롭게 뿌리를 내리고 펼쳐졌다. 거세게 몰아치는 북동 태풍에 주부들이 비가 들이치지 않도록 대걸레와 양동이를 들고 문 앞을 지키는 등 온 마을이 고생하는 동안, 나는 사방이 입구인 내 작은 집의 문 뒤에 앉아 내 집이 보호받는 듯한 기분을 온전히 느꼈다. 한번은 굵직한 천둥과 비바람이 치던 날 호수 맞은편 커다란 리기다소나무에 번개가 치면서, 마치 나무지팡이에 홈을 새기듯 2센티미터 남짓한 깊이에 10센티미터 넓이의 매우 규칙적인 소용돌이 홈을 나무 끝에서 끝까지 뚜렷하게 파놓았다. 얼마 전 그 나무 옆을 다시 지나가다가, 8년 전 악의 없는 하늘로부터 불가항력적인 엄청난 번개가 내리쳐 남긴 자국이 여느 때보다 더 선명해진 것을 본 내게 경외감이 번개처럼 내리꽂혔다. 사람들은 종종 말한다. "거기에 있으면 자네도 외로워지고 사람들이 그리워질 걸세, 특히 비나 눈이 오는 날이나 밤이 되면 말이지." 그럴 때면 나는 대답하고 싶다. 우리가 살고 있는 이 땅 전체가 우주의 한 점에 불과하다고. 인간이 발명한 도구로는 폭을 가늠할 수 없는 저 별에서 살고 있는 가장 멀리 떨어진 두 사람의 거리가 얼마쯤 될 거라고 생각하는가? 어째서 내가 외로워할 거라고 생각하는가? 우리가 사는 행성은 은하수 안에 있지 않은가? 여러분이 하는 이런 질문은 내가 보기에 가장 중요한 질문은 아니다. 사람을 같은 사람에게서 떨어트려놓고 고독하게 만드는 것은 어떤 종류의 공간인가? 아무리 두 다리를 놀려도 두 사람의 마음이 서로 더 가까워지지 않는다는 것을 나는 알고 있다. 우리는 무엇과 가까이에 살기를 가장 바라는가? 기차역이나 우체국, 술집, 예배당, 학교, 식료품점, 비컨힐, 파이브포인츠[4]처럼 사람들이 가장 많이 모이는 곳은 분명 아닐 것이다. 버드나무가 물가에 서서 생명의 원천을 향해 뿌리를 내리듯 우리도 모든 경험을 통해 생명이 분출되어 나오는 곳, 생명의 원천에 가까이 살고 싶을 것이다. 사람마다 본성에 따라 다르겠지만 현명한 사람이라면 바로 그곳에 지하 저장실을 만들 것이다…. 어느 날 저녁 나는 월든 거리에서 소 두 마리를 시장으로 몰고 가는 마을 사람 한 명을 뒤따라갔었다. 내가 제대로 본 적은 없지만 '상당한 재산'이라는 것을 축적했다는 그는 내게 어떻게 인생의 많은 편의를 버릴 생각을 하게 됐냐고 물었다. 나는 아주 확실하게 내 삶이 그런 대로 만족스럽다고 대답했다. 그것은 농담이 아니었다. 그런 다음 나는 집에 와서 잠자리에 들었고, 그 사람은 혼자 남겨져 아침쯤에는 도착할 브라이튼[5]인가 브라이트타운으로 (당시 '브라이트'는 소를 지칭하는 일반적인 이름이었음-옮긴이) 어둠 속에서 진흙길을 더듬으며 발걸음을 옮겼으리라.

　　죽은 사람을 일으키거나 다시 살아날 수 있다는 가망이 있다

◆◆◆

4) 비컨힐은 보스턴의 부촌이었고, 파이브포인츠는 맨해튼 남부의 우중충하고 위험한 지역이었음.
5) 보스턴 교외.

면 시대나 장소 같은 것은 문제되지 않을 것이다. 그런 일이 일어나는 장소는 언제나 같으며 우리의 온 감각에 이루 설명할 수 없는 즐거움을 준다. 대체로 우리는 일시적이고 핵심에서 벗어난 일들을 주요 관심사로 삼는다. 사실 그것이 우리의 정신을 산만하게 하는 원인인 것을. 모든 사물의 존재를 만드는 힘은 사물과 가장 가까이에 있다. 우리 옆에서 가장 중대한 법칙이 끊임없이 실행되고 있다. 우리 옆에는 우리가 더불어 얘기하기를 너무나 좋아하는 일꾼이 아니라 우리 자신을 일 삼아 끊임없이 일하는 일꾼이 있다.

"천지의 미묘한 힘이 미치는 영향은 얼마나 넓고 깊은가!"
"우리는 그 힘을 보려 하지만 보지 못하고, 들으려 하지만 듣지 못한다. 그것은 사물의 본질과 같은 것이어서 만물과 분리되지 못하기 때문이다."
"그 힘으로 인해 온 우주의 인간은 마음을 정화하고 씻어내며, 의복을 갖춰 입고 조상에게 제사를 지낸다. 이는 미묘한 지혜의 대양이다. 그 힘은 우리 위와 좌우 어디에나 있으며 사방에서 우리를 둘러싼다."[6]

우리는 내가 적잖게 흥미를 갖고 있는 실험의 대상이다. 이런 환경에서 잠시라도 잡담 없이 지낼 수는 없는가, 홀로 생각하며

◆◆◆
6) 공자의 중용 사상을 연구한 책 《중용》 14편에서 인용.

스스로 위안하며 지낼 수는 없는가? 공자는 진리의 말을 남겼다.

"미덕은 결코 외롭지 않고 마땅히 이웃이 있기 마련이다."[7]

생각을 함으로써 우리는 건전한 방식으로 열광에 빠질 수 있다. 의식적으로 노력하면 우리는 행위와 그 결과로부터 초연해질 수 있다. 좋은 일이든 나쁜 일이든 모든 것이 급류처럼 우리 옆을 지나간다. 우리는 대자연에 완전히 몰입되어 있지 않다. 나는 개울에 흘러가는 나뭇조각이 될 수도, 개울을 내려다보는 하늘의 인드라 신[8]이 될 수도 있다. 나는 연극에서 감동을 받을 수도 있지만, 반면에 나와 아주 많이 관련된 실제 사건에서 아무런 영향을 받지 않을 수도 있다. 나 자신을 인간적 실제라고 인식할 뿐이다. 말하자면, 나 자신을 생각과 감정의 장소로서만 알고 있는 것이다. 나는 다른 사람들로부터 멀리 떨어진 만큼 나 자신으로부터도 멀리 떨어져 있을 수 있는 어떤 이중성을 느끼고 있다. 내 경험이 아무리 강렬할지라도 나의 일부분이면서 나의 일부분이 아닌 것처럼 경험을 하지 않고 그저 메모만 하는 구경꾼에 불과한 내 일부의 존재와 비평을 인식하고 있다. 이것은 당신이 아닌 것처럼 나도 아니다. (아마도 비극일) 인생이라는 연극이 끝나면 구경꾼은 제 갈 길을 간다. 구경꾼의 입장에서 이것은 일종의 허구이자 상상 속의

◆ ◆ ◆

7) 《논어》 4편에 실린 공자의 말을 인용함.
8) 힌두 경전 《베다》에서 하늘의 신.

작품일 뿐이다. 이 이중성은 이따금 쉽사리 우리를 변변치 않은 이웃이자 친구로 만들어버린다.

　나는 대부분의 시간을 혼자 있는 것이 온전하다고 생각한다. 아무리 좋은 사람이라도 함께 있으면 머지않아 지치고 소진되기 마련이다. 나는 혼자 있는 것이 좋다. 고독만큼 함께 있기에 좋은 친구를 본 적이 없다. 우리는 흔히 방에 있을 때보다 사람들 사이에 섞여 있을 때 더 외롭다. 사색을 하거나 일하는 사람은 언제나 혼자이기 마련이니, 있겠다는 곳에 있게 하자. 고독은 한 사람과 다른 사람 사이의 공간적인 거리로 잴 수 없다. 캠브리지 대학의 가장 사람 많은 북새통 속에서 매우 부지런히 공부하는 학생은 사막의 수도승만큼 고독하다. 농부는 온종일 밭이나 숲에서 혼자 괭이질하고 자르며, 일하면서도 외로움을 느끼지 않는데, 그에게는 할 일이 있기 때문이다. 하지만 밤이 되어 집에 오면 여러 생각에 휘둘려 방에 혼자 앉아 있지 못하고 '사람들이 보이는' 곳에 가서 기분을 전환하며 낮 동안의 고독을 보상한다고 생각한다. 농부는 학생이 밤이나 낮이나 집에 혼자 있으면서 어떻게 권태나 '우울감'을 느끼지 않는지 의아해한다. 하지만 농부는 학생이 집에 있기는 하지만 농부와 마찬가지로 그만의 밭에서 일하고, 그만의 숲에서 나무를 자르며 자신과 마찬가지로 기분 전환과 교제를 추구한다는 것을, 게다가 그것이 더욱 집중된 형태의 교제라는 것을 이해하지 못하는 것이다.

　사람들의 사교는 일반적으로 너무 값싸다. 우리는 너무 자주 만나서 서로를 위해 어떤 새로운 가치를 얻을 시간이 없다. 하루에 세 번 식사시간에 만나서 '나 자신'이라는 오래되고 곰팡이 냄새나는 새로운 치즈 맛을 서로 보여준다. 우리는 이 잦은 만남을 잘 견뎌내어 서로 전쟁을 벌일 필요가 없도록 에티켓이나 예의라고 불리는 규칙을 만들어 동의해야 한다. 우리는 우체국에서, 친목회에서, 매일 따뜻한 난롯가에서 만난다. 빽빽하게 모여 살면서 서로의 길을 막는가 하면 서로에게 걸려 넘어지기까지 하는데, 그리하여 서로를 존중하는 마음을 잃는 것 같다. 그러나 더 적게 만나더라도 가장 중요한 의사소통에는 부족함이 없을 것이다. 공장에서 일하는 소녀들을 보라. 혼자 있는 법이 없어서 꿈도 꾸기 힘들다. 내가 사는 곳에서처럼 수십만 평에 딱 한 사람만 사는 게 더 나을 것이다. 한 사람에게 닿고 싶다면 그 사람의 가치는 겉모습에 있지 않다는 것을 기억하라.

나는 숲에서 길을 잃어 배고프고 탈진한 끝에 나무 발치에서 죽어가던 사람의 이야기를 들었다. 그 와중에 그는 몸이 몹시 허약하여 병든 상상으로 기괴한 것을 보는 듯했는데, 그는 그것을 진짜라고 믿어서 덜 외로웠다고 한다. 하물며 몸도 마음도 더 건강하고 힘이 있는 우리는 그와 비슷하되 더욱 정상적이고 자연스러운 교제를 통해 거듭 기운을 차릴 수 있고, 결코 혼자가 아니라는 사실을 알게 될 것이다.

내 집에는 많은 존재가 함께한다. 특히 아무도 찾지 않는 아침에는 더욱 그렇다. 누군가 내 상황이 어떤지 알기를 바라며 몇 가지 비교를 해보겠다. 나는 그토록 크게 울어대는 호수의 아비새보다, 월든 호수보다 외롭지 않다. 외로운 호수에게 친구가 어디 있겠는가? 하지만 호수는 담청빛 물에 푸른 악마를 담고 있지는 않아도 푸른 천사들을 담고 있다. 태양은 날씨가 흐릴 때는 이따금 두 개로 보이기도 하지만 그것조차 하나는 환일이고, 그 외에는 홀로 있다. 신은 혼자이다. 하지만 악마는 혼자와는 거리가 멀다. 악마는 아주 많은 사람들과 함께하며, 그 자체로 무리를 이룬다. 나는 목장에 홀로 있는 멀레인이나 민들레, 콩잎이나 수영초, 말파리, 호박벌보다 외롭지 않다. 나는 밀브룩(콩코드를 흐르는 개천 이름-옮긴이)이나 풍향계, 북극성, 남풍, 4월의 소나기, 1월의 해빙, 새 집에 처음 들어온 거미보다 외롭지 않다.

눈이 펑펑 쏟아지고 숲에서 바람이 요란하게 부는 긴 겨울 저녁, 월든 호수를 파서 돌을 쌓고 그 주변을 소나무 숲으로 꾸몄다고 전해지는 옛 개척자이자 원래 소유주가 가끔 우리 집에 찾아와, 옛 시대와 새로운 영원에 대해 이야기해준다. 사과나 사과주가 없어도 우리끼리 즐겁게 웃고 상쾌한 광경을 누리며 즐거운 저녁을 보낸다. 내가 많이 사랑하는 가장 현명하고 익살스러운 이 친구는 고프나 왈리[9]보다도 사람들의 눈에 띄지 않는다. 이 친구

가 죽었다고들 생각하지만, 어디에 묻혔는지 아는 사람은 없다. 또 어느 노부인이 많은 사람들에게 모습을 드러내지 않고 이 근처에서 지내는데, 나는 부인이 가꾸는 향기로운 허브 정원을 거닐며 약초를 모으고, 부인이 들려주는 우화를 즐겨 듣는다. 부인은 비할 데 없는 풍요로움을 지녔고, 그녀의 기억력은 신화보다 더 멀리 거슬러 올라간다. 그리고 그런 사건들은 부인이 어렸을 적에 일어났기 때문에, 그녀는 모든 우화의 원래 이야기가 무엇인지, 어떤 사실을 배경으로 두었는지 말할 수 있다. 사시사철 날씨가 어떻든 즐길 줄 알며, 혈색이 좋고 건강한 노부인은 자손들보다 더 오래 산 듯하다.

(태양과 바람, 비, 여름과 겨울을 아우르는) 자연은 말로 다 표현할 수 없는 자애로움을 지니고 있어서 우리에게 영원히 누릴 수 있는 건강과 환희를 안겨준다. 또 인류에게 얼마나 연민을 느끼는지 어떤 사람이 온당한 슬픔을 느낀다면 온 자연이 영향을 받아 태양은 밝음을 감추고, 바람은 인간처럼 탄식을 하며, 구름은 눈물을 뿌리는가 하면, 숲은 한여름에도 이파리를 떨구며 애도하기 시작한다. 그러니 내가 어떻게 이 땅과 대화를 나누지 않겠는가? 나 자신의 일부도 이파리이자 일종의 식물이 아니던가!

우리를 건강하고 평온하며 만족스럽게 해줄 약은 무엇일까? 그 약은 나나 여러분의 증조할아버지가 빚은 약이 아닌, 우리의

◆ ◆ ◆

9) 윌리엄 고프와 에드워드 왈리는 영국의 찰스 1세를 처형하고자 음모를 꾸민 후 17세기에 미국으로 망명 갔음.

증조할머니인 자연의 보편적인 식물 약이었다. 대자연도 그 약을 먹고 늘 젊음을 유지해왔고, 같은 시대를 살았던 그 많은 파르 노인[10]보다 오래 살고 있으며, 그들의 썩은 지방으로 자신의 건강을 키워왔다. 만병통치약이라 하면 나는 아케론강[11]과 사해에서 퍼 담은 것을 섞어 짐마차처럼 생긴 기다랗고 얕은 검은 범선에 약병 째 실려가는 모습을 때때로 보게 되는 엉터리 물약보다는, 희석하지 않은 순수한 아침 공기를 한껏 들이마실 것이다. 아침 공기! 사람들이 하루의 원천인 새벽에 이 공기를 마시지 않겠다고 하면, 왜 그러는지 모르겠지만, 그렇다면 우리는 이 세계에서 아침 시간을 구독하는 표를 잃어버린 사람들을 위해 이 공기를 병에 조금 담아 상점에서 팔아야 할 것이다. 하지만 아침 공기는 아무리 차가운 지하실에 두어도 가만히 있지 않고, 정오가 되기 한참 전에 마개 사이로 새어나가 서쪽으로 난 오로라의 발자국을 따라갈 것임을 기억하길. 나는 그 늙은 약초 의사인 아스클레피오스의 딸이자, 한 손에는 뱀을 들고 다른 손에는 잔을 들었는데 뱀이 가끔 그 잔에서 물을 마시는 모습으로 대표되는 히기에이아 여신[12]을 숭배하지 않고, 주노와 야생 상추의 딸이자 주피터 신에게 술을 따르던 모습으로 묘사된 헤베 여신을 숭배한다. 이 여신은 신과 인간들에게 젊음의 원기를 되찾아주는 힘을 지녔다고 한다. 헤베는 여

◆ ◆ ◆

10) 토마스 파르. 152세까지 산 것으로 추정되는 영국인.
11) 그리스 신화에서 하데스로 이어지는 강
12) 히기에이아는 그리스 신화에서 건강의 여신, 아스클레피오스는 의술의 신, 대개 뱀이 휘감긴 지팡이를 들고 있는 모습임. 헤베 여신은 그리스 신화 속 청춘과 봄의 여신.

태껏 지구상에서 가장 온전하고 건강하며, 굳센 젊은 여성이었고,
그녀가 가는 곳은 어디든 봄이었다.

6. 손님

　나는 있는 힘을 다해 사람과 사귀는 것을 즐기기에, 열정을 지
닌 사람을 만나면 얼마든지 한동안 흡혈귀처럼 달라붙어 있을 준
비가 되어 있다. 나는 타고난 은둔자는 아니기에, 일이 있어서 술
집에 가면 가장 건장한 단골손님보다 더 오래 머무를 수 있다.

　내 집에는 세 개의 의자가 있다. 첫 번째는 고독을, 두 번째는
우정을, 세 번째는 여러 사람과의 교제를 위한 것이다. 손님이 예
상치 않게 많이 찾아와도 내어줄 게 세 번째 의자뿐이지만, 그들
은 대부분 앉지 않고 서서 공간을 절약했다. 조그만 집에 훌륭한
사람들이 얼마나 많이 들어올 수 있는지 놀라울 따름이다. 나는

내 집에 한꺼번에 스물다섯에서 서른 명의 영혼을 육체와 함께 들인 적이 있는데, 그래도 우리는 그렇게 빽빽하게 끼어 있는 줄 모르고 헤어지기 일쑤였다. 공적인 건물이든 개인 주택이든 할 것 없이 수많은 방에 커다란 복도, 와인과 다른 생필품을 저장하기 위한 지하실이 딸린 건물은 그 안에 사는 사람에게 사치스러울 정도로 커 보인다. 건물이 너무나 거대하고 웅장해서 그 안에 사는 사람은 우글거리는 해충처럼 보일 뿐이다. 트레몬트 호텔이나 애스터 호텔, 미들섹스 하우스[1] 앞에서 전령이 온 건물 사람들에게 광장으로 나오라고 나팔을 부는데, 슬그머니 쥐 한 마리가 기어 나왔다가 보도 구멍으로 다시 들어가버리는 우스꽝스러운 장면이 생각난다.

내가 그토록 작은 집에서 가끔 겪는 한 가지 불편은, 손님과 함께 장대한 생각을 거창한 말로 내뱉기 시작했을 때 우리 사이에 충분한 거리를 두기가 힘들다는 점이다. 생각이 돛대를 제대로 만나 한두 바퀴 돌고난 후에 항구에 들어가려면 공간이 필요하다. 생각의 총알은 비스듬히 발사되다가 스쳐서 동요를 극복한 뒤에 마지막으로 일정한 길에 들어서 마침내 듣는 사람의 귀에 도달해야 하고, 그렇지 않으면 듣는 사람의 머리를 뚫고 지나갈 것이다. 우리의 문장 역시 둘의 간격 사이로 펼쳐져 종대를 이룰 만한 공간이 필요하다. 국가와 마찬가지로 개인은 서로 간에 적당하게 넓은 경계선이, 그게 아니면 상당히 넓은 중립지대가 꼭 있어

◆ ◆ ◆

1) 보스턴, 뉴욕, 콩코드에 있는 호텔들.

야 한다. 나는 친구와 호수를 사이에 두고 대화하는 것이 독보적인 호사라고 생각한다. 내 집에서는 손님과 내가 너무 가까워서 서로 들을 준비조차 할 수 없다. 서로에게 들릴 만큼 충분히 나지막한 소리로 말할 수 없는 것이다. 돌멩이 두 개를 잔잔한 물에 너무 가까이 던지면 서로의 파문을 깨트리듯 말이다. 말이 많고 시끌벅적하게 대화하는 사람이라면 서로의 숨결을 느낄 정도로 바싹 붙어 있어도 괜찮지만, 깊이 생각하고 사려 깊게 말한다면 동물적 열기와 습기가 증발할 수 있도록 멀리 떨어져 있기를 원하기 마련이다. 서로 말을 걸지 않거나 그런 행위를 초월한 가장 친밀한 교제를 누리고자 한다면, 침묵해야 할 뿐만 아니라 어떤 경우에도 서로 목소리가 들리지 않을 만큼 몸이 멀리 떨어져 있어야 한다. 이런 기준에 맞춰보면 말이란 귀가 잘 들리지 않는 사람의 편의를 위한 것이다. 하지만 큰 소리로는 정작 표현할 수 없는 좋은 것이 많다. 대화가 더 고상하고 원대한 분위기를 띠기 시작하면, 우리는 점점 의자를 뒤로 밀어 서로 반대편 벽에 닿아 더 이상 물러날 곳이 없게 된다.

하지만 늘 친구를 맞을 준비가 되어 있는 나의 응접실은 집 뒤편의 소나무 숲이었다. 이곳은 양탄자에 볕이 잘 들지 않았다. 나는 여름날 남다른 손님이 오면 이곳으로 데리고 갔는데, 값을 매길 수 없는 소중한 하인이 바닥을 쓸고 가구의 먼지를 털고 세간을 정돈해두었다.

손님이 한 사람 오면 종종 소박한 식사를 함께 한 적이 있다. 간단히 먹을 푸딩을 휘저어 만들거나 잿더미에서 빵이 부풀어올

라 익는 것을 지켜보아도 대화에 방해가 되지는 않았다. 그러나 스무 명의 손님이 와서 앉아 있을 때는 두 사람분의 빵이 있더라도 저녁에 대해서는 할 말이 없었는데, 밥 먹는 것이 잊혀진 습관이 된 것 같기도 했다. 그렇게 우리는 자연스럽게 금욕을 실천했다. 그리고 이것은 접대의 예의에 반하는 것이 아닌, 아주 적절하고도 사려 깊은 행위라고 생각했다. 이런 경우에는 회복이 필요한 육체적 생명의 소모와 부패가 기적적으로 지체되는 듯 보였고, 생명의 원기가 자리를 단단히 잡았다. 그렇게 나는 스무 명이 아니라 천 명도 대접할 수 있었으리라. 누군가 내가 집에 있는 것을 보았지만 실망하거나 배고픈 채 돌아가더라도, 그들은 내가 적어도 그들의 기분을 충분히 이해하고 있다고 믿을 것이다. 주부들은 많이 의심하겠지만, 낡은 관습 대신 더 새롭고 좋은 관습을 세우기가 이토록 쉽다. 손님에게 대접하는 식사에 여러분의 평판을 맡길 필요가 없다. 나로서는 주인이 내게 식사를 대접하겠다고 행진을 벌이는 행태야말로 그 집에 자주 가기를 단념하게 만드는 효과가 케르베로스의 개[2]가 지옥문을 지키는 것보다도 뛰어났다. 다시는 그토록 수고하게 하지 말라고 정중하게 에둘러 말하는 것이라고 받아들였기 때문이다. 다시는 그런 곳에 찾아가지 않을 작정이다. 나는 우리 집에 찾아온 손님 한 명이 엽서 삼아 노란 호두나무 잎에 새겨준 스펜서의 시구를 내 오두막의 표어로 둔 것이 뿌듯하다.

◆◆◆

2) 그리스 신화에서 죽은 자들의 세계로 향하는 입구를 지키는 머리 셋 달린 개.

"도착하니 작은 집이 가득하네 사람으로.

없건만 찾아보네 즐길거리를

나머지는 그들의 잔치요, 모든 것이 그들의 뜻대로.

가장 고귀한 마음이 가장 큰 만족을 얻는다."[3]

훗날 플리머스 식민지의 주지사가 된 윈슬로[4]가 동행을 데리고 숲을 헤치고 마사소이트 추장을 방문했을 때, 추장은 배고프고 지친 그들을 친히 맞아주었지만 저녁식사에 대해서는 아무런 말이 없었다. 밤이 되자 그들의 말을 빌리자면, "추장 내외는 우리를 침대 한쪽에 눕히고 그들은 다른 쪽에 함께 누웠다. 침대마저 널빤지를 땅에서 두어 뼘 높이에 놓고 얇은 깔개를 깔았을 뿐이었다. 추장의 심복 부하 두 사람은 공간이 부족해 우리 옆에 끼여 잤다. 우리는 여행보다 그곳에 묵는 것에 더 지쳤다."

다음 날 오후 한 시에 마사소이트 추장은 크기가 도미의 세 배는 되는 "생선 두 마리를 잡아서 가져왔다. 생선을 삶았지만 한 입이라도 바라는 사람이 못해도 마흔 명은 되었다. 거의 모든 사람이 생선을 먹었다. 우리가 이틀 밤하고도 하루 낮을 더 지내며 먹은 식사는 이것이 전부였다. 일행 중 한 명이 들꿩 한 마리를 사 가지 않았더라면 우리는 단식 여행을 했을 것이다." 먹을 것이 부족한 데다 '야만인들의 원시적인 노래' 때문에(그들은 자면서 노래를

◆◆◆

3) 에드먼드 스펜서(1552~1599)의 《페어리 퀸》 1권에서 인용.
4) 에드워드 윈슬로(1595~1655)의 《플리머스의 영국 식민지》에서 인용.

부르곤 했기에) 잠까지 부족하여 어지러워질까 두려워서, 그리고 아직 힘이 남아 있을 때 집에 돌아가려고 길을 나섰다. 잠자리에 대해 말하자면, 그들은 푸대접을 받은 것이 사실이다. 그들이 불편하다고 여긴 것은 사실 인디언들이 경의를 표현한 것일 테지만 말이다. 하지만 식사에 관해서는 원주민들이 어떻게 더 잘 대접했어야 하는지 알 수 없었다. 그들 스스로도 먹을 것이 없었고, 현명하여 손님들에게 사과의 말을 늘어놓는 게 음식을 대신할 것이라 생각하지도 않았다. 그래서 허리띠를 졸라매고 아무 말 하지 않은 것이다. 윈슬로가 다시 그들을 방문했을 때는 먹을 것이 풍족한 철이었으므로, 이 점에 있어서는 부족함이 없었다.

인간은 어디에서든 방문객이 없을 때는 없을 것이다. 나는 숲속에 살 때 인생의 어느 때보다도 많은 손님이 찾아왔다. 손님이 몇 명 있었다는 뜻이다. 그곳에서 나는 다른 어느 곳보다 우호적인 환경에서 손님 여러 명을 맞이할 수 있었다. 하지만 사소한 일로 나를 찾아오는 사람은 줄었다. 이런 면에서 마을에서 떨어져 있다는 이유만으로 벗이 걸러진 것이다. 교제라는 강은 고독이라는 거

대한 바다로 흘러 들어가고, 나는 그 대양에서 아주 깊이 침잠했기에 필요한 한에서 대부분은 내 주위에 가장 훌륭한 침전물만 쌓였다. 게다가 바다 저편에 탐험되거나 개척되지 않은 대륙이 존재한다는 증거가 둥둥 실려왔다.

진정 호메로스의 작품에 등장하는 인물이나 파플라고니아[5]인 같은 사람 말고 내 오두막에 올 사람이 누가 있겠는가. 나는 그의 이름이 워낙 그에게 잘 어울리고 시인 같기에 여기에 이름을 밝히지 못하는 것이 안타까울 따름이다. 그는 캐나다 출신에 나무꾼이자 나무기둥을 만드는 일을 하는 사람이다. 그는 하루에 50개의 기둥에 구멍을 뚫었는데 기르던 개가 잡은 우드척으로 최후의 만찬을 즐겼다. 역시 호메로스에 대해 들어본 적이 있는 그는, 비가 내린 수많은 날 동안 한 권이라도 제대로 읽어본 적은 없을 테지만 "책이 없으면 비 오는 날에 무엇을 해야 할지 모르는" 사람이었다. 저 멀리 있는 그의 먼 고향 땅에서 그리스어를 할 줄 아는 어느 사제가 그에게 성서 구절을 읽는 법을 알려줬고, 이제 그는 책을 들고 있으면 내가 그 구절을 해석해줘야 한다. 슬픈 표정을 하고 있는 파트로클로스를 아킬레우스가 책망하는 장면이다.

"왜 어린 계집애처럼 눈물이나 흘리고 있는가, 파트로클로스?

◆◆◆

5) 파플라고니아는 고대 소아시아의 산악지대. 나무꾼은 알렉 테리엔으로, 소로우가 〈저널〉에서 더욱 상세히 설명함.

아니면 프사아에서 온 소식이라도 혼자 들은 것인가?
액토르의 아들 메네티우스가 아직 살아 있다고,
이아쿠스의 아들 펠레우스가 미르미돈 사람들 사이에서 아직 살아 있다고들 말하지만
그들 중 누군가 죽었다면 우리는 크게 슬퍼해야 하지."[6]

나무꾼은 "좋군요." 하고 말한다. 일요일인 오늘 아침 그는 아픈 사람을 위해 모은 백참나무 껍질을 한 다발 두둑이 옆구리에 끼고 있다. "일요일에 그런 것을 좇아도 나쁠 건 없겠지요." 그는 호메로스를 훌륭한 작가라고 생각하지만 그의 글이 어떤 내용인지는 모르고 있었다. 이보다 더 소박하고 자연스러운 사람은 찾기 힘들 것이다. 이 세상에 그토록 칙칙한 도덕적 빛깔을 드리운 악과 질병이 그에게는 존재하지 않는 듯 보였다. 스물여덟 살쯤 된 그는 고국에서 농장을 사들일 돈을 벌기 위해 10여 년 전에 캐나다를 떠나 미국으로 왔다. 그의 외모는 매우 투박했다. 땅딸막하고 둔한 몸에도 동작은 우아했고, 햇볕에 그을린 굵은 목에, 색이 짙고 숱이 무성한 머리, 이따금 표정을 지을 때면 밝아지지만 흐리멍텅하고 졸린 듯한 푸른 눈을 지니고 있었다. 그는 납작한 회색 면 모자에, 거무죽죽하고 묵직한 모직 외투를 입고 소가죽 부츠를 신었다. 고기를 매우 좋아하던 그는 —여름 내내 나무를 했기 때문에— 도시락 통에 저녁을 담아 우리 집을 지나 몇 킬로미터쯤 떨어진 일터까지 가

◆ ◆ ◆

6) 《일리아드》 14권.

져갔다. 도시락은 종종 차갑게 식은 우드척 고기였다. 허리춤에 줄로 묶어 매단 돌병에 커피를 매달고 다녔는데 이따금 내게 한 잔씩 대접했다. 그는 이른 시간에 내 콩밭을 가로질러다니면서도, 뉴잉글랜드인과는 달리 일터로 돌아가야 한다고 걱정하거나 서두르는 기색이 없었다. 그는 무리를 할 사람이 아니었다. 판자밥에 얻지 못해도 상관하지 않았다. 도중에 개가 우드척을 잡아오면, 싸온 저녁을 숲속에 두고는 2킬로미터 남짓 되돌아가 우드척을 다듬고 하숙집 지하실에 놔두기 일쑤였는데, 그것도 일단 고기를 해질녘까지 안전하게 호수에 가라앉혀 놓는 게 좋지 않을지를 반시간쯤 골똘히 생각한 후였다. 그는 그런 문제를 두고 곰곰이 생각하기를 좋아했다. 그는 아침에 지나가면서 말하곤 했다. "비둘기가 어찌나 많은지요! 매일 일하는 것만 아니라면 사냥만으로도 내가 원하는 산비둘기, 우드척, 토끼, 들꿩 같은 것을 전부 잡을 수 있을 겁니다. 세상에, 하루면 일주일치를 전부 얻을 수 있겠는데요!"

능숙한 나무꾼인 그는 나무를 벨 때 과장된 몸짓과 화려한 추임새를 즐겼다. 그는 나무를 땅바닥에 바짝 고르게 잘라서, 후에 새로 돋을 가지가 더욱 생기 있게 하고, 나무 밑동 위로 썰매가 잘 미끄러지게 했다. 나무 한 그루 전체가 골진 나무를 지탱하도록 놔두는 대신, 껍질을 깎아내어 나중에 손으로도 가를 수 있는 가느다란 가지로 만들어두었다.

내가 그를 흥미롭게 여긴 이유는 그가 매우 조용하고 고독하면서도 아주 행복한 사람이었기 때문이다. 그는 유머와 만족감이 두 눈에서 샘물처럼 흘러넘쳤다. 그의 웃음소리는 순수한 것이었다. 가끔 숲에서 벌목하는 그를 보러 가면, 말로 다 표현 못하는 만족감에 웃으면서, 영어도 잘할 줄 알지만 캐나다식 프랑스어로 인사말을 했다. 내가 다가가면 그는 하던 일을 멈추고 자기가 벤 소나무 몸통 옆에 누워 웃음을 참았고, 나무 속껍질을 벗겨 돌돌 말아 입에 넣고 씹으면서 웃고 얘기했다. 그렇게 야생동물의 영혼이 넘쳤던 덕에 그는 자기를 생각하게 만들고 자기를 자극하는 것이 나타나기만 하면 웃느라 넘어지고 땅을 데굴데굴 굴렀다. 그는 나무를 둘러보며 외치기도 했다. "세상에, 나는 여기서 나무만 하면서도 충분히 즐겁게 살 수 있습니다. 더한 재미는 필요 없어요." 그는 종종 숲을 지나가는 길에 소형 권총으로 일정한 간격마다 예포를 발사하면서 하루 종일 흥겨워했다. 겨울이 되면 모닥불을 피워놓고 점심때 주전자에 커피를 데웠다. 그가 식사를 하려고 통나무에 앉으면 박새가 한번씩 와서 그의 팔에 앉아 손가락에 묻은 감자를 쪼아 먹었다. 그는 "옆에 작은 친구들이 있는 것도 좋군요." 하고 말했다.

그의 내면에서는 주로 동물적인 인간이 발달했다. 육체적 지구력이나 만족감에서 그는 소나무나 바위에 버금갔다. 나는 그에게 하루 종일 일하고 나면 밤에 피곤할 때는 없냐고 물어본 적이 있다. 그는 진지하고 진심 어린 표정으로 "천만에요, 나는 살면서 피곤해본 적이 없어요." 하고 대답했다. 하지만 그의 영적인 인간이라는 것과 지성은 유아기 때와 마찬가지로 잠자고 있었다. 그는 가톨릭 사제가 원주민을 가르치는, 아이가 어른이 되는 게 아니라 아이로 남아 있는 순진하고 효력 없는 방식으로 가르침을 받았다. 배우는 사람이 스스로 자각할 정도에는 이르지 못하고 그저 신뢰와 공경을 표시할 줄 아는 수준까지만 교육을 받은 것이다. 대자연은 그를 만들 때 강한 육신과 만족감을 주었고, 공경과 신뢰의 마음으로 칠십 평생을 아이로 살아가게 했다. 그는 너무나 정교하지 않고 진실했기에, 우드척을 동네에 소개할 필요가 없듯 그를 따로 소개할 필요가 없었다. 사람들은 알아서 그가 어떤 사람인지 알아내야 했다. 그는 어떤 역할도 하지 않으려 했다. 일을 하고 사람들에게 급료를 받아서 먹을 것과 입을 것을 구했다. 하지만 사람들과 의견을 교환하지는 않았다. 열망할 줄 모르는 사람에게 겸손하다고 할 수 있을지 모르겠지만, 그는 워낙 타고나길 겸손했기에 겸손함이 그의 두드러진 특징은 아니었고 스스로 그 특징을 자각하지도 못했다. 그에게 자신보다 현명한 사람은 반신(半神)이나 다름없는 존재였다. 그런 사람이 온다는 말을 들으면 그는 그렇게 대단한 존재는 자기 같은 존재에게 아무것도 기대하지 않을 것이고, 스스로 모든 책임을 지며 자기는 그냥 잊히기라도 한다는 듯 생각할 것이다. 그는 칭찬이라고는 들어보지 못했다. 그는 특히 작가와 목사를 공경했다. 이들이 행하는 것은 그에게 기적이었다. 내가 글을 상당히 많이 썼다고 말한 적이 있는데, 그 후로 오랫동안 그는 내가 그저 손글씨를 썼다는 것으로 알고 있었다. 본인이 글씨 쓰는 솜씨가 뛰어났기 때문이다. 도로 옆 눈밭에 그의 출신 교구 이름이 프랑스어 악센트까지 멋들어지게 쓰여 있는 것이 가끔 눈에 띄면, 그가 지나갔다는 것을 알 수 있었다. 나는 그에게 생각을 글로 쓰기를 원한 적이 있는지 물었다. 그는 글을 모르는 사람들을 위해 편지를 읽어주고 써준 적은 있지만 자기 생각을 쓰려고 해본 적은 없다고 했다. 아니, 쓸 수가 없었던 것이다. 무엇을 먼저 써야 할지 생각하는 게 고역일 터였고, 게다가 철자까지 신경 써야 했으니!

어느 기품 있고 현명한 개혁가가 세상을 바꾸고 싶지 않냐고 그에게 물은 적이 있다고 한다. 하지만 그는 전에도 그 질문이 제기된 적이 있는지도 모른 채, 놀란 듯 웃으며 캐나다 억양으로 "아니요, 이대로가 참 좋습니다." 하고 대답했다. 그와 교류를 한다면 철학자는 많은 암시를 받았을 것이다. 낯선 사람이 보기에 그는 대체로 아무것도 알지 못했다. 하지만 나는 이전에 보지 못했던 면을 그에게서 발견했고, 그가 셰익스피어처럼 현명한 것인지 아니면 아이처럼 순진무구한 것인지 구분할 수 없었다. 그에게 훌륭한 시적인 의식이 있는 건지 아니면 그냥 어리석은 건지 구분할 수 없었다. 마을 사람 한 명은 그가 꼭 끼는 모자를 쓰고 혼자 휘파람을 불며 유유자적 마을을 거니는 모습을 보고는, 변장한 왕자가 생각난다고 내게 말했다.

그가 가지고 있는 유일한 책은 연감과 산수책이었고, 그는 산수 실력이 상당히 뛰어났다. 그가 생각하기에 연감은 지식의 정수를 담고 있는 일종의 백과사전이었는데 실제로 매우 그렇기도 했다. 나는 현재 일어나는 다양한 개혁에 대해 그에게 알려주기를 좋아했고, 그럴 때마다 그는 그것을 가장 단순하고 실용적인 관점에서 바라보았다. 그는 그런 것에 대해서 전에는 한 번도 들어보지 못했다. 공장이 없어도 살아갈 수 있겠는가? 내가 물었다. 그는 집에서 만든 버몬트산 회색 옷을 입는데 그것도 좋다고

202

말했다. 차와 커피를 생략할 수 있겠는가? 이 나라에 물 외에 어떤 음료가 있겠는가? 그는 솔송나무 잎을 담근 물을 마셨고, 날이 따뜻할 때는 그냥 물보다 그렇게 마시는 게 더 좋다고 생각했다. 돈이 없어도 지낼 수 있겠냐고 내가 물었을 때 그는 돈의 편리함을 설명했는데, 화폐 제도의 기원에 대한 가장 철학적인 설명이었고 '페쿠니아(pecunia)[7]'라는 단어의 어원과도 일치했다. 만약 그가 소를 재산으로 가졌다면 가게에서 바늘과 실을 살 경우 그때마다 소의 일부분을 저당 잡히는 것은 불편할 뿐만 아니라 머지않아 불가능해지리라는 게 그의 생각이었다. 그는 많은 제도를 여느 철학자보다 잘 변호할 수 있었는데, 어떤 제도를 자기와 관련된 대로 설명하면서 제도가 널리 퍼지게 된 진정한 이유를 제시했기 때문이다. 한번은 플라톤이 인간을 두고 '깃털 없는 두 발 동물'이라고 정의했다는 것과, 어떤 사람이 털을 뽑은 수탉을 보여주며 플라톤의 인간이라고 불렀다는 이야기를 듣고서, 그는 사람과 닭의 무릎이 각각 다른 방향으로 굽었다는 것이 큰 차이점이라고 생각한다고 말했다. 그는 이따금 이렇게 소리쳤다. "얘기하는 게 얼마나 재미있는지! 세상에, 하루 종일이라도 얘기할 수 있어요!" 그를 몇 달 만에 본 어느 날, 이번 여름에 새로운 생각이라도 한 것이 있냐고 물은 적이 있다. 그는 말했다. "별말씀을요, 나처럼 일을 해야 하는 인간은 자기가 떠올린 생각을 잊지 않으면 다행이지요. 당신과 함께 팽이질하는 사람이 경주를 좋아할 수도

◆ ◆ ◆

7) 라틴어로 '돈'. '가축'을 뜻하는 페쿠스(pecus)에서 유래함.

있지요. 그러면 당신도 거기에 정신을 쏟게 되겠지요. 그래서 잡초 생각만 하게 될 겁니다." 오랜만에 만날 경우에 그는 무슨 발전이 있었는지 내게 먼저 묻기도 했다. 어느 겨울날 나는 그에게 항상 자신에게 만족하냐고 물었다. 지금은 그의 곁에 없는 사제를 대신할 겸 삶에 대한 더 높은 동기를 제시해보고 싶은 생각이 들었던 것이다. 그는 대답했다. "만족이라고요? 누구는 이것에 만족하고 누구는 다른 것에 만족하기 마련이지요. 아마 어떤 사람은 충분히 가졌으면 하루 종일 등은 난로 쪽에, 배는 식탁에 맞대고 앉아 있는 것으로 만족하겠지요." 하지만 온갖 방법을 다 써보았지만 그가 사물을 정신적으로 바라보게 할 수는 없었다. 그가 하는 생각 중에 가장 차원이 높은 것은, 동물들도 좋아할 법한 소박한 사리였다. 하긴 실제로 거의 모든 사람이 그렇다. 그의 생활 방식을 개선해보라고 넌지시 제안하면 그는 아무것도 후회하는 기색이 없이 이미 늦었다고 대답할 뿐이었다. 하지만 그는 정직이나 그와 비슷한 미덕을 철저히 믿었다.

나는 미미하지만 분명히 긍정적인 독창성이 그에게 있다는 것을 알 수 있었고 그가 스스로 생각해 견해를 말하는 것도 때때로 보았다. 그런 일은 볼 수만 있다면 언제든 수십 킬로미터라도 걸을 수 있을 정도로 드물었다. 그의 견해는 사회에 존재하는 수많은 제도를 재구성해보자는 것이었다. 그는 자신의 생각을 뚜렷하게 표현하기를 망설이거나 실패하기도 했지만, 어디에 내놓아도 손색없는 생각을 늘 배후에 품고 있었다. 하지만 그의 생각은 너무나 원시적이고 동물적 생활에 물들어 있었기에, 그 생각이 아무리 배우기만 한 사람의 생각보다 더 촉망되어도 기록할 만한 무언가로 여물지 못했다. 그는 아무리 미천한 생활을 하는 계층에도 천재적인 인물이 있을지 모른다는 사실을 암시했다. 영원히 변변치 않은 문맹이라도 보는 척하는 게 아니라 늘 자기만의 관점으로 볼 줄 아는 독창적인 사람, 어둡고 진흙투성이일지라도 사람들이 생각하는 월든 호수처럼 끝없이 깊은 사람이 존재할 수 있다는 점을 말이다.

많은 여행객이 가던 길을 돌아서 내 집 안과 나를 보러 왔고, 찾아온 구실로 물 한 잔을 부탁했다. 나는 호수 물을 마신다고 말하며 호수 쪽을 가리키고는 그들에게 조롱박을 빌려주겠다고 했다. 나는 아득히 먼 곳에 살았지만, 모두가 분주히 움직이는 4월 1일쯤 되는 때에 있는 연례 방문에서 제외되지는 못했다. 나는 운이 좋은 편이기는 했지만 손님 중에 호기심 많은 사람이 몇 명 있었다. 빈민 구호소나 다른 곳에서 머리가 좀 모자라는 사람들이 나를 보러 왔다. 나는 그들이 지닌 기지를 가감 없이 발휘해 내게 자신의 이야기를 할 수 있도록 도왔다. 그런 경우에는 기지 자체를 대화의 주제로 삼았고, 어느 정도 성과가 있었다. 정말로, 그들 중 몇 명은 이른바 빈민을 굽어살핀다는 감독관과 마을 행정위원이라는 사람들보다 더 현명하다는 점을 발견했고, 이제는 주객이 전도될 때라는 생각이 들었다. 머리에 관해서는 온전하거나 그렇지 못하거나 별 다를 것이 없다는 사실을 알게 되었다. 특히 어느날에는 남에게 싫은 말을 못하고 마음가짐이 소박한 가난한 사람이 내게 찾아와 나처럼 살고 싶다는 말을 했다. 나는 그가 밭에 서 있거나 곡식 부대 위에 앉아서 소든 자기 자신이든 달아나지 못하도록 막으며 울타리 역할을 하던 모습을 종종 본 적이 있었다. 그는 겸손이라고 하는 그 무엇도 능가하는, 아니 다소 열등하게, 극도로 단순하고 진실성 있게 "지적 능력이 부족하다."고 말했다. 하느님이 그를 그렇게 만드셨지만, 그는 하느님이 자신을 다른 사람과 다를 바 없이 보살펴주신다고 생각했다. "나는 어린 시절부터 항상 그랬어요. 생각이 별로 없었죠. 다른 아이들과 달랐어요. 머리가 모자랐지요. 하느님의 뜻일 거라고 생각해요." 그는 자기 말이 진실임을 증명하기 위해 있었다. 그는 나에게 형이상학적인 수수께끼였다. 그렇게 촉망받는 바탕을 지닌 친구는 쉽게 만나보지 못했다. 그의 모든 말은 너무나 소박하고 진실되며 거짓이 없었다. 그리고 분명한 사실은, 그가 스스로를 겸허히 낮추는 만큼 드높아 보였다는 점이다. 처음에는 알지 못했지만 그것은 현명한 처신 방법이었다. 가난하고 머리가 모자란 사람이 쌓아놓은 진실과 정직을 바탕으로 한 우리의 교제가 현자들의 교제보다 더 훌륭하게 깊어질 것으로 보였다.

내가 손님으로 맞은 사람 중에는 마을의 빈곤층으로 생각되지는 않지만 사실 그렇게 생각해야 마땅한, 아니 이 세상의 빈곤층인 사람들이 있었다. 환대가 아닌 환자 대접을, 도움을 받기를 진정으로 바라며, 먼저 자신은 결코 스스로의 힘으로 문제를 해결할 생각이 없다고 밝히는 손님들이다. 나는 그런 손님에게 어떻게 그런 입맛을 지니게 되었는지 모르지만 세상에서 그렇게 최고의 입맛을 지녔더라도 정말 굶고 다니지는 말라고 청한다. 자선의 대상은 손님이라고 할 수 없다. 그들은 내가 볼일을 보느라 대답이 점점 더 멀리서 들려도 언제 일어서야 할지를 모르는 사람들이었다. 사람들이 이동하는 철에는 지능에 상관없이 많은 사람들이 나를 찾아왔다. 일부는 자신의 지능을 가지고 무엇을 해야 할지 모르지만 지능이 꽤나 뛰어난 사람이었다. 그들은 도망친 노예로 대농장에서 하던 대로 살아가고 있었다. 우화 속 여우처럼 자기가 다니는 길에서 사냥개 짖는 소리가 들리는 듯 이따금 귀를 기울였고 나를 애원의 눈길로 바라보며 이렇게 말하는 듯했다. "아, 기독교인이여, 나를 돌려보낼 건가요?" 나는 그중에서도 진짜 도망친 노예 한 명이 북극성을 향해 갈 수 있도록 도와준 적이 있다. 한 가지 생각을 품은 사람은 병아리(사실 그 병아리는 오리 새끼인데) 한 마리를 품은 암탉과 같다. 천 가지 생각을 품어 머리가 부스스한 사람은 병아리 백 마리를 떠맡은 암탉과 같다. 그 병아리들은 죄다 벌레 한 마리를 좇다가 아침 이슬이 내릴 적마다 스무 마리는 사라져버리고, 그러면 암탉은 결국 털이 다 빠지고 온통 지저분해지고 만다. 수족을 지닌 대신, 온 사방을 기어다니게 하는 일종의 지적인 지네 같은 사람도 있었다. 어떤 사람은 화이트 산에서처럼 여기에도 손님 이름을 적을 수 있는 방명록을 비치해두라고 제안했다. 그런데 이를 어쩌나! 내가 기억력이 너무 좋아서 그럴 필요가 없는 것을.

나는 손님들의 특징을 알게 될 수밖에 없었다. 소년소녀와 젊은 여성들은 대개 숲에 와서 기분이 좋아 보였다. 그들은 호수나 꽃을 들여다보며 시간을 살뜰히 활용했다. 장사하는 사람들은, 심지어 농부들도 오로지 고독과 일에 대해, 그리고 내가 이런저런 것으로부터 얼마나 먼 거리에서 지내는지에 관심을 보였다. 그들은 종종 숲을 거니는 게 좋다고 했지만 사실은 그렇지 않은 게 분명했다. 생계를 꾸리고 유지하는 데 시간을 모두 빼앗긴 사람들, 신에 대해서라면 독점권을 지닌 것처럼 다른 의견은 종류를 불문하고 참지 못하는 성직자들, 의사와 변호사들, 그리고 내가 집 밖에 나가 있을 때 내 찬장과 침대를 엿보는 무례한 가정주부(모 부인은 내 침대보가 자기 것만큼 깨끗하지 않다는 걸 어떻게 알게 됐을까?)와 이미 닦여진 직업의 길을 따르는 게 가장 안전하다고 결론을 내린, 청춘이기를 그만둔 젊은이들, 이들 모두가 한결같이 나 같은 상황이라면 이렇게 잘 해낼 수가 없을 것이라고 말했다. 아, 바로 그게 문제였다! 나이와 성별을 불문하고 늙고 병들고 겁 많은 자들은 질병과 갑작스런 사고, 죽음을 주로 생각한다. 그들에게 삶은 위험으로 가득하고 (위험을 생각하지 않는 사람에게 어떤 위험이 있겠는가?) 신중한 사람이라면 잠깐의 징후에도 B 의사의 도움을 받을 수 있을 만한 안전한 곳을 벗어나서는 안 된다는 것이다. 그들에게 마을은 말 그대로 공동체(com-munity, 라틴어로 com (함께) munio (지키다) - 옮긴이) 즉, 서로를 지켜주기 위한 연맹이다. 그들은 구급상자 없이는 산딸기를 따러 가지 않을 것이다. 내 말의 요지는, 사람이 처음부터 산송장이나 다름없다면 죽음의 위험도 덜하겠지만 어찌 됐든 살아 있는 한 사람은 죽을 위험이 늘 있다는 것이다. 앉으나 서나 위험의 정도는 마찬가지다. 마지막으로, 누구보다도 가장 귀찮은 사람들, 자칭 개혁가들은 내가 영원히 이렇게 노래하고 있는 것으로 생각했다.

"이것이 내가 지은 집.
이 사람이 내가 지은 집에 사는 사람."

하지만 그들도 세 번째 행의 가사는 몰랐으리라.

"바로 이들이 내가 지은 집에 사는 사람을
귀찮게 하는 사람들."

나는 병아리를 기르지 않아서 매가 두렵지 않았다. 다만 사람을 채어 가는 인간 솔개는 두려웠다.

그런 사람들보다 더 활기찬 방문객도 있었다. 열매를 따러오는 아이들, 깨끗한 셔츠를 입고서 일요일 아침 산책을 나온 철도회사 직원들, 어부와 사냥꾼, 시인과 철학자들. 간단히 말하자면 자유를 누리고자 정말로 마을을 뒤로 하고 숲에 나온 모든 정직한 순례자들이 바로 그들이었다. 나는 그들을 반갑게 맞이할 준비가 되어 있었다. "어서 오시오, 영국인들이여! 어서 오시오, 영국인들이여!" 그런 사람들과는 내가 이미 친밀한 관계를 맺고 있기 때문이었다.

7. 콩밭

그 사이에 길이가 총 10킬로미터가 되게 심은 콩들은 김매기를 몹시 고대하고 있었다. 가장 먼저 심은 콩이 맨 마지막 콩을 심기도 전에 꽤 자라 있었던 것이다. 정말이지 김매기를 더 이상 늦출 수 없었다. 아주 지속적이고 자존심을 요하는 이 '헤라클레스의 고난' 같은 작은 노동에 어떤 의미가 있는지는 나도 몰랐다. 나는 나란히 심어놓은 콩을 사랑하게 되었다. 내가 바라던 것보다 훨씬 더. 콩 덕분에 나는 땅에 붙어 살았고, 그래서 안타이오스[1]처럼 힘을 얻었다. 그런데 내가 왜 콩을 길러야 하는가? 하늘만이 아실 것이다. 원래는 양지꽃, 검은딸기, 물레나물 등 달콤한 야생 과

일과 기분 좋은 꽃이 자라던 땅에서 대신 이 콩이 나오도록 하는 것, 이것이 내가 여름 내내 몰두한 별난 일이었다. 내가 콩에 대해, 아니면 콩이 나에 대해 무엇을 알아야 하는가? 콩을 아끼고, 김을 매고, 이르나 늦으나 콩을 보살피는 것, 이것이 나의 하루 일과이다. 넓적한 콩잎은 바라보면 기분이 좋다. 이 메마른 흙에 물기를 주는 이슬과 비, 그리고 메마른 땅에 조금이나마 남아 있는 생산력은 나의 조수들이었다. 나의 적들은 벌레와 서늘한 날씨, 그리고 무엇보다도 우드척이었다. 우드척은 300평이나 되는 콩을 깨끗이 갉아 먹었다. 하지만 내가 무슨 권리로 물레나물이며 나머지 풀을 몰아내고 오래된 잡초 정원을 허물겠는가? 그렇게 한다 해도 남은 콩은 너무 거칠어져서 새로운 적을 맞이하게 될 것이다.

나는 지금도 생생하게 기억하고 있는데, 내가 네 살 때 보스턴에서 이 동네로 이사 와서 바로 이 숲과 이 밭을 지나 월든 호수에 왔었다. 그것은 내 기억에 선명히 남은 가장 오래된 장면이다. 그리고 오늘 밤 내 플루트 소리는 바로 그 호수 위로 메아리가 울려 퍼지게 하고 있다. 나보다 늙은 소나무들이 여전히 그곳에 서 있다. 그중 하나가 넘어지기라도 하면 나는 그 밑동을 가지고 저녁 요리를 했고, 그러면 사방에서 어린 나무들이 새로이 자라며 새로운 아이들의 눈에 보여줄 또 다른 경치를 준비하고 있다. 이 풀밭에는 거의 똑같은 물레나물이 똑같은 다년의 뿌리에서 싹을 틔우고, 드디

◆◆◆

1) 그리스 신화에 나오는 거인으로 대지의 여신의 아들. 몸이 땅에 닿아 있는 한 무적이었지만 헤라클레스에 의해 공중에 들린 채 목 졸려 죽었음.

어 나의 어릴 적 꿈속의 환상적인 경치에 옷을 입히고 있다. 내 존재와 그 영향을 이 콩잎과 옥수수 잎, 감자 덩굴에서 찾아볼 수 있다.

나는 3,000평쯤 되는 고지대에 이것들을 심었다. 땅이 개간되고 15년밖에 지나지 않아서 나는 그루터기에 난 줄기 두어 개만 없앴을 뿐 거름이라고는 전혀 주지 않았다. 다만 한여름에 김을 매다가 발견한 화살촉으로 보아하니, 백인이 와서 이 땅을 개간하기 전에 지금은 멸망한 인디언 부족이 한참 옛날에 이곳에 살면서 옥수수와 콩을 심어 내가 가꾸는 농작물이 자라기에는 땅이 어느 정도 고갈된 것 같았다.

우드척이나 다람쥐 한 마리가 길을 건너기 전에, 이슬이 고스란히 맺혀 있는 졸참나무에 해가 들기 전에, 나는 콩밭의 거만한 잡초를 쓰러뜨리고 그 위에 흙을 뿌리기 시작했다. 비록 농부들은 그러지 말라고 내게 일렀지만 나는 가능하면 아침 이슬이 사라지기 전에 모든 일을 해두라고 조언하고 싶다. 이른 아침에는 이슬이 맺혀 부스러지는 모래밭에서 조형 예술가처럼 맨발로 일했지만, 나중에는 햇빛 때문에 발에 물집이 생겼다. 해가 느릿느릿 움직이며 비추는 고지대의 황색 자갈밭에서 75미터 길이로 길게 뻗은 푸른 콩 두둑 사이를 앞뒤로 오가며 김을 맸다. 밭의 한쪽 끝은 졸참나무 관목 숲이 맞닿아 있어 그늘에서 쉴 수 있었고, 다른 쪽 끝에 있는 검은딸기 밭에서는 또 한바탕 김을 맬 때쯤 초록 열매의 빛깔이 더욱 짙어져 있었다. 잡초를 없애고, 콩 줄기 주위에 신선한 흙을 뿌리고, 내가 심은 이 잡초에 힘을 북돋워주고, 누런

흙이 여름의 생각을 약쑥이나 개밀, 나도겨이삭이 아닌 콩잎과 콩
꽃에 표출하도록 돕고, 대지가 풀이 아닌 콩을 말하도록 돕는 것,
그것이 나의 하루 일과였다. 나는 말이나 소를 부리지 않았고, 사
람이나 남자아이를 쓰지 않았으며, 농기구를 좋은 것으로 바꾸는
일도 드물었기에 작업이 훨씬 느렸다. 그렇기에 보통의 경우보다
내 콩과 훨씬 더 친해질 수 있었다. 손으로 하는 노동은 아무리 고
역이라도 결코 최악의 게으름은 아니다. 이 노동에는 스러지지 않
는 꾸준한 교훈이 있고, 학자에게는 고전적인 결과를 가져다준다.
링컨과 웨일랜드를 거쳐 서쪽의 아무도 모를 곳으로 가는 여행자
들이 보기에 나는 근면한 농부로 보였을 것이다. 그들은 무릎 위
에 팔꿈치를 괴고, 화환 모양의 말고삐를 느슨히 잡고 이륜마차에
편하게 앉아 있다. 그들에게 집에 남은 나는 힘들게 일하는 토박
이다. 하지만 곧 내 농가는 그들의 시야와 생각에서 벗어났다. 도
로 한쪽으로 멀리 있는, 탁 트인 경작지일 뿐이었다. 그들은 나름
대로 그 땅을 심심풀이로 활용한 것이다. 여행자들이 누구 들으라
고 수다를 떠는 것은 아니지만 이따금 밭에 있는 사람은 그 소리
를 듣기 마련이다. "콩이 너무 늦었네! 완두콩이 너무 늦었어!" 다

른 농부들이 김을 매기 시작할 때도 나는 계속 콩을 심고 있었던 까닭이다. 농사일을 잘 아는 목사는 생각도 못할 일이었다. "이보게, 사료는 옥수수가 좋아. 사료는 옥수수가 좋다구." 회색 외투에 검은 보닛 모자를 쓴 여자가 묻는다. "저 사람이 저기에 산다고요?" 험상궂게 생긴 농부는 고마워하는 말을 멈춰 세우고는 고랑에 거름도 보이지 않는데 무엇 하는 중이냐고 묻고는, 톱밥이나 오물을 조금, 아니면 재나 석회라도 뿌리라고 권한다. 하지만 3,000평이나 되는 고랑에 오로지 괭이 달린 수레 하나와 그 수레를 끄는 두 손이 있을 뿐이고 톱밥은 멀리 있었다. 나는 다른 수레나 말을 끔찍이 싫어했다. 여행자 친구들은 덜거덕 지나가면서 전에 지나온 밭과 내 밭을 큰 소리로 비교하며 말했고, 덕분에 나는 농업의 세계에서 어떤 위치에 있는지 알게 되었다. 이 밭은 콜먼 씨[2]의 보고서에 없는 유일한 밭이었다. 그도 그럴 것이, 인간의 손에 개량되지 않아 훨씬 야생 그대로인 밭에서 대자연이 일궈낸 작물의 가치를 누가 평가할 수 있겠는가? 사료용 건초 작물을 조심스럽게 무게를 달고, 습도를 재며, 규토와 잿물의 비율을 측정한다. 숲과 들, 늪이 있는 작은 골짜기와 연못에는 인간이 거두지 않을 뿐인 각양각색의 식물이 자란다. 내 밭은 말하자면 야생의 들과 경작된 밭을 잇는 지점이었다. 문명화된 곳이 있고, 반쯤 문명화된 곳이 있는가 하면, 미개하고 야만적인 곳이 있듯이, 내 밭은 나쁘지 않은 의미로 반쯤 경작된 밭이었다. 내가 재배한 콩은 야생의 원시

◆◆◆

2) 헨리 콜먼(1785~1849), 메사추세츠주의 농업을 다룬 논문을 집필.

상태로 기꺼이 돌아가려는 콩이었고, 나의 괭이는 콩을 위해 랑데바슈[3]를 연주했다.

손 닿을 듯 가까이에, 잎이 달려 끝이 살짝 트인 자작나무 맨 꼭대기 가지에 앉아 갈색 개똥지빠귀(어떤 사람들은 '붉은지빠귀'라고 부르기도 한다.)가 아무도 없으면 다른 농부의 밭을 찾을 녀석이 내가 함께 있음을 기뻐하며 아침 내내 노래를 부른다. 내가 씨앗을 심고 있으면 녀석이 소리를 지른다. "떨어트려, 떨어트려! 덮어! 위로 당겨, 위로 당겨, 위로 당겨." 하지만 이것은 옥수수가 아니기에 녀석과 같은 적으로부터 안전했다. 갈색 개똥지빠귀의 장황한 이야기가, 현이 한 줄이든 스무 줄이든 그 위를 노니는 서투른 파가니니[4]의 연주가 곡물 심기와 무슨 관계가 있는지 궁금해할 수도 있겠지만, 축축한 잿더미나 회반죽보다는 이 새의 노랫소리가 더 좋을 것이다. 이것은 내가 전적으로 신뢰하는 값싼 종류의 웃거름이었다.

씨앗을 심은 주위에 호미로 훨씬 더 신선한 흙을 갈면서 나는 원시시대에 이 하늘 아래에 살았던, 연대가 기록되지 않은 부족의 잿더미를 건드렸고, 그들의 작은 전쟁 혹은 사냥 도구가 오늘날의 빛을 보며 드러나게 되었다. 자연의 돌멩이들과 섞여 있던 도구는 몇 개는 원주민 모닥불에, 또 몇 개는 햇빛에 탄 흔적이 있었고, 최근에 땅을 일군 사람들이 이곳에 가져온 도자기나 유리

◆ ◆ ◆
3) 소 떼를 부르는 스위스 노래.
4) 니콜로 파가니니(1785~1840), 이탈리아의 바이올리니스트.

조각도 있었다. 내 호미가 돌멩이에 챙 부딪힐 때 그 음악은 숲으로, 하늘로 퍼져나갔고 내 노동에 곁들여져 측정할 수 없는 즉각적인 작물을 낳았다. 내가 호미질하는 것은 더 이상 콩밭이 아니었고, 콩밭을 호미질하는 것도 내가 아니었다. 떠올리기라도 했다면 말이지만, 나는 오라토리오를 들으러 도시로 가버린 지인들을 떠올리며 연민과 자부심을 느꼈다. 때때로 하루 종일 일을 하다가 맑은 오후가 되면 쏙독새가 눈 속 또는 하늘의 눈 속에 묻은 티끌처럼 머리 위를 빙빙 돌다가, 하늘이 갈가리 찢겨 마침내 너덜너덜 넝마가 되는 듯한 소리를 내며 훅 떨어졌고, 그래도 솔기 없는 장막은 그대로였다. 작은 도깨비들이 하늘을 채우고 텅 빈 모래밭이나 언덕 꼭대기의 바위에 알을 낳지만, 알을 찾은 이는 거의 없다. 우아하고 늘씬한 잔물결이 호수에서 따라잡히는 동안 바람이 일으킨 나뭇잎이 하늘을 떠다닌다. 이렇듯 대자연에는 서로 닮은 모습이 있다. 날아다니는 매는 형제인 파도 위를 항해하고 둘러보며, 깃털이 나지 않은 바다의 앞날개에 자신의 완벽한 날개를 팽팽히 펼쳐 대응한다. 가끔은 큰 매 한 쌍이 하늘 높이 빙빙 돌면서 솟구쳤다 내려오기를, 서로 다가갔다 멀어지기를 번갈아 하는 모습이 마치 내 생각의 화신인 듯하다. 야생 비둘기가 살짝 떨듯 바람을 고르며 집배원처럼 서둘러 이 숲에서 저 숲으로 다니는 모습에 끌릴 때도 있다. 썩은 밑동 아래를 괭이질 하다보면 느릿느릿 거들먹거리는 이국적인 점박 무늬의 도롱뇽을 찾기도 한다. 이것은 이집트와 나일강의 흔적이면서 우리와 같은 시대를 사는 동물이다. 잠시 일을 멈추고 괭이에 기대고 있노라면 이런 소리와 광경이 씨앗을 심은 곳 어디서나 들리고 보인다. 마를 줄 모르는 전원생활의 즐거움이다.

잔칫날이 되면 마을에서 거대한 대포를 쏘는데 그 소리는 장난감 공기총처럼 이 숲까지 울려퍼지고, 가끔 군악 소리도 멀리 이곳까지 들려온다. 마을 반대편 끝에 위치한 저쪽 내 콩밭에 있자면, 커다란 대포 소리는 마치 먼지 버섯이 터지는 소리 같다. 내가 모르는 군사 훈련이 있을 때는, 지평선에서 성홍열이라도 곧 터져 나올 듯 뭔가 간지러움과 질병이 도사리는 것 같다는 애매한 느낌이 하루 종일 들다가, 더 상냥한 바람이 뿜어져 나와 들판을 가로지르고 웨일랜드 도로에 급히 불어오면 '훈련단'이었구나 하는 것을 깨닫게 된다. 멀리서 들리는 웅웅 소리는, 마치 누군가의 벌떼가 우글우글 모이는 바람에 이웃 사람들이 비르길리우스의 조언대로 집 안에서 가장 소리가 잘 나는 도구로 작은 종소리를 울려 벌떼를 다시 벌집에 불러오려 안간힘을 쓰는 듯한 소리다. 그 소리가 조용해지고, 바람 소리가 멈추어 가장 부드러운 산들바람마저 더 이상 아무런 이야기도 해주지 않으면, 그들이 마지막 벌을 미들섹스의 벌통 안에 안전하게 몰아넣었고, 그들은 이제 벌통에 덕지덕지 묻은 꿀에 온 정신을 쏟는구나 싶다.

메사추세츠와 내 조국의 자유가 그렇게 안전하게 유지되고 있다는 것이 자랑스러웠다. 그리고 다시 김을 매기 시작할 때면 나는 형용할 수 없는 자신감에 가득 차, 평온하게 미래를 믿으며 활기차게 일을 계속해나간다.

여러 악대가 함께 연주할 때는 온 마을이 거대한 대포 소리가 되고 건물들이 전부 요란한 소리에 팽창해 번갈아 무너지는 듯하다. 하지만 가끔은 정말 고상하고 힘을 돋우는 선율이 들려오고 명성을 구가하는 트럼펫 소리가 들리기도 하는데, 그럴 때면 꼭 기분 좋게 멕시코인을 꼬챙이에 꿰어버릴 수 있을 것 같아서 (왜 우리는 늘 사소한 것을 지켜야 한단 말인가?) 나의 용맹심을 받아줄 우드척이나 스컹크를 찾아 주위를 두리번거렸다. 팔레스타인처럼 멀리 있는 듯한 군악 소리는 지평선 위를 행군했을 십자군을 떠올리게 했다. 그 사이 마을 위로 불쑥 튀어나온 느릅나무 꼭대기가 약간 돌진하듯 떨리기도 했다. 정말 '위대한' 나날이었다. 하지만 내 밭에서 보는 하늘은 영원히 변치 않을 똑같이 좋은 표정을 여느 날과 마찬가지로 지어 보이고 있으니, 내가 보기에는 별 다를 것이 없었다.

내가 콩과 맺은 오랜 친분은 좀 독특한 경험이었다. 콩을 심고 김을 매고, 수확하고, 탈곡하고, 추려내고, 팔았다. (마지막이 가장 어려운 부분이었다.) 콩을 맛보았으니 먹은 것도 더해야겠다. 나는 철저하게 콩에 대해 알려고 했다. 콩이 한창 자랄 때는 새벽 다섯 시부터 정오까지 김을 맸고 남은 시간은 보통 다른 일을 했다. 내가 다양한 잡초와 쌓았던 친밀하고 별난 친분을 생각해보라. (이 이야기에 약간 중복되는 부분이 있는데 밭 노동에 적지 않은 반복이 있었다.) 잡초들의 섬세한 조직을 마구 부러뜨렸고, 괭이로 아주 부당하게 차별하고, 종류를 막론하며 전부 잘라버리고, 다른 종류는 정성을 다해 보살펴주었다. 저것은 돼지풀, 저것은 명아주, 저것은 수영초, 저것은 개밀이다. 저것을 공격하여 잘라버려라. 뿌리

가 햇빛을 향하도록 거꾸로 말려라. 수염뿌리라도 그늘 속에 놔두지 마라. 조금이라도 실수하면 저것이 다시 뒤집혀 이틀 만에 부추처럼 파릇해질 것이다. 두루미가 아닌 잡초들과의, 해와 비와 이슬을 자기편으로 둔 트로이인들과의 기나긴 싸움이었다. 콩들은 매일 내가 괭이로 무장하고는 자기들을 구하러 와서 적들을 무찔러 밭고랑을 잡초의 시체로 가득 채우는 모습을 지켜보았다. 떼로 모여 있는 전우들보다 두어 뼘은 우뚝 솟은, 산마루를 일렁일 정도로 튼튼한 엑토르 장군[5]이 내 무기 앞에서 많이도 쓰러져 먼지 속에서 나뒹굴었다.

동시대인들이 보스턴이나 로마에서 순수미술에 몰두하고, 인도에서 명상에 잠기며, 런던이나 뉴욕에서 사업에 몰두했던 그 여름날, 나는 뉴잉글랜드의 다른 농부들과 더불어 농장일에 몰두했다. 나는 콩이라면 죽을 쑤어 먹든 투표에 쓰든 피타고라스[6]처럼 그것을 싫어하기에 먹으려고 그랬던 것은 아니고, 도리어 콩이 생기면 쌀과 교환했다. 다만 아마도, 언젠가 우화 작가로 지내려면 비유와 표현법을 위해서라도 밭에서 일해봐야 하기 때문이었을 것이다. 이것은 전반적으로 너무 오래도록 지속된 탓에 소실되었을지 모르는, 드문 즐거움이었다. 나는 콩에 거름을 주지도 않았고 한꺼번에 전부 김을 맨 적도 없지만, 힘이 닿는 한 김을 잘 매었

◆ ◆ ◆

5) 트로이 왕의 맏아들로 트로이 최고의 용사였음.
6) 고대 그리스 수학자. 제자들에게 콩을 먹지 말라고 했다는 이야기가 전해짐.
7) 존 이블린, 《육지, 대지에 대한 철학적 담론(1729)》.

고 결국에는 보상을 받았다. 저술가 이블린[7]이 말했듯 '사실 삽으로 하는 이 지속적인 동작, 땅을 파고 뒤집는 작업에 견줄 만한 거름이나 퇴비는 없는' 것이다. 그는 다른 책에서 또 말한다.

"흙은, 특히 신선한 흙은 특유의 자력을 가지고 있어서 생기와 힘, 능력(뭐라고 부르든 간에) 등 생명을 주는 것들을 끌어당겨 우리를 지탱한다. 바로 이런 이유로 우리는 땅을 파헤치고 뒤집는 이 모든 노동을 행하는 것이다. 인분 비료나 여타 지저분한 퇴비를 쓰는 것은 이 노동의 차선책에 불과하다."

더욱이 나의 땅은 '지치고 고갈되어 안식일을 즐기는 밭'이었기 때문에 케넬름 딕비 경[8]의 생각대로, 공중에서 '생명의 기운'을 흡수했는지도 모른다. 나는 콩 12부셸(약 232되)을 수확했다.

하지만 콜먼 씨는 비싼 신사 농업가의 실험에 대해 주로 보고했다는 불만이 있으므로, 나의 지출을 더욱 자세히 말하자면 다음과 같다.

팽이 대금 : 54센트
쟁기질, 써레질, 고랑 파기 : 7달러 50센트 (너무 비쌈)
콩 종자 : 3달러 12 1/2센트
씨감자 : 1달러 33센트

◆ ◆ ◆

8) 영국의 자연학자이자 철학자(1603~1665).

완두콩 종자 : 40센트

순무 씨앗 : 6센트

허수아비용 흰 실 : 2센트

말 경작기와 사내아이 품삯 세 시간 : 1달러

작물을 나르는 말과 수레 : 75센트

총 14달러 72 1/2센트

내 수입은 다음과 같다. (한 집안의 가장은 사는 버릇이 아니라 파는 버릇을 들여야 한다.[9])

콩 9부셸 12쿼트(총 180되) 판매 대금 : 16달러 94센트

큰 감자 5부셸(97되) : 2달러 50센트

작은 감자 9부셸(174되) : 2달러 25센트

풀 : 1달러

잎자루 : 75센트

총 23달러 44센트

다른 곳에서도 언급한 바 있듯이, 금전상 이익은 8달러 71 1/2센트였다.

내가 콩을 키운 경험에서 얻은 결과는 다음과 같다. 6월 초순에 흔히 보이는 작고 하얀 강낭콩의 싱싱하고 둥근 종자를 다른

◆ ◆ ◆

9) 카토의 《농업론》에 나오는 말.

것과 섞이지 않게 신중히 골라, 두둑 사이의 간격을 45센티미터, 콩과 콩 사이의 간격을 90센티미터 되게 일렬로 심는다. 처음에는 벌레를 조심하고, 빈 공간에는 새로 심는다. 그다음에는 개방된 곳이라면 우드척을 조심해야 하는데, 우드척은 지나가다가 가장 먼저 난 새싹을 거의 남김없이 먹어치우기 때문이다. 그리고 또 어린 덩굴손이 보일 때면 다람쥐처럼 꼿꼿이 앉아 싹과 어린 콩꼬투리가 달린 넝쿨을 잘라버린다. 그러나 무엇보다도, 잘 팔리는 괜찮은 작물을 얻으려면 서리를 피해 최대한 일찍 수확해야 한다. 이렇게 하면 많은 손실을 줄일 수 있다.

나는 다음의 추가적인 경험을 했다. 나는 스스로 다짐했다. 내년 여름에는 그렇게 부지런하게 콩이나 옥수수를 심을 게 아니라 씨앗만 있으면 성실, 진실, 소박함, 믿음, 무구함과 같은 씨앗을 심어, 이 땅에서 적은 노동과 경작만으로 새로운 씨앗을 키워 나의 양식이 되는지를 확인해야지. 그런 작물을 키우기 위한 영양분은 고갈되지 않을 테니까. 이런! 나는 이렇게 다짐했지만 다음 해 여름이 지나갔다. 다음 해, 그다음 해 여름이 지나갔지만 독자들이여, 내가 심은 것은 덕의 씨앗이었더라도 이미 벌레 먹었는지 생명력을 잃은 것인지 싹을 틔우지 않았다. 사람은 자신의 아버지만큼 용감하거나 소심하기 마련이다. 원주민들이 수세기 전에 했던 대로, 그리고 첫 개척자들에게 가르쳐준 방법 그대로, 새로운 해가 찾아와도 매년 꼬박꼬박 요즘 세대 사람들은, 자신들의 운명이라도 한 것처럼 옥수수와 콩을 심는다. 얼마 전에는 한 노인이 괭이로 적어도 70개의 구멍을 파고 있는 것을 보고 놀랐는데, 심지

어 본인이 누울 무덤도 아니었다! 그러나 뉴잉글랜드인이 곡물이니 감자, 목초, 과수원만 중히 여길 것이 아니라 새로운 모험을 시도하여 다른 작물을 키우지 못할 이유는 무엇인가? 왜 종자로 삼을 콩에는 그토록 신경을 쓰고, 새로운 세대에 대해서는 전혀 관심을 쏟지 않는가? 어떤 사람을 봤을 때, 내가 열거한 덕목이 (우리는 미덕을 다른 어느 산물보다 귀중히 여기지만 그것은 대개 공중에 흩어져 떠다니고 있을 뿐이다.) 그 사람에게서 뿌리를 내려 자라난 것이 확실하다면 우리는 정말로 그로부터 배불리 먹고 힘을 얻는 것이다. 이를테면, 길을 가는데 진실이나 정의처럼 형언할 수 없는 미묘한 자질이 아무리 소량이고 새로운 종류라 해도 따라오고 있는 것이다. 우리의 사절들은 이런 씨앗을 본국에 보내도록 지시받아야 하고, 의회는 그 씨앗을 전국에 분포되도록 노력해야 한다. 우리는 진실함에 대해 격식에 얽매이지 않아야 한다. 가치와 우정의 알맹이가 나타나려면, 못된 마음으로 서로를 속이고 모욕하고 추방해서는 안 된다. 그렇기에 우리는 서로 바쁜 듯 만나서는 안 된다. 내가 사람을 거의 만나지 않는 이유는 그들이 시간이 없어

보이기 때문이다. 그들은 콩을 심느라 바쁘다. 그러니 우리는 일하는 틈틈이 괭이나 삽을 지팡이 삼아 기대는 사람을 상대할 것이 아니라 버섯과 달리 땅에서 부분만 솟아나온, 꼿꼿함을 초월하는 무언가, 제비가 땅 위에 내려와 걸어가는 듯한 사람을 상대해야 한다.

　　"그는 말하는 사이, 날려는 듯
　　때때로 날개를 펼쳤다가 다시 접곤 했다."

　　내가 천사와 대화하고 있는 것은 아닌지 의아한 생각이 든다. 빵은 우리를 늘 배부르게 하지는 못한다. 하지만 인간이나 대자연에 깃든 관대함을 깨닫게 하는 대화는, 순수하게 영웅적인 기쁨을 함께 나누는 것은 늘 이롭다. 더욱이 우리가 무엇 때문에 병들었는지 알지 못하는 경우에도 우리의 굳은 관절을 유연하게 하고 탄력을 지니게 한다.

　　고대 시와 신화는 적어도 농사일이 한때 신성한 기술이었음을 암시한다. 하지만 우리는 대형 농장을 가지고 대량 생산을 하려는 데에만 목적을 두고 부주의하고 불손하게 농사를 짓고 있다. 농부가 자신의 천직이 지닌 신성함을 표현하고, 농사 일의 거룩한 기원을 되새기도록 하는 축제도, 행사도, 의식도 없다. 이른바 추수감사절과 가축 품평회도 예외는 아니다. 농부를 끌어당기는 것

◆ ◆ ◆

10) 로마 신화에서 수확의 여신.

은 다름 아닌 보수이자 진수성찬이다. 농부는 케레스[10]나 지상의 조브[11]가 아니라, 지옥의 플루토스[12]에게 바친다. 탐욕과 이기심, 그리고 토양을 재산이자 재산 획득의 수단으로만 여기는, 누구도 자유롭지 않은 그 비굴한 습성 때문에 땅은 기형이 되고, 농사일은 퇴화했으며, 농부는 가장 비천한 삶을 사는 것이다. 농부는 자연을 도둑으로만 생각하는 것이다. 카토는 농사로 생기는 이익은 특히 경건하고 정의롭다고 말했고, 로마시대 대학자 바로에 따르면 옛 로마인은 "똑같은 땅을 두고 어머니나 케레스라고 불렀으며, 땅을 일구는 사람들이 유일하게 사투르누스 왕[13]의 후손으로서 경건하고 쓸모 있는 삶을 산다고 생각했다."

태양은 우리가 일군 밭이나 대초원이나 숲을 차별 없이 지켜본다는 사실을 우리는 쉽사리 잊는다. 그것은 매한가지로 햇빛을 반사하고 흡수하며, 인간이 경작한 밭은 해가 매일같이 바라보는 찬란한 풍경의 일부분을 차지하고 있을 뿐이다. 태양이 보기에 이 지구는 정원처럼 전부 똑같이 일구어져 있다. 그러므로 우리는 태양의 빛과 열의 혜택을 누릴 때 그에 맞는 신뢰와 아량을 갖춰야 한다. 내가 콩 종자를 귀중히 여겨 한 해의 가을에 수확한들 무엇하랴? 내가 그토록 오래 보살펴온 이 넓은 밭은 나를 주요 경작자로 생각하지 않고, 밭을 푸르게 만들고 물을 준, 저에게 더 친절한 자연의 힘을 더 따르는 것을. 이 콩이 맺은 결실을 내가 모두 수확

◆ ◆ ◆

11) 로마 신화에서 하늘과 대지의 신 주피터의 다른 이름.
12) 그리스 신화에서 풍요의 신.
13) 로마 신화에서 주피터의 아버지, 인간에게 농사를 가르쳤다고 함.

하는 것은 아니다. 콩의 일부는 우드척을 위해 자라지 않던가? 밀 이삭이 농부의 유일한 희망이 되어서는 안 된다. 그 낟알만이 밀이 맺는 전부가 아니다. 그렇다면 우리의 농사가 실패할 수 있겠는가? 잡초가 많아지면 새의 곡물 저장고가 풍성해지는 것이니 그 또한 기뻐할 일이 아닌가? 밭농사가 잘되어 농부의 헛간을 채웠는지는 비교적 중요하지 않다. 다람쥐가 올해 숲에 밤이 얼마나 열릴지를 걱정하지 않듯 진정한 농부라면 걱정은 그만두고, 매일 일을 끝내고 나면 모든 권리를 밭에서 나는 작물에게 내어주고 마음속으로 최우등 결실뿐만 아니라 최하등 결실까지 바쳐야 할 것이다.

8. 마을

오전에 괭이질을 하거나 때로 읽고 쓰기를 하고 나면, 나는 다시 호수에서 목욕을 하며 잠시 호수의 후미를 가로질러 수영하고, 노동의 먼지를 몸에서 씻어 내거나 공부하면서 생긴 마지막 주름살을 펴놓았다. 그러면 오후에는 완전히 자유로운 몸이 되었다. 날마다 또는 하루 걸러 마을로 유유자적 걸어가, 이 사람에서 저 사람에게, 이 신문에서 저 신문으로 전해지며 끊임없이 퍼져 돌아다니는 소문을 들었다. 이런 소문은 동종요법에서 처방하는 양만큼 받아들이면 나뭇잎 굴러가는 소리나 개구리 울음소리만큼 나름 생기를 북돋운다. 숲을 거닐다보면 새와 다람쥐를 보듯, 마을

을 지나다보면 어른과 아이들을 만난다. 소나무 숲을 지나는 바람소리 대신 요란한 수레소리가 들린다. 내 집에서 어느 방향에 있는 강가 풀밭에는 사향쥐가 모여 사는 마을이 있었다. 맞은편 느릅나무와 양버즘나무 작은 숲 아래로는 바쁜 인간들의 마을이 있고, 그들이 마치 대초원의 프레리도그만큼 저마다 땅굴 입구에 앉아 있거나 잡담을 나누러 이웃 땅굴로 달려가는 듯한 모습이 내게는 별나 보였다. 나는 그들의 습성을 관찰하러 자주 마을에 들렀다. 마을은 거대한 뉴스열람실 같아 보였다. 한쪽에서는 스테이트가의 레딩앤컴퍼니에서 한때 그랬듯, 마을을 먹여 살리기 위해 견과류와 건포도, 소금과 밀가루 및 다른 식료품을 팔고 있었다. 어떤 사람들은 앞서 말한 물품, 즉 뉴스에 대한 취향이 매우 광범위하고 튼튼하기 짝이 없는 위를 가지고 있어서 큰길가에 언제까지나 꼼짝도 하지 않고 앉아, 소문이 부풀어올라 지중해의 계절풍처럼 숙덕숙덕 지나가는 소리를 들었다. 그들은 마취제를 흡입하듯 의식은 멀쩡하되 고통에 무감각하고 둔감해진 것이다. 그렇지 않고서야 듣고 있기가 어지간히 고통스러울 것이다. 마을에 올 때면 그 양반들이 줄지어 있는 모습을 어김없이 볼 수 있었다. 그들은 사다리에 앉아서 햇볕을 쬐며 몸은 앞으로 숙이고 눈으로 기사를 이리저리 쭉 훑어보았다. 가끔씩 관능적인 표정을 짓는 이가 있는가 하면, 여인상 기둥처럼 창고를 받치기라도 하듯 주머니에 손을 넣고 창고에 기대어 있는 이도 있었다. 거의 언제나 밖에 나와 있는 그들은 바람결에 들려오는 소식은 무엇이든 들었다. 온갖 소문은 가장 조악한 제분소인 이곳에서 일단 대충 소화되거나 빻아지다가 집 안의 더 곱고 섬세한 깔때기 안으로 넣어진다. 나는 마을의 심장부가 식료품점과 술집, 우체국, 은행이라는 점을 알게 되었다. 이곳들은 기계의 필수적인 부품처럼 종과 큰 총, 소방차를 편리한 곳에 보관한다. 집은 서로를 마주보며 줄을 이룬 것이 여행자를 최대한 활용하기 위해 배치되었다. 여행자라면 반드시 그 사이를 달려야 하고 그러면 몰매 형벌을 받게 되어 남녀노소 할 것 없이 모두 그 사람을 구타할 수 있었다. 물론 가장 눈에 잘 띄고 잘 볼 수 있으며, 여행자에게 맨 처음 타격을 날릴 수 있는 맨 앞 가까이에 자리잡은 사람들은 자리에 대한 대가로 가장 비싼 값을 지불했다. 줄 사이 간격이 길어지기 시작해 나그네가 담을 넘거나 길을 벗어나 소가 다니는 길로 탈출할 수 있는 변두리에 사는 몇몇 주민들은 적은 곡물세나 창문세만을 지불했다. 길 가는 사람을 유혹하기 위해 사방에 간판이 내걸려 있었다. 선술집이나 식료품점은 식욕으로 길 가는 사람을 유혹했고, 직물 가게나 보석상은 화려한 것을 내세우고 있었다. 이발소나 구두 가게, 양복점은 머리카락이나 발, 옷으로 손님을 낚으려 하고 있었다. 게다가 훨씬 더 끔찍하게 이런 곳에 언제든 들러도 좋다고 초대까지 하고, 이 무렵쯤 내가 들러주기를 기대하는 사람들도 있었다. 나는 이러한 위험에서 놀라울 정도로 잘 탈출하곤 했다. 이것은 몰매 형벌을 당하는 사람에게 주는 충고대로 아무 생각 없이 목적지로 곧장 향하거나, '신의 영광을 칭송하며 거문고를 연주해 사이렌의 목소리를 삼켜버리고 위험에서 벗어난' 오르페우스처럼 고상한 생각을 계속 했기에 가능했다. 가끔은 순식간에 도망가도 내 행방을 아는 사람이 아무도 없었다. 그것은 내가 고상하게 구는 것을 참지 못하고 울타리에 구멍이라도 있으면 서슴없이 빠져나갔기 때문이다. 나는 몇몇 집에 난입하는 것에도 익숙해 그 집에서 잘 대접받고 전쟁과 평화에 대한 전망과, 세상이 더 오래 지탱될 것인가 등 가라앉은 낟알을 체에 거르고 걸러 한 체 가득 남은 소식을 알고 나면, 뒷길로 빠져나와 다시 숲으로 탈출했다.

밤늦게까지 마을에 머물다가 집으로 올 때는, 특히 컴컴하고 폭풍이 몰아치는 밤에 호밀이나 옥수수 가루를 어깨에 한 포대 지고 밝은 마을 응접실이나 강의실을 출항해 숲에 있는 아늑한 항구로 향하는 길은 무척이나 즐거웠다. 내 육신에게 방향키를 넘기거나, 항해가 무난할 때는 키를 고정시켜두고 나는 밖에서든 갑판 밑에서든 생각이라는 쾌활한 선원들과 한껏 유대를 다졌다. 나는 '항해를 하면서' 선실 난롯가에서 즐거운 생각을 많이 했다. 몇 번 심한 폭풍우를 만나기도 했지만 어떤 악천후에도 난파되거나 조난당한 적은 없었다. 숲속의 밤은 평소에도 사람들이 흔히 생각하는 것보다 더 어둡다. 길을 가늠하려면 나무 사이로 난틈을 바라보아야 했고, 그마저도 마차길이 아닌 곳에서는 내가 낸 희미한 자국을 발로 더듬거나 잘 알고 있는 특이한 나무들을 손으로 더듬어야 했다. 예를 들면 숲 한가운데서 간격이 50센티미터도 안 되는 소나무 두 그루 사이를 지나갔는데, 아무리 어두운 밤에도 마찬가지였다. 그렇듯 캄캄하고 무더운 밤, 눈으로 볼 수 없는 길을 발로 더듬으며 내내 꿈꾸듯 멍하니 오느라 늦게 도착한 후에 손으로 걸쇠를 들어올리면서 정신을 차리고 나면, 내가 걸어

온 걸음을 한 발자국도 기억할 수 없었다. 그러면 나는 손이 저절로 입으로 갈 길을 찾아가듯 내 몸도 주인에게 버림받을지라도 집으로 길을 찾아가겠구나 하고 생각했다. 나를 찾아온 손님이 어쩌다 저녁 늦게까지 머물다 돌아가는 경우도 있었다. 그럴 때면 내가 손님을 집 뒤편의 마차길로 안내하고 그가 가야 할 방향을 짚어주었는데 그는 눈이 아닌 발로 길을 더듬어 돌아가야 했다. 하루는 칠흑같이 어두운 밤에 호수에서 낚시하던 두 젊은이에게 길을 가르쳐주었다. 그들은 숲을 가로질러 1.6킬로미터쯤 떨어진 곳에 살았기에 길을 꽤 잘 알고 있었다. 하루인가 이틀 후에 두 젊은이 중 한 명이 말하기를 그들은 자기네 집 근처에서 밤새 헤매다가 새벽이 되어서야 집에 도착했다고 했다. 게다가 밤새 심한 소나기가 몇 번 내려 나뭇잎은 다 젖고 그들도 완전히 비에 흠뻑 젖었다는 것이다. 속담에도 있듯 칼로 자를 만큼 캄캄하게 어두울 때면, 마을의 거리에서도 길을 헤매는 경우가 자주 있다는 이야기를 들었다. 교외에 사는 사람들은 물건을 사러 마차를 타고 읍내에 나왔다가 하룻밤 묵어야 할 때도 있었다. 어느 집에 방문하기로 한 신사 숙녀는 어디에서 옆길로 들어섰는지 모르고 발로만 길을 짚어가느라 원래 가야 하는 길에서 1킬로미터는 벗어났다고 한다. 어느 때든 숲에서 길을 잃는 것은 놀랍고 기억에 남을 뿐만 아니라 소중한 경험이기도 하다. 눈보라가 치면 으레, 대낮에 잘 알고 있는 길에서도 어느 길이 마을로 이어지는지 구분하지 못하기 일쑤이다. 그 길을 천 번은 지나다녔다는 걸 알고 있어도, 그 길의 특징을 알지 못하고 시베리아의 길처럼 낯설기만 한 것이다. 밤이 되면 물론 당혹감은 비할 수 없이 커진다. 우리는 아무리 소소한 산책을 하더라도 잘 알고 있는 등대나 두렁을 참고해 무의식적이지만 끊임없이 조종사처럼 나아가고, 일상적인 길을 벗어나도 근처의 툭 튀어나온 지형이 어느 방향으로 났는지 항상 염두에 두고 있다. 우리는 완전히 길을 잃거나 한 바퀴 빙 돌고 나서야 (인간은 눈을 감고 한 바퀴만 빙그르르 돌아도 길을 잃는다.) 대자연의 거대함과 기이함을 깨닫는다. 사람은 잠에서든 몽상에서든 깨어날 때마다 나침반의 방향을 다시 알아두어야 한다. 우리는 길을 잃고 나서야, 다른 말로 하자면 세상을 잃고 나서야 나 자신을 찾고 내가 어디에 있는지, 그리고 우리 관계의 범위가 얼마나 무한한지를 깨닫기 시작한다.

첫 해 여름이 끝나가던 어느 날 오후, 나는 구두를 찾으러 마을 구둣방에 갔다가 붙잡혀 구치소에 갇혔다. 그 이유는 다른 곳에서도 이야기한 바 있듯[1] 내가 세금을 내지 않았기 때문에, 아니 상원 의사당 문턱에서 인간을 남녀노소 할 것 없이 소처럼 사고파는 당국의 권위를 인정하지 않았기 때문이다. 내가 숲에 내려간 것은 다른 목적이 있어서였다. 그러나 한 인간이 어디를 가든 사람들은 그를 쫓아다니며 더러운 제도로 건드리고, 할 수 있다면 그들의 '가증스러운 조직'에 강제로 붙들어 매려고 한다. 물론 나

◆◆◆

1) 〈시민 불복종〉을 가리킴. 흑인노예제도와 멕시코 전쟁에 반대하던 소로우는 항의의 표시로 세금 납부를 거부했고 그 결과 감옥에 가게 됨. 그가 자신의 입장을 발표한 것이 이 글임.

는 이런저런 노력을 하며 강력히 저항할 수 있었고, 그 사회에 반대하며 '미친 듯이' 날뛸 수 있었을 것이다. 하지만 나는 그 사회가 나에 대해 '미친 듯이' 날뛰는 편이 더 좋다. 절박한 것은 그쪽일 테니. 그런데 나는 그 다음 날 석방되어 수선한 구두를 찾아가지고 숲으로 돌아왔다. 때마침 제철인 허클베리를 페어헤이븐 언덕에서 따서 끼니로 먹었다. 나는 국가를 대표하는 사람들 말고는 누구에게도 괴롭힘을 당한 적이 없다. 나는 종이를 넣어두는 책상에 쓸 것 말고는 자물쇠도 빗장도 없고, 걸쇠나 창문에 박을 못 하나 없었다. 며칠 집을 비우더라도 낮이든 밤이든 문을 잠근 적이 없다. 다음 해 가을에 메인 숲에서 2주를 보낼 때도 마찬가지였다. 그래도 내 집은 군인들이 열을 이루어 둘러싸고 있는 집보다 더 존중받았다. 숲을 걷다 지친 사람이 내 집 난롯가에서 잠시 쉬며 몸을 녹일 수 있었고, 문인이라면 탁자 위의 책 몇 권을 즐길 수 있었으리라. 호기심 많은 사람은 벽장 문을 열어 내가 식사를 하다 무엇을 남겨놓았으며, 저녁으로 무엇을 먹을지를 볼 수 있었다. 하지만 온갖 계층의 많은 사람들이 이런 식으로 호수를 다녀가도 나는 심각한 불편을 겪은 적이 없었고, 내가 잃어버린 것은 금박을 입힌 호메로스의 작품 한 권뿐이었다. 그것은 그 가치를 아는 사람의 손 안에 들어가 있을 것이라고 믿는다. 모든 사람이 그때의 나처럼 간소하게 산다면 도둑질과 강도짓은 이 세상에 존재하지 않을 것이라고 나는 확신한다. 이런 일은 누구는 충분한 것 이상으로 가졌고 누구는 충분히 가지지 못한 사회에서나 일어난다. 포프의 호메로스[2]는 곧 적절히 배포되리라.

"너도나도 너도밤나무 그릇만 필요로 한다면
어떤 전쟁도 인간을 추행하지 못하리,"[3]

"정치를 하는 사람들이여, 형벌을 위해 무엇이 필요한가? 미덕을
사랑하라, 그러면 백성들도 덕을 행할 것이다. 군자의 덕은 바람
과 같고, 평민의 덕은 풀과 같다. 풀잎은 바람이 불면 고개를 숙인
다."[4]

◆◆◆
2) 알렉산더 포프(1688~1744)가 번역한 호메로스의 《일리아드》와 《오디세이》를 일컬음.
3) 티불루스의 《애가》에서 인용.
4) 공자의 《논어》 제12편에서 인용.

9. 호수

가끔 나는 사람과의 교류며 소문을 과하게 소화해 마을 친구들을 모두 지치게 하고 나서, 내가 평소 다니던 것보다 훨씬 더 멀리 서쪽으로, 마을에서 사람 발길이 더욱 닿지 않는 곳으로 발걸음을 옮기기도 했다. 그곳은 '싱그러운 숲과 새로 돋은 풀밭'[1]이었다. 아니면 해가 지는 동안 페어헤이븐 언덕에서 허클베리와 블루베리로 요기를 하고 며칠분의 먹을 것을 더 따오기도 했다. 과일은 그것을 사먹는 사람이나 시장에 내다 팔기 위해 재배하는 사

◆ ◆ ◆

1) 존 밀턴의 비극 시 〈리시다스〉에서 인용.

람에게는 결코 진정한 맛을 보여주지 않는다. 진정한 맛을 보기 위한 방법은 단 한 가지뿐이지만 그것을 따르는 사람은 드물다. 허클베리 맛을 알려거든 목동이나 들꿩에게 물어보라. 직접 따보지도 않고 허클베리 맛을 봤다고 생각하는 것은 흔한 오산이다. 허클베리는 보스턴까지는 결코 오지 않는다. 보스턴의 세 언덕에서 허클베리가 자라기 시작한 후로 보스턴에서 참다운 허클베리는 사라졌다. 과일의 가장 맛 좋은 부분은 장사꾼의 수레에 실려 떨어지는 꽃과 함께 스쳐 사라지고 과일은 한낱 여물이 되어버린다. 영원한 정의가 살아 있는 한 산골에서 도시로 운반되는 순수한 허클베리는 단 한 알도 없다.

때때로 나는 그날의 김매기 작업을 마치고 나면 아침부터 호수에서 참을성 없이 낚시를 하고 있는, 떠다니는 나뭇잎이나 오리만큼 조용하고 얌전한 친구에게 가서 어울렸다. 그 친구는 다양한 철학을 실천해본 후에 내가 도착할 때쯤이면 십중팔구 자기가 고대 시노바이트[2] 종파에 속한다는 결론을 내리고 있었다. 더 나이든 남자도 한 명 있었는데, 훌륭한 낚시꾼이자 온갖 목공일에 능숙한 그는 내 집을 낚시꾼의 편리를 위해 세워진 건물쯤으로 생각하며 기뻐했다. 나 역시 그가 내 집 문간에 앉아 낚싯줄을 정리하고 있는 것을 보면 기뻤다. 가끔 그는 나룻배 한쪽 끝에, 나는 맞은편 끝에 나란히 호수에 앉아 있곤 했다. 그는 말년에 점점 귀가 잘 안 들렸기에 우리 사이에 많은 말이 오가지는 않았다. 그러나

◆ ◆ ◆

2) 공동 생활을 하는 수도승. 'see no bites(입질이 없네)'를 뜻하는 말장난이기도 함.

그는 가끔 찬송가를 흥얼거렸는데 그것은 내 철학과 참 잘 어울리는 것이었다. 우리의 교제는 그리하여 깨지는 곳 없이 조화로웠고, 말로 교제하는 것보다 훗날 회상하기에 훨씬 더 즐거웠다. 흔히 그렇듯 교감할 것이 없으면 나는 나룻배에서 노를 뱃전에 부딪쳐 메아리가 울리게 하곤 했다. 그 소리가 둥글게 팽창하여 사방의 숲을 가득 채우면, 나는 숲의 야생동물 조련사로서 메아리를 더욱 북돋워서 숲이 우거진 골짜기와 산허리에서 으르렁거리는 소리를 기어코 이끌어내고야 말았다.

날씨가 따뜻한 저녁에는 종종 나룻배에 앉아 플루트를 연주하며 내게 매료된 듯한 퍼치가 주위를 맴도는 모습과, 숲의 잔해가 총총히 깔린 이랑 진 호수 바닥 위로 달이 지나가는 모습을 바라보았다. 예전에 어두컴컴한 여름밤이면 이 호수에 때때로 모험삼아 친구를 데리고 왔다. 우리는 물고기를 유혹할 수 있으리라는 생각에 물가에 모닥불을 피우고 줄에 애벌레를 한 무더기 매달아 메기를 잡았다. 밤이 깊어 낚시를 마치면 불붙은 나뭇가지를 폭죽처럼 하늘 높이 던졌다. 나뭇가지가 이내 호수에 떨어져 치지직 소

리를 내며 꺼지면 우리는 갑자기 칠흑 같은 어둠에 손을 더듬었다. 그 어둠을 헤치고 휘파람을 불며 인간들의 소굴로 돌아갔다. 하지만 이제 나는 아예 호숫가에 집을 지었다.

이따금 나는 마을 사랑방에 늦게까지 있다가 그 집 식구들이 모두 잠자리에 들러 가면 일어나 숲으로 돌아왔다. 어느 정도는 다음 날 점심거리를 마련할 생각으로 한밤중에 달빛을 받으며, 부엉이와 여우의 세레나데를 들으며, 때로는 이름 모를 새가 가까이서 우는 소리를 들으며 나룻배에서 몇 시간이고 낚시를 했다. 매우 기억에 남는 소중한 경험이었다. 호숫가에서 100~150미터쯤 떨어진 곳, 깊이 12미터쯤 되는 곳에 배를 고정시키고, 수천 마리의 조그만 퍼치와 피라미들이 달빛 속에서 꼬리로 호수 표면을 치는 장면 한가운데에서, 물속 12미터 아래에 사는 신비로운 밤의 물고기와 기다란 금빛 줄로 소통하는 것이다. 가끔씩 부드러운 밤바람에 실려 가면서 호수 밑으로 18미터 되는 줄을 늘어뜨리다가 그 줄을 따라 미미한 진동을 느끼는데, 어떤 생명체가 최후의 순간에 알짱거림을, 아둔하고 불확실하며 서투른 목적이 있어 느릿느릿 마음을 정하고 있음을 알리는 것이었다. 마침내 두 손을 번갈아 천천히 줄을 당기면, 메기가 끽끽 소리를 내고 몸을 비비 꼬며 높이 치솟아 오른다. 생각이 정처 없이 흘러가 다른 천체의 우주생성론적인 광활한 주제에 미치는 순간, 희미한 반동에 꿈이 끊기고 다시 대자연과 연결되는 경험은 한밤중이라면 더욱 묘하다. 다음에는 공기보다 더 진하다고 하기는 힘든 물속으로 낚싯줄을 던질 테지만, 공중에 대고 위로도 낚싯줄을 던질 것 같았다. 그렇게 나는 낚시질 한 번으로 물고기 두 마리를 낚았던 것이다.

월든 호수의 경치는 수수한 편이고, 매우 아름답기는 하지만 웅장하다고 할 수는 없다. 근처에 자주 와본 사람이나 호숫가에 산 지 꽤 된 사람이 아니면 크게 사람을 끌어들이지도 못한다. 하지만 이 호수는 깊이와 청정함이 매우 남다르기에 특별히 묘사할 가치가 있다. 이 호수는 길이가 0.8킬로미터에 둘레가 2.8킬로미터이며 면적이 75,300평 되는, 깨끗하고 깊고 푸른 우물이다. 소나무와 참나무 숲 한복판에, 구름과 증발에 의한 방법 외에는 들어가는 물줄기도 나오는 물줄기도 보이지 않지만 사시사철 마르지 않는 샘이다. 호수 주위를 둘러싼 산들은 난데없이 높이 12~24미터까지 치솟아 있고, 반경 0.9킬로미터 내의 동남쪽과 동쪽의 산은 높이가 각각 30미터와 45미터에 이른다. 이 일대는 완전히 삼림지대이다. 콩코드의 모든 강과 호수는 적어도 두 가지 색을 띠는데, 하나는 멀리서 보이는 색이고 다른 하나는 더 가까이에서 본, 좀 더 본래의 색에 가깝게 보이는 색이다. 첫 번째 색깔은 빛에 많이 좌우되고 하늘의 색을 따른다. 청명한 여름날에 약간 거리를 두고 보면, 특히 물이 출렁일 때는 파랗게 보이고, 멀리서 보면 다 똑같은 색깔로 보인다. 비바람이 치는 날에는 짙은 청회색을 띠기도 한다. 하지만 대기에 이렇다 할 변화가 없어도 바다는 어떤 날에는 파랗고 또 어떤 날에는 초록색이라는 말이 있다. 풍경이 눈으로 뒤덮였을 때는 콩코드강이 물이며 얼음이 풀처럼 푸른 것을 본 적이 있다. 어떤 사람은 '액체일 때든 고체일 때든 맑은 물의 색깔은' 청색이라고 생각한다. 하지만 나룻배에서 곧장 물속을 들여다보면 아주 다른 색으로 보인다. 월든 호수는 같은 지점에서도 언제는 청색으로, 또 언제는 초록색으로 보인다. 대지와 하늘 사이에 있어 두 가지 색을 모두 띠는 것이다. 언덕 위에서 바라보면 호수는 하늘의 색을 비추지만, 모래가 보이는 호숫가에서 가까이 보면 누런빛을 띠다가 연둣빛으로 바뀌고, 점점 짙어져 호수 한가운데에 이르러서는 한결같이 짙은 초록빛을 띤다. 어떤 빛을 받으면 언덕 꼭대기에서 봐도 호숫가 근처의 물이 선명한 초록색이다. 신록이 반사되어 그러는 것이라고 말하는 사람도 있다. 하지만 철도의 모래둑 옆에 있어도, 봄에 잎이 채 나기 전에도 똑같이 초록색인데, 넓게 펼쳐진 파란빛과 누런빛 모래색이 섞인 게 아닐까 싶기도 하다. 그런 것이 바로 월든 호수의 홍채가 내는 색이다. 호수의 홍채란 봄이 되어 바닥에 반사되는 태양열과 땅에서 올라오는 열에 얼음이 녹아 여전히 얼어 있는 중심부 둘레에 좁은 운하를 만드는 부분이다. 이 부분은 이 마을의 다른 강이나 호수와 마찬가지로, 청명한 날에 출렁이는 물결 표면이 적당한 각도에서 하늘을 비출 때나 더 많은 빛이 섞일 때, 약간 떨어져서 보면 하늘색보다 더 짙은 푸른색으로 보인다. 그럴 때 호수 위에 비친 모습을 보기 위해 수면 위에서 따로 나뉘어진 시선으로 바라보면, 물결무늬 비단, 즉 각도에 따라 색이 바뀌는 비단이나 칼날에서 발하는 것 같은 출중한 밝은 청색을 보게 된다. 하늘보다 더 짙은 하늘색을 알아볼 수 있고, 너울거리는 물결의 반대편에 있던 원래의 짙은 초록빛이 번갈아 나타난다. 이 색깔과 비교해보면 원래의 짙은 초록빛은 더 진흙 같아 보일 뿐이다. 내가 기억하기로 이 색은 석양이 지기 전에 서쪽 구름 사이로 보이는 겨울의 하늘 조각처럼 푸른 유리색이다. 하지만 호수의 물을 한 잔 떠서 빛에 비추어보면 똑같은 양의 공기처럼 색깔이 없다. 유리공이 말했듯 '밀도' 때문에 커다란 판유리는 초록빛을 띠지만, 같은 유리라도 작은 조각은 무색이라는 것은 잘 알려진 사실이다. 나는 월든 호수의 물이 얼마나 많이 모여야 초록빛을 반사하는지 시험해본 적은 없다. 콩코드강의 물은 바로 위에서 내려다보면 검거나 아주 짙은 갈색이라서 그 속에서 목욕을 하면 보통의 호수에서와 마찬가지로 몸에 누런빛이 돈다. 하지만 월든 호수는 물이 얼마나 수정처럼 깨끗한지 목욕하는 사람의 몸이 석고상처럼 하얗게 보여서 훨씬 부자연스럽다. 그뿐만 아니라 사지가 확대되고 뒤틀려 보여서 미켈란젤로가 연구하면 딱 좋을 만큼 괴물 같은 효과를 낸다.

월든 호수는 너무나 투명해서 7미터에서 9미터 깊이의 바닥도 쉽게 알아볼 수 있을 정도이다. 그 위로 노를 젓고 있으면 물 밑 몇 미터 아래에 있는 2센티미터 남짓한 퍼치와 피라미 떼를 볼 수 있는데, 퍼치는 특히 몸을 가로지르는 줄무늬 때문에 더욱 쉽게 구별할 수 있다. 저 밑에서 먹을 것을 찾다니 퍼치는 금욕적인 물고기가 틀림없다고 생각될 것이다. 오래전 겨울에 나는 강꼬치고기를 잡으려고 얼음에 구멍을 뚫은 적이 있다. 호숫가로 걸음을 옮기면서 얼음 위로 도끼를 던졌는데, 마(魔)가 끼기라도 한 것인지 도끼가 20~25미터를 미끄러져서는 수심이 7미터 되는 구멍으로 곧장 빠지는 게 아닌가? 호기심에 얼음 위에 엎드려 구멍을 들여다봤더니, 한쪽 면만 조금 보이는 도끼가 거꾸로 꼿꼿이 박혀 호수의 파동에 따라 앞뒤로 가볍게 흔들리고 있었다. 내가 방해하지 않았으면 도끼는 시간이 한참 흘러 자루가 썩어 떨어질 때까지 그 자리에 꼿꼿이 서서 흔들렸을 것이다. 나는 가지고 있던 얼음끌로 도끼 바로 위의 얼음에 구멍을 내고 근처에서 가장 긴 자작나무를 찾아서 칼로 잘랐다. 그리고 밧줄고리를 만들어 나무 끝에 붙이고 고리를 조심스레 내려뜨려서 도끼 자루 아래로 씌우고는 줄을 당겨서 도끼를 꺼냈다.

호숫가는 짧게 한두 군데 모래로 되어 있는 곳 말고는 포장용 돌처럼 매끈하고 둥근 하얀 돌로 이루어져 있고, 워낙 가파르기에 한 번만 풀쩍 뛰어 들어가도 물이 머리 위에 닿기가 일쑤였다. 호숫물이 그토록 투명하지 않다면 반대편에서 수심이 다시 얕아질 때까지 바닥은 다시 보이지 않았을 것이다. 이 호수에 바닥이 없다고 생각하는 사람도 있다. 어디 한 군데 진흙바닥인 곳이 없고, 별 생각 없이 바라보던 사람도 호수 안에 잡초 한 뿌리 없다고 생각할 것이다. 근처에 수위가 높아져 물에 잠긴 작은 풀밭은 호수라고 볼 수 없으니 제외하고, 호수를 아무리 살펴보아도 창포나 부들 하나, 노란색이든 흰색이든 수련 한 송이도 찾아볼 수 없다. 다만 하트 모양 잎사귀와 잎말 몇 가닥, 그리고 순채 한두 포기를 볼 수 있을 뿐이다. 그마저도 목욕하는 사람은 전혀 알지 못할 테지만. 이 식물들은 호숫물처럼 깨끗하고 밝다. 돌멩이 밭은 물속으로 5~10미터쯤 뻗어 있고, 바닥은 순순히 모래로 이루어져 있지만 가장 깊은 곳에는 약간의 침전물이 있는데 아마도 수많은 가을을 거치며 떠내려온 나뭇잎이 부식한 것이리라. 한겨울에도 밝은 초록빛 잡초가 닻에 걸려 나온다.

서쪽으로 4킬로미터쯤 떨어진 곳에 이런 호수가 하나 더 있는데 '나인 에이커 코너'라는 마을의 화이트 호수이다. 나는 이곳을 기준으로 수십 킬로미터 내에 있는 호수를 대부분 알고 있지만, 이 샘물 같은 순수한 특징을 지닌 호수는 알지 못한다. 아마 수많은 부족들이 이 호숫물을 마시고, 감탄하며, 깊이를 헤아려봤을 것이고, 또 사라져갔을 것인데, 호숫물은 여전히 티 하나 없이 푸르다. 중간중간 마르는 샘이 아니다! 아담과 이브가 에덴동산에서 쫓겨난 그 봄날 아침에도 월든 호수는 존재했을 것이고, 그때도 안개와 남풍에 몰려온 잔잔한 봄비를 맞으며 물이 터져나왔을 것이다. 그리도 깨끗한 호숫물이면 충분했을 때 인간의 몰락은 들어보지도 못한 무수한 오리와 거위 떼로 뒤덮였을 것이다. 그때도 호수는 불었다 줄었다를 반복했을 것이고, 스스로를 정화하고 지금 머금은 빛깔로 물들었을 것이다. 그리고 이 세상에서 유일한 월든 호수가 되어 천상의 이슬을 증류할 수 있는 특허를 하늘에게서 받았을 것이다. 이제는 잊혀졌지만 얼마나 많은 부족의 문학에서 이 호수가 카스탈리아의 샘[3]이었을지, 아니면 황금기에 어떤 요정이 이 호수를 주재했을지 누가 안단 말인가? 이 호수는 콩코드 마을이 화관에 품은 1급수의 보석이다.

그런데 이 호수에 맨 처음 온 사람들이 발자취를 남긴 듯하다.

◆◆◆

3) 그리스 신화에서 파르나소스 산에 있는 샘으로, 뮤즈들과 아폴론에게 바쳐짐.

호수 근처를 빙 둘러, 울창한 숲이 막 베여 없어진 호숫가에도 가파르게 나 있는 선반 모양의 좁다란 길은 오르락내리락하며 물가에서 가까워졌다 멀어졌다를 반복했다. 이 길은 원시시대 사냥꾼이 오가는 동안 생겨나 오늘날에도 이 땅의 주민들이 가끔 그 사실을 모르고 밟고 다니는 것이다. 겨울에 호수 한복판에 서 있으면 특히 뚜렷이 보이는 이 길은, 눈이 가볍게 내린 직후면 시야를 가리는 잡초나 잔가지가 없어 기복을 이루는 하얀 선이 깔끔하게 보이니, 여름에는 지척에서도 분간하기 힘들 테지만 겨울에는 400미터쯤 떨어져 있어도 아주 선명하다. 말하자면 눈이 깔끔하고 하얀 고부조[4]로 이 길을 다시 찍어내는 것이다. 이 지대는 언젠가 별장이 지어져 화려하게 장식되더라도 이 흔적을 고스란히 간직할 것이다.

호수는 차올랐다 빠지기 마련이다. 그러나 그것이 규칙적인지, 주기가 어느 정도인지는 사실 아무도 모른다. 일반적인 습기와 건조함에 상응하지는 않지만 대개 겨울에는 수위가 높고 여름에는 낮다. 내가 호숫가에서 살 때보다 수위가 몇 십 센티미터 낮거나 적어도 1.5미터쯤 높아졌던 때를 기억한다. 호수 안으로 향하는 좁다란 모래톱은 한쪽 물이 매우 깊어서 그 위에서 생선찌개를 한 솥 끓이곤 했는데, 물가에서 30미터쯤 떨어졌었다. 그것이 1824년 무렵이었으니 25년 동안 찌개를 끓여보지 못한 셈이다. 친구들이 아는 유일한 호숫가로부터 75미터 떨어진 숲속 후미진 곳은 이

◆◆◆

4) 모양이나 형상이 매우 두껍게 드러나게 한 부조를 뜻하는 조각 용어.

제 풀밭으로 바뀐 지 오래라서 내가 그곳에서 자주 나룻배를 타고 낚시를 했다고 말하면 친구들은 미심쩍어 했다. 하지만 호숫물은 2년 동안 꾸준히 불어올라, 1852년 여름인 지금은 내가 살았을 때보다 딱 1.5미터 또는 30년 전만큼 불어올라 풀밭에서는 다시 낚시가 한창이다. 이로 인해 바깥쪽 수위가 1.8미터에서 2.1미터쯤 달라졌다. 주변 언덕에서 흘러나오는 물은 양이 거의 없기 때문에, 깊은 샘물에 영향을 미친 원인으로 지목되는 것은 이 같은 물의 증가이다. 올여름에 호수의 물은 다시 줄어들기 시작했다. 놀랍게도 주기적이든 아니든 이런 변동이 완료되는 데에 몇 년이 걸리는 듯하다. 물이 불어오르는 것을 한 번, 줄어드는 것을 두 번 조금 안 되게 보았으니, 내가 알고 있는 한 가장 낮은 수위가 되려면 12~15년은 걸릴 것이다. 동쪽으로 1.6킬로미터 떨어진 플린츠 호수는 들고나는 물 때문에 수위가 들쭉날쭉한 것을 감안하고도 최고치로 높아졌으며, 두 호수 사이에 있는 작은 호수들 또한 월든 호수와 어깨를 나란히 하여 최근에 가장 높은 수위를 기록했다. 내가 관찰한 것이 맞다면 화이트 호수도 마찬가지다.

월든 호수가 오랜 간격을 두고 물이 불었다 줄었다 하는 것에는 적어도 하나의 쓰임이 있다. 1년 넘게 수위가 높을 때는 주변을 걸어다니기 어려울 정도인데, 지난번 물이 불어난 후에 가장자리에 우후죽순 자라던 관목과 나무, 그러니까 리기다소나무, 자작나무, 오리나무, 백양나무 등이 죽어나갔기에 다시 물이 줄어들어도 호숫가의 전망을 가리는 것이 없었다. 매일 간만의 차가 생기는 호수나 모든 강과는 달리 이 호수는 물이 가장 낮을 때 호숫가도 가장 깨끗하기 때문이다. 내 집이 있던 호숫가에는 4미터는 거뜬히 넘는 리기다소나무 한 줄이 통째로 지렛대라도 쓴 것처럼 넘어져 죽어서, 호숫가의 잠식에 마침표를 찍었다. 소나무의 크기를 보면 마지막으로 물이 불어난 지 몇 년이 흘렀는지 짐작할 수 있다. 이런 변동을 이용해 호수는 호숫가에 대한 권리를 주장하고, 그리하여 호숫가는 숲이 듬성해지고, 나무는 더 이상 소유권을 내밀며 호숫가를 차지하지 못한다. 이 부분은 수염이 전혀 나지 않는 호수의 입가인 셈이다. 호수는 때때로 입가의 튼 데를 핥는다. 물이 최고조일 때는 물에 잠긴 오리나무와 버드나무, 단풍나무가 온 줄기에서 수미터 되는 빨간 수염뿌리 한 무더기를 땅에서 1미터쯤 되는 곳까지 내보내 목숨을 지탱하려고 애쓴다. 호숫가에 높이 자라는 블루베리 관목은 보통 열매를 맺지 않지만, 이런 상황에서는 많은 열매가 열린다.

어떻게 이 호숫가에 이토록 고른 길이 났는지 궁금해하는 사람들이 있다. 마을 사람들이 전부 들어본 적이 있고, 호호백발 노인들이 어릴 적 들었다며 내게 들려준 전설이 있다. 월든 호수는 지금 땅으로 깊게 꺼진 것만큼 먼 옛날에는 하늘로 높이 솟은 산이었다. 이 산에서 원주민들이 주술의식을 행했다. 이야기대로라면 그들은 불경스런 말을 많이 하면서도 그런 악행에 대해 전혀 죄책감을 느끼지 않았다. 그렇게 의식을 벌이던 중 산이 흔들리더니 갑자기 푹 꺼졌는데, '월든'이라는 이름의 어느 원주민 노파만이 홀로 탈출해 이 호수 이름이 지어졌다고 한다. 산이 흔들릴 때 돌멩이들이 굴러떨어져 지금의 호숫가를 이루었으리라 짐작할 수

있다. 어쨌든 옛날에는 이곳에 호수가 없었지만 지금은 있다는 것
만은 틀림없다. 이 인디언 전설은 어느 면으로 보나 내가 말했던
원시 개척자 이야기와 상충되지 않는다. 이 개척자는 탐지 막대기
를 들고 처음 이곳에 왔다가 풀밭에서 가느다란 증기가 피어오르
는 것을 보았고, 때마침 개암나무 막대기가 천천히 아래쪽을 가리
키기에 이곳에 우물을 파기로 마음먹었다는 것이다. 호숫가의 돌
에 대해 말하자면 물결이 산에 부딪혀 생긴 것이라는 설명을 탐탁
지 않게 여기는 사람이 많았다. 그러나 주변의 산에 이와 똑같은
종류의 돌이 눈에 띌 정도로 가득했던 탓에 호수에서 가장 가까
이 난 철도의 양쪽에 돌담을 쌓아야 했다. 더욱이 호숫가 기슭이
가장 가파른 곳은 대부분 돌멩이로 이루어져 있으니, 안타깝게도
이 문제는 더 이상 내게 불가사의가 아니다. 나는 길을 고르게 낸
이를 알아냈다. 그 이름이 예컨대 새프론 월든처럼 영국의 지명에
서 온 것이 아닌 이상, 호수는 원래 '벽을 두른(Walled-in)' 호수로
불렸으리라 짐작할 수 있다.

호수는 준비된 나만의 우물이었다. 호수의 물은 1년 내내 맑
고 4개월 동안은 맑은 만큼 차갑기 그지없다. 이만하면 이 지역에
서 최고는 아니더라도 여느 물만큼은 좋다고 생각한다. 겨울이 되
면 물이 공기에 노출되기 때문에 공기로부터 아예 차단된 샘물이
나 우물보다 차갑다. 내가 오후 다섯 시부터 다음 날 정오까지 앉
아 있었던 1846년 3월 6일, 지붕 위에 해가 든 탓에 온도가 섭씨
18~21도까지 올라갔던 방 안에 놓아둔 호숫물의 온도는 섭씨 5
도로 마을의 가장 차가운 우물에서 갓 퍼담은 물보다 0.5도나 차

가웠다. 같은 날 보일링 샘의 온도가 섭씨 7도로 여름에 잰 것 중에 가장 차가웠고 게다가 여름은 표면에 정체되어 있는 얕은 물이 섞이지 않는 때지만, 다른 샘물에 비해 가장 따뜻한 수온이었다. 더욱이 여름에도 월든 호수는 햇빛에 노출되는 물만큼 따뜻해지는 법이 없는데, 깊이 때문이다. 가장 따뜻한 날에도 물을 한 양동이 퍼다 지하실에 놓아두면 밤새 시원해지고 그것이 낮까지 유지된다. 물론 이웃에 있는 한 샘의 물을 길어오기도 했다. 호숫물은 일주일이 지나도 퍼온 당시의 물맛 그대로였고, 펌프 맛이 나지도 않았다. 여름에 호숫가에서 일주일 동안 야영을 할 경우, 야영지 그늘에 몇 십 센티미터쯤 구멍을 파서 그 안에 물 한 양동이를 넣어두면 사치스럽게 얼음 신세를 질 필요가 없다.

   월든 호수에서는 강꼬치고기가 잡힌다. 3킬로그램 나가는 녀석이 있는가 하면, 엄청난 속력으로 릴이 풀려나가게 만드는 바람에 낚시꾼이 보지는 못했지만 3.6킬로그램은 나가리라 못 박았던 녀석도 있다. 그리고 1킬로그램이 넘는 퍼치와 메기, 피라미, 황어, 로치, 잉어, 도미 몇 마리가 있다. 장어 두어 마리도 잡혔는데 한

마리는 2킬로그램이 나갔다. (내가 이렇게까지 자세히 기록하는 이유는 물고기에게는 무게가 곧 명성이고, 이곳에서 잡힌 것으로 알려진 장어는 이 두 마리가 전부이기 때문이다.) 또 어렴풋이 기억하기로 13센티미터가 채 안 되는 작은 물고기가 있는데, 옆구리에는 은빛이 돌고 뒤쪽은 푸르스름한 것이 황어와 비슷했다. 내가 굳이 이 물고기 이야기를 하는 이유는 내가 기록한 사실을 우화와 연결시키기 위해서이다. 하지만 이 호수에는 물고기가 그리 많지 않다. 물고기는 많지 않지만 강꼬치고기가 그나마 주요 자랑거리다. 한번은 적어도 세 종류의 강꼬치고기가 얼음 위에 있는 것을 본 적이 있다. 첫 번째 고기는 쇠 색깔에 몸이 길고 얇아 강에서나 잡힐 법한 것이었고, 두 번째 고기는 푸르스름한 빛이 도는 밝은 금빛으로 이곳에서 가장 흔한 종류였다. 세 번째 고기는 금빛에 모양은 이전 것과 같았지만 옆구리에 짙은 갈색 또는 검은색 반점이 희미한 핏빛 반점과 섞여 흩뿌려진 것이 송어와 흡사해 보였다. 이 물고기에게는 '레티큘라투스'라는 이름이 어울리지 않으므로, '구타투스'라는 이름이 붙어야 마땅하다.[5] 이 고기들은 모두 살이 단단한 것이 겉보기보다 무게가 훨씬 더 많이 나갔다. 피라미, 메기, 퍼치도 마찬가지다. 사실상 이 호수에 사는 모든 물고기는 물이 맑기 때문에, 강이나 다른 호수에 사는 물고기보다 훨씬 깨끗하고 모양이 보기 좋으며 살이 꽉 차서 쉽게 구별할 수 있다. 어류학자들은 이 물고기들을 새로운 종으로 삼을 수 있을 것이다. 깨끗한 개구

◆ ◆ ◆

5) 레티큘라투스 : reticulatus(그물 모양의), 구타투스 : guttatus(반점의)

리와 거북이의 일종, 그리고 민물조개도 약간 있다. 사향쥐와 밍크가 주변에 흔적을 남기고, 때때로 지나가던 자라가 들르기도 한다. 나는 아침에 나룻배를 밀다가 밤새 그 아래에 몸을 숨기고 있던 커다란 자라를 방해한 적이 몇 번 있었다. 물오리와 거위들이 봄과 가을이 되면 자주 찾아온다. 흰가슴제비는 호수의 수면 위를 훑고 지나가며, 도요새는 돌멩이가 많은 호숫가에서 여름 내내 '휘청휘청 서 있다'. 물 위에 난 스트로브잣나무에 앉아 있는 물수리를 내가 방해한 적은 있지만, 이 호수가 페어헤이븐[6]처럼 갈매기가 찾아온 적이 있기는 할까 싶다. 기껏해야 일 년에 한 번 오는 아비새를 견뎌내고 있을 뿐이다. 여기까지가 호수에 자주 발걸음하는 주요 동물들이다.

고요한 날에, 동쪽의 모래밭 호숫가 쪽으로 깊이가 2.4미터에서 3미터 되는 물에, 아니면 호수의 몇몇 다른 곳에 나룻배를 띄워놓고 있자면, 사방이 모래밭인데 한가운데에 달걀보다 작은 돌멩이로 이루어진, 지름 1.8미터에 높이 30센티미터의 원형 돌무더기가 보인다. 처음에는 원주민들이 어떤 목적에서든 얼음 위에 쌓았다가 얼음이 녹으면서 모두 바닥으로 가라앉은 것이 아닌가 생각했다. 그러나 그렇다고 보기에는 돌들이 너무 규칙적으로 쌓여 있고 몇몇 돌멩이는 반하게도 너무 말쑥하다. 강에서 찾은 돌더미와 비슷하지만, 여기에는 서커(잉어목에 속하는 조기의 한 종류)나 칠성장어가 살지 않기에 어떤 물고기가 만든 돌더미인지 알 수

◆◆◆
6) 월든 호수 남쪽의 서드베리강이 넓어지는 곳.

없다. 황어의 둥지일 수도 있다. 이 돌더미는 호수 밑바닥의 재미 있는 수수께끼이다.

호숫가의 선은 매우 불규칙해서 단조롭지 않다. 깊은 만으로 들쭉날쭉한 서쪽, 그보다 더 굵직한 북쪽, 곶이 잇달아 겹쳐 그 사이에 가보지 못한 후미가 있을 것만 같은, 아름답게 물결 진 남쪽 호숫가가 눈에 선하다. 물가에 솟아오른 산들로 둘러싸인 작은 호수의 한가운데에서 바라볼 때면 숲은 너무나 좋은 위치에 놓여 있어서 그토록 아름다울 수가 없다. 그럴 때 숲이 비치는 호숫물은 최고의 전경을 이룰 뿐만 아니라, 구불구불한 호숫가가 숲에게 가장 자연스럽고 보기 좋은 경계가 된다. 도끼로 일부분을, 또는 근처의 경작한 밭을 싹 치운 듯이, 이 물가에는 어떠한 미숙함도 흠도 없다. 나무는 물가로 뻗어갈 자리가 충분하여 저마다 가장 힘찬 가지를 그 방향으로 뻗고 있다. 대자연이 이곳에서 자연이라는 천을 자연스럽게 마무리해놓았기에, 보는 사람의 시선은 호숫가의 낮은 관목으로부터 가장 높은 나무에 이르게 된다. 이곳에 인간의 손길이 닿은 흔적은 거의 보이지 않는다. 물은 천 년 전과 매한가지로 기슭에서 철렁대고 있다.

호수는 하나의 경관 속에서 가장 아름답고 표현이 풍부한 지형이다. 호수는 대지의 눈이고, 그것을 들여다보고 있노라면 자기 본성의 깊이를 가늠할 수 있다. 호숫가의 나무는 호수를 장식하는 가느다란 속눈썹이고, 주변의 우거진 산들과 절벽은 툭 튀어나온 눈썹이다.

어느 잠잠한 9월 오후에, 엷은 안개가 껴서 반대편 호숫가가 어렴풋이 보이는 호수 동쪽의 반질반질한 모래밭 호숫가에 서 있으면 '매끄러운 유리 같은 호수의 표면'이라는 표현이 어디에서 왔는지 알 수 있다. 머리를 거꾸로 해서 보면, 아주 가느다란 거미줄이 골짜기 전체에 뻗어 대기층을 나누면서 먼 소나무 숲에 비추어 어슴푸레 빛나는 듯 보인다. 수면 밑으로 맞은편 산까지 걸어가도 물에 젖지 않을 것 같다는 생각이, 제비가 훑으며 가다가 그 위에 앉을 것 같다는 생각이 들 것이다. 사실, 제비들은 실수라도 하듯 수면 아래로 뛰어들었다가 진실을 깨닫기도 한다. 서쪽을 향해 호수 위를 바라보고 있노라면 진짜 해도 있지만 호수에 비친 해가 똑같이 밝기 때문에 양손으로 눈을 가려야 한다. 그리고 두 개의 태양 사이를 유심히 살펴보는 수면은 말 그대로 유리처럼 매끈하지만, 예외인 경우가 있다면 호수 전체에 똑같은 간격을 두고 흩어진 소금쟁이가 햇빛을 받으면서 움직여 상상할 수 있는 한 가장 작은 빛을 만들어내거나, 오리가 깃털을 가다듬거나, 내가 말했던 것처럼 제비 한 마리가 수면에 스칠 만큼 낮게 훑고 갈 때이다. 저 멀리서 물고기 한 마리가 공중으로 1미터쯤 뛰어올라 둥근 호를 그릴 때면 물속에서 나타날 때 한 번, 물속으로 들어갈 때 또 한 번 물이 반짝인다. 이따금 은빛으로 아치가 드러나기도 한다. 또는 여기저기에 엉겅퀴 솜털 같은 것이 떠다니면, 물고기가 그것을 향해 돌진해 물이 또 한 번 움푹 팬다. 호수는 식었지만 아직 굳지 않은 액체 상태의 유리 같고, 그 속에 든 약간의 티끌은 유리의 불순물처럼 순수하고 아름답다. 이 부분은 마치 투명 거미줄 즉, 물의 요정의 방재라도 가로질러 놓인 듯 다른 부분과 분리된, 훨씬 더 매끈하고 어두운 물이 보이기도 한다. 산꼭대기에서는 수면의 거의 어디서든 물고기가 뛰어오르는 모습이 보인다. 강꼬치고기나 피라미가 벌레 한 마리를 잡는다고 온 호수의 평형을 깨트려버린다. 이 간단한 사실이 얼마나 정교하게 알려지는지 놀라울 따름이고 (이 물고기 살인사건이 드러나리라.), 먼 언덕에 앉아 있어도 지름 30미터쯤 되는 둥근 기복이 뚜렷하게 보인다. 약 500미터 떨어진 곳에서 매끄러운 수면 위로 쉴 새 없이 나아가는 물매암을 발견할 수 있는데, 물매암이 물에 살짝 고랑을 내면 그 뒤로 잔물결이 일고 그 주위로 두 갈래의 줄이 경계선을 이루기 때문이다. 하지만 소금쟁이는 물 위에 흔적을 내지 않고도 수면 위를 미끄러져 간다. 수면이 몹시 출렁일 때는 소금쟁이도 물매암이도 찾아볼 수 없다. 그러나 잠잠한 날에는 그들이 찰나의 충동에 안식처를 떠나 호숫가에서 용감하게 미끄러져 나와 잰걸음으로 호수를 완전히 횡단한다. 화창한 가을날, 햇빛의 온기를 고스란히 느끼면서 언덕 위의 나무 그루터기에 앉아 호수를 내려다보며, 투명하게 하늘과 나무를 비췄을 수면에 끊임없이 새겨지는 동그란 잔물결을 유심히 살펴보고 있으면 마음이 편안해진다. 이 드넓은 수면에 동요가 생겨도 한순간에 부드럽게 누그러져 없어지는 모양이, 마치 꽃병에 물을 담았을 때 떨리는 둥근 물결이 변두리를 찾아가 수면이 매끄러워지는 것 같다. 물고기는 뛰는 것이 아니고 벌레는 떨어지는 것이 아니라 다만 둥근 잔물결에, 그 아름다운 선에 기록되어 분수가 자꾸 솟아나는 듯, 생명이 부드럽게 박동하는 듯, 가슴이 부풀어오르는 모습처럼 보인다. 기쁨의 전율과 고통의 전율을 분간할 수 없다. 호수에서 일어나는 이런 현상은 얼마나 평화로운가! 인간의 작업은 다시 한번 봄철인 듯 빛난다. 아, 오늘 오후 나뭇잎과 잔가지와 돌과 거미줄 하나하나가 봄날 아침 이슬에 젖은 듯 반짝인다. 노가 움직일 때마다, 벌레가 움직일 때마다 모든 것이 반짝인다. 노가 떨어지면 그 메아리는 얼마나 듣기 좋은가!

9월이나 10월의 이런 날 월든 호수는 완벽한 숲의 거울이 된다. 내 눈에는 매우 희귀한 듯 소중해 보이는 돌멩이가 호수 주위를 둘러싸고 있다. 대지 위에는 호수만큼 아름답고, 순수하며, 커다란 것이 없다. 하늘의 물. 그것에는 울타리가 필요 없다. 수많은 민족들이 오고가며 더럽힌다. 호수는 그 어떤 돌로도 깨트릴 수 없는 거울이며, 거울의 수은은 절대 닳지 않고, 그것의 도금을 대자연이 거듭 수리해준다. 늘 깨끗한 수면을 그 어떤 폭풍도, 흙도 흐리게 하지 못한다. 불순물이 비치는 족족 가라앉는 거울을 해가 안개 낀 솔로 쓸고 턴다. 호수는 가벼운 먼지닦개, 그 위에 숨 쉬는 숨결은 없으나 직접 보낸 제 숨결이 수면 높이 구름처럼 떠다니며 가슴속에 그 모습이 여전히 비친다.

드넓은 물은 공중에 떠 있는 정기를 반영한다. 그것은 위에서 끊임없이 새로운 생명과 움직임을 받아들인다. 그것은 본질적으로 땅과 하늘의 중간적인 본성을 지닌다. 땅 위에서는 바람이 불면 풀과 나무가 몸을 흔들지만 물은 바람에 의해 그 자체가 잔물결이 인다. 나는 산들바람이 물 위를 급히 가로지르는 모습을 빛줄기나 빛의 파편으로 알아볼 수 있다. 우리가 이 수면을 내려다볼 수 있다니 굉장한 일이다. 이로써 우리는 공기의 표면을 내려다보며 훨씬 미묘한 영혼이 어디를 휩쓸고 가는지 보게 될 것이다.

소금쟁이와 물매암이는 혹독한 서리가 내리는 10월 말쯤에는 마침내 자취를 감춘다. 그렇게 11월이 되면 고요한 날 수면에 잔물결을 일게 하는 것이라곤 아무것도 없다. 며칠 동안 비바람이 분 끝에 잔잔해진 어느 11월 오후, 하늘이 아직도 완전히 구름으로 뒤덮이고 공중에 안개가 가득한 때, 호수가 몰라볼 정도로 매끈해 수면을 알아보기가 어려울 정도였다. 수면이 더 이상 10월의 밝은 빛깔이 아닌, 주위를 둘러싼 산의 칙칙한 11월의 색깔을 비출 뿐이었다. 아무리 살살 지나간다 해도 나룻배가 만들어낸 작은 물결은 내가 볼 수 있는 한 가장 멀리 뻗어갔고, 그렇게 수면에 비친 반영이 이랑을 만들어놓았다. 그런데 수면 위를 보고 있노라니, 멀리 물 위의 여기저기서 희미하게 반짝이는 빛이 보이는 것이, 마치 서리를 피해 빠져나간 소금쟁이 몇 마리가 저쪽에서 모인 듯했다. 그것이 아니라면 수면이 너무 잔잔해서 어느 바닥에서 샘물이 솟아나는지 훤히 보여주는 것 같았다. 가만히 노를 저어 다가가보니, 푸른 물에서 풍성한 청동빛을 뽐내는 12센티미터쯤 되는 작은 퍼치가 무수히 떼를 지어 즐겁게 놀면서 쉼 없이 수면 위로 올라와 파문을 만들어놓았고 가끔은 거품을 남겨놓기도 했다. 그토록 투명하고 바닥이 없는 것 같은 물 위에 구름이 비치고 있었다. 그 모습은 기구를 타고 하늘을 나는 것 같기도 했고 퍼치 떼가 헤엄치는 것이 하늘을 날고 있는 것 같기도 했다. 마치 지느러미를 돛처럼 사방으로 올리고는 바로 내 밑을 좌우로 지나가는 오밀조밀한 새들 같았다. 호수에는 그런 물고기 떼가 아주 많았는데, 드넓은 하늘의 창문에 겨울이 얼음 덧문을 치기 전의 짧은 시간을 한껏 즐기려는 것이 분명했다. 그 모습은 마치 미풍이 살짝 치고 간 듯, 혹은 빗방울이 수면에 조금 떨어진 듯 보였다. 내가 무심코 다가가면 누가 잎이 많은 가지로 수면을 치고 간 듯 물고기 떼들이 화들짝 놀라 갑자기 꼬리로 잔물결을 일으키며 철썩이다 곧바로 물속으로 사라져갔다. 바람이 거세지고, 안개가 짙어지고, 물결이 세차지니, 퍼치 떼가 물에서 전보다 훨씬 높이 뛰어올라 7센티미터 남짓한 검은 점점이 한꺼번에 수면 위로 튀어올랐다. 어느 해에는 늦은 시기인 12월 5일에도 수면에 움푹 패인 자국이 보이길래 안 그래도 안개가 가득했던 터라 곧 비가 세차게 내리려다 보다 싶어 급히 노를 저어 집으로 돌아가려고 서둘렀다. 뺨에 아무것도 느껴지지 않았지만 비가 이미 빠르게 몰려오는 듯해서 완전히 젖겠구나 싶었다. 그러나 갑자기 수면이 평평해졌고, 알고보니 내가 노 젓는 소리에 놀라서 깊숙이 숨은 퍼치 떼가 낸 자국이었다. 퍼치 떼가 사라지는 모습이 어렴풋하게 보였다. 어쨌든 나는 그날 오후에 비 한 방울도 맞지 않았다.

거의 60년 전, 주위를 둘러싼 숲에 가려 호수가 어두컴컴했던 때 이 호수에 자주 찾아왔던 한 노인이 그 시절에는 물오리와 다른 물새들이 넘쳐났고, 독수리도 많았다고 말해주었다. 호수에 낚시를 하러 오면 노인은 호숫가에서 찾은 오래된 통나무배를 사용했다. 통나무배는 스트로브잣나무 두 그루를 뽑아 엮은 후에 끝을 정사각형으로 잘라 만든 것이었다. 매우 투박하기는 해도, 물을 먹어 바닥으로 가라앉기 전까지는 오래도록 있었다. 그 배가 누구의 것이었는지는 노인도 알지 못했다. 배는 월든 호수에 속했다. 노인은 히코리나무 껍질을 엮어 밧줄을 만들어 닻으로 사용했다. 독립혁명 이전에 호숫가에서 살았던 어느 옹기장이 노인이 바닥에 쇠로 된 상자가 있었고 자신도 직접 본 적이 있다고 말했다는 것이다. 그 상자는 가끔 호숫가까지 둥둥 떠밀려왔지만 가까이 다가가면 다시 깊은 물속으로 들어가 사라졌다고 한다. 나는 이 오래된 통나무배 이야기를 듣고 기뻤다. 배가 있기 전에는 같은 재료지만 훨씬 우아하게 만들어진 인디언의 배가 있었다고 한다. 처음에는 아마 호숫가에 자라는 나무였는데 어쩌다가 물에 빠져서 한 세대 동안 호수를 떠다니다가 호수에 가장 어울리는 배 노릇을 한 것이다. 내가 처음 월든 호수를 깊숙이 들여다봤을 때 커다란 통나무들이 밑바닥에 많이 쌓인 것이 흐릿하게 보이던 기억이 나는데, 아마 폭풍에 날아왔거나 나무 값이 쌀 때 마지막으로 자르고는 얼음 위에 놓아두었던 것이리라. 그러나 지금은 나무가 거의 사라지고 없다.

내가 월든 호수에서 처음으로 나룻배의 노를 저었을 때, 호수는 빽빽하고 드높은 소나무 숲과 참나무 숲에 완전히 둘러싸여 있었다. 몇몇 후미에는 포도덩굴이 물가의 나무를 타고 자라나 그늘을 만들어서 나룻배가 그 아래로 지나다닐 수 있었다. 호숫가를 이룬 산들이 너무 가파르고 그 위의 숲이 그때는 너무 높았기에, 서쪽 끝에서 굽어보노라면 숲속의 경관을 보기 위한 원형극장처럼 생겼었다. 내가 더 젊었을 때는 호수 한가운데까지 노를 저어 간 뒤에 그 안에서 길게 누운 뒤 산들바람이 부는 대로 나를 맡겨두며 수면 위를 떠다녔다. 그렇게 여름날 오전에 깬 채로 꿈을 꾸다가 나룻배가 모래밭에 닿는 기척에 깨어났고 운명이 나를 어떤 물가로 데려왔는지 보려고 일어났다. 한가로움이 가장 매력적이고 생산적인 작업인 나날이었다. 하루 중 가장 소중한 시간을 그렇게 보내고 싶었기에, 수많은 오전에 나는 몰래 빠져나오곤 했다. 나는 금전적으로는 그렇지 못했지만 햇볕을 쬐는 시간과 여름날에 있어서는 부자였기 때문에 호화롭게 보냈다. 그 시간을 작업장이나 교사 책상에서 더 많이 낭비하지 않은 것을 후회하지 않는다. 하지만 내가 호숫가를 떠난 후로 벌목꾼들이 그곳을 훨씬 더 황폐하게 해놓았고, 가끔 호수가 내다보이는 풍경을 지닌 나무 사이를 거니는 일은 이제 오랫동안 없을 것이다. 나의 뮤즈가 앞으로 침묵을 지키더라도 탓할 수 없으리라. 숲이 잘려나가는 마당에 어떻게 새가 노래하기를 기대할 수 있겠는가?

이제 호수 밑바닥의 통나무들도, 오래된 통나무배도, 어두컴컴할 정도로 둘러싼 숲도 없는데, 호수가 어디에 있는지 제대로 모르는 마을 사람들은 호수에 목욕을 하거나 물을 마시러 오는 게 아니라, 적어도 갠지스강처럼 신성해야 할 호숫물을 파이프에 실어 마을로 끌어다가 설거지를 하겠단다! 꼭지를 돌려서, 마개를 뽑아서 월든 호수의 물을 얻으려 하다니! 귀를 찢을 것만 같은 울음소리로 마을 전체를 흔들어놓은 저 악마 같은 철마가 말발굽으로 보일링 샘을 흙탕물로 만들어놓았다. 월든 호숫가 숲을 전부 휩쓴 것도 그 놈이다. 그리스 용병들이 가져온, 뱃속에 천 명이 넘는 사람을 태운 트로이 목마 같으니![7] '깊게 베인 상처'에서 철마

261

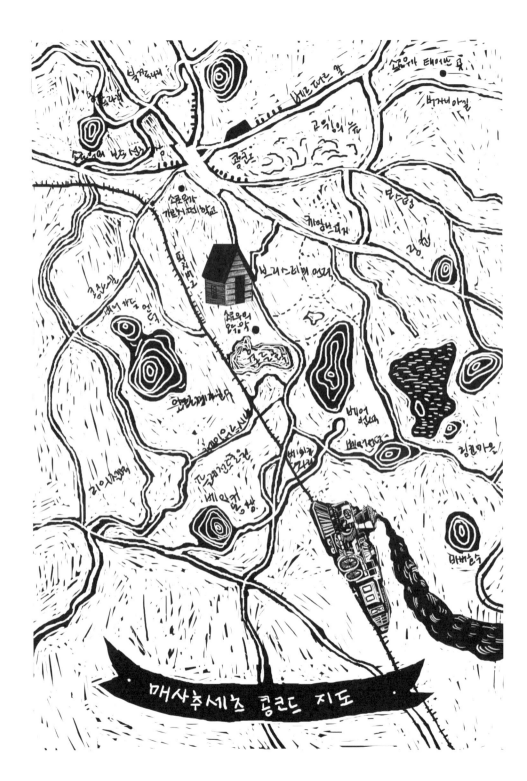

를 만나 그 비대하고 유해한 짐승의 갈비뼈 사이로 복수의 창을 찔러넣을 모어홀의 모어[8] 같은 이 나라의 용사는 어디에 있단 말인가?

그런데도 월든 호수는 내가 알고 있는 모든 특징 중에서도 순수성을 가장 잘 간직하고, 보존하고 있다. 많은 사람들이 이 호수에 비유되어왔지만 정작 그 명예를 누릴 자격이 있는 사람은 몇명 안 된다. 벌목꾼들이 처음에는 이 호숫가를, 그다음에는 저 호숫가를 헐벗기고, 아일랜드인이 호수 근처에 돼지우리를 짓고, 철도가 경계선을 침범하고, 얼음장수들이 호수의 얼음을 가져갔지만, 호수는 변하지 않았고 내 청춘 가득한 시선이 닿았던 그 물 그대로이다. 그동안 변화가 있었다면 그것은 모두 나에게 있었다. 호수는 그 모든 잔물결을 견뎌냈지만 항구적인 주름살은 한 줄도 생기지 않았다. 호수는 영원히 젊어서, 서 있으면 옛날과 다름없이 제비가 벌레를 잡으려고 수면을 스치는 것을 볼 수 있으리라. 호수는 20년 넘게 매일같이 보러 가지 않았다는 듯 오늘 밤에도 문득 생각이 난다. 아니, 여기 월든 호수가 있잖아, 오래전에 발견한 그 숲속의 호수. 지난겨울 숲이 잘려나간 호숫가에 어린 숲이 여느 때처럼 기운차게 자라나고 있다. 그때와 똑같은 생각이 그때와 똑같은 수면 위로 샘솟고 있다. 호수는 그 자신이나 그 창조자에게,

◆ ◆ ◆

7) 그리스인들이 안에 숨어든 목마를 트로이인들이 아무런 의심 없이 성벽 안으로 들여왔고, 그렇게 그리스인들은 트로이 안으로 들어갈 수 있었음.
8) 영국 민요에서 용을 죽인 주인공. 토마스 퍼시의 《고대 영국시 유물(1765)》에 실린 '원틀리의 용'에서 인용.

아, 그리고 어쩌면 나에게 변함없이 똑같은 즐거움과 행복의 샘물이다. 이것은 교활함을 모르는 용감한 사람의 작품임이 분명하다! 그는 이 호수를 손으로 둥글게 모아, 자신의 생각으로 깊이 파고 물을 맑게 했으며 스스로의 뜻에 따라 콩코드 마을에 남겨주었다. 호수의 표면을 보니 나와 똑같은 생각에 잠긴 것을 알 수 있다. 입가에 말이 맴돈다. 월든이여, 그대인가?

> 시 한 줄을 장식하는
> 건 내 꿈이 아니거늘.
> 월든 호수에 살 때는
> 신과 하늘에 가장 가까울 때.
> 나는 월든 호수의 돌이 깔린 호숫가이고,
> 그 위를 지나가는 산들바람이라네.
> 오므린 내 손에
> 월든 호수의 물과 모래,
> 월든 호수의 가장 깊은 곳은
> 내 사유 속 가장 드높은 곳에 있다네.

기차는 호수를 보기 위해 멈추는 법이 없다. 하지만 기술자와 기관사, 제동수 들과 정기권을 끊고 월든 호수를 자주 접하는 승객들은 호수를 보았기에 더 나은 사람들이 되지 않을까 하고 나는 생각해본다. 기관사는 (아니 어쩌면 그의 본성은) 낮에 적어도 한 번은 이 평온하고 순수한 광경을 보았다는 사실을 밤이 되어도 잊지 않을 것이다. 한 번 봤을 뿐이지만 이 광경은 스테이트 거리[9]와 기관차의 검댕을 씻게 해준다. 이 호수를 '신의 물방울'이라고 불러야 한다고 말한 사람도 있다.

월든 호수에는 물이 드나드는 곳이 보이지 않는다고 말한 적이 있다. 그러나 월든 호수의 한쪽 끝과 더 높은 지대에 있는 플린츠 호수 사이에는 플린츠 호수에서 흘러나오는 작은 호수들이 줄줄이 늘어서 있어 두 호수가 멀지만 간접적으로 연결되어 있다. 월든 호수의 반대쪽 끝은 더 낮은 지대에 있는 콩코드강과 직접적으로 분명하게 연결되어 있다. 다른 지질학적인 시대에 줄줄이 늘어선 호수에 월든 호수의 물이 흘러들었을 것이고 지금은 신이 금지했지만 살짝만 파주면 다시 그쪽으로 흐를 것 같다. 월든 호수가 그렇게 숲속의 은둔자처럼 금욕적으로 생활해온 덕에 그처럼 훌륭한 순수성을 얻은 것이라면, 비교적 탁한 플린츠 호수의 물이 섞인다고 했을 때, 또는 월든 호수가 자신의 달콤함을 바다의 물결 속에서 잃게 된다고 했을 때 어느 누가 한탄스럽게 여기지 않겠는가?

링컨 마을에 있는 플린츠 호수는 샌디 호수라고도 하는데, 우리 지역에서 가장 큰 호수이자 내해(內海)로, 월든 호수에서 동쪽으로 1.6킬로미터쯤 떨어진 곳에 있다. 월든 호수보다 훨씬 큰 이 호수는 24만 평을 아우른다고 알려져 있고, 물고기가 훨씬 풍부하다. 하지만 비교적 물이 얕은 데다 눈에 띄게 맑지도 않다. 나는

◆ ◆ ◆

9) 보스턴의 금융 중심지.

종종 기분전환 할 겸 숲을 따라 플린츠 호수까지 산책한 적이 있다. 바람이 자유로이 얼굴에 불어오고, 파도가 일렁이는 것을 바라보고, 뱃사람들의 삶을 추억하는 것만으로도 보람 있는 산책이었다. 바람 부는 가을날에 밤을 주우러 가면 물 속에 떨어진 밤이 내 발밑으로 떠밀려왔다. 어느 날 신선한 물안개를 얼굴에 맞으며 사초가 무성한 호숫가를 살살 거닐고 있는데, 썩어가는 나룻배를 보았다. 배 옆부분이 다 사라지고 골풀 사이에 남아 있는 건 평평한 배 밑바닥인 것 같다고 막연하게 생각했다. 하지만 썩어가면서도 잎맥이 살아 있는 커다란 수련 잎처럼, 원형을 뚜렷이 알아볼 수 있었다. 그 잔해는 바닷가에 있을 법하게 인상적이었고 어떤 교훈을 지니고 있었다. 지금은 골풀과 붓꽃이 뚫고 올라오는 식물의 거푸집이자 형체를 알아볼 수 없는 호숫가일 뿐이었다. 내가 자주 감탄했던 이 호수의 북쪽 끝 모래바닥에 남겨진 잔물결 자국은 물의 압력에 단단하게 굳어져 누가 그 위를 지나가도 그대로였고, 골풀은 이 자국을 따라 줄을 맞춰 자란 것이 꼭 파도가 심어놓기라도 한 것 같았다. 그곳에서 나는 곡정초의 가느다란 풀이나 뿌리가 지름 1~10센티미터 크기로 된, 완전한 구 모양의 신기한 뭉치를 많이 보았다. 이 뭉치들은 얕은 물속 모래바닥 위에서 이리저리 흔들리고, 때때로 호숫가에 실려오기도 했다. 속이 풀로 꽉 차 있거나 중간에 모래가 조금 섞여 있기도 했다. 처음 보는 사람은 조약돌처럼 물결의 작용일 것이리라 생각할 것이다. 하지만 가장 작은 1센티미터 크기의 뭉치도 똑같이 거친 재료로 만들어진 데다, 일 년 중 한 계절에만 만들어진다. 더욱이 파도는 이미 견고한 물질을 부쉈으면 부쉈지 쌓아놓을 것 같지는 않았다. 뭉치는 말라서도 매우 오랫동안 그 형태를 유지한다.

플린츠 호수라니! 우리가 이름을 붙이는 방식은 얼마나 빈약한가. 하늘에서 내려보낸 이 물 옆에 농장을 만들고 호숫가를 무자비하게 헐벗긴 불결하고 어리석은 농부가 어떻게 자신의 이름을 호수에 붙였단 말인가? 그는 호수 표면보다 자신의 뻔뻔한 낯짝이 황동색으로 비쳐 보이는 빛나는 동전을 더 사랑하는 구두쇠가 아닌가! 호수에 자리잡은 야생오리를 무단출입자로 여기는, 하피 괴물처럼 움켜잡는 버릇이 든 지 오래라 손가락이 단단히 굽은 발톱으로 변해버린 인간. 그러니 이 호수는 내게는 이름이 없는 것이나 매한가지다. 내가 그 호수에 가는 것은 그 사람을 보거나 그의 말을 듣기 위해서가 아니다. 그는 호수를 제대로 본 적도, 호수에서 목욕해본 적도, 호수를 사랑한 적도, 지킨 적도 없고, 호수에게 좋은 말 한마디 하지 않고, 호수를 만들어준 신에게 감사해 하지도 않는다. 차라리 그 안에서 헤엄치는 물고기나 자주 드나드는 야생의 새, 네발짐승, 그 옆에서 자라는 야생화, 호수와 한데 얽혀 삶을 함께해온 야성의 인간이나 아이의 이름을 호수에 붙이는 편이 낫다. 호수에 대한 권리를 주장할 수 없는 사람, 자신과 한통속인 이웃사람 또는 법률이 부여한 증서만 들이미는 사람의 이름이 아니라 말이다. 그는 호수가 지닌 금전적 가치만을 생각한, 존재 자체가 호숫가 전체에 저주가 된, 그 주변의 땅을 고갈시키고 호숫물도 얼마든지 고갈시켰을, 그래놓고 이게 영국 건초나 크랜베리가 자라는 풀밭이 아니라는 사실을 아쉬워하는, (과연 그의 눈에는 이 호수를 보완할 수 있는 게 없었으리라.) 필요하다면 물을 다 빼내고 바닥의 진흙이라도 팔았을 사람이다. 이 호수의 물로는 그의 방앗간을 돌릴 수 없었고 호수를 바라보는 것은 그에게는 아무런 특권이 아니었다. 나는 모든 것에 가격이 매겨진 그의 농장, 그의 노동을 존경하지 않는다. 그는 뭐라도 이득이 된다면 경치를 통째로, 아니면 자신이 모시는 신이라도 시장에 내다 팔 사람이다. 그의 신은 시장에 있다. 그의 농장에서는 아무것도 공짜로 자라지 않는다. 밭에는 어떤 작물도 열리지 않고, 어떤 꽃도 피지 않으며, 나무에는 어떤 열매도 맺지 않고 그저 돈만 열리고 피어난다. 그는 열매의 아름다움을 사랑하는 것이 아니기에, 열매가 돈이 되기 전까지는 익은 것이 아니다. 나는 진정한 부를 누릴 가난을 원한다. 농부는 가난함과 비례해 존경스럽고 흥미로운 법이다. 가난한 농부. 모범 농장! 집이 퇴비더미 속에 곰팡이처럼 나 있고, 깨끗하든 지저분하든 사람과 말, 소, 돼지의 방이 모두 인접해 있는 곳! 사람이 들어차 있는 곳! 거름과 버터밀크의 기름진 자국이 커다랗게 나 있는 곳! 드높게 일군 상태에서, 사람의 마음과 뇌를 비료로 쓰는 곳! 교회 뜰에서 감자를 재배하는 것과 다를 것이 없다! 그런 농장이 바로 모범 농장이다.

아니, 아니다. 풍경에서 가장 아름다운 특징에 사람의 이름을 붙이려거든, 가장 고귀하고 훌륭한 사람이어야 한다. 우리의 호수에는 적어도 '그 바닷가에 여전히 용감한 시도가 울려퍼지는'[10] 이카로스의 바다처럼 진실된 이름이 주어져야 한다.

자그마한 구스 호수는 플린츠 호수로 가는 길목에 있다. 콩코드강에서 뻗어나온, 면적이 85,700평에 이른다고 알려진 페어헤이븐은 남서쪽으로 1.6킬로미터 떨어져 있다. 약 49,000평인 화이트 호수는 페어헤이븐을 지나 2.4킬로미터 떨어져 있다. 이것이 나의 호반 지역[11]이다. 이 호수들은 콩코드강과 더불어 내가 누리는 물의 특권으로, 내가 가져다주는 곡식을 밤낮으로 해마다 빻아준다.

벌목꾼들과 철도, 그리고 내가 월든 호수를 더럽혀놓은 이래로, 모든 호수 중에서 가장 아름답지는 않더라도 가장 매력적인 호수이자 숲의 보석은 화이트 호수이다. 그러나 화이트 호수라는 이름은 뛰어나게 맑은 물 때문이든 모래색 때문이든 평범하기 때문에 나온 형편없는 이름이다. 화이트 호수는 이를 포함한 여러 면에서 월든 호수보다는 못한 쌍둥이다. 두 호수는 너무나 닮아서 땅 밑으로 연결된 게 틀림없다고 생각할 것이다. 호숫가에 돌이 많은 것도 똑같고 물의 빛깔도 똑같다. 무더운 삼복더위에, 그리 깊지 않은 만의 물을 숲을 통해 내려다보면 호숫물이 흐릿하게 푸르스름하거나 연한 청록색인 것도 월든 호수와 똑같다. 그 호수에 사포를 만들 모래를 수레에 실어 나르느라 자주 드나든 후로 오랜 세월이 지났지만 여전히 그곳에 찾아간다. 자주 드나드는 누군가

◆ ◆ ◆

10) 오늘날 에게해에는 '이카로스의 바다'라고 불리는 해역이 있는데 그리스 신화에서 바다에서 익사한 이카로스의 이름을 따서 지었음. 앞의 인용문은 호손덴의 윌리엄 드러먼드(1585~1649)가 지은 《이카로스》에서 인용한 것임.
11) 영국의 호수 지방을 일컫는 것으로, 윌리엄 워즈워스가 가장 좋아하는 곳이었음.

는 그 호수를 '연녹색 호수'라고 부르자고 한다. 나는 '미송 호수'라고 불러도 좋다고 생각하는데 그 이유는 다음과 같다. 15년 전에는, 확실히는 알 수 없지만 이 지방에서 미송이라고 부르던 리기다소나무 한 그루 꼭대기가, 호숫가에서 수십 미터 떨어진 깊은 곳에 수면 위로 튀어나온 것을 볼 수 있었다. 어떤 사람은 이 나무가 원래 그 자리에 있던 원시림 나무이고 호수가 가라앉은 것이라고 추측하기도 했다. 나는 메사추세츠 역사학회 논문집에서 시민 한 명[12]이 1792년에 집필한 '콩코드의 지형'이라는 글에서 저자가 월든 호수와 화이트 호수를 언급한 후에 이렇게 덧붙인 것을 발견했다.

> "후에 언급한 호수의 한복판에는 물이 아주 낮을 때면, 지금 서 있는 곳에서 자란 듯한 나무 한 그루가 보이는데 그 뿌리가 수면에서 15미터 아래에 있다. 이 나무 꼭대기는 부러져서 없는데 잘린 부분의 지름은 35센티미터쯤 된다."

1849년 봄에 서드배리 마을에서 그 호수에 가장 가까이 사는 사람과 얘기를 나눴는데, 그가 말하기를 10~15년 전에 이 나무를 꺼낸 것이 바로 자신이라는 것이다. 그가 기억하는 바에 의하면 나무는 호숫가에서 60~75미터 안으로 들어가 깊이가 9~12미터쯤 되는 곳에 있었다. 어느 겨울날, 오전에 얼음을 꺼내던 그가 오후가 되자 문득 이웃사람들의 도움을 받아 그 늙은 황소나무를

◆◆◆

12) 윌리엄 존스.

꺼내야겠다고 결심했다. 얼음을 톱질하여 호숫가로 향하는 통로를 내고, 소 여러 마리를 끌고 가 소나무를 끌어당겨서 길을 따라 얼음 위로 끌어올렸다. 하지만 작업을 더 진행하기 전에 그는 나무의 잘못된 쪽이 위로 올라와 있다는 것을, 가지 부분은 아래를 향해 있고 그 작은 끝부분이 모래바닥에 단단히 박혀 있다는 사실을 알고는 깜짝 놀랐다. 나무는 굵은 쪽 지름이 30센티미터쯤 되었기에, 그는 판자용 목재로 쓰면 좋겠다고 기대했지만 너무 썩어서 기껏해야 연료로 쓸 수 있었다. 그는 그중 일부를 창고에 넣어두었다. 나무 밑동에는 도끼 자국과 딱따구리가 쪼아놓은 자국이 있었다. 그는 그 나무가 원래 호숫가에 있는 죽은 나무였는데 결국 호수 안으로 떠내려갔고, 나무 밑동은 잘 마르고 가벼운 반면 나무 윗부분이 물을 먹는 바람에 떠다니다가 밑동 부분이 위로 올라오게 가라앉았을 것이라고 생각했다. 여든 살인 그의 아버지도 그 나무가 없었던 적을 기억하지 못했다. 꽤 커다란 통나무 몇 개가 바닥에 잠겨 있는 모습이 여전히 보이는데, 수면의 물결 탓에 움직이는 커다란 뱀처럼 보인다.

이 호수는 나룻배를 띄우는 일이 거의 없는데 낚시꾼을 끌어들일 만한 것이 없기 때문이다. 진흙이 필요한 하얀 수련이나 평범한 창포 대신, 붓꽃이 맑은 물 안에서 드문드문 자라고 호숫가 사방의 돌밭에서 올라와 6월이 되면 벌새들이 찾아온다. 붓꽃의 색이며 풀잎이 지닌 푸른빛, 특히 그 색이 물에 비치는 반영이 연한 청록색 물과 신기한 조화를 이룬다.

화이트 호수와 월든 호수는 이 땅의 커다란 수정이자 빛의 호수이다. 영구히 굳힐 수 있고 손에 쥘 만큼 작다면, 아마 이 호수는 원석처럼 노예에게 실려가 황제들의 머리를 장식했을 것이다. 하지만 호숫물은 액체이고 그 양이 풍부한 데다 우리와 우리의 후계자에게 영원히 존재할 것이기에 우리는 호수를 뒷전에 두고 코히누르의 다이아몬드[13]를 뒤쫓는다. 호수는 너무 맑아서 가치를 측정할 수 없다. 그 안에는 더러운 것이라고는 전혀 없다. 우리의 삶보다 얼마나 더 아름다우며, 우리의 인격보다 얼마나 더 투명한가, 호수란! 호수는 결코 비굴한 모습을 보인 적이 없다. 농부의 집 앞, 오리들이 헤엄치는 물웅덩이보다 얼마나 더 아름다운가! 이곳에는 깨끗한 물오리들이 찾아온다. 대자연에 감사하는 인간은 없다. 깃털을 지닌 새는 노래를 부르며 꽃과 조화를 이루지만, 대자연의 풍성한 야성적인 아름다움과 함께할 젊은이나 아가씨는 누구란 말인가? 대자연은 이들이 살고 있는 마을에서 멀리 떨어져, 대체로 홀로 활짝 피어난다. 대자연을 두고 낙원을 논하다니! 그것은 땅의 지구를 욕보이는 것이 아니고 무엇이겠는가?

◆◆◆

13) 인도에서 발견된 이름난 거대 다이아몬드. 지금은 영국 왕관 보석의 장식물로 소장되어 있음.

10. 베이커 농장

　가끔씩 나는 소나무숲을 지나다녔다. 소나무숲은 사원처럼, 나부끼는 나뭇가지로 돛을 올린 바다의 함대처럼 우뚝 서 있었으며, 햇살이 잔물결을 이루고 있었다. 나무들은 얼마나 잔잔하고, 푸르고, 그늘이 풍성한지 드루이드교[1] 승려들이 이곳에 참배를 올 수 있다면 참나무라도 버리고 왔을 것이다. 나는 플린츠 호수 너머 전나무 숲을 찾아가기도 했다. 해묵은 블루베리 넝쿨에 감긴 전나무들은 높이 더 높이 솟아 발할라의 전당[2] 앞에 있어도 손색

◆◆◆

1) 참나무 사이에서 예배를 드린 고대 켈틱 종파.

이 없을 것 같았다. 앉은향나무는 열매가 주렁주렁 달린 화관으로 땅을 뒤덮고 있었다. 어떤 때는 늪을 찾기도 했다. 거기에는 하얀가문비나무에 어스니어 이끼가 줄줄이 매달렸고, 늪의 신들이 탁자로 삼는 독버섯이 땅을 뒤덮었으며, 그보다 더 아름다운 곰팡이가 나비나 조개껍질, 고둥처럼 나무 밑동을 장식하고 있었다. 늪에는 진달래와 층층나무가 자라고, 오리나무의 붉은 열매가 꼬마 도깨비의 눈처럼 빛났다. 노박덩굴이 아무리 단단한 숲이라도 움푹한 곳을 찾아 파고 들어가고, 야생 호랑가시나무 열매는 너무 아름다워서 보는 이가 자기 집에 돌아가는 것을 잊게 만들었다. 그 밖에도 인간이 맛보기에는 너무나 깨끗해서 금지된 이름 모를 여러 야생 열매에 아찔하게 유혹을 당하는 곳이었다. 나는 학자를 찾아가는 대신, 이 근처에서는 흔치 않고, 저 멀리 풀밭 한복판에 있거나 숲이나 늪 깊숙한 곳 아니면 언덕 꼭대기에 있는 특이한 종류의 나무를 많이 찾아갔다. 그중 하나가 물박달나무로, 이 고장에 지름 60센티미터의 풍채 좋은 것들이 있었다. 이 나무의 사촌인 황자작나무는 넉넉한 황금빛 조끼를 입고 물박달나무와 똑같은 향기를 지니고 있었다. 줄기가 매우 깔끔하고 이끼로 아름답게 덮여 있었다. 너도밤나무는 세세한 모든 부분이 완벽했다. 몇몇 흩어진 나무를 제외하고 내가 아는 것은 꽤 큰 나무들로 이루어진 작은 숲뿐이었다. 이 숲은 지금은 마을의 소유로 남아 있지만 너도밤나무 열매에 꾀인 비둘기들이 심은 것이라고 짐작하는 사람

◆ ◆ ◆
2) 북유럽 신화에 나오는 전당으로 전사당한 용감한 영웅들을 기리는 곳.

도 있었다. 이 나무를 쪼개면 빛나는 굵은 결이 보기에 참 좋았다. 그 외에도 참피나무, 서어나무가 있었다. 또 이 부근에는 개느릅나무 한 그루가 잘 자라고 있었다. 키가 더 큰 소나무와 널빤지나무, 그리고 숲 한복판에 탑처럼 서 있어 보통의 나무보다 더 완벽한 솔송나무. 이 밖에도 많은 나무 이름을 댈 수 있었다. 이 나무들이야말로 내가 여름이고 겨울이고 할 것 없이 찾아간 신전이었다.

한번은 어쩌다 무지개 한쪽 끝에 서 있게 되었는데, 무지개가 대기의 아래층을 가득 채워 주변의 풀과 나뭇잎을 물들이는 광경에 그만 색깔 있는 수정을 통해 세상을 보는 것처럼 어질어질했다. 무지갯빛 호수에서 잠시나마 나는 돌고래처럼 있었다. 무지개가 더 오래갔더라면 내 일과 삶까지 물들였을 것이다. 철도 둑길을 걸을 때면 내 그림자 주위의 빛무리에 놀라기 일쑤였고, 나 자신이 선택받은 사람이라는 공상에 빠지곤 했다. 나를 찾아온 한 사람은 자기 앞에 가던 몇 명의 아일랜드인 그림자에는 빛무리가 없었던 것을 보면 빛무리는 오로지 토박이한테만 생기는 것이라고 장담했다. 벤베누토 첼리니[3]는 회고록에서 이렇게 말했다. 그

가 성 안젤로 성에 갇혀 있는 동안 끔찍한 꿈을 꾸거나 환상을 보고 나서는, 이탈리아에 있든 프랑스에 있든 아침저녁으로 머리 그림자 위에 휘황찬란한 빛이 생겼고, 이 빛은 특히 풀이 이슬에 젖어 있을 때 더욱 뚜렷했다. 이것은 내가 말한 것과 똑같은 현상으로, 특히 아침에 잘 보이지만 다른 때에도, 심지어 한밤중에도 볼 수 있다. 지속적인 현상이지만 흔히 알아차릴 수 없으며, 첼리니처럼 흥분하기 쉬운 상상력을 갖고 있는 경우에는 미신의 근원이 되기에 충분하다. 게다가 첼리니는 이것을 극소수에게만 보여줬다고 말한다. 하지만 자신이 조금이라도 높이 평가될 만하다는 것을 의식하는 사람은 정말 유별난 존재들이 아닌가?

어느 날 오후 나는 채소만으로 드문드문 챙기는 식단을 보강하기 위해 숲을 지나 페어헤이븐으로 낚시를 하러 갔다. 길을 가다 보니 베이커 농장에 딸린 플레전트 들판을 지나야 했다. 최근에 어느 시인이 이 목초지의 한적함을 노래했다.

"그대의 입구는 쾌적한 들판이구나
나무는 이끼 낀 열매를 조금
기운찬 개울에도 내어주네
그 옆에는 소리 없이 움직이는 사향쥐와
이리저리 헤엄치는
경쾌한 송어들."

◆◆◆

3) 유명한 이탈리아 조각가(1500~1571). 그의 자서전 제 26장에서 인용함.

월든에 가기 전에 나는 이곳에서 살 생각을 했었다. 나는 사과를 '슬쩍하고', 개울을 뛰어넘으며, 사향쥐와 퍼치를 놀라게 했다. 그날은 한없이 길게 느껴지는 오후로 우리의 인생은 많은 부분을 그런 날이 차지한다. 출발할 때쯤에는 이미 반나절 흘러갔지만 그래도 많은 일이 일어날 것 같은 오후였다. 그런데 느닷없이 소나기가 내려 어쩔 수 없이 소나무 밑에서 나뭇가지를 머리 위에 얹고 손수건으로 비를 막으며 30분을 기다려야 했다. 그러다 마침내 내 허리까지 오는 물옥잠초 위로 낚싯줄을 한 번 던졌는데, 어느새 구름 그림자가 드리우더니 천둥이 무섭게 우르릉거렸다. 나는 그 소리를 듣고 있을 수밖에 없었다. 무장도 하지 않은 가엾은 낚시꾼을 쫓아내기 위해 째진 번갯불을 동원하다니. 그러고 나면 신은 참 뿌듯하겠다 싶었다. 그래서 나는 비를 피할 생각으로, 오래도록 사람이 살지 않은 오두막집으로 달려갔다. 그 오두막은 어느 도로에서든 0.8킬로미터쯤 가면 있지만 호수에서는 훨씬 더 가까운 곳이었다.

"그리고 이곳에 한 시인이
그 옛날에 집을 지었네.
보라, 보잘것없는 오두막이
쓰러지고 있구나."

뮤즈의 이야기는 이러했다. 하지만 오두막집에는 이제 존 필드라는 아일랜드인이 아내와 아이들과 함께 살고 있었다. 아이들은 여러 명이었다. 일하는 아버지를 돕다가 비를 피해 늪에서 뛰어나온 얼굴이 넓적한 남자아이부터, 점술가 할멈처럼 주름이 자글자글한 얼굴에 원뿔 모양의 머리를 하고 귀족의 궁전인 양 아버지의 무릎에 앉아 집 안이 축축하고 배고픈 와중에도 낯선 사람을 호기심 어린 시선으로 내다보는, 이것이 이 세상에서 희망과 관심을 누리는 귀족 생활의 마지막이자, 곧 존 필드의 가난하고 굶주린 자식이 되리라는 것을 까맣게 모르고 젖먹이의 특권을 누리는 아기까지. 그렇게 우리는 지붕에서 물이 가장 적게 새는 곳 아래에 함께 앉아 있었고, 밖에서는 소나기가 내리고 천둥이 치고 있었다. 나는 이 가족을 미국으로 실어올 배가 만들어지기 전부터 수도 없이 그 집에 와서 앉아 있곤 했다. 존 필드는 분명 정직하고 열심히 일했지만 주변머리가 없는 사람이었다. 그의 아내는 한구석의 아궁이에서 몇 번이고 밥을 차려내느라 애를 쓰고 있었다. 둥글고 기름진 얼굴에 맨 젖가슴을 내놓고, 언젠가 생활이 나아지리라 생각하면서 말이다. 그녀는 대걸레를 손에 쥐고 놓아본 적이 없었지만 집 안 어디에서도 걸레질의 흔적은 찾아볼 수 없었다. 마찬가지로 비를 피해 집 안에 있으면서 식구인 양 돌아다니는 닭들은, 내가 보기에는 너무 사람 같아서 잘 구워지지 않을 성싶었다. 닭은 가만히 서서 내 눈을 들여다보거나 내 신발을 여러 번 쪼아댔다. 그동안 주인은 자기가 이웃 농부와 계약을 맺고 일 년 동안 거름과 땅을 쓸 수 있는 권리와 1,000평에 10달러씩의 품삯을 받았고, 늪을 삽이나 늪 괭이로 뒤집으며 '진흙투성이가 되도록' 얼마나 열심히 일하는지를 내게 말해줬다. 얼굴이 넓적한

어린 아들은 자기 아버지가 얼마나 형편없는 거래를 했는지도 모르고 그 옆에서 신나게 일을 해온 것이다. 나는 내 경험을 토대로 그를 도와주고 싶었다. 그가 나와 가장 가까운 이웃이라고, 또 내가 낚시를 하러 다니며 빈둥거리는 사람처럼 보여도 그와 다를 바 없이 생계를 꾸리고 있다고 말했다. 아담하고 단출하며 깨끗한 내 집은 몹시 낡은 그 집의 연간 임대료보다 더 많지 않은 비용으로 지을 수 있으며, 마음만 먹으면 한두 달 안에 손수 그만의 궁전을 지을 수 있다고 말했다. 나는 차나 커피, 버터, 우유, 신선한 고기를 먹지 않으니 이런 것들을 얻기 위해 일할 필요도 없고, 일을 힘들게 하지 않으니 힘들여 먹을 필요도 없어서 식비가 매우 조금밖에 들지 않는다고. 하지만 차와 커피, 버터, 우유, 소고기를 먹기 시작하면 값을 치르기 위해 힘들게 일해야 하고, 힘들게 일하면 신체의 낭비를 보충하기 위해 다시 힘들여 먹어야 한다고. 그러니 결국 오십보백보이고, 그가 이런저런 협상을 하느라 인생을 낭비하고 만족스러워 하지 못하는 것을 보면 사실 오십보가 낫다고. 그러나 그는 차와 커피, 고기를 매일 먹고 마실 수 있는 것을 미국에 와서 얻은 장점이라고 생각했다. 하지만 진정한 미국이란 이런 것들이 없는 삶의 방식을 자유롭게 추구할 수 있는 나라이고, 노예제도와 전쟁 같은 것으로 인해 직·간접적으로 발생하는 쓸데없는 비용을 국민에게 강요하지 않는 나라여야 한다. 나는 그가 철학자이기라도 한 듯, 또는 철학자가 되기를 바라는 사람인 듯 생각하면서 말했다. 이 땅의 모든 풀밭이 야생 상태로 남아 있다 해도 그것이 인간이 스스로 뉘우치기 시작해서 그런 것이라면 나는 매우 기쁠 것이다. 인간이 자신의 사고방식에 최고의 것을 찾기 위해 역사를 공부할 필요는 없다. 하지만 아아! 아일랜드 사람의 사고방식은 일종의 도덕적 늪지대용 괭이로 손보아야 할 작업이었다. 그는 늪 일을 그렇게 힘들게 하고 있으니 두꺼운 장화와 튼튼한 옷이 필요한 것이고 그마저도 곧 더러워지고 해지지만, 나는 가격이 반도 들지 않는 가벼운 신발과 얇은 옷가지를 걸치고도 신사다운 차림이라고 생각하지 않느냐고 (물론 그가 정말로 그렇게 생각하지는 않았다.), 그리고 별 수고 들이지 않고 기분전환 삼아 한두 시간이면 이틀 동안 먹을 물고기를 잡거나 일주일 생활에 충분한 돈을 벌 수 있다고 말했다. 그의 가족이 소박하게 살기만 하면 여름에 다 같이 재미 삼아 허클베리를 따러 갈 수도 있다. 존은 이 말에 한숨을 푹 쉬었고 존의 아내는 두 손을 허리에 얹고 나를 바라보았다. 두 사람 모두 그런 생활을 시작할 자본이 있는지, 그런 생활을 헤쳐나갈 만큼 셈을 할 수 있는지 의아해하는 듯했다. 그들에게는 이런 상황이 어떻게 입항해야 할지 정확히 모른 채 추측항법으로 항해하는 것이나 다름없었을 것이다. 그러니 내가 짐작하기에, 삶의 거대한 기둥을 정교한 쐐기로 쪼개어 자세히 파헤칠 재간이 없는 그 부부는 여전히 자기들의 방식으로, 정면으로 용감하게, 전력을 다해 삶을 받아들이고 있을 것이다. 엉겅퀴를 다루듯 삶을 거칠게 다룰 생각을 하면서 말이다. 하지만 그들은 압도적으로 불리한 싸움을 하고 있다. 이런 안타까울 데가, 계산하지 않고 살다가 실패하는 것이다.

　나는 물었다. "낚시는 합니까?" "아, 네. 한가할 때면 가끔씩 잡습니다. 괜찮은 퍼치도 잡구요." "미끼는 무얼 씁니까?" "지렁이로 피라미를 잡아서 그걸로 퍼치를 낚습니다." "당장 가봐요, 여보." 아내가 희망에 찬 얼굴로 말했지만, 존은 망설였다.

소나기가 그치고 동쪽 숲 위에 걸린 무지개가 맑은 저녁을 약속했다. 그래서 나는 출발했다. 집 밖으로 나왔을 때, 주변을 살펴보고 우물 바닥을 한번 볼 생각으로 그릇을 빌려달라고 부탁한 터였다. 하지만 아! 그 집의 물은 얕고 모래가 보였으며, 밧줄은 끊어지고, 손댈 수 없이 상한 두레박이 있을 뿐이었다. 그동안 알맞은 식기가 선택되었고, 물을 끓이기라도 하는 것 같았다. 상의하느라 한참이 지난 후에 물 한 그릇이 목마른 자에게 건네졌다. 아직 식지도, 찌꺼기가 가라앉지도 않은 물이었다. 여기에서는 그런 귀리죽으로 연명하는구나 싶었다. 그래서 눈을 딱 감고 잔을 능숙하게 움직여 티끌을 걸러가며, 진정한 환대에 감사하는 마음으로 최대한 벌컥벌컥 들이켰다. 나는 예의를 지키는 데 있어서는 비위가 약하지 않다.

비가 그치고 아일랜드인의 집을 떠난 후에 강꼬치고기를 잡으려고 호수로 서둘러 발걸음을 돌렸다. 외딴 밭, 진창과 수렁, 황량하고 야만적인 곳을 헤치고 나아가는 내 모습이 학교와 대학교를 다녔던 내게 잠시나마 하잘것없다고 느껴졌다. 하지만 점점 붉어지는 서쪽을 향해 무지개를 어깨에 걸친 채 언덕을 뛰어 내려가는 동안, 어딘지 모를 곳에서 맑게 정화된 공기를 뚫고 딸랑딸랑 소리가 희미하게 들려왔다. 내 천재성이 이렇게 말하는 듯했다. 날마다 멀리, 넓게 낚시하고 사냥하라, 더 멀리 더 넓게. 그리고 어떤 불안도 느끼지 말고 개울과 난롯가에서 몸을 쉬어라. 청춘의 나날에 창조주를 기억하라. 새벽이 되기 전에 걱정은 접어두고 모험을 하라. 한낮이 매번 다른 호수에서 너를 찾게 하고, 한밤이 어디에서든 너를 집인 듯 찾아오게 하라. 이곳보다 더 큰 들판은 없으며, 이곳에서 하는 것보다 더 가치 있는 놀이는 없다. 결코 건초가 되지 않을 사초와 고사리처럼, 본성을 따라 더욱 야생이 되어라. 천둥이 우르릉 쾅쾅 치게 하라. 농작물을 망쳐 놓을 조짐이 보이면 어떻게 하느냐고? 천둥은 네게 그러려고 온 것이 아니다. 농작물이 수레와 헛간으로 도망가는 동안 구름 밑으로 피하라. 생계를 꾸리는 것이 일이 아닌 취미가 되게 하라. 땅을 즐기되 소유하지 말라. 일과 신념의 부족으로 인간이 사고팔고, 농노 같은 삶을 살며 이 지경에 이른 것이다.

아 베이커 농장이여!

"아무리 풍부한 것이라고 해봐야
약간의 무구한 햇살이 전부인 풍경…

가로장 울타리 친 그대의 초원에서는
아무도 흥에 겨워 뛰놀지 않는다…

그 누구와도 입씨름하지 않는 그대
질문을 받아도 당황하는 기색조차 없구나.
적갈색 개버딘 옷을 차려입고

처음 보던 때 그대로 지금도 순하구나.…

사랑하는 사람들과
싫어하는 사람들 모두 오라.

신성한 비둘기의 아이들,
이 나라의 가이 포크스[4]여,
거친 나무 서까래에 매달아
음모를 교수형에 처하라!"[5]

사람들은 근처 들판과 길거리에서 밤이 되어서야 유순히 집에
돌아온다. 가정이라는 망령에 쫓기고 나름대로 내쉰 숨을 거듭 들
이마시느라 수척해져 간다. 그들의 그림자는 매일 걷는 걸음보다
아침저녁으로 더 멀리 뻗어간다. 사람은 매일 저 멀리서 모험과 위
험과 발견을 마친 덕에 새로운 경험과 새로운 성격을 얻은 후에
집으로 돌아와야 한다.

내가 호수에 도착하기 전, 존 필드는 어떤 충동에 이끌렸는지
마음이 바뀌어 이 해가 지기 전까지는 일단 '늪 일'을 그만두었다.
하지만 내가 고기를 줄줄이 잡는 동안 불쌍한 존은 지느러미 두

◆◆◆

4) 가이 포크스(1570~1606), 의회를 폭파하려는 음모에 가담했다는 이유로 처형당한 영
   국 가톨릭교도.
5) 엘러리 채닝, '베이커 농장'.

어 개만 건드렸을 뿐이고, 그는 그것이 자리 탓이라고 했다. 하지만 우리가 나룻배에서 자리를 바꾸자 행운도 자리를 바꿨다. 가엾은 존 필드! 그가 나아지지 않는 한 이 글을 읽을 일은 없다. 이 원시적인 새 나라에서 새로울 것 없는 옛 나라의 방식으로 살아가려, 피라미를 가지고 퍼치를 잡으려 하다니. 때때로 그것이 좋은 미끼라는 것은 인정한다. 지평선을 온전히 홀로 누리는, 하지만 가난하게 태어났기에 가난한, 아일랜드의 가난일지 가난한 삶을 물려받아 아담의 할머니 때부터 진흙수렁 같은 길을 걷게 된 가엾은 그는, 물갈퀴로 수렁 속에서 힘겹게 걸음을 옮기는 발에 탈라리아[6]가 신길 때까지는, 그도 그의 후손도 이 세상에서 일어서지 못하리.

◆ ◆ ◆

6) 신화의 신들과 관련된 날개 달린 신발 또는 발목.

11. 더 높은 법칙

물고기 잡은 것을 줄줄이 엮어서 이제 날이 꽤 어두워진지라 막대기를 땅에 대고 끌면서 숲을 지나 집으로 돌아오는 길이었다. 내 앞길을 슬그머니 지나가는 우드척 한 마리를 얼핏 보았는데, 그 순간 야만적인 기쁨이 주는 묘한 전율을 느끼면서 우드척을 잡아 날것으로 먹어치우고 싶다는 강렬한 충동을 느꼈다. 그때 나는 배가 고팠던 것이 아니라 우드척이 상징하는 그 야생성을 갈망한 것이다. 나는 호숫가에 사는 동안 한두 번 정신을 차려보니 반쯤 굶은 개처럼 숲속을 헤매면서 먹어치울 사슴고기 같은 것을 찾고 있었다. 고기 한 점을 뜯어먹는다 해도 그리 야만적이라고 생각하지

않았을 것이다. 나는 아무리 야생적인 광경도 이루 말할 수 없이 친숙해졌다. 나는 대부분의 사람들과 마찬가지로 더 높은, 소위 정신적인 삶을 추구하는 본능뿐만 아니라 원시적인 상태와 야만적인 삶을 추구하는 또 다른 본능을 발견하고 있다. 나는 두 가지 본능을 모두 존중한다. 나는 선을 사랑하는 것만큼 야생을 사랑한다. 나는 낚시에 깃든 야생성과 모험이 여전히 좋다. 가끔은 하루하루를 더욱 야생동물처럼 보내고 싶다. 나는 꽤 젊었을 때부터 낚시와 사냥을 해온 덕분에 대자연과 친하게 지낸 듯하다. 낚시와 사냥 덕분에 우리가 알게 되었고 그 속에 머물게 된 풍경은, 그렇지 않았더라면 그 나이에는 가까이 두지 못했을 풍경이다. 어부와 사냥꾼, 나무꾼처럼 숲과 들에서 인생을 보내기에 자연의 일부라고 할 수 있는 사람들은 일하는 중간중간 자연을 관찰해서, 오히려 일말의 기대를 가지고 자연에 접근하는 철학자나 시인보다 자연에 더욱 호의적이라고 할 수 있다. 대자연은 스스로를 그들에게 드러내기를 두려워하지 않는다. 대초원을 여행하는 사람은 당연히 사냥꾼이 되고, 미주리강과 콜럼비아강 상류를 여행하는 사람은 덫을 놓는 사냥꾼이 되며, 세인트메리 폭포를 여행하는 사람은 낚시꾼이 된다. 여행만 하는 사람은 무언가를 배울 때 간접적으로 반만 알 수밖에 없어서 진정 무엇을 배웠다고 할 수 없다. 그런 사람들은 이미 실질적 또는 본능적으로 알고 있는 것을 과학계가 보고할 때 가장 큰 흥미를 느끼기 마련인데, 그것만이 유일한 인간다움, 혹은 인간 경험에 대한 보고서이기 때문이다.

뉴잉글랜드에서는 공휴일이 많지 않고 영국에서처럼 많은 놀이를 즐기지 않으니 즐길거리가 거의 없다고 주장하는 사람들은 오해하고 있는 것이다. 이곳에서는 사냥과 낚시 등 더욱 원시적이면서도 고독한 즐길거리가 아직 자리를 양보하지 않았기 때문이다. 내가 어렸을 때는 열 살에서 열네 살 또래의 거의 모든 뉴잉글랜드 남자아이들이 엽총을 들고 다녔다. 아이들의 사냥터나 낚시터는 영국 귀족의 전용 수렵 구역처럼 제한되지 않았고, 오히려 미개인의 구역보다 더 광활했다. 그러니 마을 한가운데에 있는 공유지에서 더 자주 모여 놀지 않은 것은 놀라운 일이 아니다. 하지만 이미 변화가 일어나고 있는데 더욱 자비심이 늘어서가 아니라 사냥감이 드물어지고 있기 때문이다. 동물 애호협회를 포함하여 사냥당하는 동물에게 가장 좋은 친구는 사냥꾼이기 때문이리라.

호숫가에 살 때 나는 식단에 변화를 주기 위해 때때로 생선을 식탁에 올리기도 했다. 실제로 나는 최초의 낚시꾼과 똑같은 필요에 의해 낚시를 했다. 내가 낚시에 있어 인도적인 생각을 제기한다든지 하면 그것은 전부 꾸며낸 것이고, 나의 감정보다는 철학과 관련이 있었다. 내가 지금 말하는 것은 낚시에 대한 이야기이고, 새 사냥에 대해서는 오래전부터 다르게 느꼈기에 숲에 들어와 살기 전에 총을 팔았다. 낚시에 대해서는 내가 다른 사람들보다 덜 인간적이어서가 아니라, 별다른 감정을 느끼지 못했던 것이다. 나는 물고기나 지렁이는 불쌍히 여기지 않았다. 성격상 그랬다. 새 사냥에 대해서는, 엽총을 가지고 다녔던 최근 몇 년 동안 조류학을 공부하고 있으니 새롭거나 희귀한 새를 찾는다는 것이 그 구실이었다. 하지만 이제 조류학을 공부하기 위해서는 더 좋은 방법이 있다는 쪽으로 생각이 기울었다. 이 방법은 새의 습성에 훨씬 더 긴밀하게 관심을 가져야 하기 때문에, 오로지 그 이유 하나만으로 기꺼이 총을 포기했다. 하지만 인도적인 이유로 반대함에도 불구하고, 사냥을 대체할 만큼 가치 있는 취미가 있는지 나도 잘 모르겠다. 그리고 친구 몇 명이 어린 아들 때문에 걱정하며 사냥을 하게끔 놔둬야 하는지 물어올 때면, 나는 사냥이 내가 받은 가장 귀중한 교육이었다는 점을 떠올리며 물론 그래야 한다고, 처음에는 취미로 즐기는 것일지라도 가능하다면 결국에는 위대한 사냥꾼이 되어, 더 이상 여기든 어디든 초목이 우거진 곳에서 충분히 큰 사냥감을 찾아볼 수 없을 정도에 이르게 해야 한다고, 사냥꾼만이 아닌 인간을 낚는 어부[1]가 되게 해야 한다고 대답한다. 지금껏 나는 초서의 작품에 나오는 여수도승과 의견이 같다. 그녀는

　"사냥꾼은 성인이 될 수 없다는 구절에 대해서는
　어린 암탉 한 마리 값도 쳐주지 않았다."[2]

　인류 역사에 앨곤킨족[3]의 말대로 사냥꾼이 '가장 훌륭한 인간'인 시절이 있던 것처럼 개인의 역사에도 그런 시기가 있다. 우리는 총 한 번 쏴보지 않은 남자아이를 가엾게 여길 수밖에 없다.

◆ ◆ ◆

1) 마가복음 1장 17절 인용. "너희는 나를 따라오너라. 내가 너희로 사람을 낚는 어부가 되게 하리라."
2) 초서의 《캔터베리 이야기》에서 인용함.
3) 미국 북동부의 원주민 부족.

그 아이에게 교육이 등한시된 것이지 그 아이가 더 인간적이어서가 아니기 때문이다. 지금까지 말한 것은 사냥에 작정하고 덤비는 젊은이들에 한한 나의 대답이다. 나는 그들이 곧 이 취미를 졸업하리라 생각한다. 인간적인 존재라면 철없던 소년시절을 지나서도 자신과 마찬가지로 생을 살아가는 생명체를 무분별하게 죽이지 않을 것이다. 궁지에 몰린 산토끼는 아이처럼 운다. 세상의 어머니들이여, 경고하건대 나의 동정심은 흔히 그렇듯 인간과 동물을 차별하지 않는다.

젊은이가 숲과 친해지고 자신의 가장 독창적인 부분과 처음으로 친숙해지는 경로는 다음과 같다. 처음에는 숲에 사냥이나 낚시를 하러 간다. 하지만 그에게 더 훌륭한 삶의 씨앗이 있다면 마침내 시인이나 박물학자로서의 진정한 목표를 찾게 되어 총과 낚싯대를 버리게 된다. 이런 관점에서는 많은 사람들이 여전히, 앞으로도 청소년기를 벗어나지 못할 것이다. 어느 지역에서는 사냥하는 목사를 심심치 않게 볼 수 있다. 그런 사람은 좋은 양치기의 개는 될 수 있을지언정, 좋은 양치기는 될 수 없다. 벌목과 얼음 자르

기 같은 일을 제외하고 마을 사람 중 누구라도, 어른이든 아이든 반나절 내내 월든 호수에 묶어놓는 명백한 일은 낚시뿐이라는 것에 항상 놀란다. 대개 사람들은 물고기를 줄줄이 잡지 않은 이상 자신이 운이 좋았다거나 낚시질한 시간에 비해 좋은 결과를 얻었다고 생각하지 않았다. 낚시질하는 동안 줄곧 호수를 볼 수 있었는데도 말이다. 그들은 천 번은 낚시를 하러 가봐야 낚시질의 불순물이 가라앉고 목적만이 순수하게 남을 것이다. 그런 정화 과정은 끝없이 계속 진행될 것이다. 주지사와 그의 자문위원은 호수에 낚시를 하러 간 것이 어릴 적이기 때문에 호수에 대한 기억이 희미하다. 하지만 이제 그들은 낚시를 하러 가기에 너무 늙었고 위엄 있는 탓에 호수를 더욱 잘 알 수 있는 기회가 영영 없으리라. 그러면서도 그들은 결국 천국에 가기를 기대한다. 주 의회가 관여한다면 주로 호수에서 쓸 수 있는 낚싯바늘의 개수를 규제하기 위해서일 것이다. 하지만 그들은 호수 그 자체를 노릴 때는 어떤 낚싯바늘을 써야 할지에 대해 낚싯바늘의 '낚'자도 모르므로 주 의회를 미끼삼아 찌르는 것이다. 그리하여 문명사회에서조차 배아의 인간은 수렵이라는 단계를 거치는 것이다.

요즘 들어 나는 낚시를 할 때마다 자존감이 점점 떨어진다는 것을 깨달았다. 나는 낚시를 수없이 해왔다. 낚시에 숙련이 되었고, 다른 친구들처럼 그것에 타고난 소질이 있어 그 소질이 가끔씩 되살아난다. 하지만 낚시를 할 때마다 차라리 낚시를 하지 않았다면 더 좋았을걸 하는 생각이 든다. 그렇다고 내가 착각에 빠진 것은 아니다. 희미하긴 하지만 새벽의 첫 햇살도 어렴풋하지 않은가. 만물에서 하등동물에 속하는 본능이 분명 내게도 있다. 하지만 해가 거듭될수록 나는 더 인간다워졌다거나 지혜로워진 것이 아닌데도 낚시를 줄이고 있다. 지금은 낚시를 거의 하지 않는다. 하지만 내가 황야에서 살아야 한다면 다시 본격적으로 낚시와 사냥을 하고 싶은 마음이 들 것이다. 게다가, 물고기를 먹는 이런 식단과 육류에는 본질적으로 깨끗하지 못한 무언가가 있다. 나는 집안일이, 매일 단정하고 점잖은 겉모습을 내세우며 모든 나쁜 냄새와 광경을 지워내고 집 안을 아늑히 하려는, 비용이 많이 드는 노력이 어디에서 시작되었는지 알게 되었다. 나는 나 자신이 정육업자이자 설거지꾼이며 요리사인 데다 요리를 대접받는 신사이기도 했으니, 특별나게 완벽한 체험을 통해 이야기할 수 있다. 내 경우에 육식을 반대하는 실질적인 이유는 깨끗하지 못해서였다. 게다가 물고기를 잡아서 손질하고, 요리해서 먹을 때면 그것이 본질적으로 채워주지 못하는 듯했다. 하찮고 불필요하며, 수고한 것보다는 돌아오는 것이 적은 식사였다. 한 끼 식사로는 약간의 빵이나 감자 몇 알이면 충분했고 이런 식단이 수고가 더 적게 들고 더 깨끗했다. 많은 요즘 사람들처럼 나는 몇 년 동안 육류나 차, 커피 등을 거의 섭취하지 않았다. 건강에 나쁜 영향을 끼친다는 점을 알아내서라기보다, 기분이 좋지 않았기 때문이다. 육식에 대한 반감은 경험으로 인한 결과가 아니라 본능이다. 검소하게 살고 검소하게 먹는 것이 많은 면에서 더 아름다워 보였다. 실제로 나는 그것을 완벽하게 실천한 것은 아니지만 내 상상력을 만족시킬 만큼은 했다. 자기의 더 높은, 더 시적인 능력을 최고의 상태로 유지하려고 하는 사람이라면 특히 육식을 삼가고, 어떤 음식이든 과식을 삼갈 것이라고 생각한다. 이는 곤충학자들도 서술한 중요한 사실로, 커비와 스펜스[4]가 찾은 사실에 의하면 "완전한 상태에 있는 어떤 곤충은 소화 기관이 갖춰져 있어도 거의 쓰지 않는다."고 말했다. 또 "일반적으로, 이러한 상태의 거의 모든 곤충이 유충 상태의 곤충보다 훨씬 적게 먹는다. 식욕이 왕성하던 애벌레도 나비가 되고, 걸신 들렸던 구더기도 파리가 되면" 꿀이나 다른 단물 한두 방울로 만족한다는 것이다. 나비 날개 아래에 있는 배 부분은 여전히 유충이었던 때를 나타낸다. 이 부분은 맛있는 한입거리로 누군가에게 잡아먹힐 운명을 타고난 것이다. 대식가는 유충 상태에 있는 인간이다. 온 국민이 그런 상태에 놓인 국가도 있는데 환상이나 상상력이 빈곤하고, 그들이 가진 커다란 배를 보면 그 정체가 드러난다.

상상력을 해치지 않을 만큼 간소하고 깨끗한 식사를 준비하고 요리하기란 여간 힘든 일이 아니다. 하지만 우리가 배를 채울 때는 상상력도 채워야 하는 법이다. 육체와 상상력은 같은 식탁에 앉아야 한다. 어렵더라도 할 수 있는 일이다. 과일을 적당히 먹으면 식욕에 대해 수치스러워 할 일이 없으며 가장 가치 있는 것을 추구하는 데에도 방해가 되지 않는다. 하지만 요리에 과다한 양념을 넣는 순간 몸에 독이 퍼질 것이다. 사치스러운 요리를 먹고 사는 것은 가치가 없는 일이다. 대부분의 사람은 육식이든 채식이든 매일 남이 자신에게 해주던 식사 그대로 자기 손으로 요리하다가 들

◆ ◆ ◆

4) 윌리엄 커비와 윌리엄 스펜스, 《곤충학 개론(1846)》.

키면 수치심을 느낄 것이다. 이런 상황이 바뀌기 전까지 우리는 문명화되지 않은 것이며, 신사숙녀라면 진정한 남자와 여자가 아닌 것이다. 이는 어떤 변화가 필요한지를 확실히 알려주고 있다. 왜 상상력은 고기와 지방을 받아들이지 않는지 물어봐야 헛일이다. 나는 이 사실에 만족한다. 인간이 육식동물이라는 것은 비난이지 않은가? 그렇다, 인간은 다른 동물을 잡아먹고도 잘살 수 있고, 그러고 있다. 하지만 올가미로 토끼를 잡으러 가고, 양을 도살하러 가는 사람이라면 알게 될 것이다. 그것은 비참한 일이다. 스스로 더 무구하고 완전한 식습관으로 절제해야 한다는 가르침을 인간에게 전하는 사람은 인류의 은인으로 여겨야 마땅할 것이다. 나의 식사 취향이 어떻든 간에, 인류 문명이 발전함에 따라 육식을 그만둔다는 것은 야만인이 더 문명화된 사람과 접촉했을 때 서로를 잡아먹는 습관을 버린 것만큼 확실하다.

만약 자신의 본능이 아주 희미하지만 끊임없이 암시하는 것에, 확실히 진실된 그 제안에 귀를 기울인다면 처음에는 극단이나 미친 것으로 이끌어갈지 모른다는 생각이 들 것이다. 그러나 결심이 더욱 공고하고 충실해질수록 길은 그 방향으로 놓이기 마련이다. 어느 건전한 인간이 매우 희미하지만 확실히 느끼는 반대의식은 결국 인류의 논쟁과 관습을 극복할 것이다. 자신의 천재성을 따르는 사람은 잘못된 길로 들어서지 않는다. 그 결과 몸이 약해진다 해도, 더 높은 차원의 원칙에 순응하는 삶이기에 후회스러운 결과라고 할 수는 없다. 그 결과를 기쁘게 맞이하는 그런 밤낮이라면, 그리고 달콤한 향이 나는 허브와 꽃처럼 향기를 뿜어내고 더욱 탄력적이며, 별을 더욱 닮았고, 더 불멸인 인생을 살았다면 당신은 성공한 것이다. 모든 자연이 당신을 축하해주니, 스스로를 축복할 이유가 순간적으로나마 생기는 것이다. 가장 큰 획득과 가치는 제대로 인정받는 일이 드물다. 그것이 존재한다면 우리는 쉽게 의심할 것이다. 곧 잊을 것이다. 그러나 그런 획득과 가치는 가장 높은 차원의 현실이다. 아마 가장 놀랍고 현실적인 사실은 절대로 인간에게서 인간으로 전해지지 못하리라. 나의 일상생활에서 얻은 참된 수확은 아침이나 저녁의 빛깔처럼 만질 수 없고 형용할 수 없다. 그것은 내 손에 잡힌 우주의 티끌이고, 무지개의 조각이다.

그러나 나는 유별나게 식성이 까다롭지 않다. 필요하다면 가끔은 기꺼이 튀긴 쥐를 먹을 수도 있다. 아편 중독자가 느끼는 천국보다 자연스러운 하늘이 더 좋은 것과 똑같은 이유로, 나는 음료수보다 물을 그토록 오래 마실 수 있었기에 기쁘다. 나는 기꺼이 늘 맨 정신을 유지했다. 취기에는 한도가 없다. 나는 물이야말로 현명한 사람을 위한 유일한 음료라고 생각한다. 포도주는 그다지 고상한 술이 아니다. 그리고 따뜻한 커피 한 잔으로 아침의 희망을 꺾고, 차 한 잔으로 저녁의 희망을 꺼버린다고 생각해보라! 아, 이런 것에 유혹을 당할 때면 내가 얼마나 낮은 곳까지 추락하는지! 음악도 취하게 할 수 있다. 보기에는 사소한 요인들로 그리스와 로마가 파괴되었고, 영국과 미국이 멸망될 것이다. 모든 취기 중에서도 숨 쉬는 공기에 취하고 싶지 않은 사람이 어디에 있겠는가? 내가 거친 노동을 오래 지속하는 것을 반대하는 가장 큰 이유는 마찬가지로 거칠게 먹고 마셔야 한다는 점 때문이다. 하지만 사실대로 말하자면 지금의 나는 이런 점에서 다소 덜 까다롭다. 나는 식사에 종교적인 것을 덜 추구하며, 축복을 바라지도 않는다. 그것은 내가 예전보다 더 현명해졌기 때문이 아니라, 아무리 후회스러울지언정 해가 거듭될수록 점점 더 거칠고 무관심해졌기 때문이라고 고백하지 않을 수 없다. 많은 사람들이 시를 믿듯 아마이러한 의문은 젊은 시절에나 즐기는 것이리라. 나의 실천 여부는 '어디에도 없이' 사라지고 의견만 남아 있을 뿐이다. 그럼에도 나는 베다 경전에서 말하는 특권을 누리고 있다고 생각하지 않는다. 베다 경전에서는 "편재하는 최고의 존재를 진실로 믿는 사람은 존재하는 것은 아무것이나 먹으리라."고 말했다. 즉 무엇이 내 음식인지 또는 누가 준비했는지 물을 필요가 없다는 것이다. 게다가 인도인 주석자가 말했듯이 이 특권은 '시련의 시기'에 국한된다는 점에 주목할 필요가 있다.[5]

식욕과 상관없는 식사에서 이루 표현할 수 없는 만족감을 느껴보지 않은 사람은 누구인가? 내 정신적 지각이 대체로 천박한 미각 덕분이라는 것을, 내가 미각을 통해 일깨워졌다는 것을, 내가 언덕에서 따먹은 열매가 내 독창성을 키웠다는 것을 생각하면 전율이 흐른다. 공자는 말했다. "마음이 자체를 거느리지 못하면 보아도 보는 것이 아니고, 들어도 듣는 것이 아니며, 음식을 먹되그 맛을 아는 것이 아니다."[6] 자신이 먹는 음식의 참맛을 구별하

◆ ◆ ◆

5) 라자 람 모한 로이의 《베다》 번역본(1832)에서 인용.

는 사람은 결코 폭식가가 될 수 없고, 음식의 참맛을 구별하지 못하는 사람은 소식가가 될 리 없다. 바다거북 요리를 좇는 시의원과 마찬가지로 청교도는 왕성한 식욕으로 통밀빵 부스러기를 좇는 것이다. 인간을 더럽히는 것은 그 입으로 들어간 음식이 아니라 그 음식을 먹는 식욕이다.[7] 음식의 질도 아니고 양도 아닌, 감각적인 맛에 대한 헌신이다. 우리가 먹은 것이 우리 안의 동물을 유지하거나 영적인 삶을 일깨우기 위한 양식이 아닌, 우리를 지배하는 벌레를 위한 음식일 때 그렇다. 사냥꾼이 자라나 사향쥐 등 야만적인 먹거리에 취향이 있는 것이나, 귀부인이 송아지 발로 만든 푸딩이나 바다 건너 온 정어리를 탐닉하는 것은 다를 것이 없다. 사냥꾼은 사냥감을 잡으러 연못으로 향하고, 귀부인은 음식을 저장해 놓은 항아리로 향한다. 놀라운 점은 어떻게 그들이, 어떻게 당신과 내가 먹고 마시기만 하는 짐승 같은 비열한 삶을 살 수 있느냐 하는 것이다.

우리의 삶 전체는 놀라울 정도로 도덕적이다. 선과 악 사이에는 한순간의 휴전도 없이 싸움이 계속된다. 선이야말로 실패하지 않는 유일한 투자이다. 전 세계에 울려 퍼지는 하프의 선율에서 우리를 전율하게 하는 것은 선에 대한 고집이다. 하프는 '우주의 보험회사'를 대변해 돌아다니면서 그 법칙을 재잘대며 권하고, 우리가 내야 하는 보험료라고는 약간의 선량함이 전부이다. 젊은이

◆ ◆ ◆

6) 공자, 《대학》 7장.
7) 마태복음 15장 11절. "입으로 들어가는 것이 사람을 더럽게 하는 것이 아니라 입에서 나오는 그것이 사람을 더럽게 하는 것이니라."

는 결국 점점 무감각해지지만, 우주의 법칙은 무감각하기는커녕 영원히 가장 민감한 편에 선다. 확실히 있기 마련이니 꾸지람하는 모든 미풍의 말을 귀담아 듣기를. 이를 듣지 않는 사람은 불행한 자이다. 우리는 줄 하나 건드리거나 음조 하나 바꿀 수 없이 다만 매력적인 교훈에 얼어붙을 뿐이다. 짜증나는 소음도 훨씬 멀리서 들으면 음악으로, 우리 삶의 비열함에 대한 뿌듯하고도 달콤한 풍자로 들리기 마련이다.

우리는 내면의 동물을 자각하고 있으며, 더 고귀한 본성이 깊이 잠들수록 이 동물은 점점 깨어난다. 감각적인 파충류인 이 동물을 완전히 쫓아낼 수 없을지 모른다. 우리가 살아서 건강할 때에도 몸을 장악하는 기생충처럼 말이다. 우리는 그것으로부터 멀어질 수는 있지만 그것의 본성을 바꿀 수는 없다. 나는 그것이 나름대로 건강을 누릴까 봐 두렵다. 그래서 우리가 건강하되 순수하지 않을까 두렵다. 요전 날에 내가 주운, 하얗고 건강한 이빨과 엄니가 달린 수돼지의 아래턱뼈는 정신적인 것과는 전혀 다른 동물적인 건강과 활기가 있다는 점을 암시했다. 이 생명체는 절제와 순수가 아닌 다른 수단으로 번영했다. 맹자[8]는 이렇게 말했다.

"사람과 금수를 구분짓는 것은 매우 사소하다. 소인은 이 차이점을 매우 빨리 잃어버리고, 군자는 이것을 조심스럽게 간직한다."

◆◆◆

8) 기원전 3세기의 중국 철학자.

우리가 순수함을 얻으면 어떤 삶이 기다리고 있을지 누가 알겠는가? 나에게 순수함을 가르칠 만큼 현명한 사람이 있다면 당장 그를 찾아가리라. "정욕에 대한, 육신의 외부적 감각에 대한 억제와 선한 행동은 신에게 접근하려는 사람에게 필수불가결한 것"이라고 베다는 선언했다. 하지만 잠시 동안은 영혼이 몸의 모든 요소와 기능을 장악하고 통제하여, 총체적인 감각의 형태로 존재하는 것을 순수와 헌신으로 바꿀 수 있다. 생식력은 우리가 해이할 때는 우리를 방탕하고 불순하게 만들지만, 우리가 절제할 때는 우리를 일깨우고 활기를 불어넣는다. 순결은 인간의 꽃이다. 천재나 영웅적인 행동, 신성함 등으로 불리는 것은 순결을 잇는 다양한 열매일 뿐이다. 순수함의 길이 트이면 인간은 단번에 신에게 흘러간다. 순수함이 우리를 일깨웠다가 불순함이 우리를 낙담케 하기를 반복한다. 자기 내면에서 날마다 동물이 죽어가고 신성함이 쌓여가는 것이 확실한 사람은 축복받은 것이다. 아마도 수치심의 원인은 사람이 동맹을 맺은 열등하고 야수 같은 본성 때문이리라. 우리는 파우누스(고대 로마의 목신, 가축을 지킴-옮긴이)나 사티로스 같은 짐승과 신이 결합된 존재, 온갖 욕구로 가득 찬 생명체가 아닐까, 그리고 어느 정도로는 우리의 삶 자체가 치욕이 아닐까 하는 생각이 든다.

"마음속의 짐승들에게 적당한 장소를 주어
마음속의 숲을 개척한 자는 얼마나 행복한가!
…(중략)…

말, 염소, 늑대 등 온갖 짐승을 부리고

자기 자신은 다른 짐승들에게 나귀가 되지 않을 수 있다니!

그렇지 않으면 그는 돼지치기일 뿐만 아니라,

돼지를 곤두박질칠 만큼 격분시켜

더욱 흉하게 만드는 악마들이다."[9]

모든 감각은 여러 가지 형태를 띨 뿐 결국 하나이고, 모든 순수함도 하나이다. 사람이 먹든, 마시든, 함께 살든, 잠을 자든 감각적으로 행하는 것은 매한가지다. 모든 것이 하나의 욕구일 뿐이니, 한 사람이 얼마나 대단한 감각주의자인지를 알고 싶을 때는 그 사람이 여러 가지 중에서 하나를 행하는 모습만 보면 된다. 순결하지 못한 사람은 순수하게 서 있지도, 앉아 있지도 못한다. 파충류는 자신의 굴 입구 한쪽이 공격을 당하면 다른 입구에서 모습을 드러낸다. 순결해지고 싶으면 절제해야 한다. 순결이란 무엇인가? 사람은 스스로가 순결한지 어떻게 알 수 있는가? 알지 못할 것이다. 우리는 이 미덕에 대해 들어봤지만 이게 무엇인지는 알지 못한다. 들어본 소문에 대고 편한 대로 이러쿵저러쿵 말할 뿐이다. 부지런히 몸을 놀리는 데에서 지혜와 순수가, 나태로부터 무지와 관능이 생겨난다. 공부하는 사람에게 관능이란 게으른 습성이다. 보편적으로 깨끗하지 못한 사람은 난로 옆에 앉아 있는, 엎드린 채 햇빛을 받는, 피곤하지도 않은데 휴식을 취하는 게으른 사람이다.

◆◆◆

9) 존 던(1573~1631)의 '에드워드 허버트 경에게'에서 인용.

불결함과 모든 죄악을 피하고 싶거든 설사 외양간을 치우는 일일지라도 열심히 하라. 천성은 극복하기 어렵지만 반드시 극복해야한다. 당신이 기독교인인데 이교도보다 순수하지 않다면, 더 이상 스스로를 자제하지 않는다면, 더 이상 종교적이지 않다면 무슨 소용이란 말인가? 우리가 이교로 알고 있는 종교 가운데 교리를 읽으면 스스로 부끄러움이 물밀 듯 밀려오고, 단지 의식을 치르는 것인데도 새로운 의욕을 불러일으키는 계율을 지닌 종교가 있음을 나는 많이 보아왔다.

나는 이런 것을 말하기가 망설여진다. 이는 이야기의 주제 때문이 아니라 (내 말이 얼마나 상스럽든 그것에는 신경 쓰지 않는다.) 이 이야기를 하려면 나의 불순함을 반드시 드러내야 하기 때문이다. 우리는 어떤 형태의 관능에 대해서는 부끄러운 줄 모르고 거리낌 없이 얘기하면서, 또 어떤 형태의 관능에 대해서는 입을 다물고 있다. 너무나 몰락해서 인간 본래의 필수적인 기능에 대해 입을 다무는 것이다. 옛날에는 몇몇 나라에서 모든 기능을 공경하며 법으로 거론하고 규제했다. 현대인의 취향으로 봤을 때 얼마나 공격적이든, 인도의 입법가는 그 무엇도 사소하게 취급하지 않았다. 입법가는 먹고, 마시고, 함께 살고, 대변과 소변을 비우는 등의 방법을 가르치며 상스러운 것을 고양시키지, 이런 것을 두고 하찮다며 거짓된 변명을 하지 않는다.

모든 인간은 '몸'이라고 불리는 신을 모시는 신전이다. 이 신전은 순전히 자기만의 방식을 따라 짓는다. 그 대신 대리석을 망치질한다고 해서 이 일에서 손을 뗄 수는 없다. 우리는 조각가이자 화가이고, 그 재료는 우리 자신의 살과 피, 뼈이다. 고결함은 단번에 사람의 이목구비를 세련되게 하고, 비열함이나 관능은 이목구비를 짐승처럼 만든다.

9월의 어느 저녁에 존 파머는 고된 하루 일을 끝내고 문간에 앉아 있었다. 그는 머릿속으로 이만저만하게 여전히 노동을 생각하고 있었다. 그는 목욕을 한 뒤 자신의 지적인 면모를 되살리고자 자리에 앉았다. 다소 쌀쌀한 저녁이었기에 이웃 사람 중에는 서리를 걱정하는 사람도 있었다. 그가 줄줄이 이어지는 생각에 빠져 있는데 얼마 후 누군가가 플루트를 연주하는 소리가 들려왔고, 그 소리가 그의 기분과 조화를 이뤘다. 그래도 그는 자신의 일에 대해 생각했다. 하지만 그는 자신의 의지에 반해서 생각이 머릿속에서 계속 굴러가 계획하고 궁리하면서도, 대단한 것은 아니라고 생각했다. 끊임없이 벗겨지는 피부의 때에 지나지 않았던 것이다. 하지만 플루트 소리는 그가 일하는 곳과 다른 공간에서 흘러와 그의 내면에 잠들어 있는 특정한 능력을 발굴하라고 말해왔다. 그 선율은 서서히 그가 살고 있는 거리와 마을, 도시를 앗아가버렸다. 어떤 목소리가 말을 걸어왔다 "그대는 영광스러운 존재가 될 수 있는데 왜 여기에서 이렇게 비천하고 악착같은 삶을 살고 있는가? 하늘의 별은 여기가 아닌 다른 밭에서도 반짝인다." 그러나 어떻게 이 상황에서 벗어나 그곳으로 갈 수 있단 말인가? 그가 생각할 수 있는 것이라고는 새로운 금욕 생활을 실천하고, 마음이 몸 깊숙이 내려가 육체를 구원하고, 스스로를 더욱 존경심으로 대하는 것이었다.

12. 동물 이웃

가끔은 도시 반대편에서 마을을 지나 내 집에 온 친구[1]와 함께 낚시질을 하러 갔다. 이로써 저녁거리로 물고기를 잡는 일이 식사뿐만 아니라 사교적인 활동이 되기도 했다.

은둔자   세상이 지금 어떻게 돌아가고 있는지 궁금하군. 세 시간째 소귀나무에 앉은 메뚜기 소리조차 들리지 않아. 산비둘기 들은 둥지에 앉아 모두 자고 있으니, 푸드덕 소리도 나지 않

◆ ◆ ◆

1) 엘러리 채닝, 소로우의 친구이자 다음 이어지는 대화에 나오는 시인.

고. 방금 숲 너머에서 들려온 소리는 농부가 정오에 부는 나팔소리인가? 삶은 소고기에 사과즙, 옥수수빵을 곁들인 점심에 여러 사람의 손길이 닿는군. 왜 사람들은 그처럼 고생을 하는 것일까? 먹지 않는 자는 일할 필요도 없는 것을. 그들이 얼마나 수확했는지 궁금하네. 보즈[2]가 짖는 소리 때문에 사색조차 할 수 없는 곳에서 누가 살려고 한단 말인가? 게다가 아, 살림을 하는 일인데! 오늘 같이 화창한 날 그놈의 문손잡이를 윤기 나게 닦고, 통을 문질러 닦는 일이라니! 집이 없는 편이 차라리 낫지 뭐, 속이 빈 나무 속에서 사는 게 나아. 아침에 찾아오는 사람도 없고 저녁파티도 없으니 말이야! 딱따구리가 나무 두드리는 소리만 나겠지. 아, 또 마을에는 사람들이 얼마나 모여 사는지. 그쪽은 햇볕이 너무 따가워. 저들은 너무 삶의 한복판에 내던져졌어. 샘에서 길어온 물과, 찬장에 둔 통밀빵 한 덩어리 외에는 바랄 게 없지. 아니, 나뭇잎 바스락거리는 소리가 들리는데. 배고픈 마을 개가 사냥을 하는 소리인가? 아니면 숲에 산다고 소문난 길 잃은 돼지, 내가 비 온 후에 흔적을 봤던 그 돼지 소리인가? 빠르게도 오는군. 옻나무와 들장미 넝쿨이 떨고 있잖아. 아, 시인 친구, 자네인가? 오늘은 세상이 어떻게 돌아가고 있나?

시인   저 구름을 보게나. 구름이 걸려 있는 모습을! 내가 오늘 본

◆ ◆ ◆

2) 당시 개를 부르던 흔한 이름.

것 중에서 최고라네. 옛 그림에도, 외국에도 저런 구름은 없어. 스페인 해안으로 떠나지 않는 이상 말일세. 진정한 지중해의 하늘 같은 모습이지. 먹고는 살아야겠고 오늘 먹은 건 없으니, 낚시나 가야겠네. 시인에게는 그게 진정한 부지런이지. 내가 배운 유일한 일이기도 하고 말이야. 어서, 서두르세.

은둔자 거절하기 힘든 얘기군. 통밀빵이 곧 떨어져 가니 말이야. 기꺼이 자네를 따라나설 테지만, 우선 진지한 명상을 마쳐야겠네. 거의 끝난 것 같아. 그러니, 잠시만 나를 내버려두게. 그래도 늦어지면 안 되니, 자네가 그동안 미끼를 좀 찾고 있게나. 거름으로 영양을 주지 않은 이 부근 땅에서는 지렁이를 보기가 좀처럼 힘들다네. 거의 멸종 수준이지. 식욕이 그리 예민하지 않은 사람에게는 미끼 찾는 일이나 물고기 잡는 일이나 거의 똑같잖나. 그리고 이 일은 하루 종일 혼자 할 수도 있고 말이야. 저기 감자콩 넝쿨 사이에, 물레나물이 나부끼는 곳을 삽질해보게. 땅을 세 번 엎을 때마다 지렁이 한 마리는 나올 거라고 장담하지, 잡초 뽑듯 풀뿌리 사이사이를 잘 살펴보게. 더 멀리 가고 싶으면 그것도 어리석은 생각은 아닐세, 거리가 제곱이 될수록 괜찮은 미끼가 많아지니까.

은둔자 (혼잣말로) 자, 아까 내가 어디까지 생각했더라? 거의 이런 생각을 하고 있었던 것 같은데. 세상은 이 각도로 놓여 있었다고. 천국으로 갈 것인가, 낚시질을 하러 갈 것인가? 이 명상을 끝내면 이렇게 달콤한 시간이 또 찾아올 것인가? 살면서 늘 그랬듯 사물의 본질에 용해되기 직전이었는데. 내 생각이 돌아오지 않으면 어쩐담. 조금이라도 소용이 있다면 휘파람으로 생각을 불러볼 텐데. 마음속에서 생각이 우리한테 제안을 해올 때는, 생각해볼게 라고 해야 현명한 걸까? 내 생각은 도통 흔적을 남기지를 않으니 길을 두 번 다시 찾을 수 없어. 내가 생각하던 게 뭐였지? 굉장히 흐린 날이었네. 컨-풋-씨[3] 세 문장만 읽어봐야겠어. 원래의 상태로 나를 데려다줄지 모르니. 이게 의기소침한 기분이었는지 황홀경이 싹 트는 기분이었는지 모르겠네 (메모-기회는 한 번밖에 오지 않는다.)

시인 지금은 어떤가, 은둔자 친구? 좀 모자라거나 크기가 작은 것 몇 마리 빼고 통통한 것을 열세 마리 잡아왔네. 그래도 작은 물고기를 낚기에는 충분하겠지. 낚싯바늘을 충분히 감싸지는 못하더라도 말이야. 마을의 지렁이는 너무 크더군. 낚싯바늘을 못 찾아도 민물고기 한 마리가 한 끼로 먹기에 충분할 걸세.

은둔자 뭐, 그럼 출발하지. 콩코드강으로 가볼까? 물만 너무 높지 않으면 콩코드강이 낚시하기에 괜찮을 거야.

어찌하여 세상은 우리가 보는 이 사물들로 이루어져 있을까?

◆ ◆ ◆

3) 'Confucius(공자)'를 소로우가 라틴어 발음으로 적은 것.

어찌하여 사람은 이런 종류의 동물들을 이웃으로 두는 것일까? 이 틈을 채울 존재가 쥐 말고는 없는 것일까? 필파이 등 여러 작가들[4]은 동물을 최대한 잘 활용한 게 아닐까 싶다. 어떤 점에서는 짐을 나르는 동물들이 우리 생각의 일부를 나르도록 되어 있는 것 같다.

내 집에 드나드는 쥐들은 예전에 이 나라에 들어왔다고 전해지는 평범한 쥐가 아니라, 마을에서 찾을 수 없는 야생 그대로의 종이다. 나는 그중 한 마리를 저명한 자연학자[5]에게 보냈었는데 그는 큰 관심을 보였다. 내가 집을 지을 당시 한 마리가 집터 밑에 보금자리를 갖고 있었다. 내가 두 번째 마루를 놓고 대팻밥을 쓸어내기 전에는 점심때가 되면 나와서 내 발밑에 떨어진 부스러기를 주워 먹었다. 아마 전에는 한 번도 인간을 보지 못한 모양이었다. 그래도 금세 나와 친해져서 내 신발을 뛰어넘고 옷 위로 올라오기도 했다. 쥐는 종종걸음으로 집 안의 벽을 쉽게 기어올랐는데 그 동작이 꼭 다람쥐 같았다. 어느 날 의자에 앉아 팔꿈치를 괴고 있는 내 옷소매를 타고 소맷자락까지 기어오더니, 종이로 싼 저녁식사 주위를 빙빙 돌았다. 나는 저녁식사를 움켜쥐고 휙 피하면서 녀석과 숨바꼭질 놀이를 했다. 내가 엄지와 검지손가락 사이에 치즈 한 조각을 들고 있자, 녀석은 내 손바닥 위로 올라와 앉더니 치즈 조각을 갉아먹었고, 다 먹고는 파리처럼 얼굴과 앞발을 씻고 사라져

◆ ◆ ◆

4) 'Bidpai'라고 쓰기도 함. 산스크리트 우화집의 작가일 것으로 추정되어 유명함.
5) 루이 애거시즈(1807~1873).

버렸다.

곧 피비새 한 마리가 내 오두막에 둥지를 틀고, 울새가 집 옆에 자라던 소나무 한 그루에 보금자리를 마련했다. 6월에는 부끄러움을 잘 타는 꿩이 집 뒤 숲에서 새끼들을 데리고 창문을 지나 집 앞쪽으로 갔는데, 암탉처럼 새끼들에게 큰 소리로 울어대는 모습이 영락없는 숲속의 암탉이었다. 가까이 다가가면 새끼들은 어미새의 신호에 회오리바람이 휩쓸고 간 듯 순식간에 흩어지는데, 그 모습이 마른 잎과 나뭇가지를 너무도 닮아 길 가던 사람이 새끼들 한가운데에 발을 딛고 서 있어도 근처에 무엇이 있을 것이라는 생각을 하지 못했을 것이다. 그때 늙은 어미새가 쌩 하고 날아올라 불안에 가득 찬 울음소리를 내거나 그 사람의 관심을 끌려고 날개를 끌고 가는 모습을 본 것이 한두 번이 아니었다. 어미새는 이따금 사람 앞에서 구르고 빙빙 돌기도 하는데 그 모습이 어찌나 어수선한지 잠시 동안은 이게 무슨 동물인지 알아채지 못할 수 있다. 새끼들은 나뭇잎 아래에 고개를 처박고 가만히 쭈그려 앉아서 멀리서 떨어질 어미의 명령에만 귀를 기울이느라, 가까이 다가가도 도망치거나 모습을 드러내지 않는다. 심지어 밟거나 1분 동안 바라보아도 알아보지 못한다. 나는 언젠가 한번 새끼들을 활짝 편 두 손바닥 위에 올려놓은 적이 있다. 그때도 새끼들은 어미새와 제 본능에 충실하느라 두려워하지도, 떨지도 않고 가만히 쭈그려 앉아 있을 뿐이었다. 이런 본능에 어찌나 철저한지, 한번은 내가 새끼를 나뭇잎에 다시 올려놓다가 한 마리가 실수로 나뭇잎 옆에 떨어지고 말았는데, 10분 뒤에 가보니 나머지 새끼들과 함께 그 자리에 그대로 있었다. 들꿩 새끼들은 다른 대부분의 새끼들처럼 미숙하지 않고, 병아리보다 더 빨리 성숙해진다. 맑은 두 눈에 담긴 어른스럽지만 순진한 표정이 매우 인상적이다. 그 안에 모든 것을 아는 영특함이 깃들어 있다. 그 눈에는 유아기의 순수함뿐만 아니라 경험으로 정화된 지혜가 서려 있다. 그런 눈은 들꿩이 태어날 때 생기는 것이 아니라, 그 눈에 비친 하늘과 함께 탄생한 것이다. 숲속에 그만한 보석은 또 없다. 그토록 맑은 우물을 여행자가 들여다볼 기회는 흔치 않다. 무지하고 무자비한 사냥꾼이 어미 들꿩을 쏘아 죽이면 죄 없는 새끼들은 주변을 어슬렁거리던 짐승이나 다른 새에게 잡아먹히거나, 자신들과 그리도 닮은 나뭇잎이 썩어가는 동안 점차 그것과 섞여버리게 된다. 암탉에 의해 부화된 들꿩 새끼들은 무엇에 놀라면 흩어졌다가 영영 길을 잃고 마는데, 다시 모이라는 어미의 부름을 영영 듣지 못하기 때문이라고 한다. 이것들이야말로 나의 암탉이자 병아리들이다.

얼마나 많은 생명체가 사냥꾼의 눈에 띄지 않고 마을과 가까운 숲에서 비밀스럽게 먹고 살아가며 야생적이고 자유로운지 놀라울 따름이다. 이 근처에서 수달은 얼마나 조용한 삶을 살아가는지! 키가 1미터 넘는 조그만 소년만큼 자란 수달은 누구의 눈에도 띄지 않는다. 전에는 내 집 뒤쪽의 숲속에서 너구리를 본 적이 있는데, 밤이 되면 작게 우는 소리를 들을 수 있었다. 보통 나는 씨를 뿌린 다음 정오에 점심을 먹고 그늘에서 한두 시간 쉰 후에, 샘터에서 독서를 조금 했다. 샘물은 나의 밭에서 1킬로미터 조금 안 되게 떨어진 브리스터 언덕에서 새어나와 습지와 개울의 근원이 된다. 이 샘터로 가려면 어린 리기다소나무가 울창하고 풀이 우거진 골짜기를 지나, 늪 주변의 더 큰 숲으로 들어가면 된다. 이 샘터는 넓게 퍼진 스트로브잣나무 아래 아주 한적한 그늘에 깨끗하고 편편하여 앉을 수 있는 풀밭이 있었다. 나는 샘을 하나 파서 맑은 물이 나오는 우물을 만든 후였고, 양동이 가득 퍼 담아도 물이 흐려지지 않았기에 한여름에 호숫물이 너무 더워지면 거의 매일 물을 퍼 담으러 이 샘에 왔다. 이곳에 도요새가 진흙 속에서 벌레를 찾으려고 땅에서 30센티미터쯤 위로 새끼들을 이끌고 날아왔다. 새끼들은 어미새 밑에서 떼를 지어 따라왔다. 그러다 마침내 어미새가 나를 염탐하더니 새끼들을 놔두고 내 주위를 빙빙 돌면서 점점 가까워져 반경 1미터 남짓 안으로 들어왔다. 어미새는 내 관심을 끌려고 날개와 다리가 부러진 척하다가, 어미새가 시킨 대로 작은 소리로나마 강단 있게 짹짹거리며 습지를 따라 한 줄로 행군하던 새끼들을 떠나게 했다. 아니면 어미새는 보이지 않고 새끼 새들이 짹짹대는 소리만 들릴 때도 있었다. 샘터에는 멧비둘기들도 날아와 앉거나 내 머리 위의 부드러운 스트로브잣나무 가지 사이를 퍼덕이며 날아다녔다. 또는 가장 가까운 나뭇가지에서 재빨리 내려오던, 특히나 친근하고 호기심이 많은 붉은다람쥐도 있었다. 숲속 어느 매력적인 곳에 가만히 앉아 오래 있다보면 거기에 사는 온갖 동물들이 모두 차례차례 모습을 드러낸다.

나는 평화롭지 못한 사건을 목격한 적도 있다. 하루는 장작더미, 아니 나무 그루터기를 쌓아놓은 곳에 갔다가 개미 두 마리가 서로 열심히 다투는 모습을 관찰했다. 한 마리는 붉은개미였고 또

한 마리는 검은색에 몸집이 훨씬 커서 1센티미터는 넘어 보였다. 일단 엉겨 붙은 개미 두 마리는 서로 놔주지 않고, 나무더미 위에서 끊임없이 싸우고 씨름하고 뒹구는 것이었다. 더 멀리서 보니 나무더미 전체가 개미 전사들로 뒤덮여 있어, 단지 둘만의 결투가 아니라 전쟁이라는 것을, 붉은개미 두 마리에 검은개미 한 마리가 맞붙은 두 개미 종족 사이의 전쟁이라는 것을 알고는 깜짝 놀랐다. 이 미르미돈[6] 군단은 나무더미의 온갖 언덕과 계곡을 뒤덮었고, 땅은 이미 붉고 검고 할 것 없이 전사자와 부상자로 가득했다. 내가 목격한 유일한 전투였고, 전투가 한창인데 발로 디뎌본 유일한 전쟁터였다. 내전이었다. 한 편에는 붉은 공화주의자, 다른 편에는 검은 제국주의자. 내게는 아무 소리도 들리지 않지만 사방에서 개미들이 죽음을 불사한 전투에 참여 중이었다. 인간 병사들도 그렇게 결연하게 싸우지는 않았을 것이다. 개미 한 쌍은 볕이 잘 드는 나무더미 골짜기에서 서로를 끌어안고 꽉 엉겨 붙어 지금 한낮부터 해가 떨어질 때까지, 아니 목숨이 끊어질 때까지 싸울 준비를 하고 있었다. 몸집이 작은 붉은개미는 적군의 가슴에 찰싹 달라붙어, 전장에서 몇 번을 굴러 떨어지는 동안 잠시도 멈추지 않고 적군의 더듬이를 뿌리부터 갉아먹었는데, 나머지 더듬이는 이미 잘려서 떨어져나간 후였다. 힘이 더 센 검은개미가 붉은개미를 이리저리 밀치고 있었는데 더 가까이서 들여다보니 이미 붉은개미를 몇 마리 없앤 후였다. 두 개미는 불독보다 더 끈질기게 싸

◆◆◆

6) 트로이 전쟁에서 아킬레스의 지휘 아래에 싸운 전사들.

웠다. 둘 중 어느 쪽도 물러날 기미조차 보이지 않았다.

    그들의 전투 구호가 "승리 아니면 죽음을 달라!"일 것은 불 보듯 뻔했다. 그 사이 계곡 중턱에 붉은개미 한 마리가 나타났는데, 적을 이미 물리친 것인지 아직 전투에 참가하지 않은 것인지는 모르지만 매우 흥분한 듯했다. 사지가 멀쩡한 것을 보면 아직 전투에 참가하지 않은 것이리라. 방패를 들고 나가 싸워 이기든가, 전사하여 방패에 실려 돌아오라고 어미에게 명령을 받았을 것이다.[7] 아니면 아킬레우스라도 되어서, 멀리서 분노를 삭이고 이제 파트로클로스를 구하러 왔거나 복수하러 온 것이리라.[8] 검은개미가 붉은개미보다 몸집이 거의 두 배나 되는 이 불공평한 전투를 멀리서 보고는, 재빨리 전사들이 있는 곳에서 1센티미터 거리로 다가와 경계태세에 돌입한 것이다. 그러고는 기회를 틈타 검은개미에게 달려들어 오른쪽 앞다리의 밑동에 작전을 개시해, 적군이 자기 팔다리를 붙들게 놔두었다. 그리하여 세 마리가 목숨을 걸고 하나

◆◆◆

7) 스파르타 어머니들이 전쟁에 나가는 아들에게 했던 말이라고 함.
8) 아킬레스는 친구 파트로클로스가 전사하기 전까지는 트로이 전쟁에 관여하지 않았음.

가 된 꼴은, 마치 온갖 자물쇠와 시멘트를 능가하는 새로운 종류의 인력(引力)이라도 발명해낸 듯했다. 이쯤 되니 종족마다 군악대가 나무더미에 주둔하여, 몸이 굼뜬 병사의 사기를 북돋우고 죽어가는 전사에게 힘을 주기 위해 애국가를 연주하는 광경도 놀랍지 않았다. 개미들이 사람인 것처럼 나는 신이 나 있었다. 생각하면 할수록 개미와 사람은 다를 게 없었다. 동원된 숫자로 보나 전사들이 보여준 애국심과 영웅심으로 보나, 이 전투와 조금이라도 비길 만한 전투는 미국 역사라면 모를까 적어도 콩코드의 역사에는 기록된 것이 없다. 규모와 대학살 면에 있어서는 가히 아우슈터리츠나 드레스덴 전투[9]에 맞먹는다. 콩코드 전투라! 애국파 두 명이 사망하고, 루터 블랜처드가 부상당했던 그 전투! 아니 여기서는 모든 개미가 버트릭 소령이고 "사격! 사격!" 하고 외쳤던 것이다. 수천 마리가 데이비스, 호스머 대위와 운명을 같이하지 않았던가.[10] 돈을 받고 싸우는 용병은 한 마리도 없었다. 그들은 우리 조상과 마찬가지로 원칙을 지키려고 한 것이지, 홍차에 매겨진 세금 3페니를 내지 않으려고 한 것이 아니라고 나는 확신한다. 그리고 이 전투에 관련된 개미들에게 그 결과는, 적어도 벙커힐 전투처럼 기억에 남을 만큼 중요하리라.

나는 싸움을 모두 지켜보기 위해서, 앞서 묘사한 개미 세 마리가 싸우고 있는 나무더미를 들어올려, 집 안으로 가져와 창틀에

◆ ◆ ◆

9) 나폴레옹이 치른 전쟁 중 두 번의 전투.
10) 대령 존 버트릭이 긴급 소집병을 이끌었음. 이삭 데이비스와 데이빗 호스머가 식민주의자 중 유일하게 전사함.

큰 컵을 씌워놓았다. 처음에 말한 붉은개미 쪽으로 현미경을 들이 댔더니, 붉은개미가 적군의 더듬이를 마저 절단하고는 왼쪽 앞다리를 열렬히 갉아먹고 있었다. 그러나 제 가슴도 다 뜯겨나간 바람에 그 안의 내장은 검은개미에게 무방비로 노출되었고, 검은개미의 가슴팍은 한 눈에 보기에도 붉은개미가 뚫기에는 너무 두꺼워 보였다. 고통을 겪고 있는 개미의 어두운 홍옥 같은 눈은 전쟁만이 불러일으킬 수 있을 광기로 빛났다. 개미들은 컵 아래에서 30분도 넘게 싸웠고, 다시 들여다봤을 때는 검은개미가 적군의 목을 몸뚱이에서 잘라놓은 상태였다. 여전히 움직이는 붉은개미의 머리들이 검은개미의 옆구리를 꽉 문 채 매달려 있었는데 안장 테 한켠에 무시무시한 전리품을 걸어두고는, 더듬이도 없고 다리도 하나밖에 남지 않아 힘없는 몸으로나마 버둥거리고 있었다. 얼마나 더 많은 부상을 입히고 나서야 적군을 완전히 물리쳤을지는 알 길이 없었다. 그러나 30분이 더 지나고 결국에는 검은개미가 승리했다. 나는 창문을 열었고, 검은개미는 그렇게 불구의 몸을 이끌고 창틀을 넘어갔다. 검은개미가 전투에서 살아남아 남은 나날을 쟁발리드 병동[11]에서 보냈는지는 알지 못한다. 하지만 그 후에는 그의 용맹함이 그다지 쓸모 있었으리라고 생각하지 않는다. 어느 쪽이 승리를 거뒀는지, 전쟁의 원인이 무엇인지는 영영 알지 못했다. 하지만 그날 하루 종일 나는 인간의 전쟁에서나 볼 법한 싸움과 광기와 대학살을 내 집 문 앞에서 목격했다는 것에 신이

◆ ◆ ◆

11) 파리에 있는 참전용사를 위한 병원.

나면서도 처절한 기분이었다.

곤충학자 커비와 스펜스에 따르면 개미들의 싸움은 오래전부터 알려졌고 그 날짜도 기록되었지만, 이를 목격한 듯한 현대 작가로는 박물학자 휴버[12]가 유일하다. 그들은 다음과 같이 말한다.

"아이네아스 실비우스는 배나무 줄기 위에서 크고 작은 종끼리 아주 고집스럽게 겨룬 어느 싸움의 정황을 아주 상세히 설명한 다음, 이 전투는 교황 유게니우스 4세의 임기 도중에 저명한 변호사인 니콜라스 피스토리엔시스가 있는 자리에서 벌어졌고, 이 변호사가 전투의 역사를 아주 자세하게 이야기했다고 말했다.

스웨덴의 신부였던 올라우스 마그누스가 기록한 크고 작은 개미 사이에 벌어진 비슷한 교전에서는, 승리를 거둔 작은 개미들이 같은 편 개미들의 시체는 묻어주었지만 거대한 적군 개미의 시체는 새의 밥으로 남겨뒀다고 한다. 이 사건이 일어난 후에 스웨덴에서 폭군 크리스티어른 2세가 축출당했다.[13]"

내가 목격한 개미들의 싸움은 포크가 재임한 시절에 발생했고, 5년 후에 웹스터의 '도주 노예법'이 통과되었다.[14]

◆ ◆ ◆

12) 프랑수아 휴버(1750~1831), 스위스 곤충학자.
13) 커비와 스펜스의 《곤충학 개론》에서 인용. 에네아 실비오(1405~1464)는 교황 비오 2세. 올라우스 마그누스(1490~1558)는 스웨덴 역사가.
14) 1845년.

식량 창고에 있는 진흙거북이나 쫓으면 딱 어울릴 만한 마을 개 여러 마리가, 주인 모르게 숲에서 네 발 달린 무거운 몸뚱이를 자랑하고 다니면서 쓸데없이 늙은 여우굴이나 우드척 구멍 냄새를 맡으며 다녔다. 이들을 이끈 것은 민첩하게 숲을 누비고 다니며 아직도 숲속 생물들을 공포로 몰아넣을 어느 작은 똥개였으리라. 이제 마을 개들은 앞장서는 그 개보다 한참 뒤에서, 숲을 살피려고 나무 위로 폴짝 올라간 작은 다람쥐를 향해 불독처럼 짖어대다가, 천천히 달려 덤불을 큰 몸집으로 꺾고 다니면서 자기가 가족들과 떨어져 길 잃은 날쥐를 쫓고 있다고 상상한다. 언젠가 나는 고양이 한 마리가 호숫가 돌밭을 따라 거니는 것을 보고 놀랐는데, 고양이는 좀처럼 집에서 멀리 돌아다니지 않기 때문이다. 고양이도 놀라기는 마찬가지였다. 온종일 깔개 위에 누워 있던, 세상에서 가장 잘 길들여진 고양이는 그래도 숲이 꽤 편한 모양이었다. 교활하고 은밀한 행동거지로 보아 숲에서 사는 누구보다도 더 숲 토박이처럼 보였다. 한번은 숲에서 열매를 따다가 꽤 야생적인

고양이를 만난 적이 있다. 그 고양이가 데리고 있던 새끼 고양이
들은 전부 어미를 따라 등을 세우고는 나를 향해 사납게 으르렁
거렸다. 내가 숲에 들어와 살기 몇 년 전에는 호수에서 가장 가까
운 링컨에 있는 농가 중에서 길리언 베이커 씨의 농가에 '날개 달
린 고양이'라고 불리는 고양이가 있었다. 1842년 6월에 만나러 갔
을 때 그것은 늘 그랬듯 숲으로 사냥을 가고 없었는데(수컷인지 암
컷인지 확실하지 않으니 더욱 보편적인 대명사를 쓰도록 하겠다.), 주인
이 말하기를 그 고양이는 1년도 더 전인 그 전해 4월에 이 부근에
왔고, 결국 이 집으로 데려와졌다고 한다. 이 고양이는 왔을 때 어
두운 갈색빛이 도는 회색 털에 목 부분에 흰 점이 있고 발도 하얗
고 여우처럼 복슬거리는 커다란 꼬리가 달려 있었다. 겨울에는 털
이 무성하게 자라 몸 양쪽으로 펼쳐졌는데 길이는 30센티미터에
조금 못 미치고 너비 6센티미터쯤 되는 띠가 생겼다. 턱 밑에는 술
같은 것이 자라나는데 윗부분은 느슨하고 아랫부분은 펠트 천처
럼 엉겨 붙었는데, 봄이 되면 전부 떨어져 나갔다고 한다. 나는 베
이커 씨 부부에게서 받은 고양이의 털, 즉 '날개' 한 쌍을 여전히
간직하고 있다. 날개를 감싸는 막은 보이지 않는다. 어떤 이는 이
고양이에게 날다람쥐나 다른 야생동물의 피가 흐른다고 생각했
다. 그것이 불가능한 주장은 아닌 것이 박물학자들에 따르면 담비
와 집고양이가 교접하여 많은 잡종이 태어나기 때문이다. 내가 고
양이를 기른다면 이 고양이가 제격일 것이다. 시인이 기르는 말에

◆◆◆

15) 그리스 신화에서 페가수스는 뮤즈들이 타고 다니는 날개 달린 말.

318

는 날개가 달렸는데[15] 하물며 고양이에게 날개가 없으리란 법이
있는가?

　가을이 되자 늘 그렇듯 아비새가 호수에 날아와서 털갈이를
하고 목욕을 했다. 내가 일어나기도 전에 아비새의 미친 듯한 울
음소리가 숲에 울려 퍼졌다. 아비새가 왔다는 소식에 마을의 모든
사냥꾼들이 촉각을 세웠다. 두세 명씩 짝지어 마차를 타거나 걸어
서, 특허받은 소총이며 원뿔형 포탄, 작은 망원경을 가지고 몰려들
었다. 가을 잎사귀처럼 바스락거리며 숲을 지나오는 그들은, 아비
새 한 마리에 사람은 적어도 열 명꼴이다. 가엾은 새가 어디에나
있지는 않기 때문에 누구는 호수 이쪽에서, 누구는 저쪽에서 진
을 친다. 새가 호수의 이쪽에서 뛰어들면 저쪽으로 올라오기 마련
이니까. 하지만 이제 자비로운 10월의 바람이 나뭇잎을 바스락거
리게 하고 수면에 잔물결을 일으켜, 적들이 제아무리 작은 망원경
으로 호수를 훑고 숲에 총소리를 울려 퍼지게 해도 아비새 한 마
리 보이지 않고 울음소리도 들리지 않는다. 물결이 분연하게 일어
사납게 돌진하며 모든 물새들의 편이 되어주면, 사냥꾼들은 줄행
랑쳐 마을로, 상점으로, 하다 만 일거리로 되돌아간다. 하지만 사
냥꾼들이 성공하는 때도 적잖이 많았다. 이른 아침 물을 길러 갈
때면 이 위풍당당한 새가 내가 즐겨찾는 몇 십 미터 거리의 후미
에서 나와 헤엄치는 모습을 종종 볼 수 있다. 아비새가 어떤 책략
을 쓸지 보기 위해서 나룻배를 타고 앞지르려 하면 잠수를 해서
완전히 모습을 감추는 통에, 그날 오후 늦게까지 다시는 보지 못

할 때도 있다. 하지만 수면에서는 내가 한 수 위였다. 새는 보통 비가 오면 자리를 떴다.

아주 고요한 10월의 어느 오후, 나는 북쪽 호숫가를 따라 노를 젓고 있었다. 이런 날이면 특히 아비새들이 박주가리의 갓털처럼 수면에 떠 있는데 아비새를 찾아 호수를 둘러보다가 괜한 짓이다 싶었다. 그때 갑자기 아비새 한 마리가 호수 한가운데로 헤엄쳐 와서, 몇 십 미터 앞에서 이상한 소리로 한껏 웃으며 모습을 드러냈다. 내가 노를 젓자 아비새가 잠수했지만 물 위로 올라왔을 때는 아까보다 나와 더욱 가까워졌다. 아비새는 다시 물속으로 잠수했고, 새가 향할 방향을 내가 잘못 계산하는 바람에 이번에 수면으로 올라왔을 때는 250미터쯤 사이가 벌어졌다. 내가 간격을 넓히는 데 오히려 일조한 것이다. 또 한 번 아비새가 오랫동안 크게 웃어댔는데, 이번에는 그 이유가 아까보다 충분했다. 아비새는 얼마나 교활하던지 나는 새에게 30미터 이내로 다가갈 수 없었다. 새는 수면으로 올라올 때마다 매번, 고개를 이리저리 돌려가며 차분하게 호수와 땅을 살폈고, 나룻배에서 최대한 멀리 떨어져 최대한 넓게 트인 쪽으로 헤엄쳐 가는 경로를 선택하는 듯했다. 아비새의 빠른 결정력과 실행력이 놀라울 따름이었다. 아비새는 단번에 나를 호수에서 가장 넓게 트인 곳으로 유인했는데 나는 그곳에서 새를 몰아내지 못했다. 아비새가 머릿속으로 생각하는 동안 나는 새가 무슨 생각을 하는지 알아내려고 애썼다. 호수의 매끄러운 수면에서 펼쳐지는, 인간 대 아비새의 제법 멋진 시합이었다. 느닷없이 상대방 말이 장기판 아래로 사라지면, 이제 문제는 상대방이

다시 나타날 지점과 가장 가까운 곳에 내 말을 놓는 것이었다. 때로는 아비새가 예기치 못하게 반대쪽에서 나타나기도 했는데, 나룻배 바로 아래로 지나간 게 틀림없었다. 또 얼마나 숨이 길고 지칠 줄 모르던지, 가장 멀리까지 헤엄쳐 갔다가도 그 자리에서 다시 잠수를 하기도 했다. 내가 아무리 기지를 발휘해도 이 깊은 호수, 잔잔한 수면 아래에서 새가 물고기처럼 속도를 올리는 지점이 어디일지 알 수 없었다. 아비새에게는 호수 가장 깊은 바닥까지 다녀올 시간과 능력이 있었기 때문이다. 뉴욕주의 호수에서 송어를 잡으려고 수면 24미터 아래까지 내린 낚싯바늘에 아비새가 잡힌 적이 있다고 한다. 물론 월든 호수는 그것보다 더 깊기는 하다. 물고기들은 볼품없는 외계의 방문객이 빠른 속도로 자기들 무리를 헤집고 다녀서 얼마나 놀랐을까. 하지만 아비새는 수면만큼이나 물밑의 경로도 확실히 아는 듯했고, 물 밑에서 오히려 헤엄도 훨씬 더 빨리 쳤다. 한두 번인가 수면에 잔물결이 일더니 아비새가 고개만 내밀어 주위를 살피고는 순식간에 다시 잠수했다. 나는 아비새가 올라올 곳을 계산하려 애쓰느니 노에 기대어 새가 다시 나타나기를 기다리는 편이 낫겠다고 생각했다. 눈에 힘을 주어 한쪽을 노려보고 있으면 아비새가 뒤쪽에서 섬뜩하게 웃는 탓에 깜짝 놀란 것이 한두 번이 아니었다. 그런데 아비새는 그렇게 솜씨를 다 뽐내놓고, 수면에 올라올 때면 왜 어김없이 시끄럽게 웃으며 제 모습을 드러내는 것일까? 하얀 가슴으로 모습을 드러내기에 충분하지 않던가? '정말이지 멍청한 아비새로군.' 하고 나는 생각했다. 아비새가 올라올 때면 보통 물이 첨벙대는 소리가 들렸고, 그렇기에 새를 감지할 수 있었다. 그러나 아비새는 한 시간이 지나도 지친 기색 없이 또 다시 잠수했고 오히려 처음보다 더 멀리 헤엄쳐 갔다. 수면으로 올라온 아비새가 물 밑에서는 물갈퀴 달린 발을 열심히 놀리면서 물 위로는 태연한 가슴을 내밀며 얼마나 유유히 헤엄치는지 놀라울 따름이었다. 아비새의 소리는 특유의 악마 같은 웃음소리에 물새 울음소리를 조금 닮기도 했다. 하지만 가끔 나를 따돌리는 데 성공하고 매우 멀리서 헤엄쳐 올라올 때면, 새라기보다는 늑대에 가까운 섬뜩한 울음을 길게 내뱉었다. 늑대가 코를 땅에 박고 일부러 울 때의 소리 같았다. 그것은 아마 이곳에서 들리는 가장 야생적인 소리로 숲속 먼 곳까지 울려퍼졌을 것이다. 나는 자신의 능력을 믿고 자신만만해진 아비새가 내 노력을 비웃으며 웃는 것이라고 결론을 내렸다. 이맘때면 하늘에 구름이 잔뜩 끼었으나 호수가 너무 잔잔해서 아비새가 수면을 가르고 나오는 소리는 들리지 않아도 그 모습은 보였다. 그 하얀 가슴, 공기의 고요함, 잔잔한 수면이 모두 아비새에게 불리하게 작용한 것이다. 마침내 아비새는 250미터 떨어진 곳에서 올라오더니 아비새의 신에게 도와달라고 요청하기라도 하듯 길게 울어댔다. 그러자 곧장 동쪽에서 바람이 불어와 수면에 잔물결을 일으키고 온 공기를 안개비로 채웠다. 내게 화가 난 신이 아비새의 기도에 응답한 것만 같아서, 나는 아비새가 요동치는 수면 위로 저 멀리 사라지게 내버려두었다.

가을날에는 오리들이 사냥꾼들로부터 멀리 떨어져 몇 시간 동안 영특하게도 지그재그로 헤엄치며 호수 한가운데를 지키는 모습을 지켜보았다. 루이지애나의 늪지대였다면 그런 기술을 연습할 필요가 없었을 것이다. 오리들은 날아올라야 할 때는 호수 위 상당한 높이에서 빙빙 돌았고, 그 높이에서라면 하늘의 검은 티끌처럼 다른 호수와 강을 쉽게 볼 수 있었을 것이다. 그리고 저리로 가버렸나 생각이 들 때쯤에는 500여 미터를 비스듬히 날아 아무도 없는 먼 곳에 자리를 잡곤 했다. 하지만 오리들이 월든 호수 한가운데로 나아가서 헤엄치는 이유가 그곳이 안전하다는 것 외에 또 다른 이유가 있는지 모르겠다. 나와 같이 월든 호수를 사랑한다는 것 외에 다른 이유가 있는지 모르겠다.

13. 집들이

 10월이면 나는 강가에 있는 풀밭으로 포도를 따러 가서, 먹을 거리보다는 아름다움과 향기 때문에 더욱 소중한 포도를 송이째 채워 넣었다. 그곳에서 나는 크랜베리를, 작은 촛농 같은 보석이자 빨간 진주 같은 풀밭의 보석 알맹이를 따지 않고 바라보며 감탄했다. 그러나 농부는 무지막지하게 생긴 갈퀴로 그 보석을 따버려서 부드러운 풀밭을 엉망진창으로 만들어두고는, 별 생각 없이 됫박과 돈으로 가치를 잰 후 이 풀밭의 수확물을 보스턴과 뉴욕으로 팔아넘긴다. 이 열매들은 잼이 되어 자연을 사랑한다는 그곳 사람들의 입맛을 충족시킬 운명이다. 그리하여 도살업자는 대초원 풀

밭에서 뜯겨나가 축 늘어진 식물은 아랑곳없이 물소의 혀를 긁어
모은다. 매자나무의 영롱한 열매도 나에게는 눈요기를 위한 양식
이었다. 대신 나는 땅임자나 나그네들이 거들떠보지 않는 야생사
과를 조금 모아다가 뭉근한 불에 끓였다. 밤이 익으면 겨울에 먹
을 생각으로 반 부셸되를 비축해 두었다. 그때는 끝도 없이 펼쳐졌
던 링컨의 밤나무(지금은 철도 침목이 되어 그 아래에서 긴 잠을 자고
있다.) 숲 사이로 어깨에 배낭을 메고 걸어다녀도 너무나 신이 났
다. 또 매번 서리가 내리기 전에 밤송이를 깔 막대기를 손에 쥐고
길을 나섰다. 빨간 다람쥐와 어치새가 고른 밤송이에는 토실토실
한 밤알이 들었을 것이 분명하기에, 그들이 반도 채 먹지 않고 남
긴 밤을 가끔 훔쳐오곤 했다. 그걸 나무란다고 크게 울어대는 소
리와 나뭇잎 바스락거리는 소리 사이를 걷다보면 매우 신이 나곤
했다. 가끔은 나무 위에 올라가 나무를 흔들기도 했다. 나무는 내
집 뒤편에도 자랐다. 집을 거의 가릴 정도로 큰 나무 한 그루는 꽃
이 피면 주변에 온통 향기가 진동하는 부케였지만, 열매는 다람쥐
와 어치새가 거의 다 가져갔다. 어치새는 아침 일찍 떼를 지어 날
아와 밤송이가 떨어지기도 전에 그 안에 든 밤을 꺼내갔다. 나는
집 뒤편 나무를 이들에게 내어주고 완전히 밤나무로만 이루어진
더 먼 숲에 갔다. 이 밤은 잘 먹기만 하면 빵을 대신하기에 충분했
다. 다른 대체물도 많이 찾을 수 있을 것이다. 하루는 지렁이를 캐
러 갔다가 감자콩이 넝쿨에 달린 것을 발견했다. 이것은 원주민의
감자라고 할 수 있는 전설적인 열매인데, 앞에서도 이야기한 것처
럼 어린 시절에 캐 먹은 적이 있지만 거의 잊고 있었다. 그 후로 빨

갈고 비단결 같은 주름진 꽃송이가 다른 식물의 줄기에 받쳐진 모습을 종종 보았지만 이것이 그 감자콩이라는 것을 깨닫지는 못했다. 감자콩은 인간이 경작을 시작하면서 거의 멸종에 이르렀다. 나는 이것이 서리 맞은 감자와 매우 비슷해 달짝지근한 맛이 나고, 굽는 것보다는 끓이는 게 더 낫다는 것을 알게 되었다. 이 덩이줄기는 자연의 여신이 어느 훗날 이곳에서 소박하게 자식을 먹여 키우겠노라는 희미한 약속처럼 보였다. 한때는 인디언 부족의 토템이었던 이 겸손한 뿌리는, 소가 살찌고 곡물밭이 나부끼는 요즘에는 거의 잊혔거나 꽃이 핀 덩굴로만 알려져 있을 뿐이다. 하지만 야생의 대자연이 여기에 한 번 더 군림하기만 하면 부드럽고 호화로운 영국 곡식은 수많은 적 앞에서 사라져갈 것이다. 또, 사람의 손길이 닿지 않으니 까마귀는 마지막 남은 옥수수 종자마저 애초에 옥수수를 가져왔다고 전해지는 원주민의 신이 다스리는 남서부의 거대한 옥수수밭으로 다시 가져가버릴 것이다. 반면에 지금은 거의 멸종 지경에 이른 감자콩이 서리와 척박한 환경에도 되살아나 번창하여 자기가 토종식물임을 증명해 보일 것이고, 수렵 민족의 식량으로 누렸던 옛 관록과 위엄을 되찾을 것이다. 이 식물을 만들어서 인디언에게 하사한 자는 곡물의 신 케레스나 지혜의 신 미네르바[1]였던 것이 틀림없다. 그리고 시(詩)가 여기에 다시 군림하기 시작할 때면 그 이파리와 열매 줄기가 우리의 예술작품에 재현되리라.

◆ ◆ ◆

1) 케레스는 로마 수확의 신, 미네르바는 지혜의 여신.

9월 첫째 날, 벌써 호수 건너편의 곶 지점에 작은 단풍나무 두세 그루가 주홍빛으로 변한 것을 보았다. 그 위로 사시나무 세 그루의 하얀 밑동이 갈라져 있었고 바로 그 옆은 호수였다. 아아, 그 빛깔은 얼마나 많은 이야기를 들려주고 있는 것일까? 한 주 한 주 흐를수록 나무가 저마다 특색을 드러내고, 잔잔한 거울 같은 호수에 비친 자신의 모습에 감탄한다. 이 화랑의 관리자는 아침마다 벽에 걸린 옛 그림을 색감이 더욱 찬란하고 조화롭기에 남다른 새 그림 몇 점으로 바꾼다.

10월에는 말벌이 수천 마리씩 무리지어 내 집으로 몰려왔다. 내 집을 겨울 거처로 생각하는 것인지 창문 안쪽과 벽 위쪽에 자리를 잡고 이따금 집 안에 들어오려는 손님을 방해하기도 했다. 나는 아침마다 이것들이 추위에 얼어붙으면 일부를 쓸어내곤 했지만, 굳이 애써서 없애려 하지는 않았다. 말벌이 내 집을 바람직한 쉼터로 여긴다는 것이 칭찬처럼 느껴지기도 했다. 말벌들은 나와 동침하기는 했지만 나를 심각하게 괴롭힌 적은 없었다. 이것들은 점점 어딘지 모를 틈 속으로 자취를 감춰, 이루 말로 표현 못할 추위와 겨울을 피했다.

말벌들이 따뜻한 곳을 찾던 것처럼 11월이 되어 나도 겨우살이에 들어가기 전에는, 월든 호수의 북동쪽을 자주 찾아가곤 했다. 그곳은 햇빛이 리기다소나무 숲과 호숫가 돌밭에 반사되어 월든 호수의 난롯가가 되어주었다. 가능하면 인간이 피운 불보다는 햇볕에 몸을 녹이는 것이 훨씬 더 기분 좋고 완전하다. 그리하여 나는 숲을 떠난 사냥꾼처럼 여름이 남기고 간, 여전히 빛나는 등

걸불로 몸을 녹이곤 했다.

　나는 굴뚝을 쌓을 때가 되었을 때 석공 기술을 공부했다. 내 벽돌은 중고라서 흙손으로 깨끗이 할 필요가 있었다. 대부분의 사람들은 벽돌과 흙손의 특성만 배우고 말지만 나는 그 이상을 배웠다. 벽돌에 붙은 회반죽은 50년이 되었지만 여전히 점점 단단해지고 있다고 한다. 하지만 이것은 진실이든 아니든 사람들이 되풀이하기 좋아하는 말이다. 그런 말 자체가 세월이 흐를수록 더욱 단단해지고 꽉 달라붙기 마련이기에, 이렇게 아는 체하기 좋아하는 오랜 것을 다듬으려면 흙손으로 수없이 내려쳐야 할 것이다. 메소포타미아의 많은 마을은 바빌론 잔해에서 얻은 질 좋은 중고 벽돌로 지어졌고, 그 위의 시멘트는 더 오래됐지만 아마 여전히 더 단단할 것이다. 그것이야 어쨌든 나는 격렬한 강풍을 그토록 많이 견디면서도 닳지 않은 강철 특유의 단단함에 놀랐다. 내 벽돌은 느부갓네살 대왕[2]의 이름이 새겨져 있지는 않지만 원래 굴뚝에 있었던 터라, 나는 일거리와 쓰레기를 줄이고자 가능한 한 벽난로에 쓸 벽돌을 많이 골라냈다. 그리고 벽난로 주변의 벽돌 사이에 난 공간은 호숫가에서 주워온 돌멩이로 채웠고, 또 같은 곳에서 가져온 흰 모래로 나만의 회반죽을 만들었다. 나는 집 안에서 생명에 가장 중요한 부분인 벽난로에 많은 수공을 들였다. 정말로 얼마나 신중하게 작업을 했으면, 아침부터 시작하여 밤이 되

◆◆◆

2) 바빌론의 왕(B.C. 605~562).

어봤자 벽돌은 바닥에서 몇 센티미터 올라온 한 층이 전부였기에 베개로 삼을 수 있었다. 하지만 내가 기억하기로 이것 때문에 목이 뻣뻣해지지는 않았다. 내 목이 뻣뻣해진 것은 더 오래전 일이었다. 나는 그 시기에 시인 한 명[3]을 손님으로 맞아 2주일 동안 재운 적이 있는데, 집이 비좁아 애를 먹었다. 내게도 칼이 두 자루 있었지만 그는 자기 칼을 가져왔고, 우리는 칼을 땅에 쑤셔넣어 갈았다. 그는 나와 요리라는 노동을 공유했다. 나는 내 작업물이 아주 네모지고 단단하게 점차 쌓여 올라가는 것이 기뻤고, 진행이 더디면 그만큼 오래가리라고 곰곰이 생각했다. 굴뚝은 지면에 기초를 두고 집을 통과해 하늘로 솟는, 어느 정도 독립적인 구조물이다. 집이 불에 탄 후에도 굴뚝만 남는 경우가 있는 만큼, 굴뚝의 중요성과 독립성은 명백한 것이다. 그때 여름은 막바지를 향하고 있었다. 지금은 11월이 되었다.

북풍은 이미 호수에 냉기를 불어넣기 시작했다. 바람이 천천히 불고 호수가 워낙 깊다 보니 완전히 차갑게 되기까지 몇 주일은 걸렸다. 집에 회벽칠 작업을 하기 전에는, 판자 사이에 틈이 수없이 나 있어서 저녁에 불을 피워도 굴뚝에서 연기가 꽤 잘 나갔다. 나는 그 시원하고 바람이 잘 통하는 집에서 활기찬 저녁을 보냈다. 옹이투성이의 거친 갈색 판자와 머리 위 높이 나무껍질이 덜 벗겨진 서까래가 나를 둘러싸고 있었다. 집에 회벽칠 작업을 하고 나

◆◆◆

3) 엘러리 채닝.

서는 전보다 눈이 즐겁지 않았지만, 더 포근해졌다는 점을 고백해야겠다. 사람 사는 집이 머리 위에 어둠을 만들어낼 만큼 드높지 않다면, 저녁이 되어 흔들리는 불빛의 그림자는 서까래 어디쯤에서 노닌단 말인가? 그러한 형상이 프레스코화나 다른 값비싼 가구보다 공상이나 상상에 훨씬 더 적합할 것이다. 말하자면, 나는 집을 쉼과 더불어 온기를 누리는 곳으로 활용하기 시작하면서 비로소 처음으로 집에서 살기 시작한 것이다. 내게는 난로의 장작을 받쳐둘 오래된 장작 받침대가 두어 개 있었다. 내가 만든 굴뚝 뒤편에 묻은 검댕을 보자 나는 느긋해졌고, 나는 여느 때보다 불을 쑤석거릴 수 있는 권리라도 있는 듯한 기분으로 불을 쑤셨다. 내 집은 좁아서 메아리 소리가 울리는 일은 없었다. 하지만 이웃에서 멀리 떨어진 방 한 칸짜리 집 치고는 커 보였다. 집의 모든 편의 시설이 방 한 칸에 집중되었다. 방 한 칸이 부엌이자 침실이었고 거실, 안방이었다. 어른이나 아이, 주인이나 하인이 집에 살면서 알게 되는 온갖 만족감을 나는 실컷 즐겼다. 로마의 원로 카토는 이렇게 말했다. 한 집안의 주인은 시골집에 "기름과 포도주 저장고, 술통을 많이 가지고 있어 어려운 시절이 와도 마음이 든든할 것이다. 이는 주인에게 이익이 되고, 힘이 되고 영광이 될 것이다."[4] 내 지하실에는 감자 40리터들이 한 통, 바구미가 섞인 콩 2리터가 있고, 선반에는 약간의 쌀과 당밀 한 단지, 호밀 가루와 옥수수 가루가 반 말씩 있었다.

◆ ◆ ◆

4) 《농업론》에서 인용.

나는 이따금 더 크고 사람이 많아 황금시대를 누리는 집을 상상해본다. 그 집은 견고한 재료로 지어졌고 요란한 외부 장식 없이 오로지 방 한 칸으로만, 드넓고 소박하며 튼튼하고 원시적인 방 한 칸으로만 되어 있다. 천장도 없고 회벽칠도 안 되어 있으며, 머리 위로 서까래와 중도리가 더 낮은 하늘을 지탱하고 있어서 비와 눈을 막아주고 있다. 문지방을 밟고 들어서자마자 옛 왕조의 패배한 사르투누스에게 경의를 표하면 이번에는 왕 대공과 여왕 대공이 내 인사를 받으려고 서 있다. 집이 동굴 같이 커서 지붕을 보려면 기둥 위로 횃불을 뻗어 올려야 한다. 마음만 먹으면 어떤 사람은 난롯가에서 살고, 다른 사람은 창가 구석진 곳에서, 또 다른 사람은 긴 나무 의자에서 산다. 어떤 사람은 방 한쪽 구석에서, 다른 사람은 맞은편에서 살며, 거미와 함께 대들보 위에서 살기도 한다. 바깥문을 열면 이미 집 안에 들어간 것이고 더 이상의 예의는 필요하지 않다. 지친 나그네는 안에서 더 이상의 여정을 하지 않고 그저 씻고 먹고 대화하고 잠잘 수 있다. 집에 있어야 할 필수품은 모두 갖춰져 있되 살림을 위한 물건은 없어서, 비바람 치는 밤에 기쁘게 들어설 수 있다. 집 안의 모든 보물을 한 눈에 볼 수 있고 인간이 사용해야 하는 모든 물건이 못에 걸려 있다. 부엌과 식료품 저장실, 사랑방, 안방, 창고, 다락방이 하나로 겸해 있고, 나무통이나 사다리처럼 아주 필수적인 물건과 찬장처럼 아주 편리한 것들이 갖춰져 있으며, 냄비 끓는 소리를 들을 수 있다. 끼니를 요리해주는 불과 빵을 구워주는 화덕에 존경을 표하며 필요한 가구와 살림이 주요한 장식물이다. 빨랫감도, 불도,

여주인도 나와 있지 않다. 지하실로 내려가는 요리사에게 뚜껑문에서 비켜달라는 요청을 받을지도 모른다. 그러면 발을 구르지 않아도 내가 서 있는 바닥이 단단한지 비어 있는지 알 수 있다. 새 둥지처럼 내부가 탁 트여 있고 분명하며, 앞문으로 들어섰다가 뒷문으로 나올 때면 그 집에 사는 사람을 볼 수밖에 없다. 손님이 되면 집을 마음대로 돌아다니도록 자유를 누릴 수 있다. 어느 작은 방에 갇혀 집의 9할로부터 조심스레 소외받으면서도 편히 계시라는 말을 들을 필요가 없고, 고독한 감금을 강요받지 않아도 된다. 요즘에는 주인이 자기 벽난로 가로 손님을 초대하지 않고, 석공을 시켜 통로 어딘가에 손님을 위한 벽난로를 설치해둔다. 손님 대접이 손님과의 거리를 최대한 멀리 유지하는 기술인 것이다. 손님을 독살시킬 계획이 있는 듯 요리를 할 때도 비밀이 많다. 나는 많은 사람들의 공유지에 들어가서 법률상 퇴거를 명령받을지 몰랐던 일은 기억하고 있지만, 실제로 다른 사람의 집에 들어가본 것은 몇 번 되지 않는다. 나는 위에서 설명한 그런 집에 간소하게 사는 왕과 여왕이 있고, 그들과 내가 가는 방향이 같다면 낡은 옷을 챙겨 입고 기꺼이 놀러갈 것이다. 그러나 현대식 궁전이라면 어쩌다 들어서게 된다고 해도 등을 보이지 않고 그곳을 빠져나오고 싶을 것이다.

말하자면 응접실이라는 말 자체가 한껏 활력을 잃고 수다로 전락하는 듯 보일 것이다. 우리 삶은 '응접실'이라는 상징으로부터 멀리 떨어진 채 지나가고 그 은유와 비유는 굴림통과 회전대를 지나 먼 길을 돌아갈 것이다. 다시 말하자면 응접실은 부엌과 작업실에서 너무 멀리 떨어져 있는 것이다. 식사도 흔히 식사의 우화일 뿐이다. 야만인만이 대자연과 진실로부터 비유를 빌려올 만큼 가까이 산다는 듯 말이다. 저 멀리 북서부 영토 속령지역이나 맨섬에 사는 학자가 부엌에서 논란이 되고 있는 것이 무엇인지 어떻게 알겠는가?

그러나 내 손님 중에서 나와 함께 지내다가 즉석 푸딩을 먹을 만큼 용감한 사람은 한두 명뿐이었다. 하지만 그들도 위기가 다가오는 것을 보더니 이게 집을 뿌리째 흔드는 문제라도 되는 듯 허둥지둥 집을 떠났다. 그럼에도 내 집은 즉석 푸딩을 수없이 차려내고도 끄떡없었다.

나는 날이 아주 추워지고 나서야 회벽칠을 시작했다. 회반죽에 쓸 요량으로 나룻배를 타고 반대편 호숫가에서 희고 깨끗한 모래를 가져왔는데, 필요하다면 훨씬 더 멀리 가고 싶은 마음이 굴뚝같았다. 그동안 내 집은 사방에 지붕널을 바닥까지 받쳐놓았다. 윗가지를 붙이면서 나는 망치질 한 번으로 못 한 자루가 제자리에 박히게 해서 기뻤다. 그리고 회반죽을 판자에서 벽으로 깔끔하고 신속하게 옮기겠다는 야심을 품었다. 그러다가 어느 우쭐대는 사람 이야기가 기억났는데, 그는 고급 옷을 입고 마을을 느긋이 돌아다니며 일꾼들에게 조언을 일삼는 습관이 있었다. 하루는 과감하게 말보다 행동으로 보여주겠다는 마음으로 소매를 걷어붙이고 어느 미장이의 판자를 집어들었다. 무난히 흙손에 진흙을 옮겨 담고는 자신만만한 모습으로 머리 위 '외'를 쳐다보더니 과감히 달려들었다. 그 길로 그는 주름 장식을 단 가슴팍에 내용물을 모두 쏟으면서 완전히 낭패를 보았다. 나는 그토록 효과적으로 추위를 막아주고 말끔하게 마무리되는 회벽의 경제성과 편리성에 다시 한번 감탄했고, 미장이가 쉽게 저지를 수 있는 이런저런 참사를 알게 되었다. 벽돌이 물을 잘 빨아들이기에 회반죽을 고르게 펴기도 전에 물기를 모두 빨아들인다는 것과, 새로운 벽난로를 쌓으려면 양동이에 물을 많이 길어 와야 한다는 것을 깨닫고 놀랐다. 나는 그 전해 겨울에 실험 삼아 강에서 나는 조개껍데기를 태워 약간의 석회를 만든 적이 있다. 그리하여 회반죽 원료가 어디에서 오는지 알게 되었다. 마음만 있었다면 몇 킬로미터 안에 있는 석회석을 제법 가져다가 직접 구울 수도 있었다.

그동안 호수는 가장 그늘지고 얕은 후미에 살얼음이 얼더니 며칠 또는 몇 주가 지나 제대로 얼었다. 첫 얼음은 단단하고 어두우면서도 투명한 것이 완벽하여 흥미로웠다. 그것은 얕은 곳의 바닥을 관찰할 수 있는 절호의 기회가 되었다. 두께가 겨우 2센티미터 남짓한 얼음 위에 수면 위의 하루살이처럼 납작 엎드려서 겨우 5~7센티미터 떨어진 바닥을 틈나는 대로 살펴볼 수 있었다. 그럴

때면 물은 언제나 잔잔해서 유리 너머로 그림을 보는 것 같았다. 모래에는 어떤 생명체가 지나갔다가 다시 그대로 지나간 고랑이 많다. 그리고 잔해라면 미세한 흰 석영 낱알로 이뤄진 날도래 유충의 껍데기가 여기저기 흩어져 있다. 몇몇 껍데기가 고랑에서 발견되는 것을 보면, 고랑은 깊고 넓어 날도래 유충이 만들었다기에는 무리가 있지만 아마 모래바닥을 구겨놓은 장본인은 이것들인 듯싶다. 그러나 가장 흥미로운 대상은 역시 얼음 그 자체로, 얼음을 관찰하려면 최초의 기회를 잡아야 한다. 얼음이 얼고 난 다음 날 아침에 가까이 들여다보면, 처음에는 얼음 안에 갇혀 있는 듯 보이던 많은 공기방울이 사실은 얼음 아래에 붙어 있다는 것과 밑에서 더 많은 공기방울이 계속 올라오고 있다는 사실을 알 수 있다. 즉, 얼음이 아직 단단하고 어두울 때는 얼음을 통해 물이 보이는 것이다. 이 공기방울은 지름이 0.3~3밀리미터 사이로 매우 깨끗하고 아름다우며, 공기방울에 비친 내 얼굴이 얼음을 통해 보이기도 한다. 6.5제곱센티미터당 공기방울이 서른 개에서 마흔 개까지 있는 듯하다. 또한 얼음 안에는 길이가 1센티미터 남짓 되는, 날선 꼭대기가 위를 향한 원뿔 모양의 좁고 길쭉한 공기방울이 수직으로 서 있다. 얼음이 언 지 얼마 되지 않을 때 더 자주 보이는 것으로는, 구슬을 꿴 것처럼 맞닿아 쌓여 있는 작은 공 모양의 공기방울들이 있다. 하지만 얼음 안에 있는 이 공기방울들은 얼음 아래에 있는 공기방울만큼 수가 많거나 뚜렷하지 않다. 나는 가끔 얼음의 강도를 시험해보기 위해 돌멩이를 던지는 버릇이 있었는데, 돌멩이가 얼음을 깨고 들어가면 공기가 함께 들어가면서 아래쪽에 아주 크고 뚜렷한 흰 공기방울이 생긴다. 하루는 그리고 나서 48시간 후에 같은 곳에 가봤더니, 얼음이 2센티미터 남짓 더 생겨 있었지만 그 큰 공기방울들은 여전히 그대로 완벽하게 얼음 덩어리 밑에 뚜렷이 매달려 있었다. 하지만 최근 이틀 동안은 인디언서머(일시적인 고온 현상을 일컬음-옮긴이)처럼 날이 매우 따뜻했기에 이제 얼음이 짙은 초록빛 물과 바닥을 투영해 희끄무레하거나 회색으로 불투명해졌다. 그리고 두께는 두 배나 더 두꺼워졌지만 따뜻한 기온 속에서 공기방울이 팽창하고 합쳐져 균형을 잃는 바람에 전보다 더 단단하지는 않았다. 공기방울은 더 이상 맞닿아 쌓여 있지 않고, 자루에서 쏟아진 은화처럼 서로 포개져 있거나 좁은 틈 속에 끼여 있는 듯 얇은 조각이었다. 얼음의 아름다움은 사라졌고, 호수 바닥을 관찰하기에는 시기가 너무 늦었다. 이제 새로운 얼음이 생겼으니 앞서 말한 공기방울이 어느 자리를 차지했을지 궁금했던 나는 중간 크기의 공기방울이 들어 있는 덩어리를 깨서 뒤집어보았다. 새로운 얼음이 공기방울 주변과 아래쪽에 형성되어, 공기방울이 두 얼음 사이에 끼어 있었다. 완전히 아래 얼음에 들었지만 위 얼음에도 가까이 붙은 공기방울은 평평하거나 가장자리가 둥글어 살짝 렌즈 모양이었고, 깊이는 0.5센티미터에 지름이 10센티미터였다. 공기방울 바로 밑의 얼음이 가운데 높이가 1.54센티미터 정도였으며 찻잔 받침접시를 엎어 놓은 모양으로 아주 규칙적으로 녹아 있었다. 물과 공기방울 사이에 3밀리미터가 채 되지 않는 얇은 경계선이 생겨난 것을 보고 나는 깜짝 놀랐다. 이 경계선에 있는 작은 공기방울이 아래쪽으로 많이 터져 있었고, 지름이 30센티미터인 가장 큰 공기방울 아래에는 얼음이 전혀 없었다. 나는 내가 처음에 얼음 표면 아래로 봤던 무수히 많은 미세한 공기방울이 그대로 얼었고, 얼어붙은 공기방울 각각이 얼음 아래에서 화경(火鏡)으로 작용해 얼음을 녹이고 썩게 한 것이리라 짐작했다. 이 작은 공기총들이야말로 얼음이 갈라져 와 하고 함성을 지르게 만든 일등공신이었던 셈이다.

회벽칠을 끝냈을 때 겨울이 본격적으로 시작되었다. 이제야 허락받았다는 듯 바람이 집 주위로 휘몰아치기 시작했다. 땅이 눈으로 뒤덮인 날도 어김없이 밤이면 밤마다 어둠 속에서 거위들이 날개로 휘리리 요란한 소리를 내며 느릿느릿 걸어왔다. 일부는 월든 호수에 내려앉았고, 또 일부는 숲 위로 나지막이 날아 페어헤이븐 호수 쪽으로 가서 멕시코로 향했다. 내가 밤 열 시나 열한 시에 마을에서 돌아올 때 몇 번은 거위인지 오리인지 떼 지어 내 집 뒤에 있는 호수 옆의 숲에서 마른 잎을 밟는 소리가 들렸다. 먹이를 찾으러 올라온 그것들은 우두머리가 희미하게 끼룩끼룩, 꽥꽥 우는 소리에 서둘러 자리를 떴다. 1845년, 월든 호수는 12월 22일 밤에 처음으로 완전히 얼었다. 플린츠 호수나 더 얕은 다른 호수와 강은 이미 열흘 또는 그 이전부터 얼어 있었다. 1846년에는 12월 16일, 1849년에는 12월 31일쯤, 1850년에는 12월 27일, 1852년에는 1월 5일, 1853년에는 12월 31일에 일음이 얼었다. 눈은 이미 11월 25일부터 땅을 뒤덮어 갑작스레 나를 겨울 풍경으로 둘러쌌다. 나는 나의 껍질 속으로 더 깊숙이 들어갔고, 내 집과 내 가슴의 내부에 밝은 불을 지펴 계속 활활 타오르게 했다. 이제 내가 야외에서 하는 일은 숲에서 죽은 나무를 손으로 들거나 어깨에 얹어서, 아니면 가끔 죽은 소나무를 양 옆구리에 끼고 질질 끌면서 나의 오두막으로 가져오는 것이었다. 제 딴에는 한창때를 누렸던 숲의 헌 울타리는 끌고 가기에 무척 힘이 들었다. 이 나무는 테르미누스 신을 모실 능력은 안 되기에 불카누스에게 바쳤다.[5] 이 눈밭에 밥을 지을 땔감을 구하러, 아니지 훔치러 나왔다고 하는 게 맞는 사람의 저녁식사는 얼마나 맛있던지! 그의 빵과 고기는 달콤하나니. 우리 지역의 숲에는 많은 불을 피울 수 있을 만큼 온갖 종류의 삭정이들과 죽은 나무들이 널려 있다. 지금은 그 누구의 몸도 녹여주지 않으며, 어떤 사람들은 어린 나무의 성장을 방해하고 있다고까지 생각한다. 호수 위를 떠다니는 부목도 있다. 여름이 한창인 때에 나는 철도가 지어졌을 당시 아일랜드인이 엮은 뗏목을 발견했는데, 그것에는 리기다소나무 껍질이 아직 붙어 있었다. 이 뗏목의 일부를 내가 호숫가로 끌고 나왔다. 2년 동안 흠뻑 젖어 있다가 6개월 정도 육지에 놓여 있던 이 뗏목은 물을 잔뜩 머금어 말리기에는 늦었지만 완벽하게 튼튼했다. 나는 어느 겨울날 호수 위에서 거의 0.8킬로미터에 이르는 거리를, 4.5미터 되는 통나무의 한쪽 끝은 내 어깨에, 다른 쪽 끝은 얼음에 대고 미끄러지면서 이 뗏목을 조금씩 끌고 가며 하루를 즐겼다. 또는 자작나무 실가지로 통나무 여러 개를 묶어서 더 긴 자작나무인

◆◆◆

5) 로마 신화에서 테르미누스는 경계선의 신, 불카누스는 불의 신.

지 오리나무의 끝에 고리를 매달아 통나무 묶음을 끌고 왔다. 건져낸 뗏목은 물을 흠뻑 머금어 납처럼 무거웠지만 오랫동안 불에 탔을 뿐만 아니라 불길이 아주 세기까지 했다. 아니, 내 생각에는 이 통나무가 물을 머금었기에 더 오래 탔던 듯하다. 송진을 램프에 넣을 때 물에 가둬야 더 오래 타는 것과 마찬가지로.

저술가 길핀은 영국 국경선 부근의 숲 주변 사람들을 설명하면서 이렇게 말하고 있다.

"무단침입자의 침입, 그로 인해 숲의 경계선에 세워진 집과 울타리는 옛 삼림법에서는 중대한 불법행위였기에 공유지 침해라는 이름하에 심한 처벌을 받았고, 이는 짐승들로 인해 느낄 큰 두려움과 숲이 입을 손상 등을 관리하기 위한 조치의 하나였다."[6]

그러나 나는 사냥꾼이나 나무꾼보다 더, 마치 내가 로드 워든(숲의 야생동물과 초목을 보존할 책임이 있는 영국의 고위공무원 직함-옮긴이)인 것처럼 사슴과 우거진 수풀의 보존에 관심이 많았다. 정작 나 자신이 사고로 그런 적도 있지만 숲의 일부가 불에 타기라도 하면 몹시 안타까웠다. 이 슬픔은 숲의 소유주가 느끼는 슬픔보다 더 오래갔고 좀처럼 가라앉지 않았다. 아니지, 오히려 숲이 소유주들 손에 잘려나가는 것을 보며 슬퍼했다. 고대 로마인들이 신성한 숲을 솎아내거나 빛을 들일 때(숲을 깨끗이 하는 로마의 의

◆◆◆

6) 영국 자연학자 윌리엄 길핀(1724~1804)의 《숲 풍경에 대한 논평(1834)》에서 인용.

식-옮긴이) 경외감을 느꼈듯 우리 농부들이 숲을 베어낼 때도 그러기를, 즉 이 숲을 어느 신에게 바쳐진 숲이라 생각하기를 간절히 바란다. 로마인은 속죄의 제물을 바치며, 이 숲이 어느 신에게 바쳐졌든 자신과 가족, 자식 등에게 자비를 베풀어 달라고 기도했다.

이 새로운 시대, 새로운 세기에도 나무가 얼마나 귀중히 여겨지는지, 금보다 더 영원하고 보편적인 가치를 지닌다는 것은 주목할 만하다. 그렇게 수많은 발견과 발명을 한 후에도 나무 한 단 쌓아놓은 것을 그냥 지나칠 사람은 없다. 나무는 색슨족과 노르만족 조상들에게 귀중했던 만큼 지금 우리에게도 소중하다. 그들이 나무로 활을 만들었다면 우리는 총의 개머리판을 만든다. 프랑스의 식물학자 미쇼는 30년도 더 전에 이렇게 말했다.

"뉴욕과 필라델피아에서는 연료로 쓸 장작 가격이 '파리의 최고급 장작과 거의 맞먹거나 더 비쌀 때도 있는데, 이 막대한 도시에는 장작이 매년 30만 코드(장작의 체적 단위로 1코드는 3.6세제곱미터-옮긴이) 이상 필요하며 사방으로 500킬로미터까지 경작지가 펼쳐져 있는데도 그러하다."[7]

우리 마을에서는 장작 가격이 꾸준히 오르기에, 유일한 질문은 올해는 작년보다 가격이 얼마나 더 오르느냐 하는 것뿐이다.

◆ ◆ ◆

7) 프랑스 자연학자 프랑수아 미쇼(1770~1855)의 《북아메리카 문집(1818)》에서 인용.

숲에 다른 일이 있어서 몸소 온 것이 아닌 기계공과 장사꾼 들은 꼭 나무 경매에 참가해서는, 나무꾼이 지나간 후에 나무를 주울 수만 있어도 특권이라며 그것에 비싼 값을 지불한다. 인간이 땔감이나 공예품 재료를 숲에 의지하게 된 지도 오래되었다. 뉴잉글랜드인, 뉴네덜란드인, 파리 시민 켈트족, 농부, 로빈 후드, 구디 블레이크, 해리 길[8], 그리고 거의 모든 나라에서 왕자, 농사꾼, 학자, 야만인 모두가 몸을 녹이고 음식을 요리하기 위해 숲에서 가져온 한 다발의 나무가 필요한 것은 매한가지다. 나도 나무가 없으면 지낼 수 없다.

사람은 자기의 장작더미를 보며 일종의 애정을 느끼기 마련이다. 나도 창문 앞에 내 장작더미를 두는 게 좋았고, 장작이 많을수록 내가 했던 보람찬 작업이 더 잘 생각났다. 내게는 아무도 자기 것이라 주장하지 않는 낡은 도끼가 한 자루 있었다. 겨울날에 집

◆◆◆

8) 워즈워스의 시 '구디 블레이크와 해리 길'에서 구디는 해리가 자신의 연료를 거절했다는 이유로 그를 저주함.

주변 볕이 잘 드는 곳에 자리를 잡고 콩밭에서 가져온 나무 밑동 주위를 도끼를 들고 휘두르곤 했다. 밭에서 처음 쟁기질하는 내게 소몰이꾼이 예언한 대로, 나무는 내가 나무를 쪼개면서 한 번, 또 불이 붙었을 때 한 번, 내 몸을 두 번 따뜻하게 해주었기에 그보다 더 많은 열을 내는 연료는 없었다. 도끼로 말하자면, 마을 대장장이에게 가서 도끼의 '날을 갈라'는 조언을 들었다. 하지만 나는 대장장이를 뛰어넘기에, 숲에서 가져온 히코리나무 자루를 도끼에 박아 넣었고 그것으로 충분했다. 내 도끼는 무뎠을지라도 제대로 박혀 있기는 했다.

송진이 가득한 소나무 몇 토막은 굉장한 보물이었다. 땅속 깊숙한 곳에 이 불의 양식이 얼마나 많이 숨겨져 있는지를 떠올리면 흥미롭다. 예전에는 원래 리기다소나무 숲이 있었지만 이제는 헐벗은 언덕 중턱에 종종 '탐사하러' 가서 송진이 가득한 소나무 뿌리를 캐내곤 했다. 이 뿌리들은 없애기가 불가능할 정도였다. 적어도 30, 40년 묵은 그루터기의 중심부는 건재했다. 그러나 겉의 백목질 부분은 온통 흙이 되어 다른 식물이 자라고 있는 것을, 흙에서 중심부까지 10센티미터는 되는 두꺼운 껍질이 나이테를 이룬 것을 보면 알 수 있다. 도끼와 삽을 가지고 이 광산을 파 들어갈 때는 소의 기름처럼 누런 골수가 있는 저장고를 따라가거나, 금맥을 찾은 것처럼 땅을 깊이 파헤치기 마련이다. 하지만 나는 보통 숲에서 가져와 눈이 오기 전에 내 헛간에 모아둔 마른 나뭇잎으로 불을 피웠다. 잘 쪼개진 초록 히코리나무는 숲에서 야영을 하는 나무꾼의 불쏘시개가 된다. 나도 간간이 그것을 조금씩 얻었다.

지평선 너머로 마을 사람들이 불을 밝힐 때, 나는 월든 골짜기에 사는 다양한 야생 이웃에게, 굴뚝에서 흘러나오는 연기로 내가 깨어 있다는 것을 알렸다.

> 가벼운 날개 달린 연기, 이카루스의 새여,
> 날아오르다 날개가 녹은 너,
> 지저귀지 않는 종달새, 새벽의 사자여,
> 작은 마을을 네 둥지 삼아 그 위를 떠도는구나.
> 아니면, 떠나가는 꿈인가, 치맛자락을 모아
> 한밤중 광경이 그림자가 된 모습이로구나.
> 밤에는 별을 가리고 낮에는
> 빛을 어둡게 하며 해를 덮는구나.
> 자, 나의 향이여. 이 불가에서 위로 솟아 신에게
> 이 밝은 불을 용서하시라고 부탁해다오.

갓 자른 단단한 생나무는 그 어느 것보다도 땔감으로 좋았지만 나는 이것을 거의 사용한 적이 없다. 때로 겨울날 오후에 산책을 하러 나가면서 잘 피워놓은 불을 놔두고 갔다. 서너 시간 후에 돌아와보면 불이 아직도 타고 있었다. 내가 자리를 비워도 내 집은 비어 있는 것이 아니었다. 쾌활한 가정부를 남겨두고 가는 것 같았다. 그곳에 사는 것은 나와 불이었고, 대개 내 가정부는 믿을 만했다. 하지만 하루는 밖에서 장작을 패다가 집에 불이 붙지 않았는지 들여다봐야겠다고 생각했다. 이 점에 있어서 유난히 불안했던 것은 그때뿐인 것으로 기억한다. 그래서 창문으로 들여다봤더니 침대에 불이 붙어 있었다. 집 안으로 들어가 불을 끄고 보니 그 자리가 내 손바닥만 하게 타버렸다. 하지만 내 집은 볕이 잘 들고 비바람이 없는 곳에 위치한 데다 지붕이 낮은 덕분에, 겨울에 언제라도 불을 끄고 지낼 수 있었다.

지하실에는 두더지가 둥지를 틀고 살면서 감자를 세 알에 한 알꼴로 갉아먹었다. 회벽칠을 하고 남은 털뭉치와 갈색 종이로 그곳에 아늑한 침대를 만들기까지 했다. 아무리 야생적인 동물이라도 인간과 마찬가지로 안락함과 따뜻함을 사랑하며, 이를 얻으려고 충분히 노력해야 겨울을 날 수 있기 때문이다. 내 친구 몇몇은 내가 얼어죽을 요량으로 숲에 오기라도 했다는 듯 말했다. 동물은 비바람이 들이치지 않는 곳에 침대를 만들어 제 체온으로 몸을 따뜻하게 한다. 하지만 불을 직접 발견한 인간은 공기를 빼앗기지 않고 널찍한 방에 가둬 그 공기를 덥히고, 그곳을 보금자리 삼아 거추장스러운 옷을 벗고 돌아다닐 수 있다. 한겨울에도 여름 같은 공기를 유지하며, 창문으로 빛을 받아들이고, 등불로 하루를 늘인다. 그리하여 인간은 본능을 넘어 한두 발짝 더 나아가고, 예술을 위한 시간을 조금 마련한다. 오래도록 차가운 강풍에 노출되고 나면 온몸이 기운을 잃기 시작하다가도, 공기가 온화한 집에 도착하는 순간 몸의 기능이 회복되고 수명이 연장되었다. 하지만 화려하게 치장된 집은 이런 점에서 자랑할 거리가 거의 없는 데다, 인류가 결국에는 파멸하리라는 것은 굳이 공들여 생각할 필요도 없다. 북쪽에서 조금만 더 모진 강풍이 불어오면 언제든 인류의 목숨 줄을 끊어놓는 것은 일도 아니다. 우리는 '추웠던 금요일', '대폭설의 날'이니 하며 그런 날을 기준으로 계속 날짜를 세고 있지만, 조금만 더 추운 금요일이 오거나 더 심한 폭설이 닥치면 지구상 인간의 존재는 종지부를 찍을 것이다.

나는 숲을 소유한 것이 아니므로 다음 해 겨울에 경제성을 위해 작은 요리용 스토브를 사용했다. 하지만 그것은 탁 트인 곳에 땐 불만큼 잘 타지 못했다. 이렇게 되자 요리는 대개 더 이상 시적인 것이 아니라, 그저 화학적인 과정이 되었다. 요리용 스토브가 성행하는 오늘날, 예전에는 우리가 원주민의 방식을 따라 잿더미에 감자를 넣어 구웠다는 사실은 곧 잊힐 것이다. 요리용 스토브는 자리를 차지하고 집 안에 냄새를 풍길 뿐만 아니라 불을 볼 수가 없으므로 동지를 잃은 기분이었다. 우리는 항상 불을 마주할 수 있어야 한다. 노동자는 낮에 축적한 저속한 찌꺼기 같은 생각을 저녁에 불을 들여다보며 씻어낸다. 하지만 나는 더 이상 앉아서 불을 들여다볼 수 없었고, 어느 시인이 남긴 적합한 시구가 새로운 힘을 지니고 되살아나곤 했다.

"밝은 불꽃아, 내가 너를 잃는 일이 없기를,
너의 다정한, 생생히 인생을 비추는, 친숙한 공감을.
나의 희망 말고 무엇이 그처럼 밝게 타올랐으랴.
밤이 되면 내 운 말고 무엇이 그처럼 꺼져갔으랴.

어째서 너는 우리 난롯가와 방에서 쫓겨났는가,

모두가 환영하고 사랑했던 너를.

그리도 흐릿한 우리 삶의 평범한 빛을 비추기에는

너의 존재가 너무나 밝은 것이냐?

너의 밝은 빛은 마음 잘 맞는 우리 영혼과 은밀한 대화를,

너무나 대담한 비밀을 나눈 것이냐?

이제 벽난로 옆에 앉은 우리는 안전하고 강하지만

난롯가에는 희미한 그림자 하나 스치지 않는구나.

응원하는 것도 슬픈 것도 없이,

오직 불 하나가 있어 손발을 따뜻이 할 뿐이다.

난로의 실용적인 자그만 덩치 옆에서

지금은 앉아 졸 수 있으리라.

어두운 과거에서 유령이 걸어나와

우리와 함께 흔들리는

옛 장작불 곁에서 얘기한다 한들 무섭지 않네."[9]

◆ ◆ ◆

9) 앨런 스터기스 후퍼(1812~1848)의 시 '장작불'에서 인용.

14. 전에 살던 사람들, 그리고 겨울 손님

내가 드센 눈보라를 견디며 난롯가에서 활기찬 겨울 저녁을 보내는 동안, 밖에서는 눈발이 거세게 휘날려 부엉이 울음소리마저 잦아들었다. 몇 주가 지나도록 산책하면서 만난 사람이라고는 가끔 나무를 베러 왔다가 그것을 썰매에 실어 마을로 돌아가는 이들뿐이었다. 하지만 눈보라가 불어닥칠수록 나는 숲속 가장 깊은 곳의 눈밭을 헤치고 길을 내겠다는 마음이 생겼다. 예전에 한번 숲에 들어갔다가 내 발자국 속으로 참나무 나뭇잎이 바람결에 떨어졌다. 그 자리에 나뭇잎이 쌓여 햇빛을 흡수하면서 눈을 녹인 덕분에, 걸어다니기에 알맞게 마른 발판이 되어주었을 뿐만 아니라

밤에는 어렴풋한 그 윤곽이 나에게 길잡이가 되어주었던 적이 있기 때문이다. 사람을 만나기 힘들어진 나는 이 숲에서 원래 살던 사람들을 부득이 생각해내야 했다. 이 마을 사람들 대부분의 기억 속에서, 내 집 가까이 있는 도로에서는 그 시절에 살던 사람들의 웃음소리와 수다 떠는 소리가 울려퍼졌다. 도로에 접한 숲에는 그들의 작은 정원과 집이 여기저기 드문드문 새겨져 있었는데, 그때는 숲 때문에 지금보다 훨씬 더 막혀 있었다. 내 추억 속의 몇 군데는 마차를 타고 지나가면 빽빽한 소나무에 마차 양쪽이 동시에 긁혔고, 여자와 어린아이들은 링컨 마을에 가느라 어쩔 수 없이 이 길로 혼자서, 그것도 맨발로 가야 할 때면 무서운 마음에 긴 거리를 거의 내내 달려갔다. 이 길은 이웃 마을로 가는 변변치 않은 길, 또는 산지기 무리를 위한 길일 뿐이지만 한때는 지금보다 더욱 다채롭기에 나그네를 즐겁게 해주었고 더욱 오래도록 나그네의 기억에 남았다. 그때 단풍나무들이 자라는 늪지대를 가로질러 통나무를 기반으로 길이 나 있던 곳에 지금은 굳은 땅으로 된 넓은 밭이 마을부터 숲까지 펼쳐져 있고, 그 나머지는 생각할 것도 없이 스트래턴 농장부터 지금의 빈민 구호소와 농장, 브리스터 언덕까지 이어진 먼지 날리는 도로 아래에 깔려 있다.

　내 콩밭 동쪽으로 길 너머에는 카토 잉그램이 살았는데, 그는 콩코드 마을의 신사이자 지주인 덩컨 잉그램의 노예였다. 그의 주인은 월든 숲에 집을 지어주고 거기서 살게 해주었다. 유티센시스 카토[1](소카토)가 아닌 콩코디엔시스('콩코드의'라는 뜻의 라틴어-옮긴이) 카토였다. 어떤 사람은 그가 기니 출신 흑인 노예였다고 한다.

몇 명은 그가 호두나무가 자라는 조그만 땅을 가지고 있었다고 기억했다. 그는 늙어서 그 땅이 필요하기 전까지는 호두나무를 그대로 놔두었다. 그러나 호두나무 숲은 결국 더 젊고 피부가 흰 투기꾼이 차지하게 됐다. 하지만 지금은 그 역시 카토나 마찬가지로 작은 땅을 차지하고 있다. 카토의 지하 저장고는 반쯤 땅속에 묻혀 남아 있지만 소나무에 둘러싸여 지나가는 사람의 눈에 보이지 않아 아는 사람이 거의 없다. 그 구멍은 지금 미국옻나무가 꽉 채우고 있고, 주변에는 미역취가 무성하게 자라고 있다.

카토의 집에서 조금 더 마을과 가까운 쪽인 내 콩밭의 한쪽 구석에 흑인 여성 질파의 작은 집이 있었다. 그녀는 린넨 천을 짜서 마을사람들에게 팔곤 했는데, 크고 특이한 목소리를 지니고 있어서 노래를 하면 월든 숲이 쩌렁쩌렁 울렸다. 그러다 1812년 전쟁 당시 그녀가 집을 비운 사이에 가석방된 죄수이자 영국 군인이 그녀의 집에 불을 질렀다. 그녀가 기르던 고양이며 개, 암탉이 함께 불에 타버렸다. 그녀는 고되고 인간답지 못할 정도로 어려운 생활을 꾸려나갔다. 이 숲에 자주 드나들던 한 노인이 기억하기로, 어느 날 한낮에 그 집을 지나가는데 그녀가 팔팔 끓는 냄비에 대고 "전부 뼈다귀야, 뼈다귀뿐이야!"라고 중얼거리는 소리를 들었다고 한다. 나는 그녀의 집이 있던 참나무 잡목림 사이에서 벽돌 여러 장을 본 적이 있다.

◆◆◆

1) 마르쿠스 포르키우스 카토, 소카토(B.C. 95~46). 유티카에서 죽었기 때문에 유티센시스 카토로 알려져 있기도 함.

　길을 내려가다 오른편, 브리스터 언덕에는 한때 커밍스 씨의 노예로, '손재주 좋은 흑인'이라 불리던 브리스터 프리먼이 살았다. 그곳에는 브리스터가 심고 돌본 사과나무들이 아직도 자라고 있다. 지금은 크고 늙은 나무지만, 열매는 내 입맛에 여전히 야생 사과 맛인 신맛이 난다. 얼마 전 나는 옛 링컨 마을의 오래된 공동묘지에 갔다가 브리스터의 묘비명을 읽었다. 콩코드 전투에서 퇴각하다가 전사한 영국 근위 보병 연대 병사들의 표시 없는 무덤 근처에 작게 자리해 있었다. 그의 묘비명에는 '시피오 브리스터'라고 적혀 있었고, 마치 그가 변색이 된 사람이라는 듯 '유색 인간'이라는 말도 있었다. 그를 '시피오 아프리카누스('아프리카의 시피오'라는 뜻-옮긴이)'라고 부를 수는 있었겠지만 굳이 '유색인'이라고 한 것은 그가 죽었기 때문에 색깔이 빠져 '무색인'이라도 되었다는 뜻일까? 또 묘비에는 그가 죽은 때도 요란하게 강조해 적혀 있었는데 그가 산 사람이기는 했다고 간접적으로 말해줄 뿐이었다. 그는 상냥한 아내 펜다와 함께 살았고, 그녀는 사람들의 점을 쳐주었지만 늘 유쾌했다. 그녀는 몸집이 크고 둥글며, 밤의 자식들 중 그 누구보다도 피부가 검어서, 콩코드의 하늘에는 전에도 이후에도 뜰 일

이 없는 어두운 달 같았다.

언덕 밑으로 더 내려가서 숲속에 난 오래된 도로 왼쪽을 보면, 스트래턴 가족의 농가가 있던 흔적이 남아 있다. 이 가족의 과수원은 한때는 브리스터 언덕 비탈을 모두 덮고 있었지만 오래전에 리기다소나무에 잠식당하고, 그루터기 몇 개만 남아 있다. 부지런한 마을 사람들은 꽤 많은 과일나무 묘목을 이곳에서 가져간다.

마을로 더 가까이 가면 길 건너편 숲의 언저리에 브리드의 오두막집이 있던 집터에 이른다. 이 집터는 옛 신화에 이름이 분명히 나와 있지 않은 마귀의 장난질로 유명한 곳인데, 그 마귀는 뉴잉글랜드의 삶에서 놀랍고 두드러지는 역할을 하기에, 신화에 나오는 등장인물처럼 언젠가 그에 대한 전기가 쓰여야 마땅하다. 마귀는 처음에 친구나 직원으로 가장해 접근하고는 온 가족을 약탈하고 살해한다. 그것은 바로 '뉴잉글랜드 럼주'이다. 하지만 이 집에서 상연된 비극을 아직 역사가 말해서는 안 된다. 시간이 끼어들어 비극을 달래고 푸른빛을 띠게 할 틈을 줘야 한다. 한때 이곳에 여인숙이 있었다는 이야기는 구비전승된 이야기 중 가장 불분명하고 의문스럽다. 이곳의 우물은 나그네가 물통에 시원한 물을 담고 말이 쉬어 갈 수 있었다. 여기에서 사람들은 서로에게 인사를 건네고 소식을 주고받고 다시 길을 나섰다.

브리드의 오두막집은 사람이 살지 않은지 오래되었지만 10여 년 전만 해도 자리를 지켰다. 크기가 내 오두막만 했다. 내가 착각하는 것이 아니라면, 어느 선거일 밤에 짓궂은 사내아이들이 이 집에 불을 질렀다. 당시 나는 마을 변두리에 살았고 그 겨울 대버

넌트[2]의 《곤디버트》를 읽느라 정신이 팔려 있었다. 그러나 무기력
증 때문에 고전을 면치 못하고 있었다. 그런데 이 증세가 나의 친
척 중에 면도를 하러 가면서도 잠드는 양반이라 안식일을 지키며
깨어 있으려면 일요일마다 지하실에서 감자 싹을 없애야 하는 삼
촌이 있는 것을 보면 가족 내력 때문인지, 아니면 차머스[3]의 《영
시선집》을 한구석도 빼놓지 않고 읽으려다 보니 그렇게 된 것인지
알 수 없었다. 그 병 때문에 나는 꼼짝을 않고 있었다. 책에 고개
를 처박은 찰나 종소리가 울려 화재를 알렸고, 부리나케 그 방향
으로 굴러가는 소방차 앞으로 한 무리의 남자와 사내아이들이 흩
어져 달리고 있었다. 나는 개천을 뛰어넘은 덕분에 맨 앞에서 달
렸다. 창고든 상점이든 집이든 불이 났다 하면 안 달려가본 곳이
없는 우리는 숲 너머 멀리 남쪽에서 불이 났다고 생각했다. "베이
커 씨 농장 창고다!" 하고 누군가 소리쳤다. 누군가는 "카드먼 씨
집이야!" 하고 호언장담했다. 그때 지붕이라도 무너진 듯 막 불꽃
이 생겨 숲 위로 치솟았고, 우리는 모두 외쳤다. "콩코드를 구합시
다!" 짐을 우겨넣은 마차가 맹렬한 속도로 지나갔고, 아마 그 안에
는 여러 사람 중에서도 아무리 먼 곳이라도 현장에 가봐야 하는
보험회사 직원이 타고 있었을 것이다. 그리고 이따금 뒤로 소방차
종소리가 더욱 느리고 또렷하게 울렸고, 나중에 사람들이 수군거
렸듯 맨 뒤에서, 불을 지르고 경보를 울린 아이들이 왔다. 그리하

◆◆◆

2) 윌리엄 대버넌트(1606~1668), 영국 시인.
3) 알렉산더 차머스(1759~1834).

여 우리는 계속 감각의 증거를 거부하며 진정한 이상주의자처럼 굴었지만, 길에서 모퉁이를 한 번 돌자 치직치직 소리가 들리며 벽 위에서 불기운이 확실히 느껴졌다. 그제서야 이런! 우리가 그곳에 갔다는 사실을 깨달았다. 불타는 현장에 가까이 왔지만 우리의 열의는 식지 않았다. 처음에는 개구리 연못의 물을 끼얹어볼까 생각했지만, 상황이 너무 멀리 왔고 소용없는 짓이니 불타게 내버려두자는 결론을 내렸다. 그래서 우리는 소방차 주변에 서서 서로를 밀쳐가며 확성기에 대고 감정을 표출하거나, 낮은 목소리로는 배스컴 상점을 포함해 온 세상이 목격한 큰 화재에 대한 이야기를 주고받았다. 우리는 '소방차'가 좀 더 때맞춰 도착했다면, 그리고 물이 가득한 개구리 연못이 근처에 있었다면, 그 위태로운 만인의 최후의 화재를 또 다른 홍수로 바꿀 수 있었을 것이라고 우리들만의 생각을 쑤군거렸다. 결국 우리는 아무런 해도 끼치지 않고 물러나, 돌아와 잠을 자거나 《곤디버트》를 읽었다. 하지만 《곤디버트》로 말하자면, '재치는 영혼의 화약'이라는 서문에서 "하지만 원주민들이 화약에 낯설듯, 인류의 대부분은 재치에 낯설다."는 구절은 인용할 만한 가치가 있다.

　나는 그 다음 날 저녁 거의 같은 시각에 밭을 가로질러, 불에 탄 브리드의 집 근처를 지나다가 낮게 신음하는 소리가 들리기에 어둠 속에서 가까이 가보았다. 그랬더니 내가 알기로 이 가문의 유일한 생존자이자 이 가문의 선행과 악행을 모두 물려받을 상속인이 저 혼자만 이 화재에 관심을 가지며 배를 깔고 엎드려 아직도 지하실 벽 너머에서 연기를 내며 타고 있는 잿더미를 들여다보면

서 늘 하던 버릇대로 혼자 중얼거리고 있었다. 그는 온종일 저 멀리 강변 풀밭에서 일했고, 그의 선조가 지냈고 그가 청춘을 보낸 집을 마음대로 방문할 수 있는 첫 순간을 최대한 활용했다. 그는 차례대로 사방의 온갖 각도에서 지하실을 들여다보았고, 그러면서 내내 보물이라도 있는 듯 땅에 몸을 바짝 대고 엎드렸는데, 자기가 기억하기에 돌 사이에 보물이 숨겨져 있나 싶은 모양이었지만 그곳에는 틀림없이 벽돌과 잿더미만 있을 뿐이었다. 집이 사라졌으니, 그는 남은 것을 바라보았다. 그는 내 존재만으로 느껴지는 동정심에 위안을 느꼈는지, 어두워서 잘 보이지 않지만 우물이 가려진 곳을 내게 가리켰다. 다행히 우물은 결코 불에 탈 수 없는 것이다. 그는 아버지가 깎아 달아놓은 방아두레박을 찾으려고 한참 동안 벽 근처를 더듬으며 짐이 무거운 쪽에 고정되어 있는 철고리인지 꺾쇠를 찾아보았다. 이것이 평범한 '받침대'가 아니라는 것을 내게 설득시키기 위해서였다. 이제 그가 붙잡을 수 있는 것은 그것이 전부였다. 나는 그 고리를 만져보았고, 여전히 산책을 하다가 거의 매일 눈여겨본다. 그 고리에 한 가문의 역사가 걸려 있기 때문이다.

한 군데 더, 왼쪽으로 벽 옆에 우물과 라일락 덤불이 보이는 곳, 이제는 허허벌판이 된 곳에 너팅과 르 그로스라는 사람이 살았다. 그러면 이제 링컨 마을로 돌아가보자.

앞에 열거한 여러 곳 중에서 어떤 집보다도 더 멀리, 숲속에, 길이 호수에서 가장 가까운 곳을 와이맨이라는 도공이 무단점거하면서 마을사람들에게 도기를 팔았고 그의 뒤를 이을 자손을 남졌다. 그들은 속세의 물건들에 있어 부유하지 않았기에 살고 있는 땅도 묵인하에 차지했을 뿐이다. 보안관이 세금을 거두러 왔다가 허탕으로 끝나 형식상 딱지를 붙이고 가는 일이 허다했다. 보안관이 형식적으로나마 '딱지를 붙였다'고 쓴 것을 나중에 장부에서 읽은 적이 있다. 어느 한여름 날에 김을 매고 있는데, 도기 그릇을 수레에 한가득 싣고 시장에 가던 한 남자가 내 밭에 말을 세우고는 와이맨의 아들에 대해 물었다. 그는 오래전에 와이맨에게 도기 제조를 위한 녹로를 사들였는데, 이제 그가 어떻게 되었는지 궁금했던 것이다. 나는 성서에서 도공의 점토와 녹로에 대해 읽은 적이 있었다. 그러나 우리가 쓰는 도자기가 그 시절부터 깨지지 않고 전해져 왔다거나 어딘가에서 박처럼 나무에 열리는 게 아니라는 사실을 전혀 깨닫지 못한 터였기에, 우리 마을에서 도자기 기술이 연마된 적이 있다는 말을 듣고 기뻤다.

나보다 앞서 이 숲에서 살았던 마지막 주민은 아일랜드인 휴 코일(내가 그의 이름을 충분히 돌돌 꼬아 썼다면 말이지만)로, 와이맨의 집을 차지하고 살았다. 그는 '코일 대령'이라고 불렸다. 소문에 의하면 그는 워털루 전투의 병사였다. 그가 살아 있었다면 전투에 나가 싸웠던 이야기를 들려달라고 부탁했을 것이다. 그는 이곳에서 도랑 파는 일을 했다. 나폴레옹은 세인트헬레나섬으로 쫓겨갔고, 코일은 월든 숲으로 온 것이다. 내가 그에 대해서 아는 모든 것은 비극적이었다. 그는 세상 경험이 많은 사람답게 예의를 지켰고, 우리가 신경써서 말해도 그보다 훨씬 더 교양 있게 말할 줄 알았다. 그는 몸을 덜덜 떠는 섬망증에 시달렸기에 한여름에도 두꺼운 외투를 입었고, 얼굴은 짙은 붉은빛이었다. 그는 내가 숲에 온 직후에 브리스터 언덕 기슭 길가에서 죽었기에 이웃으로서 그에 대한 기억은 없다. 그의 집이 허물어지기 전, 그의 친구들마저 그의 집을 '흉가'라며 피할 때도 나는 그 집을 찾아갔다. 그 집에는 들쳐진 널빤지 침대 위에 낡은 옷가지가 마치 대령인 것처럼 입은 그대로 돌돌 말려 있었다. 샘가에 사발이 깨져 있는 대신, 난로 위에 파이프가 깨져 있었다. 깨진 사발이 그에게는 죽음의 상징이 될 수 없었을 것이다. 왜냐하면 그가 브리스터 샘물에 대해 들어본 적은 있지만 본 적은 없다고 내게 털어놨기 때문이다. 바닥에는 다이아몬드, 스페이드, 하트 킹 같은 때 묻은 카드가 흩어져 있었다. 옆방에는 사후 처리인도 잡을 수 없었던 밤처럼 까맣고 고요한, 꼬꼬댁거리지도 않는 오골계 한 마리가 여우를 기다리며 횃대에 앉아 있었다. 집 뒤에는 분명치 않지만 채소밭이 있었다. 그곳에 작물을 심었지만 몸을 덜덜 떠는 그는 끔찍한 발작 때문에 수확할 때가 다 되도록 김매기 한 번 해본 적이 없었다. 채소밭에는 돼지풀과 도깨비바늘풀이 무성했고, 도깨비바늘풀 씨가 모두 내 옷에 달라붙었다. 집 뒤편에 마지막 워털루 전투의 트로피인 우드척 가죽이 펼쳐져 있었지만, 따뜻한 모자도 장갑도 그에게는 더 이상 필요치 않으리라.

이제는 땅에 파인 자국이, 지하실에 묻힌 돌이 그곳에 거처가 존재했다는 사실을 증명해주고 있다. 집터의 양지바른 풀밭에는 딸기와 라즈베리, 멍석딸기, 개암나무 관목, 옻나무가 자라고 있었다. 굴뚝이 있던 곳은 리기다소나무인지 옹이 진 참나무가 자리를 차지했고, 문틀이 있던 곳에는 향이 달콤한 검정자작나무가 바람에 흔들리고 있었다. 한때는 샘물이 스며 나왔던 우물의 흔적이 보이기도 했는데, 이제는 눈물 한 방울 없는 마른 풀이 자라고 있을 뿐이었다. 아니면 우물은 깊이 파묻혀 훗날 인류의 마지막이 세상을 뜨는 날까지 땅뙈기 아래에 묻힌 편편한 돌이 발견되지 못할 것이다. 우물을 덮는다는 것은 얼마나 슬픈 일인가! 샘을 덮는 동시에 눈물샘이 터졌으리라. 버려진 여우굴 같은 이 지하실의 흔적만이 한때는 인간의 생기로 북적북적 소란스럽고 '운명, 자유의지, 절대적인 선견지명'[4]이 어떤 형태로든, 어떤 말투로든 번갈아가며 이야기하던 곳에 남은 전부이다. 하지만 그들의 결말에서 알 수 있는 것은 '카토와 브리스터는 속였다'는 것이 전부이리라. 더 유명한 철학 사상만큼 가르쳐주는 바가 크다.

문과 상방, 문지방이 사라지고 한 세대가 지나도록 라일락은 여전히 활기차게 자라면서 봄마다 향기로운 꽃을 피우고, 그 꽃은 사색하는 나그네의 손에 꺾인다. 아이들이 손수 앞뜰에 심어 가꾸던 라일락은 이제 외딴 풀밭, 벽이 있던 곳에 서서 새로 자라나는 숲에 자리를 양보하고 있다. 나무는 마지막 남은 이 집안의 유일한 생존자인 것이다. 거무스름한 아이들은 눈이 두 개밖에 달리지 않은 연약한 가지가, 자기네들이 집 옆에 그늘이 지는 땅에 심어 매일 물을 줬던 그 가느다란 가지가 그렇게 뿌리를 내려 자기들보다, 또 라일락에 그늘을 드리웠던 뒤편의 집보다, 다 자란 어른의 정

◆ ◆ ◆

4) 존 밀턴의 《실낙원》에서 인용.

원과 과수원보다 오래 살아남아, 자기들이 다 자라 죽고 반세기가 지난 후에도 여전히 첫 번째 봄처럼 아름답게 꽃을 피우고 달콤한 향을 내며, 외로운 방랑자에게 자신들의 이야기를 희미한 목소리로 들려주리라고는 생각도 못했으리라. 여전히 부드럽고, 점잖으며, 명랑한 라일락의 색깔을 나는 가만히 들여다본다.

하지만 콩코드 마을이 굳건히 터전을 지키는 동안 이보다 더한 보석이어야 마땅한 이 작은 마을은 왜 실패한 것일까? 자연이 주는 이점, 특히 물의 이권이 있지 않았던가? 아아, 깊은 월든 호수와 시원한 브리스터 샘은 이 물을 한 모금 건강하게 쭉 들이키기만 해도 충분한 특권인데도, 사람들은 이 특권을 술잔을 희석시키는 데에만 이용했을 뿐이다. 이들은 전부 술을 좋아하는 종족이었다. 바구니 짜기, 빗자루 만들기, 옥수수 볶기, 직물 짜기, 린넨천 짜기, 도자기 제조업이 이곳에서 번창해, 황야에서 장미처럼 꽃을 피우고 수많은 후손들이 선조의 땅을 물려받게 할 수는 없었을까? 땅이 척박해 적어도 저지대에서와 같은 타락이 이곳에는 발붙이지 못했을 것이다. 이런! 예전에 이곳에 살던 사람들의 기억이 경치의 아름다움을 드높이는 데 아무런 도움이 되지 않는다. 다시 한 번, 대자연은 첫 정착자로서 나를 시험할 것이고, 지난봄에 올린 내 집은 이 작은 마을에서 가장 오래된 집이 될 것이다.

나는 내 집이 차지한 땅에 누가 집을 지었었는지 모른다. 더 오래된 도시가 있던 곳에 지은 터라 잔해가 곧 재료이고 묘지가 곧 정원인 도시로부터 나를 구하소서. 그곳은 흙이 저주받아 창백하니, 그런 일이 불가피해지기 전에 지구는 스스로 멸망할 것이다.

나는 그런 옛 생각을 하면서 숲에 다시 사람을 들였고 스스로를 달래면서 잠이 들었다.

　이 계절에는 손님이 거의 없었다. 눈이 가장 많이 쌓일 때면 한두 주일 동안 내 집까지 찾아오는 사람이 없었지만, 나는 들쥐처럼, 또는 먹을 것도 없이 눈더미 속에 오래도록 파묻혔지만 결국 살아남았다는 소나 닭들처럼 아늑하게 살았다. 아니면 메사추세츠주의 서턴이라는 마을에 초기 개척자 가족이 있는데, 그들이 살던 오두막이 1717년 가장이 자리를 비운 틈에 대폭설에 완전히 파묻혔는데, 굴뚝 연기로 인해 눈더미에 생긴 구멍을 한 원주민이 발견해 구해낸 가족처럼 살았다. 하지만 나를 걱정해주는 친절한 원주민이 없고, 그럴 필요도 없었던 것이, 집 주인이 항상 집에 있었기 때문이다. 대폭설이라! 듣기만 해도 얼마나 힘이 솟는지! 농부들이 동물을 데리고 숲이나 늪으로 갈 수 없어 집 앞에 그늘을 드리우는 나무를 베어 써야 하며, 다음 해 봄에 땅에서 3미터 떨어진 늪의 나무껍질을 보이는 대로 잘라내야 한다.
　내가 도로에서 집까지 지나다니던 1킬로미터 남짓한 길은, 눈이 아주 깊어지면 점과 점 사이의 간격이 넓은 구불구불한 점선으로 알아볼 수 있었을 것이다. 평온한 날씨가 계속되는 주에는 길을 오가면서 내가 남겨놓았던 깊은 발자국 위에 컴퍼스 같이 정확하게 걸음을 내딛어 정확히 같은 시간이 걸리도록 걸었다. (단조로운 겨울이 우리에게 강요한 놀이였다.) 종종 발자국에는 하늘의 파란색이 가득 찼다. 하지만 날씨가 어떻든 나는 산책, 아니 산책이

라기보다 바깥나들이를 멈추는 일은 거의 없었다. 너도밤나무와 황자작나무와의 약속을 지키러, 또는 소나무와의 오랜 관계를 유지하러 깊은 눈 속을 헤치고 십 몇 킬로미터씩 걷는 일이 허다했기 때문이다. 눈과 얼음 때문에 나뭇가지가 축 늘어지고, 그리하여 꼭대기가 날카로워지면 소나무는 전나무처럼 보였다. 나는 눈이 거의 무릎 위까지 쌓였을 때도 가장 높은 언덕 꼭대기까지 눈을 헤치며 올라갔고, 걸음마다 머리에 쌓인 눈을 털어내며 또 하나의 눈보라를 만들어냈다. 사냥꾼들이 월동에 들어가고 나서도, 나는 손과 발로 허둥대며 기어다니기도 했다. 어느 날 오후, 북방 올빼미가 스트로브잣나무의 몸통 가까이 낮게 깔린 죽은 가지에 앉아 환한 햇살을 받고 있기에 그로부터 5미터도 안 되는 거리에서 올빼미를 보며 즐거워했다. 내가 발을 움직여 뽀드득 소리를 낼 때마다 올빼미는 소리를 들을 수 있었지만 나를 정확히 보지는 못했다. 내가 아주 큰 소리를 낼 때는 올빼미가 목을 쭉 빼고 목깃털을 세우며 눈을 크게 떴다. 하지만 곧 눈꺼풀이 다시 떨어지면서 고개를 꾸벅이기 시작했다. 고양이 같은, 아니 고양이의 날개 달린 형제인 올빼미가 그렇게 눈을 반쯤 뜨고 앉아 있는 모습을 반시간 정도 보고 있으려니 내게 졸음이 옮는 게 느껴졌다. 올빼미는 가느다란 실눈을 뜨고 있었고, 그 틈으로 나와 반쯤은 관계를 유지했다. 올빼미는 그렇게 반쯤 감긴 눈으로 꿈의 영역에서 밖을 내다보며, 자기 시야를 방해하는 희미한 물체 또는 티끌인 나를 알아보려 애썼다. 결국 더 큰 소리 때문인지 내가 더 가까이 다가가서인지, 올빼미는 꿈이 방해받는 걸 참지 못하겠다는 듯 점점 불편해하더니 느릿느릿 방향을 틀었다. 그리고 올빼미는 갑자기 날개를 활짝 펼치더니 소나무 사이를 퍼덕거리며 날아갔다. 그때는 작은 소리조차 들리지 않았다. 올빼미는 시각보다는 주위를 느끼는 섬세한 감각에 의존해, 예민한 날개 끝으로 황혼의 길을 더듬어 소나무 가지 사이로 날아가다 새로운 곳을 찾았고, 그곳에서 자신의 날이 밝아오기를 평화롭게 기다렸으리라.

넓은 풀밭을 가로질러 철도에 난 긴 둑길 위를 걸어가는 동안 만난 바람은 유난히 살을 에며 세차게 몰아쳤다. 어느 곳에서도 바람이 이보다 자유롭게 노닐 수는 없었기 때문이다. 서리가 내 한쪽 뺨을 후려칠 때면 나는 이교도지만 다른 뺨을 내어주었다. 브리스터 언덕에서 이어지는 마찻길이라고 사정이 나은 것은 없었다. 그래도 나는 기어이 우호적인 인디언처럼 마을에 왔다. 그동안 드넓은 밭의 눈이 웰든 길의 담 사이에 듬뿍 쌓이고 앞에 지나간 사람의 발자국이 반 시간이면 사라졌다. 돌아가는 길에는 북서풍이 도로의 모서리진 곳 주위에 부지런히 가루눈을 쌓아놓은 바람에 토끼 발자국이든, 들쥐의 미세한 발자국처럼 아주 작은 흔적이든, 보이지 않을 정도로 새로운 눈더미가 쌓여 그것을 헤치고 버둥대며 가야 했다. 하지만 아무리 한겨울에도, 풀과 앉은부채가 언제나 파릇파릇하게 자라는 것을 볼 수 있었다. 그 풀들 옆에 강인한 새 한 마리가 봄이 오기를 기다리는 모습을 본 적도 있다.

가끔은 저녁에 산책에서 돌아와 보면, 눈이 내리는데도 내 집 문으로부터 이어지는 나무꾼의 깊은 발자국을 만난 적이 있다. 벽난로에는 그가 쌓아둔 나무토막이 쌓여 있었으며 집 안은 그가 피운 담배 냄새로 가득했다. 아니면 일요일 오후, 어쩌다 집에 있을 때는 머리가 긴 농부의 발걸음에 뽀드득대는 발자국 소리가 들렸다. 멀리서 숲을 헤치고 내 집까지 찾아온 그는 사교적인 '수다'를 떨러 온 것이었다. '농장에 머무는 사람'인 그의 소명 중 하나였다. 교수의 가운 대신 노동복을 입은 그는 마당에서 거름을 한 짐 싣고 오는 것만큼 교회나 국가에서 교훈을 이끌어내는 데에도 능숙했다. 우리는 인간이 춥고 상쾌한 날씨에 커다란 불을 둘러싸고 앉아 머리가 맑았던, 소박하고 단순하던 시절에 대해 이야기했다. 그리고 다른 후식이 부족하면 영리한 다람쥐들이 오래전에 버리고 간 호두를 이로 깨물어보았다. 껍데기가 두꺼운 호두는 보통 비어 있는 법이었다.

가장 멀리서 가장 험한 눈보라를 헤치고 내 집까지 찾아온 사람은 시인이었다.[5] 농부, 사냥꾼, 군인, 신문기자, 심지어 철학자도 심한 눈보라에 기죽을 수 있지만, 시인은 결코 굴하는 법이 없었다. 시인의 동기는 순수한 사랑이기 때문이다. 그가 오가는 것을

◆ ◆ ◆
5) 엘러리 채닝.

누가 예측할 수 있겠는가? 언제 어느 때건, 의사가 잠들 때도 시인은 밖으로 나간다. 그 작은 집이 우리의 활기찬 웃음소리와 훨씬 진지한 이야기 소리로 가득 차 월든 계곡의 오랜 침묵에 보상했다. 브로드웨이 거리도 이에 견주면 고요하고 횅했으리라. 마지막으로 내뱉은 말이나 앞으로 다가올 농담, 그 무엇을 가리지 않고 적당한 간격으로 웃음과 함께 박수가 터져 나왔다. 우리는 묽은 귀리죽 한 접시를 두고 인생에 대한 '새로운' 이론을 많이 만들었고, 이는 철학에 필요한 맑은 정신과 유쾌함의 장점을 겸비하고 있었다.

내가 호수에서 지낸 마지막 겨울에 반가운 손님이 한 명 더 있었음을 잊는 일은 없으리라. 그는 일찍이 마을을 지나 눈비와 어둠을 헤치고 오다가 나무 사이에 비친 내 집의 등불을 찾았고, 몇 날 며칠 오랜 겨울 저녁을 나와 함께했다.[6] 마지막 남은 철학자 중 한 명으로 코네티컷이 세상에 내놓은 그는 처음에는 코네티컷주의 생산품을, 나중에는 그의 두뇌를 팔러 다녔다고 한다. 그는 신을 자극하고 인간에게 수치심을 느끼게 하면서 여전히 이것을 팔러 다니지만, 호두가 알맹이를 맺듯 결실을 맺는 것은 그의 두뇌뿐이었다. 내 생각에 그는 살아 있는 사람 중에 가장 신념이 강한 사람임이 틀림없다. 그의 말과 태도를 보면 다른 사람의 예상보다 늘 훨씬 더 나은 상태임을 알 수 있었다. 그는 세상이 돌아가는 사태에 결코 실망하지 않을 사람이다. 지금은 그에게 운이 따르지

◆◆◆

6) 애모스 브론슨 올컷(1799~1888), 교육자이자 초월주의자. 루이자 메이 올컷의 아버지.

않는다. 하지만 당장은 그가 비교적 무시당하고 있지만 그의 날이 오면 거의 아무도 예상치 못한 법령이 제정되어 실시될 것이다. 집안의 가장과 국가의 통치자 들이 그에게 조언을 구하러 올 것이다.

"평온함을 보지 못하는 자는 눈이 멀었나니!"[7]

인간의 진정한 친구. 인간 진보의 거의 유일한 친구. 묘지기 노인[8], 아니 불사의 노인으로서 인간의 몸에 새겨진 형상을 지칠 줄 모르는 인내심과 충실함으로 선명하게 만드는 그는, 더럽혀지고 기울어진 기념비일 뿐인 사람들 육신의 신이다. 늘 환대하는 지성인으로서 그는 아이들과 거지, 정신이상자, 학자를 끌어안고 그들 모두의 생각을 즐겁게 하며 그 생각에 일정한 폭과 기품을 덧붙인다. 내 생각에 그는 모든 나라의 철학자들이 묵을 큰 여관을 세계의 큰 길에 운영해야 하고, 간판에는 이렇게 새겨야 한다. "짐승이 아닌, 인간을 환영함. 여유 있고 마음이 평온한, 올바른 길을 진심으로 찾는 사람은 들어오시오." 그는 아마 내가 아는 사람 중에 가장 정상적이고 별난 생각을 가장 적게 하는 자, 어제와 내일이 똑같은 사람이다. 옛날에 그와 함께 거닐며 이야기를 나누면 세상을 완전히 뒤로 할 수 있었다. 그는 이 세상의 어느 제도에도 맹세하지 않은 자유인이었기 때문이다. 우리가 어느 쪽으로 길을 걷든 하

◆◆◆

7) 토마스 스토러의 《추기경 토마스 울지의 생과 사(1599)》에서 인용.
8) 월터 스콧 경의 《묘지기 노인(1816)》의 주요 등장인물.

늘과 땅이 맞붙은 듯했던 것은, 그가 경치의 아름다움을 더해주었기 때문이다. 푸른 옷을 입은 자, 그에게 가장 알맞은 지붕은 그의 평온함을 비추며 위로 아치를 그리는 하늘이다. 나는 그가 죽는다는 것을 생각할 수 없다. 대자연이 그 없이는 지낼 수 없으니.

우리는 사상의 널빤지를 하나씩 잘 말려서, 자리 잡고 앉아 널빤지를 깎으며 칼을 연마하고 호박색 나무에 난 선명한 노란 결을 찬양했다. 우리는 조심스럽게 공경하는 자세로 헤쳐 나가고 아주 부드럽게 협력한 덕에 사상의 물고기들이 물살에 놀라거나 둑의 낚시꾼을 두려워하지 않았다. 도리어 원대하게 오가는 모습이 꼭 서쪽 하늘을 떠다니는 구름 같고, 그곳에서 가끔 모였다가 흩어지는 자개구름 같았다. 그곳에서 우리는 신화를 고치고, 우화를 여기저기 다듬고, 땅은 가치 있는 토대가 되지 못하기에 함께 공중에 성을 지었다. 위대한 관찰자, 위대한 예언자! 그런 그와 대화하는 것은 《아라비안나이트》에 필적하는 뉴잉글랜드 나이트였다. 아! 우리, 은자와 철학자, 그리고 내가 말했던 옛 개척자까지, 우리 셋이 나눈 담론이 부풀어 내 작은 집을 팽팽히 채웠다. 1인치짜리 동그라미마다 공기의 압력에 가해진 무게가 얼마나 되었을지 나는 감히 짐작도 못하겠다. 그 무게에 집의 이음매가 벌어지는 바람에 훗날 새지 않도록 아주 둔하게 이음매를 메워야 했다. 하지만 나는 이미 그런 종류의 뱃밥을 충분히 마련해두고 있었다.

내가 길이길이 기억될 '단단한 계절'을 나눈 사람이 한 명 더 있는데[9], 마을에 있는 그의 집에서 나누기도 했고 때때로 그가 나를 찾아오기도 했다. 하지만 그곳에서 그와의 교우는 그것이 전부였다.

어디에서나 마찬가지로 그곳에서도 나는 결코 오지 않는 '손님'을 가끔 기다렸다. 인도의 성전 《비슈누 푸라나》에서는 말한다.

"집주인은 저녁때 소 한 마리의 우유를 짜는 동안이나 그보다 더 오래 뜰에서 손님이 도착하기를 기다려야 한다."[10]

나는 종종 이 환대의 의무를 수행하며 한 떼의 소젖을 모두 짜고도 남을 만큼 기다렸지만, 마을에서 다가오는 사람은 아무도 없었다.

◆◆◆

9) 랄프 왈도 에머슨(1803~1882), 소로우에게 강력한 영향을 미친 초월주의자.
10) H. H. 윌슨의 힌두 성서 《비슈누 푸라나》 번역본(1840)에서 인용함.

15. 겨울의 동물

　호수는 단단히 얼었을 때 여러 곳으로 더 빠르게 갈 수 있는 새로운 길이 되어줄 뿐만 아니라, 주변의 익숙했던 경치를 표면에 비추어 새롭게 보여주기도 한다. 눈에 덮인 플린츠 호수를 건널 때는 노를 젓듯 짚고 가거나 빠르게 미끄러지듯 뛰어가는데도 얼마나 상상하지 못할 만큼 넓고 낯선지, 북극해의 배핀 만 외에는 아무것도 떠오르지 않는다. 링컨 마을의 산들이 눈 덮인 평원 끝에서 솟아나 내 주위를 둘러싸고, 그 안에 있노라면 전에도 서 본 적이 있던가 하는 생각이 들었다. 거리를 가늠할 수 없을 만큼 떨어진 얼음 위의 낚시꾼들은 이리 같은 개를 여러 마리 데리고 슬

슬 돌아다니는 모습이 물개사냥꾼이나 에스키모인 같기도 하고, 안개 낀 날에 어렴풋이 보이는 모습은 엄청난 생명체 같아서, 그들이 거인족인지 피그미족인지 알 수 없었다. 밤에 링컨 마을에서 강의가 있을 때는 내 오두막과 강의실 사이에 아무런 도로도, 집도 지나치지 않는 이 길을 택했다. 가는 길에 있는 구스 호수에는 사향쥐 떼가 얼음 위 높은 곳에 집을 짓고 살았으나, 내가 지나갈 때 밖으로 보이는 것은 없었다. 월든 호수는 다른 호수와 마찬가지로 눈이 내려도 드문드문 얇게 쌓이기 때문에, 나는 앞마당처럼 자유롭게 걸어다녔다. 눈이 거의 무릎 위까지 쌓여 마을 사람들이 꼼짝없이 길로만 다녀야 할 때도 마음대로 돌아다닐 수 있었다. 마을 거리에서 멀지만 매우 드문드문 들려오는 눈썰매의 짤랑거리는 소리만큼은 선명히 들리는 곳에서, 나는 잘 다져진 광활한 사슴 방목장에서 달리듯 썰매도 타고 미끄러지듯 달리기도 했다. 호수 주위에는 참나무 숲이 드리워졌고 엄숙한 소나무가 두껍게 쌓인 눈에 못 이겨, 또는 주렁주렁 매달린 고드름의 무게로 가지가 휘엉청 휘어졌다.

겨울날 밤에는 물론 종종 낮에도, 아득히 먼 곳에서 올빼미의 황량하지만 아름다운 울음소리가 들려왔다. 이 울음소리는 언 땅을 적당히 두드리면 날 법한 소리로, 바로 월든 숲의 토속어라고 할 수 있다. 정작 올빼미가 그 소리를 내는 모습은 보지 못했지만 나는 그 소리에 꽤 친숙해져 있었다. 겨울 저녁에 문을 열면 어김없이 울음소리가 들려왔다. "우엉, 안녕, 우엉!" 하는 낭랑한 소리였고, 이따금 맨 처음 세 음절은 강세가 실려 "반가워." 하는 것처럼 들리거나, "우엉 우엉." 소리만 들리기도 했다. 겨울이 시작될 무렵 호수가 얼기 전 어느 날 밤 아홉 시 경에, 나는 기러기 한 마리가 시끄럽게 꽥꽥대며 문으로 걸어 들어오는 소리에 깜짝 놀랐다. 숲에 폭풍이라도 일 듯 기러기 떼가 집 위로 낮게 날아가면서 날개를 푸드덕거리는 소리를 들었다. 기러기 떼는 내가 켜둔 등불 때문에 자리를 잡지 못하는 듯 호수를 지나 페어헤이븐으로 향했고, 내내 기러기 대장이 규칙적으로 꽥꽥거렸다. 그런데 느닷없이 내 집 가까운 곳에서 올빼미가 들어본 것 중 가장 거칠고 어마어마한 소리로 일정한 간격을 두고 기러기 울음소리에 응답했다. 마치 토착민의 더 크고 날카로운 울음소리로 허드슨만에서 온 이 침입자에게 불명예를 안겨 콩코드 일대에서 쫓아내버리겠다고 마음먹은 듯했다. 이 신성한 밤 시간에 성채를 시끄럽게 하는 것은 무슨 심보란 말이냐? 내가 그 시간에 잠이나 자고 있었을 것 같으냐, 내가 목청이 너만큼 못할 줄 알고? 우엉 우엉 우엉! 그 울음소리는 내가 들어본 것 중에 가장 오싹한 불협화음이었다. 그러나 소리를 좀 들을 줄 안다면, 이 근처에서 보도 듣도 못했을 화음의 요소가 그 소리에 들어 있음을 알 수 있었다.

나는 이 근처에서 최고의 밤 친구인 호수의 얼음이 우는 소리도 들었다. 얼음이 나쁜 꿈에 시달려 침대에서 가만히 있지 못하고 자꾸 뒤척이는 듯 찌르르 대는 소리였다. 또는 누군가 내 집 앞으로 소 떼를 몰고 오는 듯 서리에 땅이 갈라지는 소리에 잠이 깨기도 했는데, 아침에 나가보면 길이가 400미터에 너비는 0.7센티미터 남짓 땅에 금이 가 있었다.

달 밝은 밤에 여우들이 들꿩이나 다른 사냥감을 찾아 눈 덮인 땅 위로 다른 야생동물을 찾아 돌아다니며 불안해하고 괴로워하는 듯, 혹은 뭔가를 찾는 표정을 하고 들개처럼 귀신 들린 듯 거슬리는 소리로 짖어대는 소리를 들었다. 마치 빛을 찾아 헤매는 듯, 드러내놓고 개가 되어 거리를 자유롭게 달리고자 분투하는 듯했다. 수많은 세월을 생각해보면 인간만이 아니라 짐승 사이에서도 문명이 진화되어오고 있는 것이 아닐까? 내 눈에 여우는 여전히 스스로를 방어하며 서서 변신하기를 기다리는, 땅굴을 파는 덜 발달된 인간으로 보인다. 이따금 한 마리가 등불에 끌려 창가로 다가와 나를 보고 짖어대고는 사라진다.

대개 이른 아침에 붉은날다람쥐들이 나를 깨웠다. 이 녀석들은 지붕 위를 스치듯 지나가고 집 벽면을 오르락내리락 하며 새벽에 나를 깨우는 것이다. 나를 깨우려고 숲에서 보낸 것은 아닐까 싶다. 겨울에 나는 덜 익은 옥수수 반 부셸되를 집 앞에 얼어붙은 눈밭 위에 뿌려놓고는, 그것에 유혹된 여러 동물들의 동작을 지켜보며 재미있는 시간을 보냈다. 노을 질 무렵과 밤이 되면 토끼들이 항상 찾아와 실컷 배를 채웠다. 붉은날다람쥐는 온종일 드나들며 저들만의 움직임으로 나를 자주 즐겁게 해주었다. 그중 한 마리는 처음에는 졸참나무 사이로 조심스레 다가오더니, 이내 바람에 휘날리는 나뭇잎처럼 얼어붙은 눈밭 위로 달리다 멈췄다 하며 몇 발자국 이쪽으로 왔다가, 내기라도 했는지 상상도 하기 힘든 속도로 뒷다리를 놀려 멋지게 달리느라 기운을 빼면 어느새 저쪽으로 몇 발자국 다가왔다. 그러나 한 번에 2미터 이상 다가오는 법은 결

코 없었다. 그러다 별안간 우스꽝스러운 표정을 하고 멈춰 서서는 쓸데없이 재주넘기를 하는 모습이 마치 우주의 모든 시선이 자기에게 집중되었다는 듯했다. 숲에서 가장 고독하고 외딴 곳인데도 다람쥐의 모든 동작은 춤추는 소녀의 몸짓처럼 관중이 많은 듯한 분위기를 풍겼다. 다람쥐는 한 번에 다가오면 충분했을 시간에 걸음을 멈추고 경계하며 오느라 지체하더니 (한 번에 걸어오는 꼴을 못 봤다.) 내가 홍길동을 찾기도 전에 별안간 어린 리기다소나무 꼭대기에 올라가서는 시계를 감으며 상상 속의 모든 관중을 꾸짖고 독백을 하는 동시에 온 세상에 말을 걸었다. 그 이유는 나도 알 수 없었고 아마 다람쥐 자신도 몰랐으리라. 마침내 다람쥐는 옥수수가 있는 데로 가서 적당한 것을 고르더니, 아까와 똑같이 알다가도 모를 삼각 전진 걸음으로 기운차게 창문 앞 내 장작더미의 가장 꼭대기로 올라와, 나를 정면으로 쳐다보더니 거기에서 몇 시간이고 앉아 간간이 옥수수를 새로 바꿔 먹었다. 처음에는 열심히 갉아먹다가 나중에는 반쯤 먹은 옥수숫대를 던져버렸다. 그러다 점차 얌전해져서 알맹이 안쪽만 맛보고는 제 식량을 가지고 장난을 쳤다. 그런데 나뭇조각 위에 올려놓고 한 발로 균형을 잡고 있던 옥수수가 방심한 탓에 미끄러져 땅에 떨어지자, 알다가도 모를 우스꽝스러운 표정을 지으며 옥수수를 바라보는 모습이 다시 주워 와야 할지, 새로운 것을 가져와야 할지, 아니면 그냥 갈지 마음을 잡지 못하고 그 옥수수가 살아 있는 것은 아닌지 미심쩍어 하는 듯했다. 다람쥐는 옥수수를 생각하다가도 이내 바람 속의 소리를 듣는 것이었다. 그렇게 무례한 작은 친구는 오전에만 옥수수를 수없이 낭비했다. 그러다 마침내 더 길고 실한, 제 몸집보다 훨씬 더 커다란 옥수수를 잡아 능숙하게 균형을 잡고는 물소를 지고 가는 호랑이마냥 옥수수를 지고 숲으로 출발했다. 다람쥐는 아까 와 마찬가지로 지그재그로 가면서 옥수수가 너무 무거운 모양인 지 수시로 멈추며 힘겹게 끌고 갔다. 그러는 동안 수직과 수평의 가운데로 대각선을 그리며 넘어지면서도 어떻게든 옥수수를 가져 가겠다는 마음이 확고한 듯했다. 유별나게 종잡을 수 없고 변덕스 러운 친구였다. 그리고 다람쥐는 옥수수를 자신이 사는 곳으로, 아마 200~300미터쯤 떨어진 소나무 꼭대기로 가져가곤 했다. 그 런 뒤에는 숲속 여기저기에 옥수숫대가 흩뿌려져 있었다.

불협화음의 비명이 들리고 한참이 지난 후에 어치들이 모습을 보였다. 어치들은 200미터 밖에서부터 슬그머니 나무 사이를 총 총 더 가까이 다가와 다람쥐가 떨어트린 알맹이를 줍는다. 그러고 는 리기다소나무 가지에 앉아 알맹이를 허겁지겁 삼키려다가, 알 맹이가 목구멍에 비해 너무 큰 탓에 걸리고 만다. 크게 고생한 끝 에 알맹이를 토해낸 어치들은 알맹이를 부리로 계속 쪼아 부수느 라 한 시간을 보낸다. 어치는 대놓고 도둑 새인지라 나는 별로 호 감이 가지 않는다. 하지만 다람쥐는 처음에는 수줍어하지만 이내 자기 것을 가져간다는 듯 작업에 착수한다.

한편 박새도 무리를 지어 와서 다람쥐가 흘린 부스러기를 물고 가장 가까운 가지로 날아가, 부스러기를 발톱 아래에 놓고는 가느 다란 목에 맞게 충분히 작아질 때까지, 나무껍질에 벌레라도 있는 것처럼 작은 부리로 열심히 쪼았다. 이 박새들은 매일같이 내 장작더미에서 먹을 것을 줍거나 내 문간에서 부스러기를 주우며 총총 희미하게 혀 짧은 소리로 울어댔다. 그 소리는 마치 풀 속에 난 고드름이 쟁쟁 부딪히는 소리 같았다. 혹은 씩씩하게 "데 데 데" 하며 우는 소리나, 드물게 봄 날씨 같이 따뜻한 날이면 "피 피" 하고 우는 소리가 숲가에서 들려왔다. 박새는 내가 한아름 들고 가던 장작더미에 날아와 앉아서는 겁도 없이 나무를 쪼아댈 정도로 친해졌다. 한번은 마을 채소밭에서 괭이질을 하는 사이 참새 한 마리가 잠깐 내 어깨 위에 앉는 것이었다. 그때 나는 어떤 견장을 달 때보다도 나 자신이 더욱 자랑스럽게 느껴졌다. 다람쥐와도 매우 친해져서, 앞으로 나아갈 때 내 발이 막고 있으면 내 신발 위로 깡충 뛰어 넘어가기도 했다.

땅이 아직 눈에 덮이지 않았을 때와 겨울이 끝나갈 무렵, 집의 남쪽 언덕 중턱과 장작더미 위에 쌓인 눈이 녹았을 때, 들꿩들이 아침저녁으로 숲에서 나와 그곳에서 먹이를 찾았다. 숲의 어느 곳에 가든, 들꿩이 날개를 급히 펴고 달아나느라 높이 달린 마른 잎과 나뭇가지에서 눈가루가 흩날린다. 햇살을 받아서 체를 치듯 곱게 떨어지는 그 눈발은 금빛 가루 같다. 이 용감한 새는 겨울이라고 겁먹지 않는다. 눈더미에 파묻히는 일이 허다한데, "푹신한 눈에 일부러 떨어져, 그 자리에서 하루 이틀 동안 자취를 감추기도 한다."는 말이 있다. 나는 해 질 무렵 숲에서 들꿩이 들판에 나와 야생 사과나무 순을 먹고 있으면 들꿩을 놀라게 하곤 했다. 들꿩들은 매일 저녁이 되면 일정한 나무를 찾아오는데 그곳에는 교활한 사냥꾼이 기다리고 있으니, 숲 옆에 멀리 떨어진 과수원이 적잖이 피해를 본다. 나는 들꿩이 어찌됐든 배를 채워서 기쁘다. 들꿩은 대자연에서 새순 즙을 먹고 사는 유일한 새이기 때문이다.

어둑한 겨울 아침이나 짧은 겨울 오후면, 본능을 억제하지 못하고 컹컹 짖어대며 온 숲을 이리저리 헤치고 다니는 사냥개 무리 소리가 들려온다. 간간이 들려오는 사냥용 뿔피리 소리는 사냥개 무리의 뒤편에 사람이 있음을 알려준다. 다시 한 번 숲에 소리가 울려 퍼지지만 탁 트인 호수로 튀어나오는 여우는 한 마리도 없고 악타이온[1]을 쫓아 따라오는 사냥개 무리도 없다. 그리고 아마 저녁이 되면 사냥꾼들이 전리품 삼아 여우 꼬리 한 개를 썰매에 달고 돌아와 여관으로 돌아가는 모습을 볼 수 있을 것이다. 그들은 여우가 눈 속에 그냥 숨어 있으면 별일 없을 것이고, 또 곧장 달아나도 사냥개에게 따라잡히지 않는다고 말한다. 하지만 자기를 쫓는 자들을 멀리 뒤에 두고서 달리기를 멈추고 쉬어가며 누가 따라잡나 듣고 있으면, 도망가봤자 원래 자주 드나들던 곳을 순회할 것이고, 그곳에는 사냥꾼들이 기다리고 있는 것이다. 하지만 가끔 매우 긴 담을 만나면 한쪽으로 뛰어내리는데, 그 여우는 물속에서는 자기 자취가 남지 않으리라는 것을 아는 모양이다. 한 사냥꾼은 사냥개에게 쫓기던 여우 한 마리가 느닷없이 군데군데 얼음에 물이 얕게 고인 월든 호수로 달려가더니 반쯤 건너다가 되돌아오더라고 말했다. 얼마 후에 사냥개들이 도착했지만 여기에서 여

◆ ◆ ◆

1) 그리스 신화에 나오는 사냥꾼으로 화난 여신에 의해 수사슴으로 바뀌어 자기가 기르던 개에게 살해당했음.

우의 냄새는 끊긴 것이다. 가끔 사냥개 무리가 저들끼리만 내 집 앞을 지나가다 주위를 둘러보며, 나를 본 체 만 체 컹컹 짖어댄다. 그 모습이 마치 무슨 수를 써서라도 여우를 쫓을 수밖에 없는 일종의 광기에 시달리는 듯하다. 사냥개들은 계속 여우를 쫓다가 여우가 최근에 남긴 자취를 보면 달려드는데, 현명한 사냥개라면 이것을 위해 다른 모든 것을 저버린다. 하루는 렉싱턴에서 온 사람이 내 오두막에 와서, 일주일 동안 혼자서 사냥을 하며 큰 흔적을 남겼다는 자기 사냥개의 행방을 물었다. 하지만 내가 전부 대답해 줬어도 그가 무엇을 더 알게 되지는 않았을 것 같아 염려되는 것이, 내가 그의 질문에 대답하려고 할 때마다 그는 "그런데 여기에서 뭐하고 사세요?"라고 끼어들며 물었기 때문이다. 그는 개 한 마리를 잃었지만 사람 한 명을 찾아낸 것이다.

메마른 혀를 가진 어느 늙은 사냥꾼은 매년 물이 가장 따뜻할 때 한 번씩 월든 호수에 목욕을 하러 왔다. 그때마다 내게 들러 옛날 어느 오후에 자기가 총을 가지고 월든 숲으로 사냥을 왔었다는 이야기를 들려주었다. 그가 웨일랜드 도로를 걷고 있는데 사냥개들의 울음소리가 가까워졌고, 얼마 후에 여우 한 마리가 둑에서 도로로 뛰어내리더니 다른 둑으로 뛰어올라 도로를 벗어났는데 어찌나 눈 깜짝할 새였는지 그의 빠른 총알이 여우의 털끝에 닿지도 못했다고 한다. 뒤쪽 어디에선가 늙은 사냥개 한 마리와 그 뒤를 따라오는 새끼 강아지 세 마리가 저들끼리 사냥하면서 오는가 싶더니 다시 숲으로 사라졌다. 오후 늦게 그가 월든 호수 남쪽의 울창한 숲에서 쉬고 있는데, 저 멀리 페어헤이븐 쪽에서 아직도 여우를 쫓는 사냥개 소리가 들렸다. 개들은 쉼 없이 쫓았고, 온 숲에 울려퍼지던 울음소리가 이제는 웰메도우에서 들리더니, 베이커 농장에서 들리며 점점 더 가까워졌다. 그가 오랫동안 가만히 서서 개들이 짖는 소리를 듣는데 그 소리가 사냥꾼에게는 너무나 아름다운 것이었다. 그때 갑자기 여우가 나타나 엄숙한 통로를 태평하게 지나갔는데 그 소리는, 연민에 실린 나뭇잎들의 바스락거림 소리에 묻혀 들리지 않았다. 여우는 빠르고도 차분하게 걸으면서 자신을 쫓는 개보다 한참 앞서 있었다. 숲속 바위 위로 올라가 꼿꼿이 앉아 귀를 기울이는 여우의 등이 사냥꾼에게 보였다. 한순간 여우에 대한 연민이 사냥꾼의 팔목을 붙들었다. 하지만 그것도 잠시, 사냥꾼은 눈을 깜박이기도 전에 총을 겨누었다. 쿵! 바위에서 굴러떨어져 땅 위에 쓰러진 여우는 죽어 있었다. 사냥꾼은 여전히 자리를 지키고 사냥개들이 짖는 소리를 들었다. 개들은 쉼 없이 여우를 쫓았고, 이제는 가까운 숲에서 그들이 다니는 길에 악마처럼 짖는 소리가 울려퍼졌다. 마침내 아까 그 늙은 개가 땅에 코를 대고서는 불쑥 눈앞에 나타났고, 홀린 듯이 공중에 대고 딱딱 거리더니 바위로 곧장 달려갔다. 하지만 죽은 여우를 염탐하던 개는 갑자기 놀라서 넋이 나간 듯 사냥을 멈췄고, 침묵 속에서 여우 주변을 빙빙 돌았다. 이어서 한 마리씩 도착한 새끼 강아지들은 제 어미처럼 불가사의한 이유로 침착하며 침묵했다. 그때 사냥꾼이 앞으로 나아가 한가운데에 섰고, 불가사의는 풀렸다. 개들은 그가 여우의 가죽을 벗기는 동안 소리 한 번 내지 않고 기다리다가 잠시 꼬리를 쫓아다니더니, 결국 숲으로 다시 들어갔다. 그날 저녁 웨스턴 마을²⁾의 유지 한 명이 콩코드 마을 사냥꾼의 오두막에 와서 자기 사냥개들의 행방을 물으며, 그것들이 웨스턴 숲에서부터 자기들끼리 사냥을 한 지 일주일이 되었다고 말했다. 콩코드 마을 사냥꾼은 자기가 아는 바를 얘기하고는 그에게 가죽을 주었다. 하지만 그는 가죽을 거절하고 길을 떠났다. 그날 밤 사냥개들을 찾지는 못했지만, 다음 날 개들이 밤새 강을 건너 어느 농가에서 묵었고 그곳에서 배불리 얻어먹고는 아침 일찍 길을 나섰다는 사실을 알게 되었다.

내게 이 이야기를 해준 사냥꾼이 샘 너팅을 알고 있었다. 그는 페어헤이븐 바위 절벽 위에서 곰을 사냥하여 그 가죽을 콩코드 마을에서 럼주로 바꿔가던 사람으로, 자기가 그곳에서 사슴을 본 적이 있다고까지 그에게 이야기했단다. 샘에게는 '버고인'(그는 '버긴'이라고 발음했다.)이라는 이름난 여우 사냥개가 있었고, 내 정보원도 이 개를 빌리곤 했다. 이 마을에서 상인이자 선장, 서기관, 대표이기도 했던 어느 노인의 장부에는 다음과 같은 내용이 적혀 있

◆ ◆ ◆

2) 콩코드 근처의 마을.

었다. 1742~1743년 1월 18일. '존 멜빈, 회색 여우 1마리, 2실링 3펜스'. 이제는 이 지방에서 회색 여우를 찾아볼 수 없다. 또 그의 장부에는 1743년 2월 7일에 헤즈키아 스트래튼, '고양이 가죽 반개, 1실링 4 1/2펜스'라고 적혀 있다. 물론 여기서 고양이는 살쾡이일 것이다. 스트래튼은 옛날 프랑스 전쟁에서 병장이었으니, 이보다 못한 사냥감을 잡았다면 값을 쳐주지 않았을 것이다. 사람들이 인정하는 사냥감인 사슴 가죽은 매일같이 팔렸다. 누구는 이 근방에서 마지막으로 잡힌 사슴뿔을 아직도 보관하고 있고, 또 누구는 자기 삼촌이 참여했던 사냥에 대해 내게 자세히 들려주었다. 예전에는 이 지방의 사냥꾼 수가 많았고 그들은 활발하게 활동했다. 나는 어느 수척한 니므롯[3]이 기억에 남는다. 내가 기억하기에 그는 길가에서 잎사귀를 따서 어떤 사냥용 뿔피리보다도 야생적이고 듣기 좋은 선율을 연주하곤 했다.

달이 뜬 한밤중에 길을 가고 있으면 숲을 돌아다니던 사냥개들을 가끔 만났다. 이들은 내가 무서웠는지 길에서 슬그머니 비켜나 수풀 속에서 내가 지나갈 때까지 가만히 서 있었다.

다람쥐와 야생 생쥐들은 내가 저장해둔 호두를 놓고 서로 다투기도 했다. 집 주위에 있던 수십 그루의 리기다소나무는 지난겨울에 지름이 2~10센티미터까지 쥐에게 갉아 먹혔다. 눈이 많이 내려 깊게 쌓였으니 쥐들에게는 노르웨이의 겨울만큼 힘든 때였던 것 같다. 그래서 다른 먹거리에 소나무 껍질을 상당 부분 섞어

◆ ◆ ◆

3) 창세기 10장 9절의 '밤 사냥꾼'.

먹어야 했던 것이다. 나무들은 나무껍질이 완전히 둥그렇게 벗겨지기는 했지만 한여름만 해도 살아 있었고 겨울이 되어도 상당수가 두어 뼘 자란 것을 보면 무럭무럭 자라는 것이 분명했다. 하지만 겨울을 또 한 번 난 후에는 한 그루도 예외 없이 죽었다. 쥐 한 마리가 소나무 한 그루를 통째로 차지해, 위아래도 아니고 한곳을 빙 둘러 갉아먹도록 허락받았다니 놀라운 일이다. 하지만 빽빽이 자라는 습성이 있는 이 나무들을 솎아주기 위해서는 필요한 일이리라.

산토끼들도 매우 낯이 익었다. 한 마리가 내 집 마루 밑에, 바닥재만 사이에 두고 겨우내 살고 있었다. 매일 아침 내가 뒤척이기 시작할 때면 토끼가 성급하게 길을 나서는 소리를 내서 나를 놀라게 했다. 쿵 쿵 쿵 서두르느라 바닥에 머리를 박는 소리였던 것이다. 토끼들은 땅거미 질 무렵이면 문 앞에 와서 내가 내다버린 감자 껍질을 갉아먹었다. 감자 껍질이 어찌나 땅과 색깔이 비슷한지 가만히 있으면 알아보기가 힘들었다. 노을이 질 때면 토끼들이 창가 밑에 꼼짝도 하지 않고 앉아 있는 모습이 보였다 안 보였다 할 정도였다. 내가 저녁에 문을 열면 토끼는 찍 소리를 내며 풀쩍 뛰어 달아났다. 그 모습을 가까이서 보고 있으면 동정심이 생길 뿐이었다. 어느 날 저녁에는 토끼 한 마리가 문가에서 나와 두 발짝 떨어진 곳에 앉아서는, 두려움에 떨면서도 움직이려 들지 않았다. 그 불쌍하고 작은 토끼는 몹시 여위어 뼈가 앙상하고 귀가 들쭉날쭉한 데다 코가 뾰족했으며, 꼬리는 빈약하고 발은 가느다랬다. 그 모습을 보니 대자연이 더 고귀한 동물이 남지 않아 갈 데까지 간 것 같았다. 커다란 눈은 어리고 힘이 없어서 거의 수종에 걸린 듯했다. 내가 한 발짝 내딛었더니 이런, 몸과 네 발을 우아하게 쭉 뻗어 얼어붙은 눈밭 위로 휙 튀어올라 어느새 숲을 사이에 두고 섰다. 대자연이 내린 제 활기와 위엄을 발휘하는 자유로운 야생 사슴. 몸이 늘씬한 것도 이유가 없지 않았다. 본성이 그랬던 것이다. (토끼는 라틴어로 이름이 '레푸스'인데, 날렵한 발에서 이름이 유래했다고 생각하는 사람도 있다.)

토끼와 들꿩이 없는 시골을 시골이라고 할 수 있을까? 그들은 가장 소박하고 토속적인 동물이다. 현대뿐만 아니라 고대에까지 알려진 유서 깊고 덕망 있는 가문에 속한다. 대자연의 빛깔과 천성을 지니고 있으며, 나뭇잎이나 땅과 가장 가까운 유대관계를 맺었고, 서로와도 마찬가지다. 날개가 달렸는지 다리가 있는지가 다를 뿐이다. 토끼나 들꿩이 급히 떠나고 나면, 야생동물을 보았다기보다는 바스락거리는 잎사귀만큼이나 자연에 꼭 있어야 한다고 여겨지는, 자연의 존재를 본 것일 뿐이다. 들꿩과 토끼는 어떤 혁명이 일어나든 흙의 진정한 토착민답게 여전히 번영할 것이 확실하다. 숲이 잘려나가더라도, 새순이 돋고 수풀이 자라나 은신처를 잃을 일 없는 토끼와 들꿩은 어느 때보다도 개체수가 불어날 것이다. 산토끼를 먹여살리지 못하는 시골은 가히 형편없는 땅이라고 해야 마땅하다. 목동들이 설치한 덫과 함정이 도사리고 있지만 우리네 숲은 토끼와 들꿩이 번창하고 있고, 어느 늪에나 들꿩과 토끼가 평화롭게 노닐고 있는 모습을 볼 수 있다.

16. 겨울 호수

고요한 겨울밤이 지나고 나는 내게 어떤 질문이 던져졌다는 느낌, 잠 속에서 그 질문에 대답해보려고 헛되이 애썼다는 느낌에 눈을 떴다. 그 질문은 무엇을, 어떻게, 언제, 어디서? 하는 것이었다. 하지만 온갖 생명체가 살고 있는 대자연이 평온하고 만족스러운 표정으로 나의 넓은 창문을 들여다보며 동트고 있었다. 그런 대자연의 입술에는 어떠한 질문도 없다. 나는 대답이 주어진 질문을, 대자연과 햇빛을 깨달으며 잠에서 깨어났다. 어린 소나무가 여기저기 자라나는 땅 위로 깊이 쌓인 눈과, 내 집이 자리잡고 있는 언덕 비탈이 내게 "자, 앞으로!" 하고 말하는 듯했다. 자연은 인간

이 물음 법한 질문은 하지 않고 그에 대답하지도 않는다. 자연은 오래전에 결심했던 것이다.

> "아 군주여, 우리의 눈은 이 우주의 놀랍고 다채로운 광경을 찬탄하고 바라보며 영혼에 전달합니다. 밤은 의심할 여지없이 이 영광스러운 창조의 일부분을 가리지만, 낮이 이 위대한 작품을 우리에게 보여주러 오고 이 작품은 대지에서부터 하늘의 들판으로 뻗어나갑니다."[1]

이제 나는 아침 일을 하러 간다. 일단 나는 도끼와 양동이를 집어들고 물을 찾아 나선다, 혹시나 이게 꿈이 아니라면. 춥고 눈 내리는 밤이 지난 후에 물을 찾으려면 수맥 막대가 있어야 한다. 숨결 하나하나에 너무나 민감하고 빛과 그림자 하나하나를 비추며 떨리던 액체의 호수 면은, 겨울마다 깊이가 두세 뼘에 이를 만큼 단단해진다. 그러면 아무리 무거운 동물이 수레를 끌고 지나가도 견딜 것이고, 눈이 똑같은 깊이만큼 덮이면 평평한 밭이나 마찬가지다. 빙 둘러싼 산들의 한가운데에 있는 우드척처럼, 호수는 눈꺼풀을 감고 석 달 또는 그 이상을 동면기에 접어든다. 나는 마치 언덕 한복판의 풀밭에 있는 것처럼 눈 덮인 평지에 서서, 일단 두어 뼘의 눈밭, 그 다음에는 두어 뼘의 얼음 사이로 길을 내어 발 아래로 창문을 열고서, 물을 마시기 위해 무릎을 꿇고 물고기들

◆ ◆ ◆

1) 힌두 서사시 《마하브하라타》에서 인용.

의 조용한 응접실을 들여다본다. 그 안은 젖빛 유리창을 사이에 두고 보듯 한층 부드러워진 빛이 가득하고 밝은 모래바닥은 여름철과 똑같다. 그곳은 땅거미 지는 호박색 하늘에서처럼 파동 하나 없는 영원한 평온함이 지배하여, 그 안에서 살고 있는 동물의 차분하고 한결같은 기질에 상응한다. 하늘은 우리 머리 위에만 있는 것이 아니라 발아래에도 있다.

아침 일찍 온 세상이 강추위로 인해 뻣뻣해져 있을 때, 사람들이 낚시 릴과 간소한 점심을 가지고 와서 눈밭 사이로 가느다란 낚싯줄을 내려 강꼬치고기와 퍼치를 잡는다. 그들은 본능적으로 마을 사람들과는 다른 유행을 따르고 다른 권위를 신봉하는 사람들로, 어쩌면 서로 찢어졌을 마을들은 이들이 오고감으로써 어느 정도 이어지고 꿰매진다. 그들은 두껍고 질긴 모직 외투를 입고 호숫가의 마른 참나무 잎더미 위에 앉아 점심을 먹는다. 인간이 만든 지식에는 일반인이 훤하듯 자연에 대한 지식은 그들이 잘 알고 있다. 그들은 결코 책에서 자문을 구하지 않기에, 알고 말할 줄 아는 것보다 실제로 더욱 많은 일을 해낼 수 있다. 그들이 해내는 일에는 마을 사람들이 전혀 생각지 못한 것도 있다고 한다. 다 자란 퍼치를 미끼 삼아 강꼬치고기를 잡는 사람을 그 예로 들어보자. 그의 양동이를 들여다보면 여름 호수를 들여다보듯 놀라지 않을 수 없다. 그는 여름을 양동이에 가둬놓은 듯, 아니면 여름이 어디로 물러갔는지를 알고 있는 듯하다. 도대체 어떻게 한겨울에 이렇게 많은 물고기를 잡을 수 있었을까? 아, 그는 땅이 얼었으니 썩은 통나무에서 벌레를 꺼냈고, 그리하여 고기를 잡을 수 있었던 것이다. 그의 삶은 그 자체로, 박물학자의 연구가 꿰뚫는 것보다 더 깊이 대자연 안으로 파고든다. 그 사람 자체가 박물학자의 연구 대상인 것이다. 박물학자는 벌레를 찾기 위해 이끼와 나무껍질을 칼로 살살 들어낸다. 야생 인간은 도끼로 통나무를 한가운데까지 열고, 그러면 이끼와 나무껍질이 멀리 튀어나간다. 그는 나무껍질을 벗겨 생계를 유지하는 것이다. 그런 사람은 물고기를 잡을 권리를 어느 정도 갖고 있고, 나는 대자연의 섭리가 그에게서 실현되는 모습이 참 좋다. 퍼치는 굼벵이를 삼키고, 강꼬치고기는 퍼치를 삼키고, 낚시꾼은 강꼬치고기를 삼킨다. 그렇게 자연의 각 단계에 난 틈이 전부 채워진다.

안개 낀 날 호수 주변을 거닐다보면 더욱 투박한 낚시꾼이 썼던 원시적인 방법에 즐거움을 느낄 때가 있었다. 그는 호숫가에서 20~25미터 간격으로 똑같이 좁은 구멍을 여러 개 내어 그 위에 구멍보다 큰 오리나무 가지를 걸쳐 두는데, 낚싯줄이 끌려 달아나지 않도록 줄의 끝을 오리나무에 묶어 놓는다. 또 줄에 마른 잎을 하나 매달아놓아 고기가 물었을 때 줄이 밑으로 잡아당겨져 참나무 잎이 보이게 한다. 호수 주변을 반쯤 걷다보면 이 오리나무 가

지들이 일정한 간격을 두고 안개 사이로 어렴풋이 보였다.

　아, 월든 호수의 강꼬치고기여! 낚시꾼이 물이 들어오도록 작은 구멍을 뚫어둔 얼음 구덩이 안에 있거나 얼음 위 웅덩이에 놓인 강꼬치고기를 볼 때면 늘 그것들이 기막힌 고기라도 되는 것처럼 그 희귀한 아름다움에 놀라게 된다. 콩코드에서 아라비아가 이국적인 것만큼 강꼬치고기는 콩코드 거리에, 심지어 이 숲에 이질적으로 느껴진다. 강꼬치고기는 우리 거리에서 떠들어대는 송장 같은 대구와는 달라도 너무 다른, 사람을 어지럽게 하는 초월적인 아름다움을 지니고 있다. 소나무처럼 푸르지도 않고, 돌처럼 회색빛도 아니며, 하늘처럼 파란빛도 아니다. 가능한 일이라면 내 눈에는 꽃이나 귀중한 보석처럼 보인다. 그들은 꼭 진주와 같으며, 월든 호수의 핵이나 수정이 동물로 둔갑한 것처럼 매우 진귀한 빛깔이다. 물론 강꼬치고기는 겉과 속이 철저하게 월든이며, 그 자체로 동물 왕국에서 작은 월든 호수인 것이다. 그것들이 이곳에서 잡힌다는 것이, 말이 덜커덕대며 마차를 끌고 썰매가 짤랑대며 지나가는 곳 한참 아래에서, 이렇게 깊고 큼직한 샘물에서 이렇게 훌륭한 에메랄드 금빛의 물고기가 헤엄친다는 것이 놀랍기만 하다. 어떤 시장에서도 이런 종류의 물고기는 우연히라도 본 적이 없다. 있다면 그곳에 온 시선이 쏠릴 것이다. 한낱 인간이 자기 때가 되기 전에 엷은 공기의 하늘로 옮겨지듯, 강꼬치고기는 몇 번 발작적으로 몸을 비틀고 물속에서의 삶을 쉽게 포기한다.

　오랫동안 잃어버렸던 월든 호수의 밑바닥을 되찾을 생각을 했던 나는 1846년 초, 얼음이 녹기 전에 나침반과 사슬, 측심줄을 가지고 호수를 세심하게 측량했다. 이 호수는 밑바닥이 어떻다느니, 아예 없다느니 말이 많지만 뒷받침해줄 근거가 전혀 없는 주장이었다. 인간이 수심을 측정해보려는 수고도 하지 않고 호수에 바닥이 없다고 그토록 오래 믿을 수 있다니 놀라울 따름이다. 나는 콩코드 주변으로 산책하러 나갔다가 그런 '바닥 없는 호수'를 두 군데나 가보았다. 월든 호수가 지구 반대편까지 닿아 있다고 믿는 사람이 많다. 얼음 위에 바짝 엎드려 환상을 자아내는 이 매개체를 통해 아마 눈물 맺힌 눈으로 오래도록 바라보고는 가슴팍에 감기라도 들까 봐 무서워 성급히 결론을 내렸을 것이다. 즉 (진짜로 실행할 사람이 있을지 모르지만) '한 수레분의 건초를 넣을 수 있는' 거대한 구멍을 보았다는 것이다. 그 구멍은 저승의 강인 스틱스강의 원천이자 지옥세계로 향하는 이 지역의 입구인 것이다. 또 어떤 사람은 마을에서 '56파운드 추'와 지름 1센티미터인 줄을 한 수레분을 가지고 내려가봤지만 아직도 바닥을 찾지 못했다고 한다. 그도 그럴 것이 '56파운드 추'가 바닥에 닿았는데도 애꿎은 밧줄만 계속 풀어, 진정 측정할 수 없을 만큼 감탄을 잘하는 자신들의 능력을 헤아리려고 했기 때문이다. 하지만 나는 월든 호수의 깊이가 대단하지만 터무니없지 않으며, 비교적 단단한 바닥을 지녔다고 독자들에게 장담할 수 있다. 나는 낚싯줄과 0.7킬로그램 정도 나가는 돌멩이로 깊이를 쉽게 가늠할 수 있었다. 물살이 밑으로 끼어들어 나를 돕기 전까지는 돌멩이를 아주 힘껏 당겨야 했기 때문에 돌멩이가 언제 호수 바닥을 떠났는지 정확히 알 수 있었다. 가장 깊은 곳은 정확히 31미터였다. 그 후로 수위가 올랐으니 거기에 1.5미터를 더하면 32.5미터이다. 면적이 그렇게 작은 것 치고는 놀랄 만한 깊이다. 하지만 1센티미터도 상상으로 만들어낼 수는 없는 법이다. 모든 호수가 얕다면 어떨까? 사람의 마음에 응하지 않겠는가? 나는 이 호수가 상징이 될 만큼 깊고 맑게 만들어졌음에 감사드린다. 사람이 무한을 믿는 한 바닥이 없는 호수는 계속 존재할 것이다.

내가 알아낸 호수의 깊이가 어느 정도인지 들었던 어느 공장 주인은, 자기가 댐을 잘 알아서 그러는데 모래바닥의 각도가 그렇게 가파를 수 없다면서 그게 사실일 리 없다고 생각했다. 하지만 아무리 깊은 호수도 면적에 비하면 사람들이 대부분 생각하는 것처럼 깊지는 않아서, 물을 다 빼내면 그리 인상적일 것 없는 골짜기만 남을 것이다. 그 골짜기는 언덕 사이의 움푹 팬 공간처럼 생기지 않았다. 면적에 비해 남다르게 깊은 이 호수도 중심의 수직단면을 봤을 때는 얕은 접시보다 깊지 않기 때문이다. 대부분의 호수는 물을 비워내면 우리가 종종 보는 목초지보다 더 움푹 패어 있지 않을 것이다. 지형에 관한 모든 것에 놀랍도록 정확한 저술가 윌리엄 길핀은 깊이가 60~70길에 폭 6.4킬로미터, 길이 80킬로미터쯤 되는, 산에 둘러싸인 '염수만(塩水灣)'이라고 묘사된 스코틀랜드의 핀호에 서서 이렇게 말한다.

"대홍수의 충돌이든 무엇이든 이 호수를 생겨나게 한 대자연의 천재지변이 일어난 직후, 아직 물이 솟구쳐 채워지기 전에 이 호

수를 볼 수 있었다면 얼마나 무서운 심연이었을까!²⁾

비대한 구릉이 불룩 튀어나온 듯 높으며, 또
움푹 팬 밑바닥은 어찌나 아래로 가라앉았는지,
드넓고 깊은 물바닥이 큼지막하구나 -."³⁾

하지만 핀호의 가장 짧은 지름을 이용해, 이미 알고 있듯 수직 단면상 얕은 접시에 불과해 보이는 월든 호수에 이 비율을 적용하면 네 배는 더 얕아 보일 것이다. 핀호를 비워냈을 때 드러날 무서운 협곡에 대해서는 이쯤하기로 하자. 미소 짓는 수많은 골짜기와 그 사이의 옥수수밭이 바로 그런 '끔찍하게 깊은 골'과 다를 리 없음은 의심할 여지없는 사실이지만, 순진한 주민들에게 이 사실을 납득시키려면 멀리 볼 줄 알고 통찰력 있는 지질학자의 소견이 필요하리라. 탐구적인 눈을 가진 사람이라면 낮은 지평선의 언덕이 옛날에 호숫가였다는 것을 알아볼 수 있을 테지만, 굳이 높이 솟아오른 평야가 줄지어 있지 않아도 호수의 내력을 쉽게 감추어왔던 것이다. 하지만 이제는 도로 작업을 하는 사람들이 잘 알듯, 소나기가 온 후에 생기는 물웅덩이로 움푹 팬 곳을 발견하기란 식은 죽 먹기다. 상상력의 규모란, 최소한의 자유만 주어져도 대자연보다 더 깊게 잠수하고 더 높게 솟아오른다. 그러니 대양의 깊이는

◆◆◆

2) 윌리엄 길핀(1724~1804), 《고지대 스코틀랜드 관찰(1808)》.
3) 존 밀턴의 《실낙원》 7장.

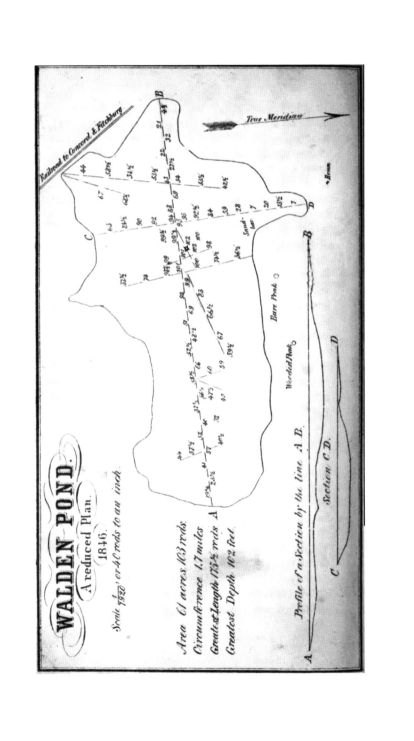

WALDEN POND.

A reduced Plan.

1846.

Scale $\frac{1}{7920}$, or 40 rods to an inch.

Area 61 acres 103 rods.
Circumference 1.7 miles
Greatest Length 175½ rods.
Greatest Depth 102 feet.

Profile of a Section by the line A.B.

Section C.D.

True Meridian

Railroad to Concord & Fitchburg.

Sand Bar.

Barr Peak

Wooded Peak

House

넓이에 비하면 아주 보잘것없음이 밝혀질 것이다.

　나는 얼음을 뚫고 수심을 측정했기에 완전히 얼지 않은 만을 측정할 때보다 훨씬 더 정확하게 바닥의 모양을 밝혀낼 수 있었고, 바닥이 전반적으로 고른 것에 놀랐다. 가장 깊은 부분의 몇 천 평에 이르는 바닥은 바람과 쟁기에 노출된 웬만한 밭보다 더 평평한 것이다. 예를 들어 임의로 선 하나를 고르면 160미터 내에 깊이가 30센티미터 이상 차이 나지 않았다. 그리고 대체로 중심 근처에서는 어떤 방향으로든 30미터마다 깊이의 변화를 8~10센티미터 이내에서 미리 계산할 수 있었다. 어떤 사람은 이렇게 고요한 모래밭 호수에도 깊고 위험한 구멍이 있다고 습관처럼 얘기하지만, 이런 환경에서 물은 모든 불평등을 고르게 하는 효과가 있다. 호수 바닥은 매우 규칙적이고 호숫가와 잇달아 늘어선 이웃의 산 형세와 얼마나 완벽하게 부합하는지, 수심을 측정하는 과정에서 호수 반대편 멀리 있는 곳은 호숫가의 깊이에 영향을 주고 그 방향 또한 반대편 호숫가를 관찰하여 밝혀낼 수 있다. 곶이 모래톱과 평평한 여울이 되고, 골짜기와 협곡은 깊은 구멍과 수로가 된다.

　나는 50미터를 2.54센티미터로 축척해 호수를 지도에 옮기고 총 백 군데가 넘는 곳의 수심을 기록했다. 그러면서 놀라운 일치점을 발견했다. 가장 깊은 곳을 나타내는 숫자가 명백히 지도의 중심에 있음을 눈치 챈 나는 지도에 가로선 방향으로 자를 대어보고 그 다음에 세로선 방향으로 대어보았다. 호수 중심이 거의 평평한 데다 호수 윤곽이 일정치 않아 만의 끝까지 측정한 끝에 가로선과 세로선을 얻어내기는 했지만, 놀랍게도 호수에서 가장 긴 가로선과 가장 긴 세로선이 교차하는 지점이 정확히 수심이 가장 깊은 지점이라는 것을 발견했다. 나는 혼자 중얼거렸다. 단서에 불과한 이 사실이 호수나 물웅덩이뿐만 아니라 바다의 가장 깊은 곳도 찾아내줄 거라고 누가 생각이나 하겠는가? 이 규칙이 골짜기의 정반대라고 여겨지는 산의 높이에도 적용되지 않을까? 우리는 산기슭의 넓이가 가장 좁은 곳에서 가장 높지는 않다고 알고 있지 않은가.

수심을 측정한 다섯 개의 만 중에서 세 군데 혹은 전부에 입구를 가로지르는 모래톱이 있고 그 안의 수심이 더 깊다. 따라서 만은 수평뿐만 아니라 수직으로도 물이 땅 안으로 이어지는 지형으로 그 물이 웅덩이나 독립된 연못을 형성했으며, 두 곳의 방향을 보면 모래톱이 어떻게 펼쳐졌을지 가늠할 수 있었다. 해안가에 있는 항구 또한 모두 입구에 모래톱이 있다. 만의 입구가 길이에 비해 넓을수록 모래톱 밖의 수심이 웅덩이의 수심에 비해 더 깊었다. 만의 길이와 넓이, 만을 둘러싼 호숫가의 특성을 알게 되면, 온갖 경우에 적용할 공식을 만들어낼 요소를 거의 다 갖춘 셈이다.

나는 이런 경험을 살려서 호수면의 윤곽과 호숫가의 특성을 관찰하는 것만으로 호수에서 수심이 가장 깊은 지점을 얼마나 근사하게 추정할 수 있는지 알아보았다. 그래서 나는 면적이 50,000평이고 월든 호수처럼 그 안에 섬이 없으며, 눈에 보이는 한 들어오고 나가는 물줄기가 없는 화이트 호수의 도면을 제작했다. 가장 넓은 곳의 선이 가장 좁은 곳의 선과 매우 가까이 붙어 있어 마주보는 두 곳이 맞닿으려 하고 마주보는 두 만이 서로 물러나는 모양이었기에, 나는 가장 좁은 선에 가까우면서도 가장 긴 선에 위치한 지점을 물이 가장 깊은 곳으로 과감하게 표시했다. 가장 깊은 부분은 이 지점에서 내가 생각했던 방향으로 30미터 내에 있었으며, 겨우 30센티미터 더 깊어서 깊이가 총 18.3미터인 것으로 밝혀졌다. 물론 물이 흘러 지나간다거나 호수 안에 섬이 있으면 문제는 훨씬 더 복잡해질 것이다.

우리가 대자연의 법칙을 모두 안다면, 한 가지 사실이나 한 가지 실제 현상에 대한 설명만 있어도 어느 지점의 특이사항을 모두 추론할 수 있을 것이다. 우리는 몇 가지 법칙을 아는 것이 전부이므로 우리가 이끌어낸 결과는 무효일 것이다. 물론 이것은 대자연에 헷갈릴 만한 요소나 불규칙성이 있기 때문이 아니라, 우리가 계산에 있어 필수사항을 알지 못하기 때문이다. 법칙과 조화에 대한 우리의 개념은 우리가 알고 있는 사례에 국한되기 마련이다. 하지만 보기에는 상충하지만 사실은 일치하는 훨씬 더 많은 법칙들이 조화를 이끌어내고, 이 조화는 우리가 알아채지 못하지만 매우 놀라운 것이다. 지나가는 사람이 걸음을 뗄 때마다 산 하나의 윤곽이 달라지고, 분명 하나의 형태임에도 옆모습이 무수한 것처럼, 특정한 법칙이란 우리의 관점이다. 산은 틈이 갈라졌거나 구멍이 났더라도 온전히 이해되지 않는다.

내가 호수에서 발견한 것은 개인의 윤리에서도 똑같이 통용된다. 그것은 평균의 법칙인 것이다. 두 개의 지름과 같은 규칙은 우리를 태양계의 태양으로, 사람의 심장으로 인도할 것이다. 뿐만 아니라 한 사람의 일상적인 행동과 삶의 물결을 뚫고 흐르는 작은 만과 내포에 이르는 데까지 선을 긋는다. 그리고 이 두 선이 교차하는 지점이 바로 그 사람의 특성이 지닌 높이나 깊이가 될 것이다. 아마도 우리는 그의 기슭이 어떤 곳을 향하는지, 인접한 토지나 환경이 어떠한지만 알면 그의 마음의 깊이와 감춰진 바닥을 알 수 있을 것이다. 그늘을 드리우는 꼭대기가 가슴에 비춰지는 아킬레스의 기슭[4]처럼 산이 많은 환경에 둘러싸였다면, 이에 상응하는 깊이가 있을 것이라고 짐작할 수 있다. 하지만 낮고 부드러운 기슭은 그쪽 면에 있어 그가 깊지 않다는 증거가 된다. 우리의 몸에서도 툭 돌출된 굵은 이마는 그에 상응하는 생각의 깊이를 나타내어 딱 떨어진다. 또한 우리의 만의 입구에는 반드시 모래톱이나 경사면이 있기 마련이다. 만은 잠시 동안 우리의 항구 역할을 하고, 우리는 그 안에 억류되거나 부분적으로 갇히게 된다. 이러한 성향은 대개 변덕스럽지 않고, 그 형태와 크기와 방향이 기슭의 곳, 고도의 옛 축에 의해 결정된다. 폭풍이나 조수, 물의 흐름 때문에 모래톱이 점점 쌓이거나 물이 가라앉아 모래톱이 수면에 닿을 경우, 처음에는 생각이 정박하던 기슭의 경사면이었던 것이 바다에서 떨어져 나온 개별적인 호수가 되고, 그 안에서 생각은 자신만의 상태를 지키며 아마 바닷물에서 민물로 바뀌어 맑은 바다, 사해, 혹은 습지가 된다. 한 개인이 이 세상에 출현할 때 어딘가에서 그런 모래톱이 수면까지 차오른다고 짐작할 수 있지 않겠는가? 사실이다. 우리는 워낙 항해에 서투르기에 대개 우리의 생

◆ ◆ ◆

4) 그리스 신화에서 아킬레스는 산악지대 해안가인 테살리아에서 태어났다고 알려짐.

각은 항구 없는 해안가를 맴돌다가 시(詩)의 만곡부에만 익숙해지거나, 누구나 드나드는 항구로 방향키를 돌려 학문이라는 메마른 부두에 들어가 이 세계에 다시 적응할 뿐, 우리의 생각에 개성을 부여하기 위해 작용하는 자연의 물살은 그곳에 없다.

월든 호수의 물이 들고 나는 통로로 비나 눈, 증발 외에는 아무것도 발견하지 못했지만, 물이 호수로 흘러들어가는 곳은 아마 여름에는 가장 차갑고 겨울에는 가장 따뜻할 테니, 온도계와 선이 있으면 그런 곳을 발견할지도 모른다. 1846~1847년에 얼음장수들이 여기에서 작업할 때, 하루는 얼음 덩어리를 쌓던 사람들이 호숫가로 보내진 얼음 덩어리를 나머지 얼음과 나란히 놓기에 얇다며 돌려보냈다. 그리하여 얼음을 절단하는 사람들이 좁은 공간 위의 얼음이 다른 얼음보다 5~7센티미터 더 얇다는 것을 알아냈다. 그렇게 해서 그들은 그곳에 월든 호수로 들어오는 물줄기가 있으리라고 생각하게 되었다. 그들은 또 내게 다른 부분에 '새는 구멍'이 있어 그곳으로 호수의 물이 빠져나가 언덕 아래를 지나 인근의 풀밭으로 흘러들어가는 것 같다면서, 그 구멍을 보라고 나를 얼음 덩어리 위로 떠밀었다. 물속 3미터 아래에 있는 작은 구멍이었다. 하지만 그보다 더 심하게 새는 구멍을 찾기 전까지는 호수를 납땜할 필요가 없다고 장담할 수 있다. 그런 '새는 구멍'을 발견할 경우, 색깔 있는 가루나 톱밥을 구멍 입구에 풀고 저습지에 있는 샘에 체를 설치해놓으면 물살에 실려온 가루가 걸러질 것이고, 그 구멍이 저습지와 정말 연결되었는지 증명할 수 있을 것이라고 누군가 제안하기도 했다.

내가 측량을 하는 사이, 두께가 40센티미터에 이르는 얼음이 바람이 조금 불어도 물결처럼 파동이 쳤다. 얼음에 수준기(水準器)를 쓸 수 없다는 것은 잘 알려진 사실이다. 땅에 수준기를 올려두고 얼음 위의 눈금 막대기를 향해 조준했을 때, 호숫가에서 5미터쯤 떨어진 지점이 높낮이 기복이 가장 심한 부분으로 두께가 1.9센티미터였지만, 얼음은 호숫가에 단단히 붙은 듯 보였다. 중심 부분은 더 두꺼웠을 것이다. 도구가 더 섬세하다면 지구의 지각에 진 물결 모양을 탐지할지 누가 알겠는가? 내 수준기의 두 다리를 호숫가에, 한 다리를 얼음에 걸쳐두고 이 세 번째 다리가 측정되도록 조준했을 때 얼음이 아주 미세하게 올라가거나 내려가도, 호수 반대편 나무에서는 몇 십 센티미터 차이를 나타냈다. 내가 수심 측정을 위해 구멍을 내기 시작했을 때만 해도, 깊은 눈에 파묻혀 가라앉은 얼음 위에는 물이 7~10센티미터 고여 있었다. 하지만 곧이어 물이 구멍으로 흘러들어가기 시작하더니 이틀 동안 내내 깊은 물살 속으로 흐르는 바람에 얼음이 사방으로 녹았고, 호수 표면을 말리는 데 실질적인 역할을 했다. 물이 흘러들어가면서 얼음을 들어올려 동동 뜨게 했기 때문이다. 꼭 선체 바닥에 구멍을 내어 물을 빼는 것 같았다. 그 구멍이 다시 얼고 곧이어 비가 내린 다음, 새로운 결빙에 완전히 새롭게 부드러운 얼음이 얼면, 얼음 내부가 거미줄 같은 모양의 어둑한 형체로 얼룩얼룩해진다. 사방에서 중심으로 흐르는 물길에 생겨난 이런 모양을 보면 아마 장미처럼 생겼다는 말이 나올 것이다. 또 얼음에 얕은 웅덩이가 지면 가끔은 내 그림자가 두 개로 보이는데, 첫 번째는 얼음에, 두 번째는 나무나 언덕 중턱에 있어 한 그림자가 다른 그림자의 머리에 올라선 듯하다.

아직 날이 추운 정월, 눈얼음이 두껍고 단단한 때에 알뜰한 지주가 여름철 음료의 더위를 식혀줄 얼음을 가지러 마을에서 온다. 지금은 정월인데, 두꺼운 외투와 장갑 차림을 하고 7월의 열기와 갈증을 미리 내다보다니 매우 인상 깊게, 아니 측은할 만큼 현명하다! 아직 준비되지 않은 게 많은데 말이다. 설마 그가 내세의 여름 음료를 식혀줄 보물을 현세에 쌓아두지는 않았으리라. 그는 단단한 호수를 톱으로 절단해 물고기들의 지붕을 떼어내고 물고기들의 활동 영역이며 공기를 장작 묶음처럼 사슬과 말뚝으로 단단히 붙들어 싣고, 순탄한 겨울 공기를 가르고 겨울을 보내는 지하실로 이동해 그곳에서 여름을 나게 하려는 것이다. 저 멀리 거리 사이로 실려가는 얼음은 하늘빛이 굳은 것처럼 보인다. 얼음을 자르는 사람들은 농담과 장난을 일삼는 쾌활한 종족으로, 그들 사이에 있으면 구덩이 톱질(구덩이를 파서 얼음을 걸쳐놓고 한 명은 구덩이 안에, 한 명은 얼음 위에 서서 얼음을 자르는 방식-옮긴이)을 같이 하지 않겠냐고, 나보고 밑에 서라고 말하기 일쑤이다.

1846~1847년 겨울 어느 날 아침에 북극지방 출신 백여 명이 들이닥쳤다. 그들은 볼품없이 생긴 농기구며 썰매, 쟁기, 씨앗을 뿌리는 수레, 잔디칼, 삽, 톱, 갈퀴 등을 수레에 가득 싣고 왔다. 그것도 모자라 저마다 《뉴잉글랜드 농부》나 《경작자》에는 나오지 않을 법한 이중창으로 무장하고 있었다. 나는 그들이 겨울 호밀을 심으러 온 것인지, 아니면 최근 아이슬란드에서 들여온 다른 곡물

을 심으러 온 것인지 알 수 없었다. 거름이 보이지 않는 것으로 보아, 땅이 깊고 충분히 오래 쉬었다고 생각하여 내가 한 것처럼 땅을 훑으려나 보다 짐작했다. 그들의 말에 의하면 배후에 있는 부농 양반이 내가 알기로는 이미 50만 달러에 이르는 재산을 두 배로 불리고 싶어 했다. 그는 자기 돈을 더 불려 지폐 위에 지폐를 덮겠답시고 월든 호수의 유일한 외투를, 아아 피부 그 자체를 엄동설한에 벗겨갔다. 인부들은 월든 호수를 모범 농장으로 삼기로 작정한 사람들처럼 단번에 작업을 개시해 쟁기질, 써레질, 밭 갈기, 고랑 파기를 놀랄 만큼 질서정연하게 해냈다. 그들이 고랑에 어떤 씨앗을 뿌리나 예리하게 들여다보고 있는데, 내 옆에 있던 패거리들이 갑자기 특이하게 잡아당기는 동작을 하더니 개간되지 않은 토양을, 곧장 모래밭이 드러나도록, 아니 아예 물이 나올 때까지 (습기가 많은 땅이기 때문에) 파내어 들어올렸고, 정말이지 단단한 땅 자체를 들어내 썰매에 실어 가버리는 것이었다. 나는 그 모습을 보고 늪에서 토탄을 잘라내는 게 분명하다고 생각했다. 그렇게 째지는 특이한 소리를 내며 기관차를 타고 매일같이 오가는 그들은 내가 보기에 북극 흰머리멧새 떼처럼 극지방 어느 지점에서 오는 듯했다. 하지만 이따금 월든 여사께서 앙갚음을 하여, 동료들 뒤에 걸어오던 한 인부가 땅이 벌어져 저 아래 타르타로스[5]로 이어지는 틈 사이에 빠졌다. 전에는 그리도 용감하던 사람이 갑자기 아홉이 있어도 한 사람만 못하다는 재봉사가 되어버렸다. 동물적

◆ ◆ ◆

5) 그리스 신화에 나오는 지옥.

열기를 거의 잃은 그 사람은 내 집으로 냅다 대피했고, 난로도 쓸데가 있다는 것을 인정했다. 어떤 때는 얼어붙은 땅에 쟁기 끝 쇳조각이 부러지거나, 쟁기가 고랑에 박혀 잘라내야 했다.

있는 그대로 말하자면, 아일랜드인 100여 명과 뉴잉글랜드 감독관들이 매일 케임브리지에서 와서는 얼음을 가져갔다. 그들은 설명도 필요 없을 만큼 잘 알려진 방법으로 얼음을 큰 덩어리로 나누어, 썰매에 실어 호숫가로 가져가 재빨리 얼음 저장 축대에 싣고는 말이 이끄는 쇠갈고리와 도르래로 들어올려 밀가루 포대를 쌓는 것처럼 정확하게 얼음을 쌓았다. 얼음이 층층이 고르게 놓여 있는 모습이 마치 하늘을 뚫고자 설계된 방첨탑의 견고한 토대를 이루는 듯했다. 인부들은 일이 잘되는 날에는 대략 1,200평에 해당하는 1,000톤의 얼음을 캔다고 말했다. 썰매가 계속 같은 길로 지나가다보니 땅 위에서처럼 얼음에 자국이 깊이 패여 '움푹 꺼진 구멍'이 생겼다. 말들은 한결같이 양동이처럼 속이 빈 얼음 덩어리에 담긴 귀리를 빼먹었다. 그래서 인부들은 얼음 덩어리를 높이가 10미터, 면적이 30~35제곱미터가 되도록 야외에 쌓고, 공기를 차단하기 위해 바깥층 사이에 건초를 넣었다. 찬바람이 아니더라도 바람이 얼음 사이로 지나가면 커다란 구멍이 움푹 패여 여기저기에 약간의 받침대와 못이 드러나 결국 무너지기 때문이다. 얼음탑은 처음에는 거대한 파란 요새나 발할라처럼 생겼지만, 틈새에 거친 건초를 쑤셔 넣고, 그 건초가 서리나 고드름으로 뒤덮이고 나니, 꼭 하늘빛이 도는 대리석으로 지었지만 이끼가 끼고 하얗게 샌 유서 깊은 폐가처럼 생겼다. 그것은 우리가 달력에서 보는

'동장군'이 우리와 함께 피서를 보낼 생각인 오두막집 같았다. 인부들은 이 얼음이 도착지에 도달하는 비율은 25퍼센트가 안 되고, 2~3퍼센트는 기차 안에서 없어질 것이라고 계산했다. 하지만 그보다 훨씬 더 많은 비율이 원래 의도와는 다른 운명을 맞았다. 얼음이 보통 얼음보다 공기가 많아 예상만큼 잘 보관되지 않거나 또 다른 이유로 시장에 가지 못한 것이다. 1846~1847년 겨울에 만들어진 중량 10,000톤의 이 얼음더미는 결국 건초와 판자로 덮였다. 그리고 7월이 되어 뚜껑을 열고 일부를 실어가기는 했지만 나머지는 햇빛에 노출되어 그 여름과 그 다음 해 여름 동안 서 있었고, 1848년 10월이 되어서도 채 녹지 않았다. 그렇게 호수는 대부분을 되찾았다.

월든 호수는 물일 때와 마찬가지로 얼음일 때도 가까이서 보면 초록빛을 띠지만, 멀리서는 아름다운 파란색이다. 강물이 언 하얀 얼음이나 다른 호수의 초록빛만 도는 얼음과는 500미터 밖에서도 쉽게 구별할 수 있다. 가끔 그 거대한 얼음 덩어리 하나가 얼음장수의 썰매에 실려가다가 마을 거리에 빠질 때가 있는데, 얼음은 그곳에 일주일 동안 커다란 에메랄드처럼 놓여 있어 지나가는 모든 사람들의 관심을 받았다. 물일 때는 초록빛인 월든 호수의 일부가 얼고 나면 똑같은 각도에서도 파랗게 보이는 경우가 많다는 점을 나는 알게 되었다. 그래서 겨울에는 이 호수 근처에 움푹 팬 땅이 호숫물처럼 초록빛을 띠는 물로 채워졌다가도, 다음 날이 되면 파랗게 얼어 있다. 아마도 물과 얼음의 파란색은 그 안에 담긴 빛과 공기 때문일 것이기에, 물이든 얼음이든 투명할수록 파랗다. 얼음은

405

사색하기에 흥미로운 주제다. 사람들이 내게 말하기를 프레시 호수에 있는 얼음 저장고의 얼음은 5년이 지나도록 상태가 변함이 없다고 한다. 양동이에 담긴 물은 머지않아 썩건만, 얼면 영원히 맑은 이유가 무엇일까? 이것은 애정과 지성의 차이라고 말한다.

그렇게 16일 동안 나는 100여 명의 인부들이 바쁜 농부처럼 말을 끌고 분명 농사일로 보이는 모든 것을 해가며 작업하는 모습을 창가에서 바라보았다. 그것은 달력의 첫 장에서나 볼 법한 광경이었다. 그리고 내다볼 때마다 어김없이 종달새와 수확자의 이야기, 아니면 씨 뿌리는 자의 우화[6] 같은 것이 생각났다. 이제 인부들은 모두 가버렸고, 30일이 지나면 바다의 초록빛이 도는 월든 호수의 물이 구름과 나무를 비추며 고독 속에 증기를 올려보내는 모습을 같은 창가에서 내다볼 것이다. 그러면 그곳에 사람이 한 명이라도 서 있었는지 흔적조차 남지 않을 것이다. 아마 나는 홀로 물에 잠수하고 깃털을 고르는 아비새의 웃음소리를 듣거나, 외로운 낚시꾼이 물에 뜬 나뭇잎처럼 나룻배를 타고 물에 비치는 자기 모습을 바라보는 모습을 볼 것이고, 그곳은 얼마 전만 해도 100여 명의 인부가 열심히 노동했던 곳이다.

그리하여 찰스턴과 뉴올리언스, 마드라스와 봄베이, 콜카타의 더위 먹은 주민들이 내 샘물을 마시는 듯하다. 아침에 나는 《바가바드 기타》의 우주 생명에 관한 거대한 철학에 내 지성을 목욕시킨다. 이 성전이 쓰인 후에 신들의 시대가 흘렀고 우리의 현대 세

◆◆◆
6) 라퐁텐의 《우화》와 마태복음 13장 참고.

계와 그 문학은 그에 비하면 미약하고 보잘것없다. 그리고 그 철학은 우리의 신념이 범접할 수 없을 만큼 숭고하기에, 우리의 전생과 관련이 있는 것은 아닌가 생각해본다. 나는 책을 내려놓고 물을 마시러 내 샘물로 가서, 이런! 그곳에서 브라만의 하인을 만난다. 그 브라만은 브라마와 비슈누와 인드라의 사제로, 여전히 갠지스 강변에서 베다 경전을 읽으며 앉아 있거나 딱딱한 빵과 물 항아리를 가지고 나무뿌리에서 지낸다. 나는 주인을 위해 물을 길러 온 하인을 만나고, 우리의 양동이는 말 그대로 같은 샘물에서 함께 삐걱거린다. 맑은 월든 호수의 물이 갠지스강의 신성한 물과 섞인다. 순탄한 바람을 타고 물은 넘실넘실 흘러 환상적인 아틀란티스섬과 헤스페리데스섬을 지나고, 하누의 항해일지가 되어 테르나테와 티도레[7], 페르시아만 입구를 흘러, 인도양 열대 강풍에 녹아들어 알렉산더 대왕도 이름만 들어봤다는 항구에 닿는다.

◆◆◆

7) 아틀란티스와 헤스페리데스는 신화 속의 섬. 하누는 카르타고인 탐험가. 테르나테와 티도레는 네덜란드령 동인도제도의 향료 섬에 속함.

17. 봄

　얼음을 자르던 사람들이 커다란 면적을 들어내면 호수는 더 일찍 녹기 시작한다. 아무리 추운 날씨라도 바람에 들썩이는 물이 주변의 얼음을 닳게 하기 때문이다. 하지만 그해 월든 호수는 그런 영향을 받지 않았는데, 곧바로 두꺼운 새 옷을 입어 원래 옷의 자리를 지켰기 때문이다. 이 호수는 근처에 있는 다른 호수와 동시에 녹는 법이 없다. 그 이유는 물이 더 깊은 데다 지나가는 물줄기가 없어서 얼음이 녹거나 닳을 일이 없기 때문이다. 그렇기에 월든 호수가 한겨울에 녹으리라는 생각은 전혀 해본 적 없고, 호수에게 너무나 혹독한 시련을 주었던 1852~1853년에도 예외는 아니었

다. 보통 플린츠 호수나 페어헤이븐보다 일주일에서 열흘 늦은 4월 초하루쯤 녹는 월든 호수는 맨 먼저 얼기 시작했던 얕은 부분과 북쪽부터 녹는다. 월든 호수는 일시적인 기온 변화에 받는 영향이 가장 적기 때문에 절대적인 계절의 변화를 주변의 어떤 물보다도 더 잘 나타낸다. 3월에 혹독한 추위가 며칠 계속되면 다른 호수들의 해빙은 늦어질 수 있지만, 월든 호수의 온도는 거의 끊임없이 상승한다. 1847년 3월 6일, 월든 호수 한가운데에 집어넣은 온도계는 섭씨 0도, 즉 어는점을, 호숫가 근처에서는 섭씨 0.55도를 가리켰다. 그러나 플린츠 호수의 경우 한가운데는 섭씨 0.27도, 호숫가에서 50미터 가량 떨어진 곳에서 얼음 밑으로 두어 뼘 정도 되는 물속에서는 섭씨 2.22도를 가리켰다. 플린츠 호수에서 물이 깊은 지점과 얕은 지점의 온도가 2도나 차이 나는 현상, 게다가 호수의 상당 부분이 비교적 얕다는 사실은 플린츠 호수가 월든 호수보다 훨씬 일찍 녹기 시작하는 이유를 보여준다. 이맘때 가장 얕은 곳의 얼음은 한가운데보다 몇 센티미터 더 얇다. 한겨울에는 호수 가운데가 가장 따뜻하고 얼음도 가장 얇았다. 그러니 여름에 호수의 가장자리쪽에 들어가본 사람이라면 호숫가에 가까워 깊이가 7~10센티미터에 불과한 물이 호숫가에서 조금 떨어진 물보다, 그리고 깊은 곳의 수면이 호수 바닥보다 훨씬 더 따뜻하다는 점을 잘 알고 있을 것이다. 봄에는 해가 공기와 대지에 영향을 발휘해 온도를 높이는 데 그치지 않고 그 열이 두께 두어 뼘 이상의 얼음을 뚫고 지나가는 데다 얕은 물에서는 바닥에서도 열이 전달되기 때문에 물이 따뜻해져 얼음 아랫부분이 녹는다. 이와 동시에 얼음 윗부분도 직접 열을 받아 녹으면서 얼음이 울퉁불퉁해지고 그 속에 든 공기방울이 위아래로 팽창해 결국 얼음은 완전히 벌집이 되고, 그러다가 봄비 한 번에 마침내 완전히 사라지고 만다. 얼음에는 나무뿐만 아니라 곡식이 들어 있고, 얼음 덩어리가 푸석해지거나 '벌집'이 되기 시작하면, 즉 벌집 모양을 띠기 시작하면, 위치에 상관없이 공기방울이 수면과 알맞은 각도를 이룬다. 수면 가까이에 바위나 통나무가 떠올라 있는 부분은 얼음이 훨씬 더 얇기 때문에 이렇게 반사되는 열에 쉽게 녹는 경우가 허다하다. 케임브리지에서 나무로 된 얕은 연못을 얼리는 실험을 했는데 찬 공기가 아래쪽에도 돌았기에 양쪽으로 접근할 수 있었는데도 바닥에서 반사되는 태양열이 이런 이점을 상쇄하고도 남았다. 한겨울에 내린 따뜻한 비가 월든 호수의 눈얼음을 녹이고 중간에 어둡거나 투명한 딱딱한 얼음을 남기면, 반사되는 이 열 때문에 호숫가 부근에 더 두껍지만 푸석푸석한 하얀 얼음띠가 5미터 이상의 폭을 이루며 생겨난다. 또한 내가 말한 적 있듯, 얼음 속 공기방울이 볼록거울처럼 작용해 아래에 있는 얼음을 녹인다.

호수 안에서는 1년 동안 생기는 현상이 매일 소규모로 발생한다. 일반적으로 말하자면, 결국 그렇게 따뜻해지지 않는다고 해도 매일 아침이면 얕은 물이 깊은 물보다 더 빨리 따뜻해지고, 매일 저녁부터 아침까지 식는 속도가 훨씬 빠르다. 하루가 한 해의 축소판이다. 밤은 겨울이고, 아침과 저녁은 봄가을, 낮은 여름이다. 얼음이 갈라지고 울리면 온도 변화를 알린다. 1850년 2월 24일, 추운 밤이 지나고 찾아온 상쾌한 아침에 플린츠 호수에서 낮

시간을 보내려고 갔다가, 얼음을 도끼로 내려치니 몇 미터 주변까지 징 소리처럼, 또는 팽팽한 북 가죽을 두드린 것처럼 울려퍼지는 것을 보고 깜짝 놀랐다. 호수는 해가 뜨고 한 시간쯤 후, 언덕 너머로 비스듬히 비쳐오는 햇살을 느낄 무렵 울리는 소리를 내기 시작했다. 잠에서 깨어나는 사람처럼 기지개를 켜고 하품을 하며 점점 심하게 동요했고, 서너 시간 이런 상태가 계속됐다. 한낮이 되니 잠시 낮잠을 자다가, 밤이 다가오면서 해가 그 빛을 거둬들이니 한 번 더 웅 하고 울렸다. 기후가 알맞으면 호수는 아주 규칙적으로 저녁 총을 발사한다. 하지만 한낮에 얼음에 금이 잔뜩 가 있고 공기의 탄력이 떨어지는 때에 얼음은 울림을 완전히 잃는다. 그때는 얼음을 내려쳐도 물고기나 사향쥐가 놀라지 않았을 것이다. 낚시꾼들은 '호수의 천둥소리'에 물고기들이 겁을 먹으면 미끼를 물지 않는다고 말한다. 호수가 매일 저녁 천둥처럼 울리는 것이 아닌 데다 언제 천둥이 울릴지 확실히 예상할 수 없지만, 날씨의 변화를 내가 알지 못해도 호수는 울린다. 그토록 커다랗고, 차갑고, 겉껍질도 두꺼운 것이 그토록 민감하리라고 누가 생각이나 했겠는가? 하지만 호수는 꽃봉오리와 마찬가지로 봄에 팽창하는데, 어느 때 우레를 울릴 것인지 저만의 법칙이 있다. 대지는 온통 살아 있고 예민한 돌기로 덮였다. 가장 큰 호수는 유리관 속의 수은처럼 대기의 변화에 민감하다.

숲에 들어와 사는 것의 한 가지 매력은 봄이 오는 것을 지켜볼 여유와 기회가 있다는 점이다. 호수의 얼음이 마침내 벌집이 되어, 그 위를 걸을 때 구두 굽 자국이 생겼다. 안개와 비와 더 따뜻

한 햇볕이 눈을 점점 더 녹이고, 날이 눈에 띄게 길어진다. 큰 불이 더 이상 필요치 않으니 장작더미를 더 쌓아놓지 않고도 겨울을 나는 방법을 안다. 나는 뜻밖에 이곳으로 돌아오는 새의 노랫소리, 틀림없이 지금쯤이면 모아둔 음식이 거의 떨어졌을 줄무늬다람쥐가 찍찍거리는 소리, 용감하게 겨울의 보금자리를 나선 우드척의 모습, 이런 봄의 첫 신호를 보고 듣기 위해 감각을 곤두세운다. 파랑새와 노래참새, 티티새 소리가 들린 후인 3월 13일에도 얼음은 여전히 두께가 거의 30센티미터에 이르렀다. 날씨는 점점 따뜻해지는데도 얼음은 눈에 띄게 닳지도, 강의 얼음처럼 부서져 둥둥 떠다니지도 않았다. 호숫가 근처에서는 얼음이 너비 2미터 남짓 완전히 녹기는 했어도 한가운데에서는 벌집이 되고 물을 가득 머금었을 뿐 얼음의 두께가 15센티미터로 발을 집어넣을 수 있었다. 하지만 아마 다음 날 저녁, 안개가 끼고 따뜻한 비가 내리니 얼음이 완전히, 안개와 함께 전부 슬그머니 사라졌다. 얼음이 완전히 녹기 전 호수 한가운데의 얼음을 헤치고 걸을 수 있는 것은 한 해에 닷새뿐이었다. 1845년에 월든 호수가 처음으로 완전히 녹은 것은 4월 1일, 1846년에는 3월 25일, 1847년에는 4월 8일, 1851년에는 3월 28일, 1852년에는 4월 18일, 1853년에는 3월 23일, 1854년에는 4월 7일쯤이었다.

강과 호수의 해빙과 한 계절의 정착과 관련된 모든 사건은 계절의 차이가 심한 기후에 살고 있는 우리에게는 특히 흥미로운 일이다. 따뜻한 날이 다가오면 강가에 사는 사람들은 밤에 얼음이 포병대처럼 깜짝 놀랄 만큼 큰 소리로 우지끈하며 금이 가는 소리, 강을 채운 얼음 족쇄가 끝에서 끝까지 뜯어지는 듯한 소리를 듣기 마련이고, 그 후 며칠 내로 얼음은 순식간에 사라진다. 마찬가지로 땅이 진동하면서 악어가 진흙에서 나온다. 대자연의 긴밀한 관찰자였던 한 노인은 마치 그가 소년 시절에 대자연이라는 선박이 건조될 때 그가 용골을 놓는 것을 도와주기라도 한 듯 자연의 모든 작용에 대해 완전무결하게 정통했다. 그리하여 다 자란 지금은 므두셀라(성경에 나오는 인물로 969세까지 살았다고 함-옮긴이)만큼 산다 해도 자연의 설화를 지금보다 더 많이 알 수는 없을 것이다. 나는 대자연과 그 노인 사이에는 비밀이 없을 거라고 생각했기에, 노인이 대자연의 작용에 경탄을 표하는 것을 듣고 놀라웠다. 그는 어느 봄날 엽총과 나룻배를 가지고 오리들과 작은 장난을 치며 놀아볼까 생각했다고 한다. 강 옆의 저습지에는 여전히 얼음이 있지만 강의 얼음은 다 녹았기에, 그가 사는 곳인 서드베리에서 출발해 페어헤이븐 호수까지 가는 길에 아무런 방해물도 없었다. 하지만 호수는 그의 예상과는 다르게 대부분이 단단한 얼음 밭으로 덮여 있었다. 따뜻한 날이었기에 노인은 그토록 큰 얼음 덩어리가 남아 있는 것을 보고 깜짝 놀랐다. 오리들이 보이지 않기에 호수 안에 있는 섬의 북쪽, 즉 뒤쪽에 나룻배를 숨기고, 남쪽에 있는 덤불 속에 몸을 숨기고 오리들을 기다렸다. 호숫가로부터 15~29미터까지는 얼음이 녹아 매끄럽고 따뜻한 층의 물이 흘렀고, 그 속은 오리들이 좋아할 진흙 바닥이었기에, 노인은 곧 오리 몇 마리쯤 나오겠다고 생각했다. 한 시간쯤 가만히 엎드려 있었을까, 그때 아주 멀리서 나는 듯한 낮은 소리, 그러면서도 그가 여태껏 들었던 어떤 소리와도 다르게 매우 웅장하고 인상적인 소리가 기억에 남을 만한 절대적인 결말을 맞이하려는 듯 부풀어 오르고 커져갔다. 노인은 문득 커다란 새 한 마리가 내려앉으려고 이리로 오는 모양이라고 생각하며 한껏 들떠 총을 쥐고 서둘러 일어났다. 하지만 놀랍게도 그가 발견한 것은 그가 덤불에 엎드려 있는 동안 움직이기 시작해 호숫가까지 떠내려온 커다란 얼음이었다. 그가 들었던 것은 얼음 가장자리가 호숫가와 부딪치면서 내는 소리였던 것이다. 처음에는 부드럽게 갉아져 바스라지다가, 마침내 그 잔해가 섬을 따라 흩뿌려져 상당히 높이 쌓인 후에야 비로소 얼음은 가만히 섰다.

마침내 햇빛이 적당한 각도를 찾고, 따뜻한 바람이 안개와 비를 몰고 온다. 안개를 흩어버리는 태양은 향을 피우듯 흰 연기와 적갈색이 만들어내는 경치 위에 미소를 짓고 있다. 그 사이로 나그네가 작은 섬에서 섬 사이로 걸어다니고, 그런 나그네를 졸졸 음악소리로 응원하는 천 가닥의 실개천과 개울의 혈관에 겨울의 피가 가득 실려간다.

마을로 가다보면 철도를 놓기 위해 산을 깊이 깎아놓은 곳을 지나게 된다. 그 양옆으로 해동하는 모래와 진흙이 흘러내리며 나타나는 모양을 관찰하는 것은 무엇보다도 기쁜 일이다. 철도가 발명된 이래 적당한 물질로 이루어진, 새로이 노출된 둑 수가 크게 증가했지만 어쨌든 큰 규모로는 그리 쉽게 볼 수 없는 현상이다. 둑을 이루고 있는 물질은 온갖 크기의 모래이며 대개는 약간의 흙이 섞여 있다. 봄이 되어 언 땅이 녹을 때나 겨울이라도 해동하는 날이면 모래는 용암처럼 경사면을 흐르고, 가끔은 눈밭 사이로 터져나오는 바람에 전에는 모래라고는 보이지 않던 곳에 넘쳐흐른다. 셀 수 없이 많은 작은 모래줄기들이 서로 겹치고 엮여서 일종의 혼합체를 드러내는데, 이 혼합체는 반은 흐름의 법칙을, 반은 식물의 법칙을 따른다. 흐르는 모래줄기는 수액이 많은 나뭇잎이나 덩굴 모양을 이루어 두어 뼘보다 더 높은 걸쭉한 가지들의 더미를 이룬다. 내려다보고 있으면 끝이 들쭉날쭉한 어느 이끼류의 잎과 중첩된 엽상체를 닮았다. 아니면 산호초, 표범의 발이나 새 발, 두뇌, 폐, 내장 또는 온갖 종류의 배설물을 닮았다. 그것은 진정 기괴한 식물로 그 모양과 색을 청동으로 본뜬, 아칸서스 잎이나 꽃상추, 담쟁이덩굴, 포도나무 등 어느 식물의 잎보다 더 오래되고 전형적인 건축학적 잎사귀이다. 아마도 특정한 환경에서는 미래의 지질학자에게 수수께끼가 될 운명일 것이다. 철도에 난 홈은 마치 종유석이 햇빛에 활짝 노출된 동굴 같은 인상을 주었다. 다양한 빛깔을 지닌 모래가 갈색, 회색, 누런 색, 붉은 색 등 다양한 철의 색깔을 함유하여 독보적으로 색이 풍부하고 보기에 좋다. 흘러내리는 덩어리가 둑 기슭의 배수구에 닿으면 납작한 실가닥으로 퍼지고, 따로 떨어졌던 모래줄기가 반쯤 원통형이던 모습을 잃고 점점 더 평평한 모래처럼 되어버린다. 수분이 많아짐에 따라 함께 흘러내리다가 거의 편평한 모래밭을 이루지만, 여전히 각양각색의 빛깔이 아름다운 모래는 잘 들여다보면 원래 지녔던 식물의 모양을 찾아볼 수 있다. 그러다 마침내 물가에 닿으면 둑이 되어 강어귀에 형성된 둑을 닮아 있고, 식물 같던 모양은 바닥에 새겨진 잔물결의 흔적 속으로 사라지고 만다.

6~12미터 높이의 둑 전체에 이런 종류의 잎사귀 덩어리나 모래 균열이 한쪽이든 양쪽이든 500미터쯤 뒤덮을 때가 있으니, 봄날의 작품이다. 이 모래 잎사귀가 놀라운 이유는 이렇게 갑자기 세상에 나타나기 때문이다. 한쪽을 보면 어떤 작용이 일어나지 않은 둑일 뿐이고 (해가 먼저 작용하기 때문이다.) 반대쪽을 보면 잎사귀가 한 시간 만에 풍성하게 생성되어 있는데, 그럴 때면 특별한 관점에서 내가 이 세상과 나를 만드신 예술가의 실험실에 서 있는 기분이다. 그 예술가는 아직도 작업 중인 곳에 와서 이 둑에서 노닐다가 새로 만든 도안을 넘치는 기운으로 곳곳에 뿌리고 다닌 것이다. 이 모래의 범람은 동물의 내장 같은 잎사귀 모양의 덩어리이기에, 지구의 핵심에 더욱 가까워진 기분이다. 그리하여 바로 모래밭에서 식물의 잎사귀가 보이리라 기대하는 것이다. 대지가 자신을 나뭇잎으로 표출하는 만큼 내적으로 생각을 품고 애쓴다는 것은 놀라운 일이 아니다. 원자는 이 법칙을 진즉 알았고 그로 말미암아 풍요롭다. 매달려 있는 나뭇잎은 여기에 자신의 원형이 있다. 내적으로 그것은 지구에서든 동물 내장에서든 가장 두꺼운 잎(lobe)이다. 이는 간과 폐, 지방엽에 잘 적용할 수 있는 단어이다. 이 잎의 어원인 그리스어 leibo는 아래로 흘러내리거나 미끄러져 내리는 것을 뜻하고, 거기서 파생된 말에는 lobe(잎), globe(구), lap(싸다), flap(나부끼다) 등이 있다. 외부적인 의미에서는 가늘고 마른 잎(leaf)으로, f와 v는 b가 압축되고 마른 것이다. lobe의 어근은 lb로 유동적인 l이 그 뒤에서 b를 앞으로 밀어낸다. globe의

경우 어근은 glb인데, 후두음 g가 단어의 의미에 목구멍의 능력을 덧붙인다. 새의 깃털과 날개는 훨씬 더 마르고 엷은 잎이다. 그리하여 땅속의 둔한 유충은 공중에서 퍼덕이는 나비가 된다. 지구 바로 그 자체가 스스로를 끊임없이 초월하고 옮기며, 궤도를 돌면서 날개를 단다. 얼음조차 섬세한 수정 같은 잎으로 시작하는데, 마치 수생식물의 길게 갈라진 잎이 물의 거울에 새겨둔 틀 속에 흘러들어갔다 나온 듯하다. 나무 한 그루는 그 자체로 하나의 잎이다. 강은 훨씬 더 광활한 잎으로 그 사이에 끼어든 육지는 고갱이라고 할 수 있으며, 마을과 도시는 잎겨드랑이에 살고 있는 곤충의 알이다.

해가 물러가면 모래는 더 이상 흐르지 않는다. 그러나 아침이 되면 다시 한 번 흐르기 시작해 갈라지고 또 갈라져 무수한 흐름으로 나뉠 것이다. 여기에서 혈관이 어떻게 형성되는지 알 수 있을 것이다. 가까이 들여다보면 모래덩어리가 녹아내리면서 일단 부드러워진 모래줄기가 손가락 끝으로 밀 듯 앞으로 밀려나오고, 그렇게 천천히 맹목적으로 아래로 나아가다가 마침내 해가 높아지면서 열과 수분이 증가하면, 가장 유동적인 부분은 자연의 법칙을 따르고자 가장 완만한 부분으로부터 떨어져 나와 저 혼자 구불구불한 길 또는 동맥을 형성한다. 그 안에는 은빛의 작은 줄기가 고갱이가 있는 잎이나 가지의 한 구간에서 다른 구간까지 번개처럼 흘러가다가 가끔은 모래 속에 파묻혀버린다. 흐르는 모래가 스스로 감당할 수 있는 최고의 물질을 활용하여 얼마나 빠르고 완벽하게 스스로를 정비하여 날카로운 통로의 가장자리를 형성하는가 하는 것은 놀라운 일이다. 강의 근원은 바로 그런 것이다. 물속에 가라앉은 규산질의 물질 속에 골격 조직이 있을 것이고, 훨씬 더 고운 흙과 유기물 안에 살이 통통한 섬유질이나 세포 조직이 있을 것이다. 인간이란 해동하는 진흙덩이가 아니고 무엇이겠는가? 인간의 손가락 끝은 진흙이 응결된 방울에 지나지 않는다. 손가락과 발가락은 해동하는 몸뚱이로부터 힘껏 흘러내린다. 더 온화한 환경 아래에서는 인간의 몸이 어디까지 확장되어 흘러갈지 누가 알겠는가? 손은 엽과 맥을 지닌 쫙 펼쳐진 종려나무 잎이 아닌가? 머리 옆에 달린 귀는 기발하게도, 귓불 또는 방울을 가지고 있는 나무 이끼라고 생각할 수 있다. 입술은 동굴 같은 입 위아래로 비어져 나와 처져 있다. 코는 분명히 진흙방울 또는 종유석이다. 턱은 얼굴에서 흐르는 방울이 모인 훨씬 더 큰 방울이다. 뺨은 눈썹에서 얼굴의 골짜기로 미끄러져 내려오는 부분으로, 광대뼈에 부딪쳐 퍼진 것이다. 식물의 잎에서 둥근 모양의 엽도 크든 작든 저마다 하나의 두꺼운 방울, 이제 잠시 망설이고 있는 방울들이라고 할 수 있다. 엽은 잎의 손가락이다. 엽이 많을수록 잎사귀는 그만큼 여러 방향으로 흐를 수 있고, 온도가 높아지거나 온화한 환경이었다면 더욱 멀리 뻗어나갔을 것이다.

그리하여 이 언덕 비탈 하나가 대자연의 모든 작용의 원칙을 보여주는 것 같다는 생각이 들었다. 이 땅의 창조주는 잎사귀 하나에 대한 특허권을 따놓았을 뿐이다. 우리가 마침내 새로운 잎사귀로 거듭날 수 있도록 상형문자를 해독해줄 사람은 어떤 샹폴리옹[1]인가? 내게 이 현상은 포도밭의 풍성함과 비옥함보다 더욱 흥미룹다. 그렇다, 이 현상은 약간 배설물 같은 특성을 지니고 있어서, 마치 지구가 잘못된 방향으로 뒤집힌 듯 간과 허파, 창자더미가 끝도 없다. 하지만 이는 적어도 대자연이 내장을 가지고 있고, 이로써 대자연이 인류의 어머니임을 암시하는 것이 아닐까. 이것은 땅속에서 얼음이 스며나오는 것이다. 이것이 봄이다. 신화가 있은 다음 순수한 시가 뒤따르듯 이런 현상은 초록이 우거지고 꽃이 피는 봄보다 앞선다. 겨울의 독기와 소화불량을 해소하는 데 이보다 더 나은 것이 있을지 모르겠다. 이것은 대지가 아직 배냇저고리를 입고 사방으로 갓난아기의 손가락을 뻗치고 있다는 확신을 갖게 한다. 숱이 없는 이마에서 꼬불꼬불한 머리카락이 새로이 자라난다. 거기에 무기물인 것은 없다. 용광로의 쇠찌꺼기처럼 둑을 따라 깔려 있는 이 나뭇잎더미는 그 속에서 대자연이 '전력을 다하고' 있음을 보여준다. 지구는 책의 낱장처럼 층층이 쌓여 지질학자와 고고학자가 주로 살펴볼 죽은 역사의 단편이 아니라, 꽃과 열매보다 앞서 나오는 나뭇잎처럼 살아 있는 시(詩)이다. 지구는 화석의 대지가 아닌, 살아 있는 대지인 것이다. 그 위대한 중심이 되는 생명에 비하면 온갖 동물과 식물의 생명은 그저 기생할 뿐이다. 대지의 고통은 그 무덤으로부터 우리의 허물을 쌓으리라. 금속을 녹여 가능한 한 가장 아름다운 틀에 부어보라. 그리한다 해도 다 녹은 이 땅이 이룬 형태처럼 나를 흥분시키지는 못할 것이

◆ ◆ ◆

1) 장 프랑수아 샹폴리옹(1790~1832)은 로제타 스톤을 해독한 프랑스 출신 이집트학자임.

다. 대지뿐만 아니라 지구상의 어떤 제도도 도공이 손에 쥔 찰흙처럼 마음대로 형태를 바꿀 수 있다.

　　머지않아 둑뿐만 아니라 모든 언덕과 들판, 구멍 속에서 웅크리고 있던 얼음은 겨울잠을 자던 동물처럼 땅에서 기어나와 음악과 짝지어 바다를 찾거나 구름을 타고 다른 지방으로 이동한다. 온화한 설득력을 지닌 '해동'은 망치를 든 토르[2]보다 더 힘이 세다. 얼음은 녹이지만, 망치는 산산조각낼 뿐이다.

　　군데군데 땅에 눈이 없고 며칠 내내 따뜻한 날씨에 땅의 표면이 약간 말랐을 때, 갓 시작된 한 해가 앞을 빼꼼히 내다보며 보내는 부드러운 첫 신호와 겨우내 견뎌내고 시들어버린 식물의 위풍당당한 아름다움을 비교하는 것은 기분 좋은 일이다. 상록수, 미역취, 쥐손이풀 같은 우아한 야생의 풀들은 그 아름다움이 여름이 되어도 여물지 않는 듯 여름보다는 지금 더욱 뚜렷하고 흥미롭다. 황새풀, 부들, 우단현삼, 물레나물, 조팝나무, 파리풀 같은 강인한 식물은 가장 일찍 일어나는 새를 지칠 줄 모르고 즐겁게 해주는 곡물 저장고가 된다. 또는 이 식물들은 과부가 된 자연의 여신의 얼굴을 베일처럼 가려준다. 나는 아치형에 다발처럼 생긴 등심초 맨 윗부분에 특히 마음이 끌린다. 등심초는 겨울 동안 우리에게 여름의 추억을 불러일으키며, 예술가가 본뜨기 좋아하는 형상을 지녔다. 별자리가 인간의 마음속에서 차지하는 것과 똑같은

◆ ◆ ◆

2) 북유럽 신화에서 천둥의 신.

관계를 식물 세계에서 차지하는 것이 바로 등심초이다. 이 풀의 유형은 그리스나 이집트의 양식보다 역사가 더 오래되었다. 겨울의 수많은 현상은 형용할 수 없는 부드러움과 바스러지기 쉬운 섬세함을 연상시킨다. 우리는 흔히 그를 무례하고 난폭한 폭군이라고 묘사하는 데 익숙하지만, 그는 연인처럼 다정하게 여름이 많은 머리를 꾸밀 줄 안다.

봄이 다가오면서 붉은날다람쥐 두 마리가 동시에 내 집 마루 밑으로 들어왔다. 다람쥐들은 내가 앉아서 읽거나 쓰고 있으면 바로 발밑으로 달려와, 들어본 것 중에 가장 이상하게 킬킬거리고 찍찍거리며 혀를 급회전하는 듯한 소리를 내느라 열을 올린다. 내가 발을 구르면 미친 장난에 빠져 모든 두려움과 존경심을 잃어버렸다는 듯 더 크게 찍찍거리며 그 소리를 멈추려는 인간의 뜻을 거역한다. 그러면 안 되지, 다람쥐야, 다람쥐야. 그것들은 내 말에는 완전히 귀를 닫거나 내 말의 힘을 깨닫지 못한 채, 저항할 수 없는 욕설에 빠져들었다.

봄의 첫 참새! 여느 때보다도 더 파릇파릇한 희망으로 시작하는 한 해! 군데군데 헐벗고 축축한 들판 위로 유리울새와 노래참새, 티티새의 은방울 같은 노랫소리는 겨울의 마지막 파편이 떨어지면서 짤랑거리는 소리 같기만 하다! 그런 때에 역사며 연대기, 전통, 서면의 계시는 무슨 의미가 있단 말인가? 냇물은 봄에게 축가와 기쁨의 노래를 부른다. 풀밭 위를 낮게 나는 개구리매는 겨울잠에서 깬 첫 개구리를 찾고 있다. 눈이 녹아내리며 나는 소리가 조그만 골짜기 곳곳에서 들리고, 호수의 얼음이 빠르게 녹는다. "이른 비에 불려 나온 풀이 자라고 있다.[3]"고 어느 옛사람은 말했지만 언덕 중턱의 풀이 봄 불처럼 활활 타오르는 모양이 마치 돌아온 해를 반기려 대지가 속의 열을 내보내는 듯하다. 그 불꽃의 색은 노란색이 아닌 초록색이다. 영원한 젊음의 상징인 풀잎은, 기다란 초록색 리본처럼 여름 속으로 흘러들어간다. 서리가 아무리 막아서도 곧 다시 나아가며, 지난해의 마른잎 끝을 치켜들며 또다시 뻗어오른다. 땅에서 시냇물이 스며 나오는 동안 풀잎은 천천히 자란다. 풀잎은 시냇물과 거의 동일하다고 볼 수 있는데, 6월의 한창 때에 시냇물이 마르면 풀잎이 시냇물의 통로인 데다, 해마다 가축 떼가 이 영생의 푸른 개울에서 목을 축이며 풀 베는 사람은 때마침 풀잎에서 겨울 채비를 해가기 때문이다. 그리하여 우리 인간의 삶은 풀잎 뿌리로 잠시 사그라들 뿐, 여전히 삶의 풀잎을 영원에 부친다.

월든은 빨리 녹고 있다. 북쪽과 서쪽을 따라 10미터 폭으로 얼음이 녹았고, 동쪽 끝에는 그보다 더 넓게 얼음이 녹았다. 거대한 얼음밭이 큰 몸통에서 떨어져 나왔다. 호숫가 덤불숲에서 노래참새의 노랫소리가 들려온다. 올리 올리 올리, 칩 칩 칩, 칫 칫 칫. 노래참새 역시 얼음을 깨는 데 한몫 거들고 있다. 호숫가의 곡선과 다소 일치하는, 하지만 더 일정한 얼음의 가장자리가 이루는 거대한 만곡은 얼마나 멋진가! 얼마 전 잠깐이었지만 혹독했던 추위 때문에 얼음은 유난히 딱딱해졌고, 궁전의 바닥처럼 온통 물결무

◆ ◆ ◆

3) 바로의 《시골 일》에서 인용. 소로우는 이를 자유롭게 해석하여 따름.

늬가 졌다. 하지만 동쪽으로 불어오는 바람이 그 불투명한 표면 위로 공연히 미끄러져 왔다가, 그 너머 살아 있는 수면에 닿을 때까지 계속 분다. 이 물의 리본이 햇살 속에 반짝이는 모습을 바라보는 것은 영광이다. 기쁨과 젊음으로 가득 찬 호수의 표면은 그 속에 사는 물고기의 기쁨을, 호숫가에 깔린 모래의 기쁨을 이야기하는 듯하다. 활발한 물고기인 듯, 잉어 비늘에서 날 법한 은빛 광택이다. 이것이 바로 겨울과 봄의 차이다. 월든은 죽었었고 다시 살아났다. 하지만 앞서 말했듯이 이번 봄에는 월든이 더욱 천천히 녹았다.

눈보라치는 겨울에서 평온하고 온화한 날씨로, 어둡고 둔한 시간에서 밝고 탄력 있는 시간으로 변화하는 것은 만물이 선언하는 중대한 전기이다. 겉으로 보기에는 순간적이다. 하늘에는 아직 겨울 구름이 끼어 있고 진눈깨비가 처마에서 떨어지고 있지만 저녁이 코앞인데 갑자기 빛이 집 안으로 밀려들어오는 것이다. 창문을 내다봤더니, 이럴 수가! 어제만 해도 차가운 잿빛 얼음이 있던 곳에, 여름 저녁의 하늘은 보이지도 않건만 호수가 저 먼 지평선과 교신이라도 하는지 여름 저녁의 하늘을 가슴에 품은 투명한 호숫물이 마치 여름날인 양 벌써 잔잔하게 희망으로 가득 차 있다. 멀리서 개똥지빠귀의 노랫소리가 들렸다. 수천 년 동안 처음 들어본 듯한, 그 후 수천 년이 지나도록 잊지 못할 소리, 옛적 그 달콤하고 힘 있는 노랫소리다. 아 뉴잉글랜드의 여름날이 저물 무렵, 개똥지빠귀란! 그 개똥지빠귀가 앉아 있는 나뭇가지를 찾을 수만 있다면! 그러니까 그 새, 아니 그러니까 그 가지 말이다. 이건 적어도 그냥 개똥지빠귀[4]가 아니다. 집 주변의 리기다소나무와 졸참나무는 그리도 오래 축 늘어져 있더니, 비에 잘 씻겨 생기를 회복한 듯 어느새 제 특징을 되찾아 더 밝고, 더 푸르고, 더 꼿꼿하고 생기가 돈다. 이제 비는 내리지 않으리라는 것을 알았다. 숲에 있는 나뭇가지를 보더라도 아아, 내가 가진 장작더미만 보더라도, 숲에 겨울이 지나갔는지 아닌지 구별할 수 있다. 날이 어두워지려는데 숲 위로 낮게 날아가며 꾸악꾸악 울음소리로 나를 놀라게 한 기러기들은, 남쪽 호수에서 늦게 돌아와 마침내 거리낌 없는 불평을 쏟아내고 서로를 위로하느라 정신 없는 나그네 같았다. 문가에 서 있으니 기러기들이 날갯짓을 서두르는 소리를 들을 수 있었다. 그때, 내 집으로 향해 날아오던 기러기들이 갑자기 내 집의 빛을 감지하고는 고요하게 소란을 피우며 방향을 홱 돌려 호수에 내려앉았다. 그리하여 나는 안으로 들어와 문을 닫았고, 숲에서의 첫 봄 밤을 보냈다.

◆◆◆

4) 철 따라 이동하는 개똥지빠귀.

아침이 되어 나는 문가에 서서 250미터쯤 떨어진 호수 한가운데에서 헤엄치는 기러기들을 바라보았다. 안개 사이로 그 모습이 얼마나 크고 시끌벅적한지 월든 호수가 그것들을 즐겁게 해주기 위해 만든 인공 호수처럼 보였다. 그런데 한창 호숫가에 서 있는데 기러기들이 대장의 신호가 떨어지자 일제히 날개를 커다랗게 펄럭이며 날아올랐고, 계급대로 자리를 잡은 스물아홉 마리가 내 머리 위를 빙빙 돌았다. 그러더니 더 진흙이 많은 웅덩이에서 아침 식사를 하리라 확신하며 곧장 캐나다로 날아갔고, 그 사이 우두머리가 일정한 간격을 두고 끼룩끼룩 울었다. 바로 그때 물오리 떼가 일어나 더 시끄러운 사촌의 뒤를 따라 북쪽으로 날아가버렸다.

일주일 동안 어느 외로운 기러기가 안개 낀 아침마다 동지들을 찾아 길을 더듬어 빙빙 돌며 우는 소리가 들려왔다. 숲이 감당할 수 있는 것보다 더 큰 생명체의 소리로 숲을 가득 메웠다. 4월에는 산비둘기들이 작게 무리지어 급히 날아가는 모습이 다시 보였다. 그리고 내 몫이 있을 만큼 우리 마을에 많이 사는 것 같지 않았지만 이내 제비들이 내 개간지 위를 날며 우는 소리가 들리기에 나는 저 새가 백인들이 이 땅에 오기 전 빈 나무에서 지내던 고대 종족이 아닌가 하는 괜한 생각도 했다. 거의 모든 기후에서 거북이와 개구리는 이 계절의 선구자였다. 새들이 노래하면서 날개를 번득이며 날아다니고, 식물은 쑥 튀어나와 자라나고 바람은 부는데, 이 모든 것이 지구 양극의 미미한 진동을 바로잡고 대자연의 균형을 유지하기 위함이다.

모든 계절이 차례대로 흐르며 저마다 최고로 보이는 만큼, 봄이 온 것이 혼돈으로부터 우주가 태어나는 것이자 황금시대가 실현된 것 같다.

> "동풍이 물러갔다. 새벽의 여신에게로, 나바테아 왕국으로,
> 페르시아로, 아침 햇살 아래에 놓인 산등성이로
> … (중략) …
> 인간이 태어났다. 만물의 창조자이자,
> 더 나은 세상의 근원인 신의 종자로 만들었는지,
> 드높은 창공에서 얼마 전 갈라져 나온 새로운 대지에
> 동족인 하늘의 씨앗을 간직했는지."[5]

온화한 비가 한 번 내리면 풀밭은 한층 더 푸르러진다. 마찬가지로 더 나은 생각을 받아들이면 우리의 전망은 훨씬 더 밝아진다. 늘 현재를 살고, 아무리 작은 이슬이라도 저한테 떨어진 것이라면 그 영향을 인정하는 풀잎처럼 자신에게 생긴 모든 일을 활용하고, 과거에 기회를 잃어버린 것을 애통해하느라 시간을 보내지 않는 사람은 정말 축복받을 것이다. 이미 봄이 되었는데도 우리는 정처 없이 겨울 속을 거닐고 있다. 쾌적한 봄날 아침에는 모든 인간의 죄를 용서받는다. 그런 날은 악덕과 휴전하는 날이다. 그런 해가 계속 내려 비치는 한, 아무리 타락한 죄인이라도 돌아오기 마련이다. 우리는 자신의 순수함을 되찾으면 이웃에게도 순수

◆ ◆ ◆

5) 오비디우스의 《변신 이야기》.

함이 있음을 알아본다. 어제는 이웃을 도둑, 주정뱅이, 호색가로 알고 그저 그를 불쌍히 여기거나 경멸하며 세상에 대한 희망을 저버렸을지 모른다. 그러나 이 최초의 봄날 아침에 해가 밝고 따뜻하게 빛나면서 세상을 재창조하면 평온해진 그를 만날 수 있다. 그리고 고갈되고 타락되었던 그의 핏줄이 차분한 기쁨으로 부풀어올라 새로운 날을 축복하고, 유아기의 순수함으로 봄기운을 받아들이는 것을 보고 그의 모든 허물을 잊는 것이다. 그의 주위에 선의의 분위기가 감돌 뿐만 아니라, 신성한 기미가 새로 태어난 본능처럼 맹목적으로, 헛되이 표출되는 듯하다. 그러면 잠시나마 남쪽 언덕 비탈에서 아무런 상스러운 농담도 들리지 않는다. 깨끗하고 순수한 순이 그의 옹이진 껍질에서 돋아나 아주 어린 식물만큼 부드럽고 생생한 새로운 해의 삶을 준비하고 있는 모습이 보인다. 그마저도 신의 기쁨에 빠져들게 된 것이다. 어찌하여 교도소장은 감옥문을 열어놓지 않고, 판사는 그가 맡은 사건을 기각하지 않으며, 목사는 신도들을 해산시키지 않는가? 그들이 신이 내린 계시를 따르지 않고, 신이 자유로이 베푼 용서를 받아들이지 않기 때문이다.

"고요하고 자애로운 아침의 숨결 속에 생기는 선으로 회귀하고 싶은 마음은, 사람으로 하여금 선행을 사랑하고 악행을 미워하여 인간의 원초적 본능에 더 가까워지게 한다. 그것은 잘라낸 숲에서 어린 싹이 자라는 것과 같다. 마찬가지로 사람이 하루 동안 저지르는 악행은 다시 돋아나기 시작한 선행의 싹이 스스로 크지 못하게 막고 이를 짓밟는다.

그리하여 선행의 싹이 여러 번 자라지 못하면, 저녁의 자애로운 숨결로도 그 싹을 지킬 수 없다. 저녁 공기가 싹을 지키지 못하면, 사람은 짐승과 그 본능이 다를 것이 없어진다. 짐승과 같은 이 사람의 본능을 바라보는 사람들은 그가 이성이라는 능력을 타고나지 못했나 보다 하고 생각한다. 그것이 인간의 자연스럽고 참된 본성이란 말인가?"[6]

"황금시대가 처음 생겨났을 때는, 복수하려는 자도 없고
법이 없었지만 신의와 청렴을 아꼈다.
형벌과 두려움이 없고, 매달린
놋쇠 패에 위협적인 말 한마디 없었다. 애원하는 군중은
판사의 말을 두려워하지 않았다. 복수하려는 자 없으니 안전할 뿐.
산에서 베어낸 소나무는 떠내려가지 않아 물결에 실려
다른 세상을 본 적이 없고,

◆ ◆ ◆

6) 《맹자》 고자편 8장.

사람들은 자기 나라 해안밖에는 몰랐다.

… (중략) …

영원한 봄이 있었고, 잔잔한 서풍이 따뜻한 공기를 몰고와
씨앗 없이 태어난 꽃을 달래주었다.”[7]

4월 29일 나인에이커코너 다리 근처의 강둑, 나는 떨리는 풀잎과 버드나무 뿌리를 밟고 서서 낚시를 하고 있었다. 그곳은 사향쥐들이 서식하는 곳이었다. 그런데 사내아이들이 손가락으로 가지고 노는 막대기 장난감과 비슷하게 달카닥거리는 소리가 들리기에 위를 쳐다보았더니, 몸집이 작고 우아한 매 한 마리가 잔물결처럼 솟아올랐다가 수미터 요동치며 하강하기를 반복하고 있었다. 날개 속이 햇빛을 받은 공단 리본 또는 조개 속에 든 진주처럼 반짝였다. 그 모습을 보니 매사냥이 떠올랐고, 매사냥이 왜 고상하고 시적인 운동이라고 하는지 생각났다. 내게는 이 새가 쇠황조롱이처럼 보였지만, 이름이야 어떻든 나는 신경 쓰지 않는다. 그것은 내가 본 것 중에서 가장 천상의 것 같은 비행이었다. 나비처럼 날개를 그저 펄럭이지도, 더 큰 매처럼 솟아오르지도 않고 공중에 자랑스럽게 자신을 내맡긴 채 날고 있었다. 이상한 웃음소리를 내며 오르고 또 오르다가 자유로이 웅장한 낙하를 반복하며 연처럼 몸을 연달아 뒤집은 후에는 고고한 공중제비로부터 자세를 고쳐잡는 것이, 육지에는 한 번도 내려앉지 않은 듯했다. 천지간에 친

◆ ◆ ◆

7) 오비디우스의 《변신 이야기》.

구가 없어 그곳에서 홀로 노는 듯, 함께 놀 수 있는 아침과 창공만 있으면 친구는 더 필요 없는 듯 보였다. 이 새는 자기가 외로운 것이 아니라 자기 아래에 있는 온 땅을 외롭게 만들었다. 이 새를 낳은 부모와 친척은 하늘 어디에 있단 말인가? 하늘의 세입자인 이 새와 땅의 연결고리는 언젠가 험준한 바위틈에서 부화한 알뿐인 듯했다. 아니면 그것이 태어난 둥지조차 무지개를 다듬고 남은 자투리와 해질녘 하늘로 엮고, 땅에서 잡아온 한여름의 부드러운 안개로 덧대어 구름 한 귀퉁이에 지은 것이란 말인가? 이제 그 새가 사는 곳은 낭떠러지 같은 구름이란 말인가?

  매 구경 말고도 나는 금빛과 은빛, 밝은 구릿빛 물고기들을 드물게도 줄줄이 낚았다. 아! 나는 수많은 첫 봄날 아침에 흙무더기에서 흙무더기로, 버드나무 뿌리에서 버드나무 뿌리로 뛰어다녔다. 그렇게 도착한 곳에는 흔히 짐작하듯 죽은 자가 무덤에서 자고 있는 것이라면 그 잠도 깨울 수 있을 만큼 순수하고 밝은 빛이 야성의 강 계곡과 숲을 흠뻑 적시고 있었다. 이보다 더 강력히 불멸을 입증할 증거는 필요하지 않으리라. 만물은 그런 빛을 받으며 살아야 한다. 오 죽음이여, 그대의 가시는 어디에 있었는가? 오 무덤이여, 그때, 그대의 승리는 어디에 있었는가?[8]

  인적 드문 숲과 강변이 우리 마을을 둘러싸지 않았다면 우리

◆ ◆ ◆

8) "아 죽음이여, 그대의 가시는 어디에 있는가? 아 무덤이여, 그대의 승리는 어디에 있는가? (고린도서 15장 55절)".

의 삶은 침체될 것이다. 우리는 야생이라는 강장제가 필요하다. 가끔은 해오라기와 뜸부기가 도사리고 있는 늪에 뛰어들고, 도요새가 붕 날아다니는 소리를 들어야 한다. 더 야생적이고 더 고독한 새만이 찾아가 둥지를 틀고, 족제비가 배를 땅 가까이 대고 기어 다니는 곳에서 바람에 흔들리는 마른풀 냄새를 맡아야 한다. 우리는 만물을 탐험하고 배우는 데 열심인 동시에, 만물이 신비에 싸여 탐험할 수 없기를, 가늠할 만한 대상이 아니기에 육지와 바다가 무한한 야성을 지니고 미개척으로 남아 있기를 바란다. 우리는 대자연을 아무리 받아들여도 지나치지 않을 것이다. 우리는 자연의 무진장한 힘, 타이탄처럼 거대한 지형, 잔해가 있는 해안가, 살아 있거나 썩어가는 나무가 뒤엉킨 황무지, 천둥 구름, 비가 3주 동안 내려 홍수를 이루는 모습을 보며 생기를 되찾아야 한다. 우리는 우리의 한계를 다른 존재가 뛰어넘는 광경을, 인간이라면 결코 다니지 못하는 곳에서 어떤 생명이 자유로이 풀을 먹는 광경을 목격할 필요가 있다. 우리는 썩은 고기를 보면 역겨워하면서 꺼리지만 독수리가 그것을 먹고 힘을 내는 모습을 보면 기운을 얻는다. 내 집으로 가는 길 위의 움푹 팬 구덩이에 죽은 말 한 마리가 있어서 가끔, 특히 공기가 무거운 밤에는 어쩔 수 없이 돌아가야 했던 적이 있다. 하지만 그 존재로 더불어 대자연의 강한 식욕과 감히 범할 수 없는 건강을 확신할 수 있었기에 보상을 받는 기분이었다. 나는 무수히 많은 생명이 희생되고 서로를 잡아먹도록 방치될 수밖에 없을 정도로 대자연이 생명으로 가득한 모습을 보면 흐뭇하다. 연약한 개체가 마치 과육처럼 고요히 으스러져 더 이상 존재하지 않는 모습이 보기에 좋다. 왜가리가 올챙이를 먹어치우는 것이며 거북과 두꺼비가 길에서 치여 죽는 것, 이따금 사체가 쏟아져 내리는 모습도! 우리도 사고를 당하기 쉽기에 이것이 얼마나 등한시되는지 알아야 한다. 현명한 사람이 느끼는 점은 온 우주가 결백하다는 것이다. 독은 더 이상 독성이 없고, 어떠한 상처도 치명적이지 않다. 연민은 정말이지 옹호할 수 없는 감정이다. 연민은 반드시 효율적이어야 한다. 연민에 대한 변명은 차마 고정관념화할 수 없을 것이다.

5월 초, 참나무와 히코리나무, 단풍나무 등 호수 주변의 소나무 숲 사이사이에 밀고 올라오는 나무들은 경치에 햇살처럼 밝은 빛을 더했는데, 특히 구름이 잔뜩 낀 날에는 안개를 뚫고 언덕 여기저기를 희미하게 비추는 햇살 같았다. 5월 셋째, 넷째 날에는 호수에서 아비새 한 마리를 보았다. 5월 첫째 주에는 쏙독새, 갈색개똥지빠귀, 지빠귀, 딱새, 붉은허리발풍금새 등 여러 새들의 노랫소리를 들었다. 갈색지빠귀 소리는 한참 전에 들은 적이 있다. 피비새는 벌써 한 번도 넘게 날아와 문가와 창문을 들여다보며 내 집이 충분히 자신의 동굴 같은지 살펴보았다. 피비새는 내 집을 점검하면서 붕붕거리는 날개와 꽉 움켜쥔 발톱에 스스로를 지탱하는 모습이 마치 공기를 붙들고 매달린 듯했다. 머지않아 리기다소나무에서 나오는 유황 같은 꽃가루가 호수와 호숫가의 돌, 썩은 나무를 뒤덮어 한 통 가득 모을 수 있을 정도였다. 이것이 바로 우리가 들어본 '유황 소나기'이다. 칼리다스의 희곡 〈샤쿤탈라〉에도 이런 구절이 있다. "연꽃의 황금 꽃가루에 실개천이 노오랗게 물들었다."[9] 그리고 한 계절이 높고 더 높은 신록으로 뻗어나가면서 그렇게 계절은 흘러 여름으로 변해갔다.

　　그리하여 내가 숲에서 지낸 첫 해의 생활이 끝났다. 두 번째 해도 이와 비슷했다. 나는 1847년 9월 6일 마침내 월든 호수를 떠났다.

◆ ◆ ◆

9) 윌리엄 존스 경의 5세기 힌두 작가 번역본에서 인용.

18. 맺는말

아픈 사람에게 의사는 공기와 경치에 변화를 주라고 현명하게 조언한다. 하늘에 감사하게도, 이곳만이 세상의 전부가 아니다. 뉴잉글랜드에서는 칠엽수가 자라지 않고, 흉내지빠귀 소리를 듣기도 힘들다. 야생 기러기는 인간보다 더 범세계적이어서, 캐나다에서 아침을 맞이하고 오하이오에서 오찬을 즐겼다가 남부 지방의 늪에서 날개를 가다듬고 잠든다. 들소조차 어느 정도는 계절과 보조를 맞추어, 콜로라도의 목초지에서 풀을 뜯다가 옐로우스톤의 풀이 더 짙어지고 달콤해지면 그리로 간다. 하지만 우리는 우리 농장에 나무 울타리를 무너트리고 돌벽을 쌓아올리면 그

435

후로는 우리 삶에 경계가 세워지고 운명이 정해진 것이라고 생각한다. 물론, 당신이 마을 이장으로 뽑히면 이번 여름에는 티에라 델푸에고섬에는 결코 갈 수 없다. 하지만 그렇다고 해도 지옥불의 나라에는 갈 수 있을 것이다. 우주는 우리가 보는 것보다 더 광대하다.

하지만 우리는 호기심 많은 승객처럼 우리가 탄 배의 난간 너머를 더 자주 바라보아야지, 멍청한 선원처럼 뱃밥이나 만들면서 항해해서는 안 될 것이다[1]. 지구 반대편은 우리와 서신을 주고받는 인간들의 고향일 따름이다. 우리는 대권항법(비행기나 배가 지구 표면에 그린 원을 항로로 하는 항해법-옮긴이)으로 여행을 하고, 의사들은 피부병에만 약을 처방해줄 뿐이다. 누구는 기린을 쫓기 위해 서둘러 남아프리카로 향하지만, 그가 추구하는 사냥감은 기린이 아닐 것이 분명하다. 도대체, 인간은 할 수 있다고 해서 언제까지 기린을 사냥하는 짓을 할 것인가? 꺅도요와 멧도요도 희귀한 사냥감이다. 그러나 나는 자기 자신을 사냥감으로 삼는 것이 더 고귀한 사냥이라고 믿는다.

"당신의 눈을 내면으로 향하라,

당신 마음속에서 찾으리라.

아직 한 번도 발견하지 않은 수천 곳의 지역을. 그곳을 여행하라,

◆◆◆

1) 뱃밥이란 선박에 생긴 틈을 메우는 데 쓰이는 꼬지 않은 밧줄섬유. 뱃밥을 만드는 것은 손이 많이 가는 지루한 직업이었음.

그리하여 내면구조학의 전문가가 되어라."[2]

아프리카는, 서부는 무엇을 의미하는가? 우리 자신의 내면은 해도에서 흰 공백이 아니던가? 해안가와 마찬가지로 발견되고 나면 흑색이 되겠지만(19세기에는 해도에서 아직 탐사되지 않은 지역을 빈칸으로 남겨두거나 백색으로 칠함-옮긴이). 나일강이나 니제르강, 미시시피강의 수원이, 또는 미국 대륙 주변의 북서항로가 바로 우리가 찾을 곳인가? 이것이 인류에게 가장 중대한 문제인가? 실종된 유일한 인간이 프랭클린[3]이기에 그의 아내가 그를 백방으로 찾아다니는 것인가? 그리넬[4]은 자기 자신이야말로 어디에 있는 것인지 알고 있을까? 차라리 자기 스스로의 하천과 대양을 탐험하는 멍고 파크, 루이스와 클라크와 프로비셔가 되도록 하라[5]. 위도가 더 높은 지역을 탐험하고, 필요하다면 식량으로 고기 통조림을 배에 가득 실어가서 신호 삼아 빈 깡통을 하늘 높이 쌓아라. 고기 통조림이 단지 고기를 보존하기 위해 발명된 것인가? 아니지, 콜럼버스가 되어 내면의 새로운 대륙과 세계를 찾고, 무역이 아닌 생각의 새로운 통로를 열어라. 모든 인간은 왕국을 통치하는 군주,

◆ ◆ ◆

2) 윌리엄 해빙턴(1605~1654)의 시 '내 친구 에드워드 경에게'에서 인용.
3) 존 프랭클린(1786~1847), 자북극 원정 도중 실종된 영국인 탐험가.
4) 헨리 그리넬(1799~1874), 존 프랭클린을 찾으려 했던 미국인.
5) 멍고 파크(1771~1806)는 스코틀랜드 출신 아프리카 탐험가. 메리웨더 루이스 (1774~1809)와 윌리엄 클라크(1770~1838)는 미국인 원정대를 이끌고 루이지애나 영토를 탐험함. 마틴 프로비셔(1535?~1594)는 영국인 탐험가.

그 왕국에 비하면 지구상 러시아 제국도 보잘것없는 땅덩어리이고, 떠다니는 얼음이 남기고 간 풀더미에 불과하다. 하지만 애국심에 불타서 자기 자신에 대한 존중도 없이 작은 것을 위해 큰 것을 희생시키는 일이 있다. 그들은 자신의 무덤이 되는 흙을 사랑하면서도, 육신에 활력을 주는 정신에는 아무런 공감을 하지 않는다. 애국심은 그들의 머릿속에 든 구더기라고 할 수 있다. 온갖 가두행진을 벌이고 비용을 들인 남해 탐험 원정대[6]의 의미는 무엇이었는가? 정신세계에도 대륙과 바다가 있으며 모든 인간이 그 세상으로 향하는 지형이자 입구지만 아직 탐색되지 않았다는 사실과, 그리고 각 개인에게 있는 바다, 각자 내면의 대서양과 태평양을 탐험하기보다 정부가 제공한 배를 타고 단 한 사람을 도울 500명의 남자와 사내아이들을 지휘하면서 추위와 폭풍우, 식인종과 싸우고 수천 킬로미터를 항해하는 편이 더욱 쉽다는 사실을 간접적으로 아는 게 전부였는가.

"그들이 정처없이 돌아다니다가

이국적인 호주인을 자세히 살펴보게 놔두라.

나는 신을,

그들은 길을 더 많이 알 것이니."[7]

◆ ◆ ◆

6) 찰스 윌크스(1798~1877)가 1838년 미국 원정대를 이끌고 대서양과 태평양을 탐험함.
7) 4세기 라틴 시인 클라우디아노의 '베로나의 노인' 중. 소로우가 번역하는 과정에서 스페인 사람을 호주 사람으로 대체함.

아프리카 잔지바르[8]에 사는 고양이 수를 세겠다고 세상을 돌아다닐 필요는 없다. 하지만 그것이라도 더 숙련될 때까지 한다면, 마침내 지구의 내부에 이르는 통로인 '심즈의 구멍'[9]을 찾을지도 모른다. 영국과 프랑스, 스페인과 포르투갈, 황금 해안과 노예 해안 모두가 이 개인의 바다에 접해 있다. 하지만 이 해안가에서 땅이 보이지 않을 때까지 용감하게 벗어난 범선은 한 척도 없었다. 분명 그것이 인도로 곧장 향하는 길인데 말이다. 이 세상의 모든 언어를 배우고 모든 국가의 관습에 적응하려거든, 그 어떤 여행자보다도 멀리 여행하고 어느 기후나 풍토에도 적응해 스핑크스가 돌에 자기 머리를 박게 하려거든[10], 옛 철학자의 계율을 섬겨 '당신 자신을 탐험하라'. 그러기 위해서는 눈과 신경이 있어야 한다. 패배한 자와 탈영병만 전쟁터에 간다. 그들은 도망쳐 군대에 몸을 맡기는 겁쟁이들이다. 저기 가장 먼 서쪽 길을 향해 떠나라. 미시시피강이나 태평양에서 끊어지지 않고, 닳고 닳은 중국과 일본에 가는 것도 아니며 이 영역까지 직선을 이루며 당신을 그리로 인도해줄 것이다. 여름에도 겨울에도, 밤에도 낮에도, 해가 지고 달이 지고 마침내 지구가 지더라도.

프랑스의 정치가 미라보 오노레는 '사회에서 가장 신성한 법에

◆◆◆

8) 찰스 피커링의 《인간의 경주(1851)》에 아프리카 해안가에서 멀리 떨어진 잔지바르라는 섬에 사는 고양이들에 대한 정보가 나와 있음.
9) 존 심즈는 1818년 지구가 텅 비었으며 이곳에서 살 수 있다는 이론을 담은 소책자를 출간함.
10) 그리스 신화에서 스핑크스는 자신이 낸 수수께끼를 오이디푸스가 맞히자 자멸함.

정식으로 대적하는 일에 가담하려면 어느 정도의 결단력이 필요한지 확인하기 위해' 노상 강도짓을 했다고 한다. 그의 선언에 따르면 "계급장을 달고 싸우는 군인이 발휘하는 용기는 노상강도의 용기의 절반에도 미치지 못하'며, '충분히 생각해본 끝에 세운 군은 결심은 명예와 종교도 막지 못한다." 흔히 보기에 그의 말은 매우 남자다운 데가 있다. 그러나 자포자기까지는 아니더라도 한가하기 짝이 없는 말이다. 더 정상적인 인간이라면 '사회에서 가장 신성한 법칙'이라고 여겨지는 것에 '공공연히 저항'하기 위해서는 더 신성한 법칙을 따르는 일이 많았을 것이고, 그리하여 굳이 탈선을 하지 않고도 자신의 결단력을 시험할 수 있었으리라. 이는 한 인간이 사회에 대해 그런 태도를 갖기 위함이 아니라, 어떤 태도를 가졌든 자기 존재의 법칙에 복종함으로써 그 태도를 유지하기 위함이고, 이로써 인간이 정당한 정부를 만나게 되면 저항하는 일은 없을 것이다.

나는 숲에 들어갔던 때와 마찬가지로 타당한 이유로 숲을 떠났다. 살아야 할 인생이 여러 개 남았으니 숲속에서의 생활에 더 이상의 시간을 할애할 수 없다는 생각이 들었던 것이다. 우리가 얼마나 쉽게, 자신도 모르는 사이에 어느 길로 들어서고 스스로를 위해 그 길을 다져놓는지 놀라운 일이다. 숲에서 산 지 일주일이 채 안 되어 문지방에서부터 호숫가까지 나는 길을 다지며 걸었다. 그 길을 밟지 않은 지 5~6년이 되었는데도 길은 여전히 뚜렷하다. 사실, 다른 사람들이 그 길로 들어서서 다른 사람에게도 그 길이 유지되지 않았을까 한다. 지면은 부드러워서 사람의 발자국이 쉽게 남는다. 마음이 여행하는 길도 마찬가지다. 그렇다면 이 세상의 도로는 얼마나 닳았고 먼지투성이일 것이며, 전통과 순응의 자국은 또 얼마나 깊겠는가! 나는 객실 통로를 차지하는 것이 아니라 인생의 돛대 앞에, 이 세상의 갑판에 서기를 바랐다. 지금도 나는 배 밑으로 내려가고 싶은 생각은 없다.

나는 내 경험 덕분에 적어도 다음과 같은 한 가지를 배웠다. 누군가 꿈을 좇아 자신 있게 나아가고 자신이 꿈꿔왔던 삶을 위해 노력한다면, 보통 때에는 생각지도 못했던 성공을 이루리라는 것을. 그는 무언가는 뒤로 제쳐두고 투명한 경계를 통과할 것이다. 그의 주변과 내면에서 새롭고 보편적이며 더 진보적인 법칙이 스스로 세워지기 시작할 것이다. 아니면 원래 있던 법칙이 더 진보적이면서도 그에게 좋은 방향으로 확장되고 해석될 것이며, 그는 더 높은 존재가 되어도 좋다는 허락을 받고 살아갈 것이다. 간소하게 살수록 그에 비례해 우주의 법칙이 덜 복잡해 보일 것이고, 고독은 고독이 아니게, 가난은 가난이 아니게, 약점은 약점이 아니게 될 것이다. 당신이 공중에 성을 지었다면 그 작품은 없어지지 않아도 된다. 그곳이 바로 성이 있어야 할 곳이기 때문이다. 이제 그 아래에 기초를 놓아주면 된다.

영국인이나 미국인이 그들이 이해할 수 있는 언어로 말해달라고 하는 것은 터무니없는 요구이다. 사람이든 독버섯이든 그렇게 자라지는 않는다. 이것은 마치 그게 중요하다는 듯, 자기네들이 아니면 나를 이해하기에 충분하지 않다는 식이다. 마치 대자연이 한 가지 이해 방법만 지지하여, 네 발 달린 동물과 달리 새는 먹여 살리지 못하고, 기어다니는 것과 달리 날아다니는 것은 먹여 살리지 못한다는 듯한 태도이다. 그것은 소가 알아듣는 "이랴"나 "워"가 최고의 말이라고 생각하는 태도와 같다. 마치 안전이란 우둔함 속에만 있다는 식이다. 나는 내 표현이 충분히 지나치지 않을까 봐 두렵고, 내가 지금까지 확신한 진실에 적합할 수 있도록 내 일상의 경험이 지니는 좁은 한계를 넘어 충분히 멀리까지 방황하지 않을까 봐 가장 두렵다. 지나치다는 것! 그것은 자신이 울타리에 둘러싸여 있는지에 달려 있다. 새로운 풀밭을 찾아 다른 위도로 이동하는 물소는, 젖을 짤 시간에 양동이를 쓰러트리고 울타리를 뛰어넘어 제 새끼를 쫓아 달려가는 암소처럼 지나친 것은 아니다. 나는 경계의 제한 없이 이야기하고 싶은 바람이 있다. 깨어나는 순간의 사람이 깨어나는 순간의 사람들에게 말하는 것처럼, 진정한 표현의 초석을 깔기 위해서는 아무리 과장을 해도 모자라다고 확신하기 때문이다. 음악을 듣고 나서 앞으로 영영 이보다 지나치게 말하지 못할까 두려워하는 사람은 없을 것이다. 우리는 미래와 가능성을 염두에 두고 앞면이 명확하지 않은, 그리고 확정되지 않은 삶을 살아야 하며 우리의 윤곽은 앞면이 흐릿해야 한다. 우리의 그림자가 알게 모르게 태양을 향해 땀을 드러낼 것이기 때문이다. 우리가 하는 말에 담긴 변덕스러운 진실은 잔류하는 표현의 부적당함을 지속적으로 폭로해야 한다. 진실은 그 자리에서 바로 전달되고, 그 말 그대로의 기념비만 남을 것이다. 우리의 신념과 경건함을 표현하는 말은 한정적이지 않으나, 더 높은 본성에게 피우는 유향처럼 의미심장하고 향기롭다.

왜 우리는 항상 저 아래쪽 가장 아둔한 인식으로 향하면서, 그것을 상식이라고 찬양하는가? 가장 상식적인 것은 수면 중인 인간이 코를 골며 표현하는 감각이다. 이따금 우리는 보통보다 반쯤 더 총명한 사람을 반푼이와 같은 부류로 치부해버리는데, 그것은 그들이 지닌 기지의 3분의 1밖에 우리가 이해하지 못하기 때문이다. 어떤 사람은 아주 일찍 일어났을 때 붉은 아침에서 흠을 찾기도 한다. 내가 듣는 바에 의하면, '그런 사람들은 인도의 신비주의자 카비르의 시는 환상, 영혼, 지성, 브라만교의 개방적인 교리를 담고 있는 것으로 이해한다.'[11] 하지만 이쪽 세상에서는 한 사람의 글이 한 가지 이상으로 해석될 여지가 있을 경우 불평의 근거로 여겨지기 쉽다. 영국에서는 감자 썩는 병을 막으려고 애쓰면서도 그보다 훨씬 더 널리 퍼져 있고 치명적인 머리 썩는 병은 아무도 고치려 들지 않을 것인가?

내가 애매모호한 경지에 이르렀다고 생각하지는 않는다. 이 점에 관해서 내 글의 치명적인 흠이 월든 호수의 얼음에서 찾아볼 수 있을 흠보다 더 많지 않다면 무척 자랑스러울 것이다. 남쪽 손님들은 월든의 순수함을 증명하는 파란색에 반감을 가지며 마치 월든이 진흙탕이라도 되는 듯 굴어놓고, 백색이지만 잡초 맛이 나는 케임브리지의 얼음을 선호했다. 인간들이 사랑하는 순수함은 땅을 둘러싸는 안개 같은 것이지, 그 너머에 있는 하늘색 창공 같은 것이 아니다.

◆ ◆ ◆

11) 가르생 드 타시의 《인도 문학 역사》에서 인용. 카비르는 5세기 신비주의자.

어떤 사람은 우리 미국인, 그리고 일반적인 현대인이 고대인이나 심지어 엘리자베스 1세 시대의 사람과 비교했을 때 지적인 소인배라고, 귀가 아프도록 떠들어댄다. 하지만 그게 어쨌다는 말인가? 살아 있는 개가 죽은 사자보다 나은 법이다.[12] 사람이 자기가 피그미족에 속했다고 가서 목이라도 매달아야 하는 것일까, 자기가 가능한 한 가장 큰 피그미족이 되는 것이 아니라? 모두 자기 일이나 신경 쓰고, 자기가 되리라 정한 것이 되는 데 힘을 쏟도록 하자.

왜 우리는 성공하겠다고 그토록 절박하게 서두르고, 절박한 계획을 고수해야 하는 것일까? 한 사람이 다른 길동무와 속도를 맞추지 않는다면 그것은 그가 다른 박자를 듣고 있기 때문이리라. 그가 아무리 신중하든 멀리 떨어져 있든, 자기가 듣는 음악에 맞춰 걷게 하라. 그가 사과나무나 참나무의 속도에 맞춰 성숙하는지는 중요하지 않다. 그가 그의 봄을 여름으로 바꿔야 할까? 우리가 되고자 정해진 상태가 아직 오지 않았다면 우리가 대체할 수 있는 현실은 무엇인가? 우리는 헛된 현실에서 좌초당하지 않을 것이다. 우리가 힘들여 파란 유리로 된 하늘을 위로 세워야 하는 것일까? 그것이 완성된다고 해도, 유리 하늘은 없는 것처럼 그 위로 멀리 펼쳐진 진짜 천상의 하늘을 쳐다보고 있을 텐데도?

쿠루라는 도시에 완벽을 추구하는 예술가가 있었다. 어느 날

◆◆◆

12) 전도서 9장 4절 "모든 산 자들 중에 들어 있는 자에게는 누구나 소망이 있음은 산 개가 죽은 사자보다 낫기 때문이니라."에서 인용.

그는 지팡이를 만들어야겠다는 생각이 떠올랐다. 불완전한 작품은 시간이 재료지만 완벽한 작품에는 시간이 끼어들지 않는다고 생각했던 그는 살면서 다른 아무 일도 못한다 해도 모든 면에서 완벽한 지팡이를 만들겠다고 다짐했다. 그길로 나무를 구하러 숲에 간 그는 적합하지 않은 재료로 지팡이를 만들어서는 안 된다고 굳게 결심했다. 그가 쓸 만한 나무 막대기를 찾고 걸러내기를 반복하는 사이 그의 친구들은 일하느라 늙어 죽었기에 하나씩 그를 저버렸으나, 그는 한 순간도 더 늙지 않았다. 한 가지 일에 몰두하는 그의 목적의식과 숭고한 믿음이 그도 모르는 사이에 그에게 영원한 젊음을 주었던 것이다. 그가 시간과 타협하지 않았기에 시간도 길을 비켜주었고 그를 정복하지 못하고 멀리서 한숨만 쉴 따름이었다. 그가 모든 면에서 알맞은 재목을 찾고 보니 쿠루는 이미 고색을 띤 폐허가 되어 있었고, 그는 폐허의 둔덕에 앉아 나무 껍질을 벗겨 지팡이를 깎았다. 그가 지팡이를 적당한 모양으로 만들기 전에 칸다하르 왕조가 끝났고, 그는 모래밭에 지팡이 끝으로 그 왕조의 마지막 왕 이름을 쓰고는 다시 일을 계속했다. 그가 지팡이를 매끄럽게 다듬고 윤을 낼 때쯤에는 겁(劫)은 더 이상 북극성이 아니었다. 그리고 그가 지팡이를 세우고 머리를 손잡이로 장식할 때는 범천이 수없이 깨어나고 잠든 후였다. 그런데 나는 왜 계속 이런 말을 하고 있는 것일까? 그의 작품에 마지막 손길이 더해지자, 순간 지팡이가 팽창해 놀란 예술가의 눈앞에서 범천이 창조한 만물 중 가장 아름다운 존재가 되었다. 그는 지팡이를 만드는 데 있어 새로운 체계를, 충만한 아름다운 비율의 세계를 만들어낸 것이다. 그 안에서는 옛 도시와 왕조가 세상을 떠났지만 더 아름답고 영광스러운 도시와 왕조가 그 자리를 차지했다. 그리고 여전히 갓 생겨난 듯한 나무 깎은 부스러기를 발치에 두고 앉은 그는 이제까지의 시간 경과는 환상이었음을, 범천의 뇌에서 단 한 번 섬광이 떨어져 인간의 뇌를 불쏘시개 삼아 불을 지피는 데 필요한 시간 이상이 흐르지 않았음을 알았다. 그의 재료가 순수했고 그의 예술이 순수했으니, 결과가 놀라울 수밖에 도리가 있었겠는가?

우리가 하나의 상황에 부여할 수 있는 겉모습은 결코 진실만큼 우리에게 도움이 되지는 못한다. 진실만이 잘 견딘다. 대체로 우리는 우리가 있어야 할 곳이 아닌, 거짓의 위치에 있다. 본성이 약하기 때문에 우리는 하나의 상황을 가정해놓고 그 안에 우리를 욱여넣는다. 그러니 동시에 두 가지 상황에 있는 것이며 빠져나오기가 두 배로 어렵다. 제정신인 순간에 우리는 사실만을, 즉 상황을 눈여겨본다. 해야 하는 말이 아닌, 해야겠다고 생각하는 말을 하라. 무엇이든 진실은 지어낸 것보다 낫다. 교수대에 선 사상가 톰 하이드가 할 말이 있느냐는 질문을 받았다. 그는 다음과 같이 말했다. "재단사들에게 첫 땀을 뜨기 전에 실을 매듭지을 것을 기억하라고 전하시오." 그의 동료의 기도는 전해지지 않았다.

아무리 비천해도 당신의 삶을 똑바로 맞이하며 살아가라. 삶을 피하지 말고 삶에 대해 나쁘게 말하지도 말라. 삶은 사람만큼 나쁘지는 않다. 사람이 가장 부유할 때 삶은 가장 가난해 보인다. 흠을 잘 찾는 사람은 천국에서도 흠을 찾을 것이다. 삶이 형편없을지라도 있는 그대로를 사랑하라. 빈민 구호소에서도 기쁘고, 설레고, 영광스러운 시간을 보낼 수 있다. 빈민 구호소의 창문도 부자의 집과 마찬가지로 지는 해가 밝게 비추고, 이른 봄이면 문 앞의 눈이 녹는다. 고요한 마음은 궁전에서와 다를 바 없이 빈민 구호소에서도 만족스럽게 살아가며 힘이 되는 생각을 하리라고밖에 생각되지 않는다. 내가 보기에 한 마을의 가장 가난한 사람이 누구보다도 독립적인 삶을 누리는 듯하다. 아마 그들은 불안해하지 않고 뭔가를 받을 만큼 훌륭한 사람들일 수도 있다. 대부분의 사람들은 자신이 도움의 손길을 받지 않아 우월하다고 생각하지만, 더 불명예스러운 것이 틀림없는 정직하지 못한 수단으로 먹고살기에 우월하지 못한 경우가 더 많다. 성인군자처럼 가난을 정원의 화초로 여기고 가꾸어라. 옷이든 친구든 새로운 것을 얻겠다고 너무 골치를 앓지 마라. 오래된 옷을 뒤집어 박고, 오래된 친구에게 돌아가라. 상황이 변하는 것이 아니라 우리가 변하는 것이다. 차라리 옷을 팔고 생각을 지켜라. 친구가 부족하지 않도록 신이 보살펴 줄 것이다. 내가 하루 종일 거미처럼 다락방 한구석에 갇혀 있더라도, 생각을 주위에 품고 있는 한 세상은 전과 똑같이 커 보일 것이다. 한 철학자는 이렇게 말했다. "3군으로 된 큰 군대라도 우두머리를 빼앗아오면 군대를 무너뜨릴 수 있지만, 제 아무리 비참하고 상스런 사람일지라도 그의 지조를 빼앗아올 수는 없다."[13] 자신을 개발하기 위해 서두른 나머지 많은 영향이 작용할 수 있게 자신을

◆ ◆ ◆

13) 공자, 《논어》 9장.

내맡기지 마라. 전부 소멸일 뿐이니. 어둠과도 같은 겸손은 하늘의 빛을 드러낸다. 가난과 천함의 그림자가 우리 주위에 모여들어, '보라! 우리의 시야에 만물이 넓어진다.'[14] 우리가 크로이소스 왕[15]의 부를 물려받는다 해도 우리의 목적은 똑같을 것이며 우리의 수단도 본질적으로 똑같으리라. 더욱이, 가난 때문에 당신의 활동 폭이 제한되어 있다 해도, 예컨대 책이나 신문을 살 수 없다 해도, 당신은 가장 중요하고 의미있는 경험만 하도록 제한되는 것일 뿐이다. 가장 많은 당분과 가장 많은 전분을 내는 재료만 다루도록 강요받는 것이다. 뼈 주변의 살이 맛있듯 뼈 가까이의 검소한 생활도 멋지다. 당신은 인생을 빈둥거리며 보내지 않도록 보호받는 것이다. 더 높은 수준에서 베푼 아량 때문에 더 낮은 차원에서 손해볼 사람은 없다. 남아도는 부로는 쓸모없는 것만 살 수 있을 뿐이다. 영혼이 필요로 하는 단 한 가지를 사기 위해서는 돈이 필요하지 않다.

내 집의 벽은 종을 만드는 합금이 조금 포함된 납으로 되어 있다. 종종 한낮에 휴식을 취할 때면 밖에서 종잡을 수 없는 작은 종소리가 내 귀에 닿는다. 나와 같은 시대 사람들의 소음이다. 이웃들은 내게 유명한 신사숙녀와의 모험, 엄청난 명사와 함께했던 식사자리에 대해 말해주지만, 나는 그런 것이라면 일간지 내용만큼이나 관심이 없다. 그들의 관심과 대화는 주로 유행하는 의상과

◆◆◆

14) 영국 작가 조셉 블란코 화이트(1775~1841)의 소네트 '밤에게' 중.
15) 기원전 6세기의 리디아 왕. 재력으로 유명함.

풍속에 관한 것이다. 하지만 뜻하는 대로 옷을 입혀봤자 거위는 여전히 거위일 뿐이다. 또 사람들은 내게 캘리포니아와 텍사스에 대해, 영국과 인도 제국에 대해, 조지아주와 메사추세츠주의 아무개 고관에 대해, 그 모든 덧없는 찰나의 현상에 대해 말해주는데, 듣다가 나는 결국 맘루크의 고관[16]처럼 안뜰에서 뛰쳐나갈 생각을 한다. 나는 내 방향으로 가는 것을 매우 좋아한다. 눈에 띄는 곳에서 화려하게 걷는 게 아니라 가능하다면 우주를 창조한 분과 나란히 걷고 싶다. 분주하고 긴장되고 부산스럽지만 보잘것없는 19세기 속에서 살아가는 게 아니라 이 세기가 지나가는 동안 생각에 잠겨 서 있거나 앉아 있는 것이 나의 방향이다. 사람들은 무엇을 축하하는가? 모두가 준비 위원회에 속한 그들은 매 시간 누군가가 연설을 하기를 기대한다. 신은 하루를 주재하는 자일 뿐, 그의 연설가는 웹스터[17]이다. 나는 가장 강하고 마땅하게 끌리는 것에 무게를 보태고, 정착하고, 그것에 끌리기를 좋아하지, 저울대에 매달려 무게가 적게 나가려고 애쓰고 싶지 않다. 상황을 가정하는 게 아니라 있는 그대로 받아들이고 싶다. 내가 유일하게 갈 수 있으며 나를 저지할 어떤 저항도 없는 길을 걷고 싶다. 단단한 토대를 얻기도 전에 아치를 쌓기 시작하는 것에서는 아무런 만족을 느끼지 못한다. 우리 살얼음 걷기 놀이는 하지 말자. 어디에나

♦♦♦

16) 맘루크는 1811년 대량학살당한 이집트의 군사 계층. 장교 한 명이 벽에서 말로 뛰어올라 탈출함.
17) 대니얼 웹스터(1782~1852), 메사추세츠주의 이름난 웅변가이자 상원의원. 소로우는 그가 1850년에 타협을 지지하여 반노예 운동을 저버렸다고 생각함.

단단한 바닥이 있기 마련이다. 한 나그네가 앞에 펼쳐진 늪의 밑바닥이 단단한지 소년에게 물었다. 소년은 그렇다고 대답했다. 하지만 이제 나그네의 말은 뱃대끈까지 물에 잠겼고 나그네가 소년에게 말했다. "네가 이 습지에는 단단한 바닥이 있다고 하지 않았니?" 소년이 대답했다. "있어요, 하지만 아저씨는 그 바닥에 아직 반도 들어가지 않았어요." 사회의 늪과 흘러내리는 모래도 마찬가지다. 하지만 그것을 알기까지는 시간이 걸리는 것이다. 생각이나 말, 행동은 아주 드문 경우에만 가치를 갖는다. 나는 바보같이 윗가지나 회반죽에 그냥 못을 박는 사람이 되지 않으려고 한다. 그런 행동을 하면 밤새 잠이 오지 않을 테니. 내게 망치를 달라, 그리고 홈을 더듬어 찾게 해달라. 접합제에만 의존해서는 안 된다. 밤에도 깨어나 작업 결과를 만족스럽게 생각할 수 있도록 못을 단단히 박아 넣고 끝을 구부려 확실히 고정해야 한다. 뮤즈 여신을 들먹여도 부끄럽지 않을 작업물이어야 한다. 그러면 신이 나를 도울 것이고, 오직 그런 일만을 도울 것이다. 작업을 계속하는 사이 박아 넣은 못 하나하나는 우주라는 기계의 또 다른 대갈못이 되어야 한다.

사랑이나 돈, 명성보다 진실을 달라. 풍성한 음식과 포도주가 넉넉히 차려졌고 하인들이 아부하듯 시중을 들지만 진실됨과 진실이 없는 식탁에 앉았다. 나는 차린 것 없는 식탁에서 배고픈 채일어났다. 손님 대접은 얼음만큼이나 차가웠다. 음식을 차갑게 하기 위한 얼음이 필요 없을 듯했다. 그들은 내게 몇 년 묵은 포도주인지, 제조 연도가 얼마나 유명한 해인지 말해주었지만, 나는 그들이 가지지 못했고 살 수도 없을 더 오래되었으면서도 더 새롭고 더 순수한 포도주를, 더 영광스러운 술을 떠올렸다. 집의 양식과 '접대' 같은 것은 내게는 아무래도 좋다. 왕을 찾아갔는데 왕은 나를 복도에서 기다리게 하며 환대라는 것에 무력한 사람처럼 행동했다. 내 집 근처에 빈 나무 구멍에서 사는 사람이 있었다. 그의 태도는 진정으로 제왕에 걸맞았다. 차라리 그를 찾아갔다면 더 좋았을 것이다.

　우리는 얼마나 오랫동안 화려한 현관에 앉아 아무리 애를 써도 무례해 보일, 케케묵은 미덕을 실천해야 하는 것일까? 그것은 참을성을 가지고 하루를 시작해 자기 감자밭의 감자를 캐줄 사람을 고용해야 한다는 식이다. 그러고는 오후가 되면 가서 사전에 계획한 선심을 써서 기독교인다운 온화함과 자선을 행사하는 것과 같다! 중국 특유의 자부심[18]과 인류의 발달할 줄 모르는 자아도취를 생각해보라. 이 세대는 자신이 혁혁한 계통의 마지막이라며 자축하는 경향이 꽤 있다. 보스턴과 런던, 파리와 로마에서는 기나긴 세습을 생각하며 자기들이 예술과 과학, 문학에서 이뤄낸 진보를 만족스럽게 이야기한다. 철학 보고서와 '위대한 인물들'의 공적을 찬양하는 글도 있다! 선한 아담이 자신의 선행을 숙고하는 셈이다. "맞아, 우리는 위대한 일을 했고, 신성한 노래를 불렀고, 그것들은 절대 없어지지 않을 거야." 다시 말해서 '우리'가 기억하는 한 그렇다는 말이다. 고대의 아시리아 학회와 훌륭한 인간

◆ ◆ ◆

18) 19세기 당시 중국인들은 의기양양하고 냉담하다고 생각되었음.

들, 그들은 모두 어디에 있는가? 우리는 젊음이 넘치는 철학자이
자 실험주의자들이 아닌가? 독자 중에 인간으로서 한평생을 모두
살아본 사람은 한 명도 없을 것이다. 인류의 인생에서 이제야 봄
을 맞았을 뿐일지도 모른다. 콩코드에서 우리가 '7년의 옴'을 겪었
더라도, 아직 '17년 사는 메뚜기'는 보지 못했다. 우리는 우리가 살
고 있는 지구의 얇은 겉꺼풀만 알고 있을 뿐이다. 대부분은 땅 아
래로 2미터 이상을 캐내지 못했으며, 땅 위로 2미터 이상을 도약
하지 못했다. 우리는 우리가 어디에 있는지 알지 못한다. 게다가
주어진 시간 중 거의 절반은 깊은 잠으로 보낸다. 그런데도 우리는
스스로를 현명하다고 생각하고, 이 땅 위에서 정해진 질서를 가지
고 살아간다. 정말이지 우리는 깊게 생각할 줄 알며, 야심만만한
영혼인 것이다! 내가 지금 서 있는 숲에는 벌레 한 마리가 땅 위의
솔잎 사이를 기어다니며 내 시야에서 모습을 감추려고 애쓰고 있
다. 왜 이 벌레가 그 겸손한 생각을 소중히 아끼는지, 자기의 은인
이 되어 그 종족에게 힘이 될 소식을 가져다줄지 모르는 나로부터
왜 머리를 감추려드는 것인지 자문하고 있으니, 인간 벌레인 내 위

에 서 있을 더 위대한 은인이자 지성을 지닌 존재가 떠오른다.

세상에는 새로운 일이 끊임없이 흘러들고 있는데 우리는 믿을 수 없을 정도의 지루함을 견딘다. 나는 가장 계몽된 나라에서 아직도 어떤 종류의 설교를 듣고 있는지 넌지시 알 수 있다. 기쁨과 슬픔 같은 말이 있지만, 이런 말은 우리가 평범하고 천한 것을 믿는 와중에 콧소리로 부르는 찬송가가 지우는 짐일 따름이다. 우리는 갈아입을 수 있는 것은 옷뿐이라고 생각한다. 대영제국은 훌륭한 대국이며, 미국은 으뜸가는 강국이라고 말한다. 우리는 각 개인의 뒤에는 그가 마음만 먹으면 대영제국을 나뭇개비처럼 떠내려보낼 수 있는 조류가 차올랐다 가라앉는다는 것을 깨닫지 못한다. 다음번에는 어떤 종류의 '17년 사는 메뚜기'가 땅속에서 나올지 누가 알겠는가? 내가 사는 세상의 정부는 영국 정부처럼 식후에 포도주를 마시며 나눈 대화 속에서 구성된 정부가 아니다.

우리 안의 생명은 강의 물과도 같다. 올해에는 인간이 지금까지 본 것 중에 생명이 가장 높이 차올라 고지대의 마른땅이 범람할 것이다. 올해는 사향쥐들이 전부 익사하는 다사다난한 해가 될 것이다. 우리가 사는 곳은 항상 마른 땅은 아니었다. 나는 내륙 저 멀리, 과학자들이 민물을 기록하기 전인 옛날에 개천이 범람했던 흔적이 있는 둑을 바라보고 있다. 뉴잉글랜드를 여러 차례 휩쓴 강인하고 아름다운 벌레 이야기를 누구나 들어보았을 것이다. 이 벌레는 처음에는 코네티컷에서, 나중에는 메사추세츠에서 한 농가 부엌에 60년 동안 들여 놓았던 사과나무로 만든 오래된 식탁에 달린 마른 판자에서 기어나왔다. 곤충이 있던 곳 바깥쪽에 있는 나이테로 알 수 있듯 훨씬 오래전에 살아 있던 나무에 낳은 알에서 나온 것이었다. 아마도 커피주전자가 끓는 열기에 부화했을 벌레는, 밖으로 나오려고 나무를 갉아먹는 소리가 몇 주 동안 들렸다고 한다. 이 이야기를 듣고 부활과 불멸에 대한 신념이 새로워지는 것을 느끼지 않을 사람이 있을까? 처음에 푸르고 싱싱한 나무의 겉재목에 낳은 알이었지만, 그 나무가 점점 잘 말린 관처럼 변해가는 바람에 메마른 죽은 생명체 안에서 동심원을 이루는 겹겹의 나이테 속에서 오랫동안 파묻혀 있다가, (아마 잔칫상 같은 식탁에 둘러앉은 가족은 이 벌레가 나무를 갉아먹고 나오는 소리를 몇 년 동안 들었을지 모른다.) 축하선물로 흔히 주고받는 가장 보잘것없는 가구에서 갑자기 벌레가 튀어나와 마침내 완벽한 여름의 삶을 즐기게 될 줄 누가 알았겠는가.

나는 영국인이나 미국인이 이 모든 것을 깨달으리라고 생각하지는 않는다. 하지만 바로 그런 것이 시간의 경과만으로는 동트게 할 수 없는 아침의 성격인 것이다. 우리 눈을 감기는 빛은 우리에겐 어둠에 불과하다. 우리가 깨어나 인식하고 있어야만 동이 트는 것이다. 동이 틀 날은 많다. 태양은 단지 아침에 뜨는 별일 뿐이다.